Alexander Rieckhoff • Stefan Ummenhofer
Totentracht

ALEXANDER RIECKHOFF
STEFAN UMMENHOFER

Totentracht

Ein Schwarzwald-Krimi

LÜBBE

Dieser Titel ist auch als Hörbuch und E-Book erschienen

Originalausgabe

Copyright © 2019 by Bastei Lübbe AG, Köln

Lektorat: Stefanie Kruschandl, Hamburg
Umschlaggestaltung: Christin Wilhelm, www.grafic4u.de
Unter Verwendung von Motiven von © shutterstock: waku |
Christopher Elwell | Juhku | Serg64 | detchana wangkheeree | Tvorcha |
Ksw Photographer | Umomos | Tsekhmister | inxti | valzan | klikkipetra
Satz: Dörlemann Satz, Lemförde
Gesetzt aus der Adobe Caslon
Druck und Einband: Druckerei C.H. Beck, Nördlingen

Printed in Germany
ISBN 978-3-431-04131-6
2 4 5 3 1

Sie finden uns im Internet unter: www.luebbe.de
Bitte beachten Sie auch: www.lesejury.de

Ein verlagsneues Buch kostet in Deutschland und Österreich
jeweils überall dasselbe.
Damit die kulturelle Vielfalt erhalten und für die Leser bezahlbar bleibt,
gibt es die gesetzliche Buchpreisbindung. Ob im Internet, in der Großbuchhandlung, beim lokalen Buchhändler, im Dorf oder in der Großstadt –
überall bekommen Sie Ihre verlagsneuen Bücher zum selben Preis.

Prolog

Wie ein kostbarer Schatz funkelten die Glasperlen und reflektierten die einfallenden Sonnenstrahlen als kleine Lichtpunkte auf die Wände der Fürstengruft. Es waren Hunderte von Perlen, die den Schäppel verzierten, den kronenartigen Kopfschmuck der Fürstenberger Tracht. Mit leeren Augen starrte der Träger der Krone die blaue Kuppel empor, die ringsum von Porträts der früheren Herrscher des Fürstenhauses gesäumt war. Es hatte den Anschein, als blickten die Fürsten stolz, ja geradezu abschätzig auf die Gestalt mit dem glitzernden Kopfschmuck herab, die genau unter der Mitte der Kuppel lag.

1. Schatzsuche

Mit einem quietschenden Geräusch öffnete sich die schwere Eisentür des Parks. Die Geocacher starrten gespannt auf ihr GPS-Gerät und nahmen dann Kurs auf die Grabkapelle der Fürsten zu Fürstenberg. Thomas Winterhalter ging voran und betrat als Erster die Anlage, die wie ein verwunschener Garten wirkte. Seine Begleiter betrachteten den dezent angebrachten Hinweis auf dem Emailleschild, das unmissverständlich klarmachte: »Höfliche Bitte, die Parktüre zu schließen!« Sie kamen der Bitte zwar höflich, aber keineswegs geräuschlos nach. Es quietsche erneut und ließ die Geocacher ein wenig erschauern.

Vor ihnen ragte – umgeben von einigen Bäumen – die Gruftkapelle empor, die mit ihrer Kuppel ein bisschen wie eine Miniatur des Petersdoms wirkte. Wie es sich für ein Fürstengrab gehörte, versprühte sie einen herrschaftlichen Glanz, auch wenn der Park mit den Jahren etwas verwildert war. Zur einen Seite hin entspann sich ein undurchdringbares Wirrwarr aus Sträuchern, Büschen und Bäumen, an deren Ende das alte Pfarrhaus durchschimmerte.

Die Geocacher schauten auf ihre Koordinaten: 47° 54' 45"N 8° 34' 14"O. Hier im Park musste der »Cache«, der Schatz, liegen.

Thomas, Johanna, Sandra und Martin gingen entlang der Parkmauer, die an einigen Stellen durchbrochen war und deren Steine sich im Laufe der Jahre steil abwärts in Richtung Donauufer verabschiedet hatten. Die vier Freunde betrachteten die Kreuze, die nicht nur auf die Bestattungen von früheren Fürsten, sondern auch auf deren treue Gönner, Diener und Stallmeister hinwiesen. Ein mächtiger Grabstein zeigte an, dass der Friedhof früher zu einem Kloster gehört hatte: »Hier ruht die gnädige Frau Äbtissin des Klosters Maria Hof Neudingen«.

Als Thomas Winterhalter und seine Schatzsucher plötzlich laute Schreie hörten, erschauderten sie. Doch dann wurde ihnen klar, dass es keine menschlichen Stimmen waren, sondern die Jungen eines Reihers, die auf den Wipfeln eines Parkbaumes saßen und ungeduldig auf Futter warteten.

Die Geocacher untersuchten den Bereich neben der Grabplatte des letzten Fürsten und seiner Gemahlin. Nichts, kein Schatz. Also nahmen sie das leerstehende, halb verfallene Pfarrhaus genauer in Augenschein. Doch sie fanden nichts. Womit im Grunde nur eine Möglichkeit blieb. Entschlossen steuerten sie auf die Gruft zu, die an diesem Tag ausnahmsweise geöffnet war, weil zu Ehren des letzten verstorbenen Fürsten ein Gottesdienst im Park abgehalten werden sollte. Auf dem Weg dahin kam ihnen in einiger Distanz ein früher Spaziergänger entgegen, der sie im Vorbeigehen jedoch nur schweigend musterte.

Thomas, dessen ohnehin immer rötliche Wangen vor Aufregung glühten, war auch der Erste, der die Kirche betrat, die an diesem besonderen Tag ebenso wie das Fürstengrab prächtig mit Blumenschmuck ausstaffiert worden war. Durch den Saal unter der Kuppel zogen zarte Dunstschwaden, die das einfallende Licht noch heller erscheinen ließen.

Aus der Mitte der Kirche strahlte den Geocachern zudem ein glitzernder, kugelartiger Schäppel entgegen. Sie dachten, sie hätten den Schatz gefunden, und liefen zu der glitzernden Kugel. Doch dann erkannten sie, dass eine auf einer Holzbank liegende Gestalt den Schatz auf dem Kopf trug.

»Da liegt eine Leiche!«, rief Thomas mit einer Mischung aus Schock und Begeisterung.

»Eine Leiche? Mach jetzt bitte keine üblen Scherze ...«, flüsterte Johanna.

Als würde man heute nicht den Todestag des Fürsten begehen, sondern eine neuerliche Bestattung zelebrieren, lag die Gestalt unter der mächtigen Kuppel aufgebahrt da – mit gefalteten Händen und in Tracht gekleidet.

Genauer gesagt war es die Frauentracht aus dem ehemaligen Herrschaftsgebiet der Fürstenberger im Kinzigtal: mit einem Tschobe, einer schwarzen, kurzen Jacke, die an den Ärmeln mit Elfenbeinknöpfen ausstaffiert war. Darüber trug die aufgebahrte Gestalt ein fransiges Seidentuch, das mit Blumenmotiven reich bestickt war. Auch die Seidenschürze war mit Blumenmotiven verziert. Unter ihr schauten die mit weißen, dicken Strümpfen bekleideten Beine hervor.

»Die wollten es wohl besonders gruselig machen und haben hier extra eine Figur aufgebahrt. Vermutlich eine Puppe aus irgendeinem Trachtenmuseum. Großartige Idee«, flüsterte Sandra.

»Ja, die haben sich echt was einfallen lassen. Cool«, sagte Thomas und machte einige Selfies von sich und der aufgebahrten Gestalt, mal alleine, dann zusammen mit Sandra, Johanna und Martin.

»Krasse Idee.« Martin begann, die Gestalt in Frauentracht genauer zu betrachten.

»Ich stelle die Fotos gleich mal bei Facebook und Instagram ein«, sagte Thomas begeistert.

»Das ist doch hoffentlich auch wirklich eine Puppe?«, fragte Johanna etwas unsicher, als das Fotoshooting beendet war.

Thomas erwog, die Puppe anzufassen, zögerte aber. Seinen Begleitern ging es nicht anders, woraufhin sie ihre Stimmen weiter dämpften.

»Wirkt eher wie ein Mann als eine Frau«, sagte Sandra nach einer längeren Pause.

»Ist aber definitiv eine Frauentracht«, flüsterte Johanna.

Thomas zuckte mit den Schultern.

»Wahrscheinlich hatten sie nur eine Männerpuppe zur Hand und haben sie in die Tracht gesteckt.« Er deutete auf den Kopfschmuck der Figur. »Unser Schatz ist wahrscheinlich der Schäppel. Ist übrigens die Fürstenberger Tracht.«

Thomas' ganze Familie war im Trachtenverein Linach aktiv. Sein Vater, im Hauptberuf Kriminalhauptkommissar bei der Mordkommission Villingen-Schwenningen, hielt ihm immer wieder Vorträge über Schwarzwälder Trachten. Und diese hier war neben der weltbekannten Bollenhuttracht die prächtigste.

»Die Leiche wirkt tatsächlich ganz schön echt«, sagte Thomas dann und schaute auf das fahle Gesicht. »Sie ist wirklich gut gemacht.«

»Vielleicht ist es keine Puppe, sondern ein Schauspieler«, warf Sandra ein.

Sie standen nun etwa drei Meter entfernt.

»Und wahrscheinlich springt der gleich auf und erschreckt uns.«

Thomas riss sich zusammen, trat zum angeblichen Toten hin und strich ganz vorsichtig mit seiner Hand über die Wange.

Er bemerkte einen Geruch, den die reglose Gestalt zu verströmen schien. Ein vertrauter Geruch, trotzdem kam er nicht darauf, was es war. Knoblauch?

Doch er hatte nun ganz andere Sorgen.

»Fühlt sich tatsächlich echt an, weich«, sagte er dann. »Und etwas kalt.«

Thomas rüttelte an der Gestalt. Nichts.

Dann noch mal. Als sie sich erneut nicht bewegte, erschrak er.

»Das ist …«, setzte er dann stockend an und ging nun wie die anderen auf Abstand, »… das ist, glaube ich, ein echter Mensch. Also, eine echte Leiche.«

Johanna stieß einen Schrei aus, der gespenstisch durch die Gruft hallte.

Dann kam Bewegung in die kleine Gruppe: Sie rannten aus der Gruft und hielten erst an, als sie das quietschende Parktor erreicht hatten.

»Thomas, wir müssen die Polizei rufen. Telefonier am besten gleich mit deinem Vater«, schlug Martin keuchend vor.

Und Thomas nahm das Handy und wählte den Eintrag »Bapa«.

2. Blutspur

Marie drückte das Gaspedal auf der kurvigen Straße bis zum Anschlag durch. Es brauchte schon die gesamte PS-Zahl ihres metallicroten Fiat Panda, um diesen Berg zu erklimmen. »Eleganza« hieß das Modell, Baujahr 1992. Aber wenn man ehrlich war, schien die Eleganz des Wagens irgendwann um die Jahrtausendwende verflogen zu sein.

Mit einem Finger schob Marie ihre Brille zurück auf die Nase. Eigentlich konnte sie hervorragend sehen, aber die Fensterglasbrille verlieh ihr eine gewisse Seriosität, jedenfalls hoffte sie das. Ihr Gesicht – große braune Augen, leichte Stupsnase und ein Hauch von Sommersprossen – führte dazu, dass die Leute sie gerne für jünger hielten, als sie eigentlich war. Besser gesagt: für jünger und unerfahrener. Ein süßes, nettes Mädchen. Was zum einen nicht stimmte, und zum anderen in ihrem Job nicht gerade vorteilhaft war. Daher die Brille.

Heute, an ihrem ersten Arbeitstag, trug sie ein halbwegs konservatives Outfit. Schwarze Jeans und eine kurzärmlige Bluse mit Paisleymuster, die locker fiel und somit alles verhüllte, was verhüllt werden sollte. Ihre schulterlangen braunen Locken hatte sie offen gelassen, was sich jetzt allerdings als Fehler erwies. Denn der Fahrtwind wehte ihr immer wieder einzelne Strähnen ins Gesicht. Sie hatte die Fenster ganz heruntergekurbelt, um die frische Schwarzwaldluft einzuatmen.

Diese Luft war eine wahre Wohltat im Vergleich zu dem Großstadtmief, den sie während der letzten zehn Jahre eingeatmet hatte. Von der berühmt-berüchtigten »Berliner Luft« hatte sie schon länger die Nase voll gehabt. Immer wieder hatte sie sich dabei ertappt, wie sie sich in Berlin nach dem Schwarzwald zurücksehnte, wo sie vor fünfunddreißig Jahren geboren worden und anschließend aufgewachsen war. Als Jugendliche waren ihr der Schwarzwald eng und seine Bewohner engstirnig vorgekommen. Doch jetzt, auf ihrer Fahrt durch den Fichtenwald, verspürte sie Ruhe, Klarheit. Ja, es war die richtige Entscheidung gewesen zurückzukehren. Auch wenn diese Entscheidung nur … na ja, halbwegs freiwillig gewesen war.

Marie ließ das Pedal zurückschnellen, um es kurz darauf erneut bis zum Anschlag durchzudrücken. Sie wollte noch den einen oder anderen Stundenkilometer mehr aus ihrem Gefährt herausholen.

Die kleine Schwarzwald-Puppe mit Bollenhut, die am Rückspiegel hing und die ihr ihre Mutter zur Rückkehr geschenkt hatte, zappelte hin und her.

Gleich würde Marie die Bergkuppe erreichen. Danach konnte sie ihren Eleganza mit etwas mehr Tempo in Richtung Villingen-Schwenningen, ihrer alten Heimatstadt, rollen lassen. Sie schaute auf das Tachometer. Knapp über fünfzig zitterte der Zeiger herum.

Für die Großstadt und die dortigen Parkplatzprobleme war ihr kleiner Fiat Panda genau das richtige Gefährt, für die Berge und Täler des Schwarzwalds eher weniger. Sie sollte sich bald mal nach einem PS-stärkeren und vor allem neueren Gefährt umschauen, wenn sie besser vorankommen wollte.

Und das wollte sie auch heute schon, denn sie war nach einem Zwischenstopp und einer Übernachtung bei einer Freundin in Freiburg schon etwas spät dran. Dabei war es ihr erster Tag in der neuen Dienststelle bei der Kriminalpolizei VS, wie die Doppelstadt abgekürzt hieß.

Aber sosehr sie sich über ihre Verspätung ärgerte – ein wenig erleichtert war sie doch, dass sie den Dienstantritt noch etwas hinauszögern konnte. Sie fühlte sich plötzlich zurückversetzt in ihre Kindheit – war ein wenig das kleine, aufgeregte Mädchen, das eine neue Schule besuchte.

Und egal wie es auf der »neuen Schule« werden würde – klar war, dass sie in die »alte Schule« nicht mehr zurückkehren konnte.

Niemals!

Wieder begannen die Bilder in ihrem Kopf abzulaufen, und sie durchlebte noch einmal den schrecklichen Augenblick, der das Ende ihrer Berliner Lebensphase eingeläutet hatte: die wilde Verfolgungsfahrt durch die Straßen der Hauptstadt, das Heulen der Sirenen und das Blaulicht, das entlang der Häuserfluchten in Friedrichshain zuckte. Dieser verdammte Kopf der Dealerbande, hinter dem sie schon seit etlichen Wochen her waren, in seinem AMG. Das Quietschen der Reifen, als Marie ihr Dienstfahrzeug quer stellte und zusammen mit dem Kollegen Gartmann den Flüchtigen mit gezogener Waffe stoppte. Das Klicken der Handschellen, das Gesicht des Kripochefs, der sich vor Ort den Ermittlungserfolg anheften wollte, weil sicher gleich schon die ersten Medienvertreter auftauchen würden.

Und dann der Knall, der verfluchte Knall, den ihre Pistole verursachte. Marie kam es so vor, als würde sie den Flug des Projektils noch einmal in Zeitlupe mitverfolgen können. Wie es sich löste, die Luft durchschnitt und das Gesäß ihres Kripochefs ansteuerte, um dort mit voller Wucht einzuschlagen. Auch das anschließende Aufheulen ihres Chefs und das der Krankenwagensirene gingen ihr nicht mehr aus dem Kopf. Fast jede Nacht sah sie diesen Film. Immer und immer wieder.

Ausgerechnet ihr war das passiert. Ihr! Der Ermittlerin mit der höchsten Aufklärungsquote in der Dienststelle, der »Klassenbesten« sozusagen. Doch mit dem verdammten Schuss war das passé gewesen.

Den Vorfall hatte die Berliner Boulevardpresse genüsslich ausgeschlachtet. Die Schlagzeile hatte sich ebenfalls in ihrem Gedächtnis eingebrannt: »Volltreffer: Kommissarin ballert Kripochef in den Po!«

Das anschließende Disziplinarverfahren wegen fahrlässiger Körperverletzung hatte sie noch einigermaßen gelassen ertragen. Aber der zusätzliche Hohn und Spott einiger Kollegen in der Dienststelle war schwer zu ertragen gewesen. Besonders dieser neue Spitzname, den sie ihr verpasst hatten. War sie früher wegen ihrer Herkunft halbwegs liebevoll »Schwarzwaldmarie« genannt worden, nannte man sie jetzt »Schützin Arsch«.

Letzten Endes hatten die Neider gewonnen. Irgendwann hatte sie es nicht mehr ertragen. Sie musste weg. Ganz weit weg. So hatte sie mit ihrem Berliner Leben Schluss gemacht. Und auch mit ihrem Freund. Aber das war eine andere Geschichte …

Sie hoffte, dass die neuen Kollegen im Schwarzwald von dem Vorfall nichts mitbekommen hatten. Und wenn doch, dass sie die Sache diskret behandeln würden. Ihre neue Chefin hatte ihr das schon mal versprochen. Aber das Internet vergaß ja bekanntlich nichts, auch wenn ihr Nachname damals abgekürzt worden war.

Marie drückte aufs Gaspedal. Jetzt galt es, mit Schwung die Straße Richtung Herzogenweiler zu nehmen. Der Tachometer-Zeiger hatte schon die siebzig Stundenkilometer erreicht, als sie einen erneuten Flashback erlitt und wieder in ihren Albtraum zurückkatapultiert wurde. Sie durchlebte zum sicher fünfhundertsten Mal die Sequenz, wie das Projektil in das Gesäß ihres Chefs einschlug. Ein schauderhafter Anblick.

Und noch schauderhafter war, was daraufhin folgte. Denn plötzlich sah Marie rot. Tatsächlich rot. Blut!

Und hörte wieder einen fürchterlichen Knall.

Sie konnte kurzzeitig nicht sagen, ob das Blut und der Knall Bestandteil der realen Welt oder ihres Albtraums waren. Panisch drückte sie das Pedal bis zum Anschlag durch. Diesmal aber nicht das Gaspedal, sondern die Bremse. Die Schwarzwald-Puppe am Rückspiegel knallte gegen die Windschutzscheibe, ihre Augen fielen zu.

Krampfhaft presste auch Marie ihre Augenlider zusammen, wünschte sich, dass das alles nicht echt war und nur in ihrer Vorstellung ablief.

Doch als sie die Augen wieder öffnete, sah sie immer noch rot. Blut hatte sich auf der Windschutzscheibe verteilt. Diese war gesprungen und von tiefen Rillen durchzogen. Marie konnte nicht sehen, von was oder wem das Blut stammte.

Hatte sie einen Wanderer übersehen? Erneut durch eine Unkonzentriertheit einem Menschen Schaden zugefügt? Aber dieser Knall!

War das nicht ein Schuss gewesen? Ein Schuss, der jemanden getroffen hatte, woraufhin das angeschossene Opfer auf ihrer Windschutzscheibe gelandet war?

Aber nein, das ergab doch keinen Sinn. Andererseits: Was hatte in den letzten Monaten schon Sinn ergeben?

Und dann hörte sie endlich auf, rot zu sehen. Denn jetzt wurde ihr schwarz vor Augen.

Als Marie ihre Augen erneut aufschlug, wusste sie nicht, wie lange sie weggetreten gewesen war. Sie wusste nur eines: dass die blutverschmierte Windschutzscheibe kein Albtraum gewesen war. Sie hatte sie noch immer direkt vor Augen.

Nur eines hatte sich verändert: Ihre Fahrertür stand offen.

War sie aufgesprungen? Oder hatte sie selbst sie geöffnet?

Marie versuchte, aus dem Wagen zu steigen, was ihr einen stechenden Schmerz im Nacken bescherte. Sie hielt sich mit einer Hand den Hals, zog sich mit der anderen an der Autotür empor.

Zu ihrer Überraschung war sie nicht allein.

Ein Mann mit grauem Filzhut, grauer Strickjacke und grünen Kniebundhosen stand an der Front ihres Wagens. Trotz des ernsten Anlasses sah er sie mit verschmitztem Blick und geröteten Wangen an und fragte: »Geht's Ihne guet? I hab grad schon mol nach Ihne g'schaut und ihre Vitalfunktione überprüft. Positiv!«

Ehe Marie antworten konnte, nahm der Albtraum eine ganz neue Dimension an. Der Mann zückte plötzliche eine Waffe. Marie schnappte nach Luft, wollte schon in Deckung gehen. Aber der Kniebundhosenträger richtete die Waffe nicht auf sie, sondern auf etwas, das vor ihrem Eleganza liegen musste. Was es war, konnte Marie nicht erkennen, da sie noch immer reichlich kraftlos an der Fahrerseite stand.

Ihr war aber klar, dass der Mann mit dem etwas rustikalen Aussehen gleich Ernst machen und abdrücken würde.

»Nein«, rief sie noch. »Nicht schießen!«

Nun war sie sich fast sicher, dass das Ganze doch Teil des Albtraums sein musste. Die Schallwellen des Knalls, die den dichten Fichtenwald fluteten, sprachen allerdings dagegen.

Sie schloss die Augen, zählte bis drei und öffnete sie wieder.

Der Mann mit Filzhut und Kniebundhosen war noch da. Der Blick: immer noch freundlich-verschmitzt.

Er sicherte seine Pistole und steckte sie in ein Holster, das sich unter seiner Strickjacke befand.

Dann sagte er trocken: »Des war jetzt mol än saubere Kopfschuss. Ging nit andersch.«

Nun hatte seine Miene etwas leicht Bitteres.

Marie gelang es einfach nicht, diese absurde Szene mit der Realität in Einklang zu bringen. Erst das Blut, dann der seltsame Mann, dann der Kopfschuss auf wen oder was auch immer. Eigentlich war sie sich sicher, dass sie nicht träumte, alleine schon ihre Kopf- und Nackenschmerzen sprachen dagegen. Während sie sich gegen die Autotür lehnte, wurde ihr klar, dass es noch eine weitere mögliche Erklärung gab. Eine, die sehr wahrscheinlich war, weil sie nämlich all das hier erklären würde: Sie war verrückt geworden. Das war mehr als ein Burn-out.

»Sie sind … verhaftet«, flüsterte sie noch, bevor sie wieder zusammensackte.

Als sie wieder zu sich kam, sah sie zwei Uniformen der baden-württembergischen Polizei. Immerhin.

»Geht's Ihnen wieder gut?«, fragte ein untersetzter, gemütlicher Beamter.

Sie nickte.

Entgegen ihrer Erwartung war der Pistolenmann auch noch da – und zwar keineswegs in Handschellen.

Als eine ihrer Stärken hatte Marie – zumindest bis zu jenem verhängnisvollen Schuss in Friedrichshain – ihre Fähigkeit angesehen, auch unter Stress ziemlich logisch denken zu können.

Sie versuchte es noch einmal, hatte gedanklich eine neue, zumindest annähernd rationale Erklärung für das Geschehen. Mit ein paar unsicheren Schritten trat sie vor und nahm die Leiche in Augenschein.

Tatsächlich: ein Reh!

Das Tier lag aufgrund des Zusammenpralls mit ihrem Wagen und des anschließenden Kopfschusses zusammengekrümmt auf der Landstraße.

Marie wusste nun immerhin, dass sie in der Realität angekommen war. Und sie wusste noch etwas: Wenn sie sich nicht schon seit Jahren strikt gegen Fleischkonsum ausgesprochen hätte – jetzt wäre es so weit gewesen.

Der zweite Beamte, ein etwas jüngerer, drahtiger Kerl, fragte den Filzhutträger: »Musste das jetzt unbedingt sein?«

»Ha klar. Des Viech war praktisch schon dot. Da wär nix mehr zu mache g'wese. Mein Schuss war ä Erlösung für des Reh.« In seiner Miene zeigte sich Bedauern, doch beim nächsten Satz bekam sein Blick etwas Herausforderndes. »Des gibt jetzt en leckere Brate. Da wird sich mei Frau freue.«

Marie musste hysterisch auflachen.

Der gemütliche Streifenpolizist versuchte, sie zu beruhigen: »Das wird schon wieder. Ganz ruhig.«

»Braten! Er denkt jetzt an Braten!«, rief Marie, während sie sich vor Lachen schüttelte. Dann riss sie sich einen Moment zusammen und zischte: »Mörder!«

»Entschuldigung, aber Sie habe des Viech ja wohl umg'fahre. Nit ich. Wenn's nach mir gange wär, dät des Rehle jetzt unbehelligt im Wald grase. Ich wiederhol's noch mal: Mein Schuss war für des arme Tier ä Erlösung.«

Er verniedlichte das Reh ganz bewusst mit der Schwarzwaldtypischen »le«-Endung.

Maries hysterisches Lachen setzte erneut ein, und sie stieg in den Streifenwagen. Der gemütliche Streifenpolizist tätschelte ihr tröstend die Schulter.

Es war wohl doch alles etwas zu viel für sie.

Als der Beamte mit Marie langsam davonfuhr, erhaschte sie im Rückspiegel noch einen Blick auf das grauenvolle Spektakel, das sich hinter ihr abspielte: Der Filzhutträger zückte sein Jägermesser und begann an Ort und Stelle, das »Rehle« auszuweiden.

Der jüngere Streifenpolizist hatte angeekelt den Kopf in

Richtung Wald abgewandt. Durch das geöffnete Autofenster hörte sie einige letzte Wortfetzen.

»… muss das sein«, stieß der Streifenpolizist hervor. »Ha klar, jetzt isch des Rehle noch frisch. Umso besser schmeckt's am End«, entgegnete der Filzhutträger ungerührt.

Zum Glück gab der Beamte, der Marie zur Dienststelle nach Villingen chauffiert, Gas. Gleich darauf war der Schauplatz des Gemetzels nicht mehr zu sehen.

3. Dienstantritt

Als Marie Kaltenbach den weißen, schmucklosen Siebzigerjahre-Bau betrat, hatte sie sich etwas beruhigt, war aber immer noch etwas mitgenommen. Ihr Start in der alten Heimat schien alles andere als rund zu laufen. Sie machte genau dort weiter, wo sie in Berlin aufgehört hatte. Dort hatte sie als »Schwarzwaldmarie« begonnen und als »Schützin Arsch« geendet. Hier wollte sie wieder als »Schwarzwaldmarie« beginnen, schien aber gleich zur »Pechmarie« zu werden.

Kaum hatte sie die Eingangstür hinter sich gelassen, um das Büro ihrer Chefin aufzusuchen, hatte sie ein Déjà-vu: Filzhut, Strickjacke, Kniebundhosen.

Der Träger dieses Ensembles, der mit seinen klobigen Wanderstiefeln den PVC-Flur entlangstapfte, schien nicht weniger überrascht, die junge, aufgeregte Frau vom Unfallort hier zu sehen.

»Aha. Wollet Sie mich jetzt wege Mordes anzeige?«

»Musste das vorhin wirklich sein?«, wiederholte Marie die Frage des Streifenpolizisten von vorhin fast wortgenau.

»Klar, Sie hättet des Reh wahrscheinlich noch wiederbelebt. Ich sag's Ihne jetzt noch mol: Für des arme Vieh war des ä Erlösung.«

»Vieh!«, zischte Marie. »Schon der Begriff!«

»Das sagt man hier im Schwarzwald halt so«, erklärte der Stiefelträger jetzt in bemühtem Hochdeutsch. »Ich weiß ja nicht, wo Sie herkommen. Aber als Versöhnungsangebot: Sie

können gern was von dem Braten abhaben … Schließlich haben Sie das arme Tier ja auch, wie soll ich sagen, erlegt.«
»Sie sind geschmacklos!«, wurde Marie nun noch angriffslustiger. »Nein, vielen Dank. Ich esse kein Fleisch!«
»Aha, eine Vegetarierin?«, fragte der Filzhut- und Strickjackenträger in verächtlich klingendem Ton. »Klar, man darf natürlich keine Tiere töten. Lieber lässt man sie im Straßengraben jämmerlich verrecken.«
»Nein, ich bin Veganerin, falls Ihnen das überhaupt etwas sagt. Das bedeutet, keine tierischen Produkte zu sich zu nehmen. Überhaupt keine! Die machen nämlich krank!«, konterte Marie. »Und das arme Tier hätte man ja wohl auch etwas humaner ins Jenseits befördern können als mit einem Kopfschuss. Man hätte zum Beispiel den Tierarzt rufen und ihn bitten können, es einzuschläfern.«
»Humaner? Ha, wenn ich das schon höre. Im Übrigen: Bis der Tierarzt eingetroffen wäre, gute Frau, wäre das Tier ohnehin längst jämmerlich verreckt.« Er seufzte. »Was für ein Tag: Erst komme ich durch die kranken Viecher auf meinem Bauernhof zwei Stunden zu spät, und jetzt noch eine durchgeknallte Veganerin …«

Bevor ihr Wortwechsel noch schärfer werden konnte, kam ein junger, hagerer Mann um die Ecke. Seine Körperhaltung war ungewöhnlich aufrecht, fast ein wenig steif. Auch seine Frisur wirkte sehr akkurat. Er trug ein Hemd, das so blütenweiß war, dass es fast blendete.

»Ah, ihr habt euch schon miteinander bekannt gemacht?«, sagte er. »Das ist gut.«

»Wie? Bekannt g'macht«?, fragte der Filzhutträger verdutzt. »Ich kenne die Dame nicht.«

»Sie sind doch die neue Kollegin aus Berlin, nicht wahr? Ich hab Ihr Bewerbungsfoto auf dem Schreibtisch der Chefin gesehen«, sagte der junge Mann zu Marie.

Die nickte zögerlich.

Marie und der Filzhutträger schauten sich verdutzt an. Es entstand ein peinliches Schweigen, das der junge Kollege schließlich durchbrach.

»Also: Ich bin Francois Kiefer. Entschuldigen Sie meinen Akzent – ich bin von der Gendarmerie der Region Elsass und im Rahmen eines Austauschs für ein Jahr hier«, sagte er.

»Das macht doch nichts«, scherzte Marie, worauf sie der Elsässer ein wenig irritiert ansah. Okay, er war wohl eher von der ernsten Sorte. Aber wofür entschuldigte er sich denn? Der Mann sprach doch perfektes Hochdeutsch.

»Herzlich willkommen bei uns, Frau Kaltenbach!«, sagte er wie zum Beweis und schüttelte ihre Hand. »Das ist KHK Marie Kaltenbach, die aus Berlin zu uns stößt. Das, liebe Frau Kaltenbach, ist Ihr neuer Kollege Karl-Heinz Winterhalter. Ein echtes Schwarzwälder Original.«

»Original!« Marie spuckte das Wort fast aus, ehe sie sich zusammenriss.

»Also gut: Hallo erst mal.«

Sie machte eine etwas ungelenke, halb winkende Handbewegung. Schon allein, um einen Händedruck mit dem Kniebundhosen-Träger nach diesem wüsten Schlagabtausch zu vermeiden. Doch vergebens.

»Dag«, sagte Winterhalter und streckte ihr demonstrativ die Hand entgegen.

Der kräftige Händedruck des Mannes war schmerzhaft, so, als wolle er sich für den »Mörder« revanchieren.

»Auf gute Zusammenarbeit.«

»Jaja, auf ... äh, gute Zusammen...arbeit.«

Heute blieb ihr aber auch wirklich nichts erspart, dachte Marie. Erst das Reh und dann noch dieser Trachten-Kasper und passionierte Tiermörder als neuer Kollege.

Wieder entstand ein peinliches Schweigen, das Kiefer, der Marie aufmerksam zu mustern schien, erneut durchbrach.

»Der Kollege Winterhalter, müssen Sie wissen, ist nicht nur ein echter Schwarzwälder, sondern auch ein sehr guter und akribischer Ermittler. Besonders auf dem Gebiet der Kriminaltechnik. Und im Nebenberuf ist er Landwirt und betreibt noch immer seinen Bauernhof in der Nähe von Linach. Er schlachtet übrigens noch selbst und stellt ausgezeichnete Wurstwaren und Schinken her.«

»Aha? Schlachter also auch noch?«, torpedierte Marie Kiefers Versuch, die Atmosphäre etwas aufzulockern.

»Humaner Schlachter. Ganz human«, antwortete Winterhalter nicht weniger scharfzüngig.

Marie biss die Zähne zusammen und schwieg. »Du kannst übrigens ›du‹ zu mir sagen. Ich bin die Marie«, wandte sie sich dann demonstrativ freundlich dem jungen, elsässischen Kollegen zu.

»Ich … ich bin Francois«, sagte Kiefer und schien etwas verlegen in Richtung Winterhalter zu schauen, der nun die Arme über der Strickjacke verschränkt hatte.

Erneut herrschte Schweigen. Bis plötzlich eine Frau im energischen Tonfall erklärte: »Ah, da ist ja unsere neue Kollegin aus Berlin!«

Frau Bergmann, die Kripochefin, steuerte direkt auf Marie zu. Sie hatte nicht nur eine kräftige Stimme, sondern auch ein forsches Auftreten, das perfekt zu ihrem Aussehen passte: Die Frisur akkurat geformt, beiges Kostüm mit Blazer sowie schwarzen Stilettos. Sie war Ende fünfzig und wirkte ein wenig wie eine deutsche Ausgabe von Maggie Thatcher.

»Ach, Sie haben sich ja schon bekannt gemacht«, wiederholte die Chefin nun fast wortgenau Kiefers Aussage.

»Das kann man wohl so sagen«, sagte Marie und warf Winterhalter einen giftigen Blick zu. »Guten Tag, Frau Kriminaldirektorin Bergmann. Und vielen Dank für den freundlichen Empfang.«

»Ich freu mich, dass es hier wieder mehr Frauenpower gibt. Wir bräuchten noch viel mehr tüchtige, junge Ermittlerinnen wie Sie in unserer Dienststelle.«

»Was hat denn das Geschlecht mit der Güte der Ermittlungen zu tun?«, knurrte Winterhalter, der Diskussionen über Feminismus offenbar wenig schätzte.

»Frauen haben einen ganz anderen Blick auf die Dinge, Kollege Winterhalter. Sie denken auch mal quer, statt immer den gleichen alten Stiefel zu machen«, entgegnete die Bergmann und schob ihre Brille mit dem Zeigefinger das Nasenbein hoch. Dabei fixierte sie Winterhalters klobige Wanderstiefel so, als hätte sie an diesen etwas zu beanstanden.

Winterhalter verdrehte die Augen.

In diesem Moment muhte die Kuh. Es war der Klingelton des etwas in die Jahre gekommenen Handys von Winterhalter.

Die Bergmann quittierte das Muhen nun ihrerseits mit einem Augenrollen in Richtung Marie, die sich um einen neutralen Gesichtsausdruck bemühte.

Winterhalter ging einige Meter den Flur entlang, um ungestört telefonieren zu können.

»Thomas? Wa isch denn …?«

Nach etwa dreißig Sekunden stapfte der Schwarzwälder Kommissar in seinen Wanderstiefeln wieder in Richtung der Gruppe zurück, das Handy noch immer am Ohr: »Mir sind schon unterwegs. Und bloß nix a'lange. Finger weg von der Leich, hasch du mich verstande?«

Leiche?, dachte Marie.

»Hasch du schon? Ja, bisch du denn noch ganz bei Troscht?«, schallte es durch den Flur. Winterhalter hielt kurz inne und versuchte dann, mit gedämpfterer Stimme weiterzusprechen:

»Dann lasst wenigschtens jetzt die Finger von dem Dote. Mir sind glei do. Und«, er machte eine bedeutungsvolle Sprechpause, »Ruhe bewahre.«

Als Winterhalter das Handy in seiner Strickjacke verstaut hatte, meldete er seiner Chefin im feinsten, nahezu akzentfreien Polizistendeutsch: »Leblose Person in der Neudinger Fürstengruft. Ungeklärte Todesursache. Wir sollten gleich los.«

»Und wieso erhalten Sie private Mitteilungen über diesen Leichenfund?«, fragte die Bergmann verwundert.

Winterhalter kratzte sich offenbar etwas verlegen die Stoppeln seines Dreitagebartes.

»Mein Sohn war mit ein paar Freunden beim Geokatsching. Und da haben sie eine Leiche in der Fürstengruft gefunden.«

»Du meinst wohl Geocaching«, korrigierte Kiefer. »Das ist eine Art moderne Schnitzeljagd mit GPS. Also mit Global Positioning System.«

»Jaja«, sagte Winterhalter.

»Ich weiß, was Geocaching bedeutet. Mir brauchen Sie das nicht zu erklären«, sagte die Bergmann und schien Winterhalter einen abschätzigen Blick zuzuwerfen.

»Es handelt sich um ein globales Satellitennavigationssystem zur Positionsbestimmung. Man hat sozusagen einen kleinen elektronischen Kompass bei sich, mit dem man …«, setzte Kiefer, der als Computer- und Technikfreak sehr beliebt im Kommissariat war, zu einer längeren Erklärung an.

»Mich interessiert jetzt ehrlich gesagt mehr, was mit dem ungeklärten Todesfall ist«, mischte sich Marie ein.

Einen Moment befürchtete sie, damit zu weit vorgeprescht zu sein, aber sie bekam gleich verbale Unterstützung von der Bergmann.

»Genau, Kollegin Kaltenbach. Wieso sind Sie eigentlich überhaupt noch hier, meine Herren?«

»Franz, los geht's«, gab nun Winterhalter das Kommando zum Aufbruch.

»Franz?«, fragte Marie verdutzt.

»Kollege Winterhalter nennt mich so, weil der Name einfacher für ihn auszusprechen ist«, erläuterte der französische Austauschkommissar.

»Ist doch einfacher. Übrigens spreche ich mit dem Kollegen Hochdeutsch, damit er wirklich alles in der Dienststelle versteht«, schaltete sich Winterhalter ein.

»Also ich nenne dich Francois, wenn du einverstanden bist. Und ich komme natürlich mit«, sagte Marie bestimmt.

Die Unterstützung von Frau Bergmann hatte ihr Mut gemacht.

Winterhalter gab sich keine Mühe, sein Unbehagen über die drohende Begleitung der neuen Kollegin zu verbergen.

»Na, Frau Kaltenbach. Jetzt kommen Sie doch erst mal richtig an«, säuselte er. »Schauen Sie sich in unserem schönen Dienstgebäude um. Frau Bergmann gibt Ihnen sicher gern eine Führung. Und wir Männer kümmern uns um schon mal um die Leich«, fügte er in einem Tonfall an, als würde er seiner Tochter erklären, sie solle nun gefälligst zu Bett gehen.

»Papperlapapp«, fuhr die Bergmann ihm in die Parade. »Wir haben Frau Kaltenbach als Unterstützung aus Berlin bekommen. Und zwar ab heute! Also ab sofort! Habe ich mich klar genug ausgedrückt?!«

Marie konnte sich ein leicht triumphierendes Grinsen nicht verkneifen.

»Jawoll, Chefin!«, erwiderte Winterhalter nach einer kurzen Pause.

Es fehlte nur noch, dass er Frau Bergmann salutierte. Die Ironie im Tonfall des Kollegen wiederum war das Erste, was Marie an ihm gefiel. Dieser Charakterzug war ihr nämlich auch nicht ganz fremd …

4. Disput im Overall

»Finger weg und nix anlange, hab ich g'sagt«, schimpfte Winterhalter wie ein Rohrspatz.

»Aber Bapa«, entgegnete sein Sohn Thomas im jammernden Tonfall eines kleinen Jungen, der gerade für etwas ausgeschimpft wurde. »Mir habe doch gar nit g'wusst, dass des ä richtige Leich ischt. Mir dachte, des wär ä Pupp oder so. Irgendwas, das ä andere Geocaching-Gruppe so hindrapiert hat.«

»Ä Pupp«, rief Winterhalter entsetzt, wurde dann aber leiser. »Des isch jo peinlich. Du bisch de Sohn von einem de erfahrenschte Kriminalbeamte. Und du hältscht ä Leiche für ä Puppe und langsch sie au noch an. Des solltescht du wohl besser wisse.«

»Ich hab sie doch nit ang'langt, ich hab sie doch nur ang'stupst.«

»Ang'stupst isch wie ang'langt«, sagte Winterhalter trocken. »Des macht's jo nit besser.«

Er hatte sich schon seinen weißen Kriminaltechniker-Overall angezogen, bückte sich und schlüpfte nun unter dem Flatterband hindurch, das die Kriminaltechnik am Eingangsbereich der Fürstengruft gespannt hatte. Marie und Kiefer folgten ihm in gleicher Kluft.

Draußen versuchten schon die ersten Schaulustigen, einen Blick auf die Leiche zu erhaschen. Die Kunde schien sich schnell herumgesprochen zu haben.

Einige Streifenpolizisten versperrten aber den Weg und den Blick ins Innere der Kuppelkirche. Die für diesen Tag geplante Feier im Park würde wohl abgesagt werden müssen.

»Todeszeitpunkt?«, fragte Winterhalter Marie wieder in bemühtem Hochdeutsch, nachdem sie die Leiche in der Fürstenberger Tracht in Augenschein genommen hatten. Es schien eine Art Prüfung zu werden.

»Scannen kann ich die Leiche leider noch nicht. Ich fürchte, wir werden sie wohl näher untersuchen müssen. Um den exakten Todeszeitpunkt zu ermitteln, schlage ich vor, dass wir umgehend eine Körpertemperaturmessung vornehmen. Ein Grad verliert der Körper eines Toten pro Stunde. Damit werden wir den Todeszeitpunkt in etwa zurückverfolgen können«, antwortete Marie spitz.

»Die Todesursache werden wir wohl auch erst kennen, wenn wir die Leiche genauer untersucht haben. Aber das brauche ich Ihnen als erfahrenem Ermittler ja wohl nicht erzählen.«

»Nein«, entgegnete Winterhalter. »Wir Schwarzwälder sehen nämlich nur so blöd aus!«

»Ich bin auch Schwarzwälderin, falls ich mir diese Bemerkung erlauben darf. Ich bin in Villingen-Schwenningen zur Schule gegangen. Genauer gesagt in Villingen. Und der badische Teil der Doppelstadt liegt ja wohl noch im Schwarzwald. Oder haben Sie da andere Informationen?«

Winterhalter ging nicht darauf ein, blickte sie nur verächtlich an.

Seine schlechte Laune ließ er nun an seinem Sprössling aus, der ein paar Meter weiter hinter dem Flatterband kauerte.

»Wo komme eigentlich die ganze Gaffer her, die mir draußen g'sehe habe? Ich hab doch g'sagt: Zu keinem ein Wort!«

Thomas blickte etwas schuldbewusst drein: »Also, g'sagt

habe mir zu niemand was. Aber ganz am Anfang, da ... habe mir halt was auf Facebook gepostet.«

»Facebook!« Winterhalter spuckte das Wort regelrecht aus. »Nix läuft mehr ohne den Scheißdreck! Allmählich hass ich des Internet. Hättet ihr heut mol was G'scheites gmacht, anstatt mit diesem Pokemon hier in die Gruft ...«

»Geocaching, Bapa ...«

Winterhalter wandte sich von seinem Sohn ab und Marie zu: »Ich wollt nicht auf die Minute wissen, wann diese Person ums Leben kam. Das Jahrhundert würd mir in etwa reichen. Liegt die Leiche also schon länger – oder wurde sie hier erst vor Kurzem drapiert?«

»Einundzwanzigstes Jahrhundert, würde ich sagen.«

»Prima«, heuchelte Winterhalter Lob. »Dank Ihnen kommen wir langsam voran.«

Während Kiefer in seinem Overall ziellos in der Gruft umherlief, weil ihm das Geplänkel seiner beiden Kollegen offensichtlich unangenehm war, ging Winterhalter erneut ein paar Meter in Richtung Absperrung.

»Also noch mol von vorn, Thomas: Um wie viel Uhr seid ihr hier rein gekomme?«

»So gege zehn morgens.« Winterhalters Sprössling warf einen Blick auf seine drei Begleiter, die immer noch schockgefroren wirkten. »Mir habe heute ausnahmsweise blau g'macht und sind nit zur FH gegange. Weil die Gruft jo nur heut geöffnet ischt. Deshalb sind mir auch recht früh aufg'standen.«

Ehe Winterhalter seinen Sohn weiter befragen konnte, ging Marie dazwischen.

»Kollege Winterhalter«, sagte sie mit größtmöglicher Bestimmtheit, »lassen Sie mich mit Ihrem Sohn sprechen. Sie scheinen mir befangen ...«

Ehe Winterhalter antworten konnte, meldete sich Kiefer zu Wort: »Die Person ist stranguliert worden.«

Er hatte begonnen, die Leiche zu untersuchen, ihren Spitzenkragen angehoben und darunter Striemen entdeckt, auf die er nun wortlos zeigte.

»Die könnten dem Opfer mit einem Seil oder Draht beigebracht worden sein. Der Täter muss ziemlich brutal vorgegangen sein.«

In seltener Eintracht beugten sich nun die drei Ermittler über die Leiche, die ebenso ungerührt wie starr zur Kuppel hinaufblickte.

Winterhalter war der Erste, der wieder zwei Meter nach hinten trat.

»Stranguliert mit Draht oder einem Seil? Deutet auf ein professionelles Vorgehen hin.«

Dann schaute er wieder auf die Leiche. »Das ist doch unzweifelhaft ein Mann. Warum trägt der dann aber eine Frauentracht? Wir sind doch hier nicht in Berlin.«

Der Seitenhieb galt natürlich Marie.

»Oder bei eurer Fasnet«, warf Kiefer ein.

»Bei der Fasnet würd wohl kaum ein Mann die Tracht einer Frau anziehen«, widersprach Winterhalter.

»Transsexualität gibt es eben inzwischen überall. Selbst auf dem Dorf«, kommentierte Marie.

Ehe die beiden Kampfhähne wieder aneinandergeraten konnten, mischte sich Thomas ein: »Vielleicht hät mer ihm die Frauentracht auch erscht nach seinem Tod a'zoge – und ihn dann hier reing'legt.«

»Des könnt sei – und isch auf jeden Fall än bessere Beitrag als alles, was von seller Dame dort kommt.« Winterhalter kratzte sich nachdenklich am Kinn und sagte dann zum elsässischen Kollegen Kiefer wieder betont hochdeutsch: »Die Hände einpacken!«

»Bitte?« Marie schüttelte den Kopf.

»Ich weiß ja nicht, liebe Kollegin, wie Sie in Berlin bei so einem Fall verfahren, aber wir hier im Schwarzwald sind akribische Schaffer, wie man so schön sagt. Wir sichern jetzt jeden kleinsten Fitzel, der einen Hinweis auf den oder die Täter geben könnte. Als Erstes packt Kollege Kiefer die Hände des Opfers in Pergamintüten ein, damit wir später die Fingernägel auf Spuren untersuchen können, die wiederum auf de Täter Hinweise geben. Ist ja selbstverständlich, dass ...«

»Schon klar. Sie brauchen mir das Einmaleins einer Ermittlung nicht zu erklären. Auch wir in Berlin haben schon mal von Kriminaltechnik gehört«, unterbrach Marie und wunderte sich selbst über das »wir in Berlin«.

Sie war offensichtlich noch nicht wieder im Schwarzwald angekommen.

Nachdem sie einmal tief Luft geholt hatte, fixierte sie Winterhalter: »Was soll ich also Ihrer geschätzten Meinung nach tun?«

Der Kommissar lächelte verschmitzt, was seine mit feinen Blutäderchen durchzogenen Wangen hervortreten ließ.

»Tja, wir fangen mit der Drecksarbeit an, würde ich mal sagen.«

Er zog aus einem der Kriminaltechnikkoffer ein Fieberthermometer hervor, hielt es Marie direkt vors Gesicht. »Fieber messen, bitte. Der Kollege Kiefer hilft Ihnen, die Leiche umzudrehen.«

Wenn Winterhalter sich erhoffte, sie damit zu schocken, hatte er sich getäuscht.

»Na klar doch, sehr gerne«, sagte Marie in einem freundlichen Singsang.

»Und was gedenken Sie in der Zwischenzeit zu tun?«

»Ich schau mal, ob ich Spuren für daktyloskopische Untersuchungen sichern kann. Vielleicht hat der Täter ja Fingerabdrücke hinterlassen.«

Winterhalter begann, die Umgebung der Leiche zu untersuchen. Nach einer Weile sah er auf. »Riecht hier ganz schön nach Knoblauch, ist Ihnen das auch aufgefallen?« Bevor Marie und Kiefer etwas antworten konnten, fuhr er auch schon mit seinem Monolog fort: »Hat der Mann kurz vor seinem Tod eine stark gewürzte Mahlzeit gegessen? Auch das könnte natürlich ein wichtiger Hinweis sein ... Kiefer!« Als der Kollege ruckhaft den Kopf hob, befahl Winterhalter: »Sorgen Sie dafür, dass bei der Obduktion der Mageninhalt des Opfers besonders sorgfältig untersucht wird.«

Kiefer nickte. Nachdem er die Hände fertig verpackt hatte und die erste Temperaturmessung bei der Leiche vorgenommen worden war, begann er, die Leiche mit Folie abzukleben.

Obwohl Kiefer erst einige Monate bei der deutschen Kripo war, waren die beiden Kommissare schon ein eingespieltes Team, wie Marie bemerkte. Während Kiefer die Folie auftrug, nummerierte Winterhalter die einzelnen Folien. Am Ende des Vormittags sah der Mann in Frauentracht aus, als habe man ihn für eine Paketversendung fertig gemacht.

Marie nahm sich derweil grimmig vor, den Fall zu lösen. Notfalls im Alleingang.

5. Entspannung

Das Ticken beruhigte. Kriminalhauptkommissar Karl-Heinz Winterhalter saß in seinem rustikalen Sessel in der guten Stube, die schuhlosen Füße weit von sich gestreckt, eine graubraune Strickjacke an.

Die Kuckucksuhr in der Nähe des Herrgottswinkels tat das, was sie schon immer getan hatte – und Winterhalter war dankbar dafür.

Was für ein Tag! Erst der Unfall mit Gnadenschuss, anschließend der erdrosselte Mann in Frauenkleidern. Und zu allem Überfluss war nun auch noch Thomas in den Mordfall verwickelt. Das weitaus Schlimmste aber: die neue Kollegin.

Winterhalter hielt sich für einen gutmütigen, kollegialen Beamten, einen »Teamworker«, genau wie es Frau Bergmann immer forderte.

Und er war weiß Gott schon mehrfach auf die Probe gestellt worden, zuletzt jahrelang mit seinem phobischen Kollegen Thomsen, bei dem die norddeutsche Herkunft noch eines der geringeren Probleme gewesen war. Thomsen hatte Winterhalter mit seinen Zwängen schier zur Weißglut getrieben, doch selbst mit diesem psychisch labilen Kollegen hatten sie einige Mordfälle gelöst.

Während die Uhr weiter tickte, breitete sich in Winterhalter das Erstaunen darüber aus, dass er den ungeliebten

Thomsen nun fast schon vermisste. Aber irgendwann war es nicht mehr gegangen. Der Kollege hatte aufgrund seiner immer schlimmer werdenden Phobien stationäre psychiatrische Hilfe in Anspruch nehmen müssen.

Er würde ihn mal besuchen, nahm sich Winterhalter vor. Irgendwie hatte er ein schlechtes Gewissen, dass er das nicht schon längst getan hatte. Primär allerdings – und so ehrlich war er, während er im Sessel fläzte –, war diese plötzliche Sehnsucht nach Thomsen der Tatsache geschuldet, dass er nun eine neue Kollegin hatte, mit der er noch weniger zurechtkam als mit dem norddeutschen Kommissar in der Hochphase seiner Zwänge.

Winterhalter war niemand, der zu Verschwörungstheorien neigte, aber inzwischen fragte er sich doch, ob die Bergmann ihm absichtlich eine solche Person zur Seite gestellt hatte, um ihn zu »bossen«. Schließlich gefielen der Chefin etliche seiner Eigenarten nicht. Zum Beispiel, dass er mit seinen Stiefeln voller Stalldreck das Kommissariat verschmutzte. Oder seinen Handel mit Selbstgeschlachtetem von seinem Bauernhof im Polizeipräsidium. Oder seinen Dialekt. Und vielleicht auch die Tatsache, dass er einfach nur ein Mann war.

Nun also musste er sich mit einer Großstadtpflanze herumschlagen, die sich für etwas Besseres hielt. Die aber – und das hatte er schon am Nachmittag über den Flurfunk erfahren – nur hierher versetzt worden war, weil sie in der Hauptstadt einem leitenden Beamten bei einem Einsatz in den Allerwertesten geschossen hatte.

Winterhalter schmunzelte. Er neigte nun wahrlich nicht zur üblen Nachrede, aber es war schon gut, dass man gleich am Anfang etwas gegen die Kollegin in der Hand hatte.

Nur so für den Notfall.

»Transsexualität gibt's inzwische auch auf dem Dorf«, äffte er den Satz der Kaltenbach in der Gruft nach.

Winterhalter hielt sich im Allgemeinen für einen toleranten Menschen, der jeden nach seiner Façon selig werden ließ. Allerdings war er ganz froh, dass hier in seinem Dorf, in Linach, noch alles auf althergebrachte Weise funktionierte.

Transsexuelle und Veganer sollten in Städten wie Berlin glücklich werden – und auch überkandidelte Kommissarinnen, die nicht in diese Region passten. Da mochte die Kaltenbach zehnmal hier geboren worden sein – das änderte nichts daran, dass sie in der Hauptstadt verdorben worden war, eine Zusammenarbeit mit ihr schwer möglich. Allein schon deshalb, weil sie vorlaut war und keinen Respekt vor erfahreneren Kollegen hatte.

Er starrte auf den dunkelbraunen Holzdielenboden und schüttelte den Kopf.

Da lobte er sich die Beziehung mit seiner Hilde. Sie beide konnten sich auch mal anschweigen, es musste nicht alles ausdiskutiert werden, jeder wusste, wo sein Platz war. Auf dem Bauernhof und auch im Leben. Und immerhin hatte er seiner Gattin den schönsten Liebesbeweis überhaupt erbracht: Er hatte eine seiner Kühe nach ihr benannt.

Sicher war Hilde auch jetzt wieder im Stall, um sich um ihre noch immer kränkelnde Namensvetterin zu kümmern.

»Karl-Heinz«, ertönte es da drei Meter hinter ihm vom Stuhl am Esstisch.

Huch! Er hatte sie gar nicht kommen gehört. Oder saß sie schon die ganze Zeit da?

Er knurrte etwas Undefinierbares.

»Karl-Heinz?«

»Jo?«

Die Uhr tickte weiter, aber mit der Ruhe war es vorbei.

»Mir schwätzet gar nimmer mite'nand.«

Hatte sie seine Gedanken gelesen? Es war doch positiv,

dass man nach vierundzwanzig Jahren Ehe nicht mehr so viel reden musste. Oder?

Winterhalter überlegte und brummte dann: »Mir schwätze doch jetzt.«

»Ha, aber schwätze isch nit gleich schwätze«, wandte Hilde ein.

»Über was willsch denn schwätze?«

Er schnaufte hörbar. Das war das, was er nach einem solchen Tag genau *nicht* wollte. Eine Frau, die ihn nervte.

Er blickte wieder zur Uhr: halb acht.

Thomas war aus dem Haus, vermutlich wieder beim Geocatching oder wie das hieß.

Ein dringend notwendiger Entspannungsabend. Ein bisschen mit seiner Frau reden, dann noch mal in den Stall – und früh ins Bett, denn auf einem Bauernhof begann der Tag früh – bereits vor fünf. Also zu einer Zeit, in der die neue Kollegin wahrscheinlich erst ins Bett ging, ehe sie zum Frühstück gegen zwölf einen glutenfreien Kicherkürbis zubereitete ...

»Also, wie war dein Dag?«, machte Winterhalter nun doch den Anfang – in der Hoffnung, dass das Ende auch bald erreicht sein würde.

»Ich war bei de Franziska«, sagte Hilde – und Winterhalter erstarrte in seinem Sessel. Franziska war eine Nachbarin, die ununterbrochen von »persönlicher Weiterentwicklung« faselte. Eine Frau, die sich aufführte, als sei sie weitaus gebildeter und kosmopolitischer als die ganzen anderen Dorffrauen.

»Die Franziska und ihr Mann hän au monatelang nie richtig mehr mit'nander g'schwätzt ...«

»Und jetzt?«

Winterhalter war alarmiert. Hatte sich Franziska von ihrem Mann getrennt? Falls ja, konnte er diesem – dem Seiler Helmut – nur gratulieren, aber warum erwähnte Hilde das jetzt? Sie wollte sich doch wohl nicht von ihm ...?

Unsinn, er fantasierte. Zur Sicherheit drehte er sich aber rasch um und wartete angespannt auf Hildes Antwort.

Sie war nicht ganz so schlimm, wie er befürchtet hatte. Allerdings auch nicht viel besser.

»Die habet ä Ehetherapie g'macht – und jetzt isch da wieder Harmonie.«

»Die Franziska isch doch eh nit ganz dicht«, platzte es aus Winterhalter heraus, ehe ihm klar wurde, dass das unter diesen Umständen genau die falsche Antwort war.

Er räusperte sich und sagte so ruhig wie möglich: »Aber mir brauchet so was jo nit, oder?«

Hildes Gesichtsausdruck machte ihm Sorgen.

»Es wär wichtig, Karl-Heinz ...«

»Jetzt mol ernschthaft, Hilde«, brauste der Kommissar auf und legte los.

In den nächsten Minuten fluchte, schimpfte, spottete er: über Weicheier, Großstadtmarotten, Emanzen und Geldgeier, die mit ihrem hirnlosen Geschwafel Leute einlullten, womit er den von Franziska empfohlenen Paartherapeuten meinte.

Trotz seiner energischen Gegenwehr schwante ihm Schlimmes. So eingespielt und wunderbar geregelt die Dinge im Hause Winterhalter auch waren: Wenn Hildes Gesicht diesen speziellen Ausdruck annahm, würde sie sich nicht von ihrem Kurs abbringen lassen.

Aus Prinzip tobte Winterhalter noch eine Weile weiter, dann ging er in den Stall. Er verfluchte Franziska – und mit ihr seine neue Kollegin Marie Kaltenbach, die auf irgendeine geheimnisvolle Weise mitverantwortlich an den heutigen Schicksalsschlägen zu sein schien. Jedenfalls würde sie sich garantiert ein Grinsen verkneifen müssen, falls sie davon erfuhr.

Deshalb nahm sich Winterhalter Folgendes vor: Er würde dafür sorgen, dass weder die Kaltenbach noch sonst jemand von diesem Wahnsinn etwas mitbekam. Gleich morgen würde er diesen Eheberatungs-Quatsch absagen. Er brauchte nur noch einen guten Grund, Hilde dies zu vermitteln. Er würde noch einen Moment bei den Kühen bleiben. Wenn er ihnen beim Fressen zusah, kamen ihm immer die besten Gedanken.

6. Teamwork

Die Fahrt an ihrem zweiten Arbeitstag schien besser zu verlaufen als die gestrige. Diesmal gab es keine Tiere auf der Fahrbahn. Und mit ihren Gedanken hing Marie auch schon nicht mehr in Berlin, sondern bei der rätselhaften Leiche aus der Gruft.

Sie war gut zwei Stunden früher dran als tags zuvor, denn sie plante, vor ihrem neuen Kollegen – oder sollte sie eher sagen: Kontrahenten? – Winterhalter im Büro zu sein, der offenbar stets zu den Ersten gehörte.

Diesmal hatte sie das Fenster des Wagens weit geöffnet und sog die Schwarzwaldluft ein. Bei besagtem Wagen handelte es sich um einen alten Mercedes E 500 – ein ziemlich klobiges und kaum spritzigeres Modell als ihr Fiat Eleganza. Eine Leihgabe ihres Vaters, denn der Eleganza befand sich nach dem schrecklichen Wildunfall in der Werkstatt. Marie hoffte, dass es kein Totalschaden war, denn an dem Fahrzeug hingen doch einige Erinnerungen.

Psychisch war sie – wie eigentlich immer in den letzten Wochen, ja Monaten – nicht in Bestform. Das würde aber hoffentlich wieder werden, sobald sie sich erst mal eingelebt hatte. Das neue, schicke Loft an der Villinger Stadtmauer mit Dachterrasse und Blick auf die Alstadtsilhouette wurde gerade renoviert und sollte bald bezugsfertig sein.

Nach ihrer Berlin-Episode würde sie sich von ihren vorwiegend männlichen Kollegen hier nicht ins Bockshorn jagen lassen. Marie beschleunigte den Wagen, als wolle sie diesen Entschluss via Gaspedal energisch durchsetzen. Und mit jedem zurückgelegten Meter hatte sie den Eindruck, sich noch weiter von Berlin zu entfernen. Weg von Peter, weg vom Schuss in den Hintern. Volle Konzentration auf Villingen-Schwenningen.

Mit Winterhalter hatte sie leider einen dieser Typen vor der Nase sitzen, derentwegen sie damals, vor fast zwanzig Jahren, weggegangen war: ein Ewiggestriger – was seine Sprache, die Kleidung und vor allem seine Einstellung betraf.

Der junge Francois Kiefer, der als Gastbeamter aus dem Elsass zu den Schwarzwälder Kollegen gestoßen war, schien ihr da trotz seiner ungewöhnlich akkuraten Körperhaltung schon zugänglicher, aber auch weicher als die Kollegen aus Berlin, wo bekanntermaßen ein kriminalistisch rauerer Wind herrschte als im Schwarzwald.

Doch vielleicht würde sich das bald ändern: Marie eilte der Ruf voraus, dass sie Mordfälle förmlich anzog.

In Berlin war das noch nicht so außergewöhnlich gewesen, aber gleich am ersten Arbeitstag im Schwarzwald mit einem möglichen Mord konfrontiert zu werden, das war keine schlechte Leistung … Jedenfalls hatte ihr Winterhalter das am Vorabend noch zum Abschluss mitgegeben. Als könne ein toter Mann in Frauenkleidern nur der zweifelhafte Verdienst einer Hexe aus Berlin sein, deren sündhafter Großstadt-Einfluss das Klima im ach so friedlichen Schwarzwald negativ beeinträchtige.

Der Pförtner schien das glücklicherweise anders zu sehen, denn er begrüßte sie überaus freundlich: »Morgä!«

Es war trotz des Werktags still auf den Fluren der Kripo. Vermutlich war aber auch hier die Ursache, dass sie das hektische und laute Berliner Leben zum Maßstab nahm.

Nachdem sie in ihrem komplett in Weiß gehaltenen Büro

angekommen war, bemerkte Marie erfreut, dass sie tatsächlich vor Winterhalter eingetroffen war. Was zudem den Vorteil mit sich brachte, dass sie gleich Informationen von Francois Kiefer abgreifen konnte, auch wenn es noch nicht viele waren.

»Todesursache Strangulation, Todeszeitpunkt vermutlich gestern Morgen zwischen sechs und sieben. Die Kollegen arbeiten gerade noch an der Auswertung der Spuren. Die müssten wir im Laufe des Tages auf den Schreibtisch bekommen.«

»Und der Name des Toten?«, wollte Marie wissen, während sie sich in den Laufwerken ihres Computers zurechtzufinden versuchte.

»Hatte keinen Ausweis bei sich«, antwortete Kiefer. »Anwohnerbefragungen in der Umgebung der Gruft haben bislang nichts Entscheidendes ergeben. Der Kollege Albicker von der Streife glaubte aber, das Opfer schon einmal gesehen zu haben.«

»In Männer- oder in Frauenkleidern?«, fragte Marie.

Kiefer lächelte unsicher und wischte sich eine blonde Strähne aus der Stirn.

»Er meint, sich an das Gesicht zu erinnern. Mit der relativ langen Nase und den ausgeprägten Wangenknochen ist das ja recht einprägsam.«

»Meinst du, der Kollege kommt noch auf den Namen, oder sollen wir die Bevölkerung um Mithilfe bitten, indem die Pressestelle ein Foto an die Medien weitergibt?«

»Soweit kommt's no«, brummte es von der Tür.

Winterhalter betrat in Wanderstiefeln den Raum.

»Klar, wir lassen das Bild eines Manns in Frauenkleidern veröffentlichen ... Da lacht sich doch jeder tot, und die Mithilfe der Bevölkerung dürfte entsprechend überschaubar ausfallen. Sobald sie das sehen, sagen sich die Leute doch: ›Was ist denn das für ein Vogel? Mit so einer Sache will ich nichts zu tun haben.‹«

»Vielleicht sind die Menschen hier ja toleranter, als Sie glauben – und als Sie selbst es sind, lieber Herr Winterhalter«, gab Marie zurück.

Die kollegialen Spannungen schienen sich auch am zweiten Tag fortzusetzen.

»Und davon mal ganz abgesehen«, fuhr Marie fort, »das Bild des Toten in Frauenkleidern kennen die Leute längst. Dafür haben Ihr Sohn und seine Geocaching-Freunde gesorgt, als sie diese Selfies mit Leiche auf Facebook veröffentlicht haben.«

»Da ist übrigens reichlich traffic.« Kiefer hatte sein Smartphone aus der Tasche gezogen und tippte darauf herum. »Ich habe auf meinem Facebook-Account auch schon Nachrichten zum Toten bekommen.«

Er zeigte den beiden Kollegen das Bild des Toten, das von Thomas Winterhalter stammte.

Dessen Erzeuger schämte sich sichtlich in Grund und Boden.

»Wie viele Leute haben des Bild insgesamt schon gesehen?«

Kiefer klickte wieder.

»63 200 haben schon darauf reagiert. Und ich bin sicher, dass jeden Moment Anrufe von Journalisten kommen werden.«

63 200, dachte Marie. Immerhin würde man sich auf diese Weise vielleicht einen öffentlichen Aufruf doch sparen können, um den Toten zu identifizieren – zumindest, wenn er aus der Region stammte.

»Vielleicht geben die Kommentare unter dem Posting schon Hinweise«, sagte sie und stellte sich neben Kiefer.

181 Kommentare waren angezeigt. Die meisten brachten sie nicht weiter, denn sie reichten von »Krass!« über »Ist der echt?« bis zu »Voll die Schwuchtel!«, wie Marie erbost bemerken musste. Kiefer scrollte weiter nach unten.

Winterhalter beugte sich nun zu ihnen, offenbar in dem Versuch, auch einen Blick auf das Smartphone zu erhaschen. Kiefer rückte näher an sie heran, sodass sich ihre Schultern leicht berührten. Wohl ein Versuch, Winterhalters Stallgeruch zu entfliehen, vermutete Marie.

Der Kontrast zwischen dem Nebenerwerbsbauern Winterhalter mit seinen klobigen, keineswegs sauberen Schuhen und der auf hell getrimmten Einrichtung des Kommissariats war tatsächlich ziemlich krass. Wahrscheinlich musste die Putzkolonne allabendlich Überstunden wegen dieses Schrats machen.

Nun widmete sich Marie – noch immer auf Tuchfühlung mit Kiefer – den letzten Einträgen unter dem Bild des Toten.

»Sieht aus wie Giorgio«, las sie – und auch gleich die Antworten: »Bist du doof?« sowie »Quatsch!«.

»Das ist doch der Pedro«, lautete ein weiterer Vorschlag. Darauf folgten die Kommentare »Heftig« und »Bist du das, Pedroschatz?«.

Kiefer klickte auf die Verlinkung zu »Pedroschatz«, und sie landeten auf dem Facebook-Account eines Manns, dessen Profilbild ihn inmitten einer Gruppe junger Frauen zeigte. Während der Mann eine Art Faltenrock trug, waren die Frauen – offenbar Models oder solche, die es werden wollten – mit sehr offenherzigen Fantasie-Uniformen bekleidet.

Marie verglich das Gesicht von »Pedroschatz« mit dem des Toten auf dem Foto der Geocacher.

»Könnte er wirklich sein«, brummte Winterhalter hinter ihr. »Und wenn das der Fall ist, haben wir hier einen Mord im homophilen Milieu vorliegen. Jede Wette.«

»Was wir auf jeden Fall haben, ist ein Ermittler aus dem homophoben Milieu«, feuerte Marie zurück.

»Wir sollten jetzt herausfinden, wie dieser ›Pedroschatz‹ mit bürgerlichem Namen heißt und wo er wohnt – und dann vielleicht mal hinfahren«, warf Kiefer hastig ein.

Binnen Sekunden hatte er »Pedroschatz« gegoogelt und war auf der gewerblichen Homepage eines Manns gelandet, der offenbar Antiquitäten, aber auch Schmuck und Militaria an- und wieder verkaufte. Im Impressum stand: »Schätze bei Schätzle, Peter Schätzle, 78112 St. Georgen«.

Kiefer wählte die angegebene Telefonnummer, doch dort meldete sich niemand. Gut, dass im Impressum noch eine Handynummer angegeben war. Schlecht, dass es auch dort hieß: »Der Teilnehmer ist vorübergehend nicht erreichbar.«

Marie beschlich das Gefühl, dass die Nichterreichbarkeit mehr als vorübergehend war ...

»Wir fahren hin«, befahl Winterhalter, wobei Marie nicht ganz ersichtlich war, wer »wir« sein sollte.

Winterhalter selbst, Pluralis Majestatis?

Er und Kiefer, was wohl seine bevorzugte Kombination gewesen wäre?

Oder wollte Winterhalter sie dabeihaben, weil gegensätzliche Ermittlungsmethoden gut waren?

Die Klärung nahm in diesem Fall Frau Bergmann vor, die energisch ins Zimmer gestöckelt kam.

»Was ist mit diesem ominösen Toten aus der Neudinger Gruft? Eben rief mich der Anwalt der Fürstenfamilie an: Sie bitten um Diskretion.«

Winterhalter verfluchte lautlos seinen geocachenden und facebookenden Sohn.

»Möglicherweise wissen wir, wie das Opfer heißt und wo es gewohnt hat. Wir sind quasi schon auf dem Weg nach St. Georgen, um dort zu ermitteln«, erklärte Marie.

»Tun Sie das!«, befahl Frau Bergmann. »Und Kollege Kiefer: Sie bringen mich derweil auf den neuesten Stand und machen zuvor unserem Ö klar, dass wir bis auf Weiteres keinerlei Presseauskünfte erteilen.«

Kiefer nickte, wirkte aber nicht sonderlich erfreut. Offenbar war er nicht allzu wild darauf, sich mit der »Stabsstelle Öffentlichkeitsarbeit« auseinanderzusetzen.

Verständlicherweise, dachte Marie. Was sollte Kiefer dem Pressesprecher auch sagen? Dass sie noch keinen Schritt mit der Ermittlung vorangekommen waren, aber die Situation auf Facebook schon jetzt völlig außer Kontrolle geraten war?

Fast hatte sie ein wenig Mitleid mit ihrem Kollegen. Andererseits ... Sie durfte jetzt mit dem alten Sturkopf Winterhalter mehrere Stunden in trauter Zweisamkeit verbringen. Wenn das nicht die Höchststrafe war, dann wusste sie auch nicht.

7. Therapie

Die Fahrt der beiden Beamten in Richtung St. Georgen verlief zunächst schweigsam. »Was machen Sie?«, fragte Marie dann allerdings verblüfft, als Winterhalter von der B33 plötzlich in Richtung Königsfeld abbog.

»Muss noch kurz was erledigen«, brummte er. Er hatte vorhin von der Toilette aus mehrfach versucht, bei diesem verdammten Psychotherapeuten anzurufen, um den Termin abzusagen, doch niemand hatte das Telefon abgenommen. Wahrscheinlich war er gerade mit anderen bemitleidenswerten Paaren in guten Gesprächen.

Winterhalter hatte daher beschlossen, auf dem Weg zu Schätzles Laden persönlich in der Praxis vorbeizuschauen und diesen Quatsch mit der Ehetherapie ein für alle Male aus der Welt zu schaffen.

Schließlich war höchste Eile geboten. Schon am nächsten Tag sollte der erste Termin stattfinden, wie ihm seine Frau mitgeteilt hatte.

»Geht um einen Fall aus der Zeit, bevor Sie uns die Ehre gegeben haben«, knurrte er in Richtung der Kaltenbach, als sie das Ortsschild von Königsfeld passierten. »Brauche noch die Unterschrift eines Psychotherapeuten. Sie warten bitte im Wagen. Dauert keine fünf Minuten.«

Die neue Kollegin zückte ihr Handy und sagte daraufhin zu seiner Überraschung den ersten einigermaßen privaten Satz: »Dann ruf ich in der Zwischenzeit mal meine Eltern an.«

Winterhalter nickte – auch deshalb, weil er die Praxis des Psychotherapeuten gefunden hatte. Ein Haus, das skandinavisch wirkte, gemütlich eigentlich, doch eher nicht in den Schwarzwald passte, falls man puristisch veranlagt war.

Das war Winterhalter – doch hatte er gerade weder Zeit noch Muße für Architekturkritik.

Er öffnete die in Regenbogen-Farben gehaltene Tür und trat an eine geschwungene Theke. Niemand da – weder Patienten noch Personal.

Ungeduldig lief Winterhalter herum, blickte sich Bilder an und Zertifikate irgendwelcher Universitäten, die ihm erfunden vorkamen – wobei das auch seinen Vorurteilen gegenüber Psychotherapeuten geschuldet sein mochte.

Das Ambiente hatte nur wenig von einer Arztpraxis. Stattdessen war das alles hier so plump auf Wohlfühlen getrimmt, dass er sich augenblicklich unwohl fühlte. Da war ihm sein steriles weißes Büro doch tausendmal lieber als dieser Raum hier, der wie das Wohnzimmer eine Hippie-Kommune anmutete. Wenn nicht gar das Schlafzimmer. Matratzen in den buntesten Farben, ein nicht minder bunter Tisch und Bilder an den bekritzelten Wänden, die wirkten, als habe der Künstler sie vor fünfzig Jahren auf einem LSD-Trip angefertigt.

Winterhalter ging nochmals auf und ab, rief: »Fräulein!«, womit er die Sprechstundenhilfe meinte, doch war weit und breit keine zu sehen.

Hinter dem großen Hippie-Schlafzimmer wand sich ein schlauchartiger, ebenfalls buntgestrichener Gang, von dem aus mindestens zwei Türen abgingen.

Der Kommissar fluchte in sich hinein.

Kein Wunder, dass hier niemand ans Telefon ging. Sollte er einfach einen Zettel hinterlassen, auf dem er mitteilte, die Therapie-Termine der Winterhalters aus Linach seien hiermit abgesagt?

Oder sollte er diese Villa Kunterbunt durchsuchen, bis er irgendwelche Angestellten fand? Zwei weitere Minuten wartete er noch, dann betrat er den Schlauch und klopfte an die nach links abgehende Tür. Nichts. Er versuchte sie zu öffnen – abgeschlossen. Dann eben nach rechts. Und tatsächlich: offen!

Auch dieses Zimmer zeichnete sich durch seine grelle Farbenpracht aus, fast so, als wäre es Teil einer Therapie gewesen, den Raum möglichst bunt zu bemalen.

Eine Sekunde lang dachte Winterhalter, auch hier sei niemand, doch dann hörte er Gemurmel und sah drei Personen, die sich auf Kissen niedergelassen hatten. Sein plötzliches Erscheinen schien die drei nicht weiter zu stören. Jedenfalls blickte keiner von ihnen auch nur in seine Richtung. Die Frau weinte. Ihr Partner schien so in seine eigenen Gedanken vertieft, dass er auch nicht viel wahrnahm.

»Warte doch bitte vorne«, sagte allerdings die dritte Person, wahrscheinlich der Psychotherapeut, in einem sanften Ton, der reichlich affektiert wirkte. »Ich bin in zwei Minuten bei dir.«

»Sie«, antwortete der Kommissar. »I wollt doch nur …«

»Zwei Minuten«, wiederholte der Sanfte.

Winterhalter schnaufte und ging aus dem mutmaßlichen Besprechungszimmer zurück in den Eingangsraum, in dem er nun blöde herumstand.

Zwei Minuten, sagte er sich und schaute auf die Uhr.

Nach zwei Minuten kam dann auch jemand, allerdings die falsche Person.

Marie Kaltenbach stand in der Tür und fragte: »Und?«

»Gleich«, knurrte Winterhalter.

»Ich möchte mich ja nicht über Gebühr einmischen«, sagte Marie, »aber ich kenne es so, dass bei Mordfällen ziemliche Eile geboten ist. Meinen Sie nicht, wir sollten dann doch eher zügig zur Wohnung des potenziellen Mordopfers fahren?«

Winterhalter schnaufte wieder vernehmlich.

In diesem Moment verfluchte er weniger seine neue Kollegin, sondern mehr seine Frau, die ihm den ganzen Unfug hier eingebrockt hatte. Und natürlich diesen verschwurbelten Therapeuten, der es nicht einmal für notwendig befand, erreichbar zu sein oder wenigstens eine Sprechstundenhilfe zu beschäftigen.

Gerade, als Winterhalter sich entschieden hatte, dieses Unternehmen abzublasen und einfach nicht zum morgigen Termin zu erscheinen, kamen sie: die vormals weinende Frau, die trotz der geröteten Augen selig bis debil lächelte, und der dazugehörige Lebensgefährte – mit einem Blick, aus dem große Erleichterung sprach.

Und natürlich der zottelbärtige Psychotherapeut, der nun Winterhalter und Marie Kaltenbach die Hand gab: »Schön, dass ihr da seid!«

»Ich wollt nur den morgigen Termin absagen«, versuchte sich Winterhalter so kryptisch auszudrücken, dass zwar der Psychotherapeut verstand, worum es ging, die Kaltenbach aber nicht misstrauisch wurde.

»Aha«, sagte der Fusselbart. »Aha.« Er wirkte durchaus freundlich. »Dann kommt doch jetzt kurz mit.«

Das Gesicht der Kollegin war ein einziges Fragezeichen, Winterhalter konnte das in diesem Moment gut nachvollziehen. Er fühlte ähnlich.

Irgendwann auf dem kurzen Weg in den Raum, in den er wenige Minuten zuvor reingeplatzt war, verstand er dann. Während der Therapeut sich im Schneidersitz auf ein Kissen niederließ und die Kaltenbach es sich – vermutlich aus purer Boshaftigkeit – ebenfalls bequem machte, stand Winterhalter ungeduldig vor den Kissen herum.

»Karl-Heinz Winterhalter. Ich wollt nur den Termin absagen!«

Der Kommissar starrte auf die Haare des Therapeuten, die in einem krassen Gegensatz zu seinem Fusselbart standen. Irgendwie passte da was nicht zusammen. Er betrachtete aufmerksam den Haaransatz, der etwas zu glatt und zu gleichmäßig wirkte, dann noch mal die Haare. Das war doch eine Perücke! Und eine schlecht gemachte noch dazu.

»Das ist keineswegs ungewöhnlich«, sagte der Psycho-Fritze mit sanfter Stimme und fuhr mit Blick auf die Kaltenbach fort: »Beim ersten Mal sind diese Hemmungen durchaus verständlich. Aber jetzt seid ihr ja da – und wir können die erste Sitzung vorziehen. Ich bin übrigens der Robert.«

»Marie«, sagte die Kaltenbach.

»Winterhalter«, sagte er hektisch und wurde nun allmählich unwirsch. »Sie, Robert, ich wollt nur den Termin morgen um halb zwei absage, außerdem habe mir's jetzt eilig ...«

»Wie zufrieden bist du mit dem Sexualleben von euch beiden?«, wandte sich der Therapeut mit der sanften Stimme nun an die Kaltenbach, die ihn mit großen Augen ansah.

»Wann hattet ihr beide denn das letzte Mal lustvollen, auch dich, Marie, befriedigenden Sex?«

Während Winterhalter schockstarr dastand, gab sich seine Kollegin offenbar alle Mühe, nicht zu grinsen, als sie erwiderte: »Ich glaube, noch nie.«

Der Therapeut nickte bedächtig.

Winterhalter war kurz davor zu explodieren.

»Karl-Heinz: Wann hast du denn das letzte Mal Liebe mit dir selbst gemacht?«, fragte der Fusselbart weiter.

»Also ...«, stotterte er. »Also ...«

»Das will ich gar nicht wissen«, meldete sich die Kaltenbach von ihrem Kissen aus zu Wort.
»Das solltest du aber, meine Liebe.«
Robert wandte sich erneut ihr zu.
Winterhalter brummte der Schädel. Es war eine unglaublich dumme Idee gewesen, hier vor Ort den Termin absagen zu wollen. Das war sein verdammtes Pflichtgefühl. Er hätte einfach seiner Frau klarmachen müssen, dass er für diese Therapie definitiv nicht zur Verfügung stand und dass sie das selbst absagen solle.
»Das ist doch ganz natürlich. Du solltest Karl-Heinz nicht böse sein, dass er sich selbst befriedigt. Das geht nicht gegen dich.«
»Davon gehe ich auch nicht aus«, sagte die Kaltenbach, die inzwischen ganz offensichtlichen Spaß an der peinlichen Situation hatte.
Kein Wunder, es ging ja auch nicht auf ihre Kosten.
»Was würdest du dir denn im Bett von Karl-Heinz wünschen?«, fragte der Therapeut weiter.
»Jetzt reicht's«, rief Winterhalter so laut, dass selbst der Therapeut aus seiner bräsigen Ruhe gebracht wurde und hochschreckte. »Mir gehet jetzt! Alle Termine von Karl-Heinz Winterhalter bitte streichen. Komm jetzt!«.
Das galt der Kaltenbach, die er im Eifer des Gefechts und zu allem Überfluss nun auch noch geduzt hatte.
Die nutzte die Situation gleich weiter aus.
»Ja, Schatz«, sagte sie süffisant, bevor sie sich dem Therapeuten zuwandte: »Vielen Dank, Robert. Beim nächsten Mal können wir drei hoffentlich etwas länger sprechen …«
»Danke schön, Marie«, erwiderte der und wollte wohl noch etwas sagen, doch das ging im abermaligen Ruf von Winterhalter unter.
»Los jetzt!«

8. Pedroschatz

Auf der Weiterfahrt nach St. Georgen wurde ähnlich wenig gesprochen wie zuvor auf dem Weg vom Kommissariat zum Ehetherapeuten. Einen Unterschied gab es allerdings: Marie schmunzelte auf dem Beifahrersitz vor sich hin, während Winterhalters zuvor schon überschaubar gute Stimmungslage ungeahnte Tiefen erreicht hatte.

»Lassen Sie uns nie mehr darüber reden«, brummte er nur.

Marie konnte sich daraufhin folgende zwei Worte nicht verkneifen: »Ja, Schatz.« Dann wurde sie aber wieder ernst.

»Apropos Schatz: Wissen Sie, wo sich der Laden von diesem Peter Schätzle befindet?«

Winterhalter nickte.

Auch dort hatte er heute Morgen schon mehrfach angerufen, ebenso wie unter der Handynummer des Vermissten. Weiter Fehlanzeige.

Als sie vor dem Geschäft in einer Seitenstraße nahe der Stadtkirche ankamen, sahen sie, dass dieses nicht nur geschlossen war, sondern dass auch die Jalousien heruntergelassen waren.

Die beiden Hauptkommissare wollten gerade aussteigen, da meldete sich Kiefer via Funk: »Wie sieht es aus? Frau Kriminaldirektorin Bergmann erwartet einen kurzen Bericht.«

»Wir wurden aufgehalten. Melden uns zeitnah«, knurrte Winterhalter zurück und wuchtete sich aus dem Sitz.

»Schätze bei Schätzle« stand auf dem Eingangsschild. Regelmäßige Öffnungszeiten waren nicht angegeben – es wirkte, als würde der Besitzer in den Laden kommen, wenn ihm gerade danach war. Auf einem weiteren Schild in der Auslage war in graffitiartiger Schrift zu lesen: »Tradition is the Shit.« Offenbar das Motto des Ladens.

»Tradition isch doch kein Scheiß. Was isch des denn für än Idiot?«, eiferte sich Winterhalter bei dessen Anblick.

»Ach Kollege! Das ist doch eher positiv gemeint – so nach dem Motto: Tradition ist ein geiler Scheiß.«

»Ja klar, Scheiß isch natürlich scho was Gutes …«, motzte Winterhalter und musterte das Geschäft des vermeintlichen Mordopfers.

Wenn er es durch die Jalousien richtig erspähte, war in dem Laden tatsächlich Traditionelles zu erwerben. Trachten, alte Uniformen, Trödel. Daneben gab es aber auch modernere Dinge wie Longboards, die mit Bollenhüten verziert waren.

Es war ein Gemischtwarenladen, aus dem Winterhalter nicht schlau wurde: Gab es dort wirklich Wertvolles? Konnte man mit einem solchen Laden richtig Umsatz machen?

Was ihn aber noch mehr interessierte: Waren die Trachten, die links im Schaufenster hingen, derjenigen ähnlich, die der Tote getragen hatte?

Nachdem seine Kollegin noch ein paar Mal vergeblich die Handynummer des Vermissten gewählt hatte, beschlossen sie, es erst mal mit einer Nachbarschaftsbefragung zu versuchen. Da es keine weiteren Läden in unmittelbarer Nähe gab, klingelten sie an den Haustüren der benachbarten Mehrfamilienhäuser. Vergeblich.

Als sie zum Wagen zurückkehrten, funkte Winterhalter erneut mit Kiefer.

»Auf Facebook verdichten sich die Hinweise, dass es sich

bei dem Toten tatsächlich um diesen Herren handelt«, meldete der.

»Die Trachten hier im Schaufenster ähneln auch der, die der Tote anhatte«, erklärte Winterhalter.

»Und was sagen die Angestellten?«

»Nichts. Wir haben keine angetroffen. Der Laden ist zu.«

»Wir haben übrigens zwei, drei aktenkundige Dinge über Schätzle: kleinere Sachen wie Erregung öffentlichen Ärgernisses, aber auch eine Anzeige wegen Hehlerei.«

Winterhalter blickte wieder auf die Jalousie des Ladens. »Der scheint alles Mögliche aufzukaufen – da wundert mich das nicht.«

»Und eine Anzeige wegen häuslicher Gewalt.«

»Na, prima: Wo wohnt denn die Familie?«

»Welche Familie?«

»Dann eben die Frau ...«

»Welche Frau?«

»Na, die Frau des potenziellen Toten, diesem Herrn Schätzle.«

»Die Anzeige kam von einem Mann – offenbar seinem Ehegatten ... Armin Schätzle.«

Winterhalter schnaufte wieder tief durch.

»Tradition is the shit«, murmelte er.

Marie grinste in sich hinein und tippte auf ihrem Smartphone bereits den Namen von Armin Schätzle bei Facebook ein.

Wenig später erblickte sie einen leicht untersetzten Mann mittleren Alters, der herbeigeeilt kam. Er stellte sich ihr und Winterhalter als Armin Schätzle vor.

Marie hatte auf Facebook gesehen, dass der Mann online gewesen war, hatte ihn über den Chat kurzerhand kontaktiert und aufgefordert, sich direkt mit ihr oder der Kripo in Villingen-Schwenningen in Verbindung zu setzen. Einige Minuten später hatte er schon geantwortet, und sie hatten sich kurzerhand vor dem Geschäft in St. Georgen verabredet, zumal Schätzle nicht weit entfernt wohnte.

Nun stand er in einer Art modern interpretiertem Trachtenjanker und Jeans vor ihnen, das Gesicht fahl. Unter seinen Augen zeigten sich dunkle Ränder, und die Augäpfel waren gerötet. Ebenso rötlich war das offenbar gefärbte, schüttere Haar.

»Bitte sagen Sie mir, dass das, was auf Facebook und Instagram behauptet wird, nicht wahr ist«, stieß er hervor und holte ein mit Tannenzapfen-Stickerei verziertes Taschentuch hervor.

»Was wird dort denn behauptet?«

Winterhalter gab sich zunächst bedeckt.

»Dass Pedro tot ist! Ermordet in der Gruft der Fürstenberger.«

Nun begann der Mann zu schluchzen. Er drückte sein Gesicht in das Taschentuch, schaute sich dann etwas verstohlen um.

»Lassen Sie uns bitte reingehen.«

Schätzle schloss die Tür zum Laden auf.

Marie bemerkte, wie Winterhalter kurz das Gesicht verzog. Wahrscheinlich war ihm diese Mischung aus echt Traditionellem und traditionell modern Verkitschtem ein Gräuel.

Nachdem Armin Schätzle die Ladentür wieder abgeschlossen hatte, brach er erneut in Tränen aus. Marie konnte nicht deuten, ob der Zusammenbruch authentisch war. Falls nicht, so musste Armin Schätzle ganz offenbar über schauspielerisches Talent verfügen.

»Bitte entschuldigen Sie. Aber ich habe letzte Nacht kein Auge zugetan, weil Pedro nicht mehr nach Hause gekommen ist. Ich habe auf ihn gewartet, seit er gestern früh so gegen halb sechs unsere Wohnung verlassen hatte«, erklärte der Zeuge. »Wegen eines geschäftlichen Termins, wie er sagte.«

»Und warum haben Sie dann nicht die Polizei informiert und ihn als vermisst gemeldet?«, fragte Marie und reichte Armin Schätzle ein Papiertaschentuch, da das triefende Stofftuch nicht mehr tauglich für die Tränentrocknung schien.

»Was ist denn jetzt mit ihm?«, fragte Schätzle nach, doch Marie blockte ab.

»Eins nach dem anderen. Bitte beantworten Sie zunächst einmal unsere Frage. Also: Warum haben Sie ihn noch nicht als vermisst gemeldet?«

»Das wollte ich ja eigentlich. Doch ich hatte immer noch die Hoffnung, dass Pedro heimkommt. Er ist halt ein Nachtschwärmer. Es ist nicht ungewöhnlich, wenn er nachts mal wegbleibt. Und da ich schon mal in so einem Fall die Polizei angerufen habe und er darüber sehr ungehalten war, habe ich es diesmal unterlassen und gehofft, er käme bald nach Hause. Was ist denn jetzt: Ist er wirklich tot?«

»Ermordet«, sagte Winterhalter trocken. »Es sei denn, er hat einen Doppelgänger.«

Das hatte er offenbar nicht, denn nun brach Armin Schätzle völlig zusammen.

»In welchem, äh, Verhältnis standen Sie genau zu Herrn Peter Schätzle?«, fragte Winterhalter, als sich der Mann etwas beruhigt hatte. »Sie tragen ja denselben Namen ...«

»Wir waren ein Paar. Schon seit vielen Jahren. Und seit letztem Jahr verheiratet. Glücklich«, verkündete Armin Schätzle und schnäuzte sich in das Papiertaschentuch.

»Verheiratet?«, fragte Winterhalter, als sei das etwas Unanständiges.

»Vergangenes Jahr haben wir unsere Hochzeit gefeiert. Es war ein rauschendes Fest im *Berghof* bei Hammereisenbach. Wir beide trugen rosa Trachten.«

Marie sah aus dem Augenwinkel, wie Winterhalter erneut das Gesicht verzog. Als er bemerkte, wie sein Gegenüber ihn musterte, täuschte er einen kleinen Hustenanfall vor. Sie reichte ihm ein Papiertaschentuch. Winterhalter tupfte sich damit umständlich am Mund herum. Dann riss er sich wieder zusammen.

»Also, dann, äh, gratuliere ich nachträglich noch Ihnen und Ihrem …«, Winterhalter suchte offenbar nach dem richtigen Wort,»… Verblichenen.« Dann schob er eilig hinterher:»Und natürlich Beileid noch zum Ableben von selbigem.«

Das war doch nicht zu fassen! Marie konnte sich nur mit Mühe davon abhalten, die Augen zu verdrehen.

Schätzle wusste mit der Kondolenz nicht viel anzufangen, nickte nur.

Winterhalter schlug nun einen anderen Weg ein – vermutlich in den Versuch, schnellstens aus der peinlichen Situation herauszukommen. Jetzt ging er vernehmungstechnisch in die Offensive.

»Die Tat an Ihrem, äh … Lebenspartner lässt nach unseren bisherigen Kenntnissen den Schluss zu, dass es sich nicht um eine Zufallstat oder eine Tat im Affekt gehandelt hat. Jemand scheint ihm nach dem Leben getrachtet zu haben. Haben Sie eine Idee, wer dahinterstecken könnte? Hatte er Feinde?«

Armin Schätzle kämpfte wieder mit den Tränen, nahm ein weiteres Papiertaschentuch von Marie an, schnäuzte sich.

»Pedro war jemand, der polarisierte. Er war ein Paradiesvogel und hat sich mit seiner modernen Interpretation der Tradition nicht nur Freunde gemacht. Aber so eine Tat …« Er strich sich über die rötlich gefärbten, schütteren Haare, die ähnlich unecht wirkten wie die Perücke des Therapeuten.»Aber so eine abscheuliche Tat. Nein, ich kann mir nicht vorstellen, wer so etwas Schlimmes gemacht haben könnte.«

Erneut liefen die Tränen. Marie half mit einem weiteren

Taschentuch aus – allmählich neigte sich ihr Vorrat dem Ende zu – und fragte: »Können Sie sich erklären, warum er in der Gruft ausgerechnet in einer Frauentracht lag? Trug er denn manchmal solche Sachen?«

Schätzle zuckte mit den Schultern. »Pedro hat nicht nur polarisiert, sondern manchmal auch provoziert. Zum Beispiel erschien er beim Deutschen Trachtentag in einer Bollenhuttracht. Das hat einige Leute erbost. Sie meinten, er würde damit die Tradition ins Lächerliche ziehen. Aber für Pedro waren solche Auftritte wie eine künstlerische Inszenierung oder Installation. Das haben die Leute nicht immer verstanden.«

»Wen genau hat er damit erzürnt?«, fragte Winterhalter, der mittlerweile einen kleinen Notizblock gezückt hatte, während Marie Stichworte in ihr Handy tippte.

Auch sie und ihr Kollege bildeten einen Kontrast zwischen Tradition und Moderne, wurde Marie klar. Allein schon, was das Erscheinungsbild betraf. Winterhalters Look Marke Wanderführer stand in krassem Gegensatz zu ihrem Outfit, das sie noch während der Berliner Zeit erstanden hatte – ein Rock im Siebzigerjahre-Retro-Muster kombiniert mit Sneakers und einem schlichten blauen Pullover.

»Die Vorsitzenden der Trachtenvereine haben danach einen gemeinsamen Leserbrief verfasst und an den Schwarzwälder Kurier geschickt. Der Vorsitzende vom *Trachtengau* und einige andere haben sich auch noch mal persönlich bei Pedro beschwert. Aber den hat das nicht gejuckt. Bei Facebook und Instagram war er mit seinem Auftritt der Renner. Er hat immer nur gemeint: ›Warum soll ein Mann nicht auch eine Frauentracht tragen, wenn Frauen heutzutage in Männerrollen schlüpfen?‹ Die Figur für die Trachten hatte er ja.«

»Herr Schätzle, wissen Sie, was er ausgerechnet an dem Tag in der Gruft der Fürstenberger gewollt haben könnte?«

»Als er aus dem Haus ging, hat er gesagt, dass er mit einigen Models im Park neben der Gruft ein Fotoshooting machen würde. Sie müssen wissen: Pedro war sehr vielseitig. Mein Mann war nicht nur Designer und Kunsthändler, sondern auch Fotograf. Zweifelsohne ein Künstler.«

»Noch eine andere Frage«, meinte Winterhalter. »Habe Sie eine Erklärung, wie Ihr ... Schätzle dahin gekommen ist? War er mit dem Auto unterwegs?«

Der Witwer nickte.

»Und wo ist das Auto jetzt?«

Armin Schätzle schüttelte den Kopf: »Daran habe ich noch gar nicht gedacht. Ich weiß es nicht. Haben Sie es nicht dort in der Nähe gefunden?«

»Sie nennen mir bitte gleich mal das Kennzeichen und das Fabrikat. Dann geben wir das in die Fahndung«, erwiderte Winterhalter.

Es war ein Landrover mit der Buchstabenkombination VS-PS und dem Geburtsjahr Peter Schätzles.

Marie betrachtete die Fotos, die in dem Laden ausgestellt waren. Darauf waren einige hübsche Frauen zu sehen, die in ungewöhnlichen Posen mit Trachten posierten. Ein Bollenhut-Model zum Beispiel hatte seinen Rock hochgezogen und schien sich die Strapse darunter richten zu wollen.

Ihr gefielen die erotischen Fotografien in Tracht. Ganz im Gegensatz zu Winterhalter, der jetzt ebenfalls auf die Fotos blickte, dabei aber ziemlich abfällig wirkte.

»Ausgerechnet am Gedenktag des Fürsten wollte er die Mädle dort fotografiere?«, fragte ihr Kollege jetzt und wandte sie wieder Schätzle zu.

»Warum denn nicht? Der Park war an diesem Tag besonders schön hergerichtet. Das Morgenlicht liebte Pedro am meisten zum Fotografieren. Anschließend wollte er noch mit einigen Mädels bei der Veranstaltung auftauchen und ›für etwas Abwechslung sorgen‹, wie er sich ausdrückte. Danach hatte er noch weitere Termine. Ich habe ihn, wie gesagt, erst spät zurückerwartet. Doch dann ist er gar nicht mehr heimgekommen ...«

Armin Schätzle schluckte schwer.

Marie beeilte sich mit der nächsten Frage, um einem weiteren Zusammenbruch zuvorzukommen.

»Und sonst? Gibt es noch andere Menschen, die mit Ihrem Ehemann Probleme hatten und ihm nach dem Leben getrachtet haben könnten? Da gab es doch zum Beispiel mal eine Anzeige wegen Hehlerei, oder?«

»Das entbehrte jeder Grundlage: Pedro war Kunsthändler, hat Schätze aufgekauft. Da waren immer mal wieder Menschen, die plötzlich meinten, ihnen würden die Dinge zustehen. Doch Pedro hat sehr sauber gearbeitet. Davon dürfen Sie sich gerne in unseren Unterlagen überzeugen.«

Nun klang Schätzle fast schon angriffslustig.

»Das werden wir, keine Sorge. Ich würde aber gerne noch über diese Anzeige mit Ihnen sprechen. Eine Anzeige wegen häuslicher Gewalt. Erstattet von einem gewisse Armin Schätzle.«

»Wieso haben Sie uns denn davon bislang nichts erzählt?«, setzte Marie nach. »Sie sagten nur, Sie seien so glücklich miteinander gewesen.«

So langsam klappte das Zusammenspiel mit Winterhalter. Das war ja fast schon Teamarbeit.

»Ach, das war doch nur eine Lappalie. Außerdem ist das bereits rund drei Monate her. Pedro und ich hatten uns gestritten. Ich hatte zu viel getrunken und habe etwas über die Stränge geschlagen. Pedro hat versucht, mich zur Vernunft zu bringen, und wurde dabei ein kleines bisschen handgreiflich. Aber das war halb so schlimm, wirklich. Das war völlig ohne Belang.«

»Vor nur drei Monaten? Na, so lange ist das aber noch nicht her.«

»Um was ging es denn konkret bei dem Streit?«, hakte Marie nach.

»Ach, um das Übliche. Pedro kam wieder mal nicht nach Hause, weil er unterwegs war. Da habe ich etwas zu tief ins Glas geschaut, und als er endlich kam, habe ich ein wenig überreagiert. Dann führte das eine zum anderen, und ich bin eben zur Polizei gegangen. Das kann ja schon mal vorkommen. Sie denken doch nicht etwa, dass ich etwas …?«

Schätzle wirkte aufrichtig erschrocken.

»Wir müssen allen Hinweisen nachgehen. Ohne Ausnahme«, sagte Winterhalter.

»Nehmen Sie's nicht persönlich«, wiegelte Marie ab. »Gab es denn öfter mal Streit bei Ihnen zu Hause? Neigte Ihr Mann zu Gewalttätigkeit?«

»Aber nein. Pedro war ein wunderbarer Mensch. Und wir waren ein wunderbares Paar. Aber natürlich gab's halt auch mal Streit – wie in jeder guten Beziehung.«

»Na ja, aber eine Anzeige wegen häuslicher Gewalt ist eigentlich kein Bestandteil einer guten Beziehung«, sagte Marie. »Bitte halten Sie sich auf jeden Fall zu unserer Verfügung. Herr Kollege, haben Sie noch Fragen an Herrn Schätzle?«

»Sie sagen, Ihr Partner war ein Nachtschwärmer. Wo hat er denn seine Nächte verbracht? Wissen Sie das?«

»In Szenelokalen.«

»Was für eine Szene?«

»Die Modellbauer? Oder die Briefmarkensammlerszene?« Marie konnte sich die Bemerkung nicht verkneifen. »Herr Schätzle meint doch sicher entsprechende Lokale der Schwulenszene, nicht wahr?«

»Richtig. In Freiburg.«

»Und was hat er dort gemacht?«, hakte Winterhalter nach. Meinte er die Frage tatsächlich ernst? Marie rollte innerlich mit den Augen über die Naivität.

»Er hat dort gefeiert. Sie müssen wissen, dass wir eine offene Beziehung geführt haben«, antwortete Schätzle. Damit schlug die Befragung eine Richtung ein, die Winterhalter sichtlich unangenehm wurde.

»Keine Details bitte«, beeilte er sich zu sagen, was bei Marie unweigerlich ein Grinsen hervorrief.

»Wir bräuchten aber die Namen der Clubs«, fügte sie dann an.

»Ein paar Lokalitäten kann ich Ihnen nennen«, sagte der überlebende Schätzle mit matter Stimme. Allmählich schien er am Ende seiner Kräfte.

»Aber dazu muss ich mich erst einmal sammeln ... Vielleicht morgen.«

»Wie geht's jetzt weiter mit dem ... Geschäft hier?« Winterhalter schaute sich um.

»Ich habe ihn unterstützt, aber ich weiß noch nicht, ob ich das alleine weiterführen kann. Es stecken auch zu viele Erinnerungen darin. Das war Pedros Lebenswerk.«

»Als ob's darum schade wäre«, murmelte Winterhalter vor sich hin.

»Bitte?«, fragte Armin Schätzle mit großen Augen.

»Nix. Ich hab nur laut gedacht. Mir ist gerade noch was eingefallen: Es kann durchaus sein, dass wir Sie in den nächsten Tagen mal zu einer weiteren Befragung aufs Kommissariat vorladen werden.«

»Und dürfen wir uns die nächsten Tage gegebenenfalls auch mal in Ihrem Geschäft umsehen?«, fragte Marie freundlich.

»Andernfalls ...«, Winterhalter kratzte sich am Kinn »... müssten wir halt einen Durchsuchungsbeschluss beantragen.«

Ah, dachte Marie. Der Kollege spielte anscheinend eine Partie *good cop – bad cop* mit ihr.

»Nein, nein, den brauchen Sie nicht. Sie dürfen sich gerne umsehen. Weder Pedro noch ich haben etwas zu verbergen. Und: Ich kann mir diese gruselige Tat nicht erklären«, sagte Schätzle und geleitete die Kripobeamten zur Ladentür.

Kurz vor dem Ausgang fiel Maries Blick auf eine Reihe von Fotos, die offenbar privater Natur waren. Wie angewurzelt blieb sie stehen. Auf einem war Pedro Schätzle mit einer Gruppe junger Leute bei einem Grillfest abgebildet. Auf dem Foto war er selbst auch noch jünger, wesentlich jünger.

»Nein, das gibt's ja nicht!«, entfuhr es ihr.

»Was ist?«, fragte Winterhalter.

»Die Welt ist doch wirklich ein Dorf.«

»Wie meinen Sie das?«

Marie ignorierte Winterhalters Frage und wandte sich stattdessen an Armin Schätzle: »Ihr Mann hatte früher einen anderen Nachnamen – richtig? Hieß er zufällig Weißhaar?«

»Ja. Er hat bei der Heirat meinen Namen angenommen. Sein früherer Name war Peter Weißhaar. Wie kommen Sie darauf?«

»Der Mädchenname war also Weißhaar?«, fragte Winterhalter etwas verwirrt nach.

Marie ignorierte ihn. Sie zeigte nun auf das Foto des Grillfests.

»Da bin ich. Vor mindestens fünfzehn Jahren.«

»Wo sind Sie?«, fragte Winterhalter, der offensichtlich noch immer auf dem Schlauch stand.

»Na, auf dem Foto. Peter Schätzle – also, ich meine Peter Weißhaar – war mein Schulkamerad. Wir gingen in Villingen gemeinsam aufs Gymnasium. Auf dem Foto bin ich mit drauf. Dass ich das nicht gemerkt habe! Die Gesichtszüge kamen mir bekannt vor, aber ich hätte nicht gedacht …«

Die plötzliche Beziehung zum Mordopfer verwirrte Marie so sehr, dass sie den Witwer zum Abschied umarmte – vielleicht tat sie das aber auch, um Winterhalter ein weiteres Mal zu irritieren.

Der schüttelte nur noch den Kopf.

»Ich hab ja schon viele Angehörige von Mordopfern erlebt. Aber noch nie einen Mann, der hysterisch in sein Taschentuch geheult hat«, sagte Winterhalter, als die Tür hinter ihnen zugefallen war. »Typisch ...«

»Keine Vorurteile, lieber Kollege«, entgegnete Marie, der Winterhalters Art zunehmend auf den Geist ging.

Sie dachte an Peter Schätzle, geborener Weißhaar.

»Jeder Mensch trauert anders. Das hat mit Homosexualität nichts zu tun. Ich weiß nicht, ob der Ehemann so geweint hat, weil er schrecklich betroffen war – oder ob die Tränen auch Teil einer Inszenierung waren. Aber das müssen wir eben herausfinden.«

Winterhalter kam nun richtig in Fahrt.

»Häusliche Gewalt bei Schwulen. So ebbes hab ich auch noch nit gehört.«

»Warum denn nicht? Das sind ja wohl ganz normale Menschen.«

»Menschen schon, klar. Aber normal? Ich weiß nicht recht ...«

Marie ging darauf nicht mehr ein.

»Ich hätte eher gedacht, dass Armin Schätzle der dominante Partner ist, der unter Umständen auch zu Gewalt neigt. Schon allein aufgrund der Statur. Er wirkt eher kräftig und gedrungen, während Pedro eine beinahe zierliche Figur hatte. Auf jeden Fall schien die Beziehung der beiden nicht so harmonisch zu sein, wie es sein Mann gerade eben darstellen wollte«, überlegte sie.

»Messerscharf kombiniert, Frau Kollegin«, bemerkte Winterhalter mit ironischem Unterton. Als er in den Dienstwagen stieg, wurde er aber sofort wieder sachlich: »Wir sollten jetzt mal hören, was die Spurenlage am Tatort hergegeben hat. Übrigens: Sie scheinen mir in dem Fall neuerdings befangen zu sein. Sie waren ja schließlich mal mit dem Mordopfer befreundet.«

Marie ignorierte die Spitze des Kollegen und ließ den Blick über die Schweizer Alpen schweifen, die an diesem klaren Tag hinter den Schwarzwaldbergen in der Ferne hervorlugten.

9. Kein gutes Gespräch

Hilde Winterhalter seufzte – und das tat sie sonst nie. Die Bauersfrau war eigentlich von Grund auf unerschütterlich und scheute die Arbeit keineswegs. Auch an diesem frühen Abend hatte sie bereits einen Zwölf-Stunden-Tag hinter sich: Bauernhof, Markt in Villingen, Kochen, Saugen, Wischen – alles kein Problem für sie.

Sorgen machte ihr allerdings ihr Ehemann, der zurzeit auffallend schlecht gelaunt war.

Früher hatte er seinen Beruf gerne ausgeübt, sich allenfalls ab und an über den phobischen Kollegen Thomsen lustig gemacht. Aber sonst? Sonst war eigentlich alles gut gewesen. Das schien jetzt aber nicht mehr der Fall zu sein.

Auch heute kam er wieder später nach Hause. Er hatte angerufen – aus Freiburg. Der Mordfall.

Er war gestresst, das hatte sie ihm angehört.

Und diese neue Kollegin schien nicht unschuldig daran zu sein. Hilde Winterhalter kannte ihren Mann gut genug, um ihm anzumerken, dass er genervt von der neuen Kollegin war. Gleichzeitig schien sie ihn mit ihrer Widerborstigkeit aber zu faszinieren. Eher als Kommissarin denn als Frau, vermutete Hilde zu ihrer eigenen Beruhigung.

In ihrer Ehe war es auch schon mal besser gelaufen. Karl-Heinz und sie lebten in letzter Zeit eher aneinander vorbei als miteinander. Was nach vierundzwanzig Ehejahren sicher nicht außergewöhnlich war. Aber es gefiel ihr nicht. Ihre Freundin hatte recht: Es war an der Zeit, die Beziehung neu zu beleben, sie zu stabilisieren. Die Paartherapie war nur eine Möglichkeit. Sie mussten auch mehr miteinander unternehmen – jetzt, da die Kinder weitgehend aus dem Haus waren, auch wenn Thomas immer noch Kost und Logis bei den Eltern genoss, während er sein Informatik-Studium im wenige Kilometer entfernten Furtwangen absolvierte.

Hilde nahm ein frisch gewaschenes Paar Socken aus dem Wäschekorb, legte es zusammen und platzierte es auf dem Holztisch im Wohnzimmer unter dem Herrgottswinkel. Sie griff gerade nach dem nächsten Einzelsocken, um einen passenden Partner für ihn zu finden, als das Telefon klingelte.

Wahrscheinlich Karl-Heinz.

Würde es noch später werden?

Sie legte den einsamen Socken auf den Tisch und ging im Flur ans Telefon.

»Winterhalter, Grüß Gott.«

Erst einmal meldete sich niemand.

»Karl-Heinz?«

»Nein«, sagte dann eine recht leise, vorsichtige Männerstimme.

Sie vermutete jedenfalls, dass es ein Mann war. Aber erstens war die Stimme sehr weich, und zweitens schlug die Uhr nebenan gerade sieben.

»Ich hoffe, ich störe nicht«, sagte die Stimme.

»Ja, was wollet Sie denn?«

»Hier ist Robert.«

Hilde war etwas verunsichert. Robert konnte theoretisch ein Freund ihres Sohnes sein, aber so richtig wollte ihr kein Gesicht zu dem Namen einfallen. Vielleicht ein neuer Mitstudent ...

»Und was wollen Sie, Robert?«

»Wir wollten uns doch duzen.«

»Und deshalb rufscht du an?«
Wieder ein Zögern am anderen Ende der Leitung.
Studenten, dachte Hilde und verdrehte die Augen. Wenn sie in der Geschwindigkeit arbeiten und reden würde, würde sie nichts zuwege bringen – schon gar kein Studium.
»Robert, du willsch vermutlich aber gar nit mit mir sprechen, oder?«
»Eigentlich schon. Du musst dir auch keinerlei Sorgen machen, weil das letzte Gespräch anfangs etwas schwierig war.«
Apropos schwierig: Das hier schien auch eine etwas schwierigere Angelegenheit zu werden. Hilde nahm das Telefon mit ins Wohnzimmer und setzte ihre Sockensuche fort.
»Aha. Robert, könnet mir die Sache abkürze? Ich hab noch einiges zu tun.«
»Ja … Ich wollte dich nur ermutigen: Gerade beim Aussprechen sexueller Intimitäten tun sich Männer oft schwer, Marie.«
Hilde Winterhalter ließ die Socken Socken sein: Unter anderen normalen Umständen hätte sie angesichts dieser Worte vermutet, dass es sich um den Anruf irgendeines Spinners oder Lustmolchs handelte. Also hätte sie den Hörer kommentarlos aufgelegt. Aber der Mann hatte sie gerade »Marie« genannt.
»Ich wollte unsere Sitzung gar nicht am Telefon fortsetzen – ich merke, dass du auch etwas gehemmt wirkst, Marie«, fuhr der Mann mit beschwichtigender Stimme fort. »Karl-Heinz geht es sicher nicht anders.«
In Hildes Gehirn arbeitete es: schon wieder »Marie«. Dann biss sie sich an einem anderen Wort fest: »fortsetzen«. Sie wiederholte das Wort gedanklich.
»Wir haben nämlich gar keinen weiteren Termin ausgemacht«, erläuterte der Anrufer weiter. »Ich wollte dir daher nur sagen: Allein schon, dass ihr beide da wart, ist der erste

wichtige Schritt, damit ihr eure Sexualität bald noch mehr genießen könnt, Marie.«

Marie. Sexualität. Karl-Heinz. Drei Dinge, die überhaupt nicht zusammenpassten. Zumindest war das Hildes Kenntnisstand.

Mit »Marie« konnte ja wohl nur diese neue Kollegin gemeint sein. Und »Sexualität« sowie »Karl-Heinz« waren klar genug.

»Wann wäre es euch denn recht? Wir sollten nicht allzu lange warten – schließlich wollt ihr eure Körperlichkeit ja voll und ganz auskosten –, das Leben ist kurz genug«, fuhr dieser geheimnisvolle Robert fort.

Hilde spürte, wie ihre Knie die Konsistenz von Pudding annahmen. Sie ließ sich auf den Hocker vor dem Telefontischchen sinken. Vermutlich hatte Karl-Heinz eine ganz andere Art von Stress, als sie bislang gedacht hatte. So ganz konnte sie sich das aber immer noch nicht vorstellen.

»Das isch jetzt aber kein Scherz, oder?«, stammelte sie hilflos.

»Natürlich nicht, Marie – die Sache ist ernst, gleichwohl ganz natürlich.«

Ehebruch mit einer Kollegin fand Hilde Winterhalter eigentlich gar nicht natürlich, doch sie stotterte etwas anderes ins Telefon: »Ich ... ich bin nicht Marie.«

»... das ist mir jetzt doch etwas unangenehm«, sagte Robert nach einer Pause.

Hilde schnaufte und fasste sich dann: »Ich ... ich richte es aber gerne aus. Welcher Termin ... ginge denn bei dir, Robert?«

»Ich würde nächste Woche Montag vorschlagen. Vielleicht gleich am frühen Nachmittag? Könntest du Marie und Karl-Heinz ausrichten, dass sie um vierzehn, fünfzehn Uhr dreißig oder siebzehn Uhr kommen können? Vielleicht geben die beiden mir noch einmal kurz Bescheid.«

»Sagen wir vierzehn Uhr«, entschied nun Hilde – und ihre Stimme wurde so scharf, dass Robert erst einmal wieder schwieg.
»Gerne. Und richte beiden doch bitte herzliche Grüße aus. Vor allem Marie – ich hatte bei dem Termin einen äußerst positiven Eindruck von ihr. Vor allem, weil es nicht so einfach ist, über die gemeinsame Sexualität so unbefangen zu sprechen.«
Grüße ausrichten? An diese Marie? Das, so schwor sich Hilde, würde sie ganz bestimmt nicht tun.
»Mit wem habe ich jetzt noch mal gesprochen?«, erkundigte sich Robert.
»Mit der Dummen!«, erwiderte Hilde und unterbrach die Verbindung.

10. Spurensuche

Marie saß mit ihrem Laptop im Bett. Genauer gesagt in ihrem viel zu kleinen Jugendbett in der Einliegerwohnung auf dem elterlichen Bauernhof. Ihre neue Wohnung in den Villinger Ringanlagen nahe der Stadtmauer war noch immer nicht fertig. Und so langsam ging ihr die Geduld aus. Aber es half ja nichts – sie konnte froh und dankbar sein, dass ihre Eltern ihr Unterschlupf gewährten. Mit einem Seufzen wandte sie sich wieder ihrer Online-Recherche über Peter Schätzle, geborener Weißhaar, zu. Nachdem sie seinen Facebook-Account gemustert hatte, sah sie sich die etwas unkoordinierte Homepage seines Geschäfts an.

Diese Homepage vermittelte den Eindruck, dass der Betreiber mehr Wert auf persönlichen Kontakt als auf Geschäfte via Internet legte. Gleichwohl fanden sich einige schöne Fotos, offenbar von Pedro persönlich gemacht. Neben dem An- und Verkauf von Raritäten hatte es dem Ermordeten anscheinend Spaß bereitet, mit der Schwarzwaldtradition künstlerisch zu brechen. Marie schwankte, ob sie einige der Bilder nun gut oder doch sogar etwas sexistisch finden sollte.

Sie hatte sich einen Tee gekocht und merkte, dass sie nicht ganz bei der Sache war. Immer wieder wanderten ihre Blicke in der halbleeren Einliegerwohnung umher. Deren Zustand zeigte sinnbildlich, dass sie immer noch nicht so richtig im Schwarzwald angekommen war. Und auch noch nicht bei sich selbst.

Da waren zum einen ihre Probleme in der neuen Dienststelle. Genauer gesagt: das Problem Karl-Heinz Winterhalter. Und dazu kam ihr chaotisches Privatleben. Eigentlich hatte sie gehofft, durch den Umzug endlich Abstand zu ihrem Ex zu gewinnen. Die Trennungsphase war sehr unschön verlaufen. Mike hatte sie über viele Wochen gestalkt, weshalb sie bereits ihre Handynummer gewechselt hatte. Wohin sie nach dem Beziehungs-Aus gezogen war, hatte sie ihm verschwiegen. Falls er nach ihr suchte, würde er aber garantiert früher oder später vor ihrem Elternhaus aufkreuzen. Die Adresse der neuen Wohnung, nahm sie sich vor, würde der latent Eifersüchtige, der ihr zum Abschluss noch die Wohnungstür in Berlin-Tiergarten eingetreten hatte, jedoch nicht herausfinden.

Die Sache mit Mike war nicht einfach: Sie hegte durchaus noch Gefühle für ihn, aber irgendwie hatte sie den Eindruck gewonnen, dass sie mit ihm nicht weiterkam. Er wollte sich nie festlegen: Familie? Irgendwann vielleicht. Ein Umzug, weg von Berlin? Prinzipiell schon, aber eigentlich dann doch nicht. Wenigstens mit den beherzten Tritten gegen ihre Tür hatte er eine ungewöhnliche Entschlussfreude gezeigt …

Vielleicht hatte es ja auch daran gelegen, dass Mike durchaus Grund zur Eifersucht gehabt hatte … Ein Gedanke, den sie schnell wieder verdrängte. Genau wie die Erinnerung an den Typen, mit dem sie in Berlin eine kurze Affäre gehabt hatte.

Immerhin: Der schien nicht mehr hinter ihr her zu sein.

Marie schob den Laptop zur Seite und stand auf. Sie ging zu der beim Einzug hastig über dem Schreibtisch angebrachten Pinnwand, die einem Parforceritt durch ihr Leben gleichkam: Etwa zehn Bilder waren darauf zu finden, von ihrer Jugend bis zu einem Mannschaftsfoto des Berliner Kommissariats vor etwa sechs Monaten – kurz vor dem verhängnisvollen Zwischenfall.

Weder von den Männerproblemen noch vom Schuss in den Allerwertesten ihres Vorgesetzten wussten ihre Eltern etwas. Die beiden hatten schon genug Probleme. Mit zunehmendem Alter fiel es ihnen immer schwerer, den Bauernhof zu bewirtschaften.

Die Eltern waren überaus erleichtert gewesen, dass Marie in heimische Gefilde zurückgekehrt war. Zum einen wegen der unverhofften räumlichen Nähe. Zum anderen, weil sie sehr erleichtert waren, dass ihre Tochter diesen – angeblich – viel zu gefährlichen Job in der Großstadt überlebt hatte.

»Vielleicht findesch du hier endlich än gescheite Mann«, war die erste Reaktion ihrer Mutter gewesen, nachdem Marie ihre Rückkehr in den Schwarzwald angekündigt hatte.

Dabei hatte sie genug mit den Altlasten zu tun. Es gab auch wahrlich Wichtigeres. Und wer sagte denn, dass man überhaupt einen Mann zum Glücklichsein brauchte?

Marie sah es inzwischen pragmatisch: lieber keine Beziehung als dauernden Ärger.

Sie holte ihren Laptop und klickte wieder gedankenverloren auf der Homepage des Ladens herum, während sie versuchte, sich ein Bild des Geschäfts und seines ehemaligen Besitzers zu machen. Offenbar war Pedro nicht nur ein Trachten- und Uniformenfetischist, sondern auch bereit gewesen, so ziemlich jeden Dachboden zu durchforsten – auf der Suche nach wertvollen Erbstücken und anderen Dingen, die sich zu Geld machen ließen. Ein bisschen widersprach das dem von ihm gehegten Image des Künstlers.

Zu seinem Ehemann, der nun seit knapp zwei Tagen Witwer war, spuckte das Internet fast gar nichts aus. Da war sogar der Polizeicomputer mit dieser ominösen Anzeige effektiver gewesen. Häusliche Gewalt ...

Marie versuchte, sich ihren damaligen Schulkameraden Peter Weißhaar ins Gedächtnis zu rufen. Das Internet gab zu diesem Namen etliches her, jedoch handelte es sich primär um Namensvettern. Den zurückhaltenden Siebzehnjährigen, an den sie sich erinnerte, hatte das www verschluckt. Kein Wunder: Damals hatte das Internet noch in seinen Kinderschuhen gesteckt.

Zu Weißhaars späterem Leben spuckte die Suchmaschine dann aber doch ein paar Ergebnisse aus. Unter anderem einen Zeitungsartikel, in dem der Schwarzwälder Kurier Peter oder Pedro als »Fotograf, Künstler, Sammler, Paradiesvogel« und »Gesamtkunstwerk« bezeichnete.

Irgendwie brachte Marie diese Person nicht so ganz mit der Erinnerung an ihren Schulfreund zusammen.

Sie stand auf und ging in den Flur, wo vom Umzug drei Schuhkartons mit alten Bildern übriggeblieben waren. In einem davon mussten sich ihre alten Fotos befinden. Sie durchwühlte die unsortierten Bilder, stieß auf eines von sich als Kommunionkind, auf Ausflüge mit den Eltern und der Jugendgruppe, Klassenfotos und ein Bild, auf dem sie einen jungen Mann küsste, an dessen Namen sie sich nicht mehr erinnern konnte.

Eine starke, fast unangenehme Sentimentalität ergriff sie. Sie fühlte sich einsam, fast schwach – und das war ein Gefühl, das sie überhaupt nicht mochte.

Die Frage war, ob sie die Bilder alle durchschauen sollte. Denn dann würde sie sich erstens betrinken müssen und zweitens früher oder später anfangen zu weinen.

Aber egal. Sie war eine starke Frau. Und die trank Wein, wann immer ihr danach war.

Marie fand einen Rioja, setzte sich mit dem ersten Glas wieder in den Flur, nahm ein paar weitere Fotos in die Hand.

Eines von ihren Eltern. Nachdenklich trank sie einen Schluck Wein. Eine Ehe, wie die beiden sie führten, war nichts für sie. Wobei sie einer Hochzeit als Zeichen von fester Bindung ja gar nicht abgeneigt gewesen war – im Gegenteil. Aber ein solch klassisches Rollenverständnis wie bei ihren Eltern? Das schien ihr dann doch etwas aus der Zeit gefallen.

Und was dabei herauskam, sah man ja an Winterhalter. Selbst der war beim Therapeuten gelandet – auch wenn ihr immer noch nicht klar war, was genau mit diesem schrägen Robert abgelaufen war. Und natürlich würde sie sich hüten, Winterhalter danach zu fragen.

Schnell weiter zu den Bildern ihrer früheren Clique. Auch wenn das die Sentimentalität eher noch vergrößerte. Marie verlor sich in Gedanken, versuchte Namen zuzuordnen und fragte sich, was in den letzten fünfzehn Jahren aus diesen Menschen geworden sein mochte.

Und dann fand sie tatsächlich das Foto, das auch in Pedros Geschäft an der Wand gehangen hatte: sieben junge Leute – der eine hatte demonstrativ einen Joint im Mund –, die einen Sommerabend genossen.

Sie stand auf und goss sich ein zweites Glas Wein ein.

Eigentlich, dachte sie, als sie wieder ihren Platz im Flur einnahm, war es sehr schade, dass sie zu keinem der anderen mehr Kontakt hatte. Der Einzige aus ihrer Gruppe, mit dem sie jetzt zu tun hatte, war ein Toter.

Sie erkannte Rüdiger auf dem Bild, den Einzelgänger, Elena, das Modepüppchen, und Peter. Dann Charly, den Motorrad-Freak.

Was war aus den fünf anderen geworden? Und welchen Bezug hatten diese zuletzt zu dem Verstorbenen gehabt?

Sie gab außerdem ein paar Namen anderer ehemaliger Klassenkameraden ins Internet ein. Ralf Gruber, so erfuhr sie bei einer schnellen Google-Recherche, war nun stellvertretender Vorstandsvorsitzender der Sparkasse Schwarzwald-Baar. Claudia Neumann Heilpraktikerin im benachbarten Unterkirnach. Einige andere waren aufgrund ihrer noch gewöhnlicheren Namen überhaupt nicht zuzuordnen. Suchte man beispielsweise nach Werner Schneider, fanden sich auf Facebook etwa fünfhundert Männer dieses Namens. Einige Frauen würden zudem inzwischen geheiratet und die Namen ihrer Ehemänner angenommen haben – deren Spur zu verfolgen schien noch schwieriger. Vielleicht würde sie da noch mal im Kommissariat über das Melderegister nachrecherchieren.

Sie dachte darüber nach, dass damals sechs, sieben Vornamen fast für die gesamte Klasse ausgereicht hatten. Es hatte mehrere Michaels, Martins, Alexanders, Stefans, Bettinas, Andreas, Sabines und Beates gegeben.

Wie Rüdi mit bürgerlichem Namen geheißen hatte, erschloss sich ihr überhaupt nicht mehr.

Dann fiel ihr eine Mail ein, die sie mitten in der hektischen Umzugsphase bekommen und prompt erst mal ignoriert hatte: »Klassentreffen – 20 Jahre Abi«.

Sie suchte die Mail. In einigen Tagen wollten sich die ehemaligen Schulkameraden in Villingen treffen. Marie beschloss, dabei zu sein.

11. Eiltempo

Karl-Heinz Winterhalter hielt sich für einen Teamplayer, und doch hatte er den gesamten Rest des Tages allein auf der Suche nach dem Mörder und dem Mordmotiv verbracht. Zuerst am Polizeicomputer, der ihm bestätigte, dass Peter Schätzle nur in den zwei bekannten Fällen – der Sache mit seinem Mann und der Anzeige wegen Hehlerei – aktenkundig geworden war. Davon abgesehen gab es im Computer nichts über ihn.

Anschließend hatte Winterhalter sich nach Freiburg aufgemacht, in die Gerichtsmedizin. Dort wurde ihm wenig überraschend erklärt, dass die Erdrosselung todesursächlich war und dass der Täter mit einer Art Draht oder etwas Ähnlichem von hinten gekommen sein musste. Im Magen des Toten fand sich nichts Spektakuläres – auch nichts, was den Knoblauchgeruch erklärte. Und es gab bislang auch keine Fremdspuren, die sie bei den Ermittlungen weitergebracht hätten.

Auf dem Weg nach Freiburg hatte Winterhalter überlegt, wie er die Kaltenbach einbinden sollte. Aber er tat sich schwer damit. Bei der Zusammenarbeit mit ihr hatte er einfach ein schlechtes Bauchgefühl – sie schien ihm zu aufmüpfig, und diese Sache beim Therapeuten war ihm so peinlich gewesen, dass die neue Kollegin seiner Meinung nach nun etwas gegen ihn in der Hand hatte.

Eigentlich wäre es besser gewesen, die Kaltenbach in die einschlägigen Lokale in Freiburg zu schicken, wenn sie schon so viel Verständnis für diese Lebensweise hatte. Andererseits war er bereits in der Stadt gewesen, es war allmählich dunkel geworden, und nachdem Winterhalter sich neben einem Abendessen in einer Pizzeria auch noch zwei Viertele eines Kaiserstühler Spätburgunders genehmigt hatte, war er dann doch selbst losgegangen.

In seiner Tasche hatte er nicht nur ein Bild des Toten gehabt, sondern auch den digitalen Stadtplan »Freiburg für Gays«, den er sich aus dem Internet heruntergeladen hatte.

Sorgen machte ihm, dass dies wohl für immer auf seinem Handy gespeichert war ...

Zwölf Lokale waren in dem Stadtplan angegeben, und die Befragung war unproblematischer verlaufen, als er gedacht hatte. Zum einen hatten diese Lokale nur wenig mit der Atmosphäre gemein gehabt, die Winterhalter von seinem Fernsehwissen her im Kopf hatte. Und zum anderen war er – trotz der anfänglichen Skepsis der Barkeeper – mit den Namen von fünf Männern herausgekommen, die Umgang mit Peter Schätzle gehabt hatten. Wie genau dieser Umgang ausgesehen hatte, musste er noch eruieren.

Ein persönliches Interesse an ihm hatte zu seiner Erleichterung niemand in diesen Etablissements bekundet. Er wusste nicht, ob er sich einfach falsche Vorstellungen gemacht hatte oder ob er schlicht nicht zur Zielgruppe gehörte.

Drei Clubs hatte Winterhalter besucht, danach war es auf Mitternacht zugegangen und er hundemüde gewesen. Er hatte also zugesehen, wieder in den Schwarzwald zurückzukommen – und zwar möglichst, ohne seinen Kollegen auf dem Weg dorthin in die Arme zu fahren. Denn zu den zwei Viertele waren inzwischen noch mehrere Cocktails hinzugekommen, die er in den Clubs geordert hatte. Doch er hatte Glück: keine Polizeistreife weit und breit.

Als er endlich daheim angekommen war, hatte Hilde natürlich schon geschlafen.

Seltsam war dann aber, dass er sie am nächsten Morgen kaum gesehen hatte.

»Wir müssen heut Abend mal reden«, hatte sie nur gesagt und sich dann wahlweise in den Stall oder in die Küche verdrückt, bis er zur Arbeit gefahren war.

Sie hatten nicht, wie sonst üblich, gemeinsam gefrühstückt.

Im Kommissariat hatte er dann allerdings anderes zu tun, als sich über Hilde Gedanken zu machen. Zuerst jagte er die Namen der fünf Freiburger Bekannten des Mordopfers durch den Computer. Immerhin zwei Treffer: Jacques Grossmann war wegen Körperverletzung vorbestraft und ein gewisser Attila Haberberg wegen Hehlerei.

Klang beides nicht uninteressant – jetzt galt es, die genauen Beziehungen dieser beiden zu Schätzle zu untersuchen, ohne die anderen drei potenziellen Affären des Ermordeten außer Acht zu lassen.

Und ohne zu vergessen, dass das Mordmotiv auch in einem völlig anderen Bereich liegen konnte.

Es gab also viel Arbeit, und am Nachmittag stand die Soko-Sitzung auf dem Plan.

Den Fall komplett alleine anzugehen war illusorisch, aber immerhin hatte er einen gewissen Ermittlungsvorsprung herausgeholt.

Blieb nur zu hoffen, dass nicht Frau Bergmann die Soko-Leitung innehaben würde ...

Doch genau das bestätigte ihm der Kollege Kiefer kurz darauf.

Und dann kam sie auch noch persönlich im Büro vorbei: Frau Bergmann, ungeduldiger denn je.

»Gibt es denn jetzt schon Verwertbares?«

»Kontakte des Ermordeten in die Homo-Szene – unter

anderem zu zwei Vorbestraften«, rapportierte Winterhalter brav – und ärgerte sich gleichzeitig, dass er so freigiebig mit seinen Informationen umgehen musste.

»Es heißt nicht Homo-Szene«, rügte ihn Frau Bergmann und setzte zu einem Sermon an, doch Winterhalter hörte erst wieder hin, als es um die neue Kollegin ging.

»Ich hörte, dass Frau Kaltenbach den Ermordeten von früher kannte«, sagte die Kriminaldirektorin und schaute Winterhalter an, als werfe sie ihm vor, dass er den Toten nicht gekannt hatte. »Das kann für uns von Nutzen sein.«

»Oder bedeuten, dass die Kollegin befangen ist«, brummte er.

Frau Bergmann blickte ihn scharf an. »Befangen dürften ja auch Sie sein. Immerhin hat Ihr Sohn den Toten gefunden ...«

»Schon gut, ich werde ihn behutsam befragen. Seinem Vater erzählt er sicher mehr, als das ein normaler Zeuge tun würde.«

»Nein, das ist mir zu heikel«, widersprach Frau Bergmann. »Und deshalb ist Frau Kaltenbach schon unterwegs, um Ihren Sohn zu befragen. Damit auch alle pünktlich zur Soko-Sitzung wieder da sind – darauf lege ich großen Wert.«

Winterhalter glaubte, nicht recht zu hören.

»Was ist die?«

»Frau Kaltenbach befragt zur Stunde Ihren Sohn.«

»Hier?«

»Nein – bei Ihnen zu Hause.«

Die Strecke vom Kommissariat in Villingen bis nach Linach kannte Winterhalter aus dem Effeff. So schnell war er sie vermutlich aber noch nie gefahren. Immer wieder wählte er während der Fahrt verbotenerweise mit dem Handy die Festnetznummer des Bauernhofs, danach die Handynummer seines Sohnes, doch weder in Pfaffenweiler noch in Herzogenweiler und schon gar nicht, als er die Straße abwärts zur

Waldrast genommen hatte, wollte sich eine Verbindung einstellen. Winterhalter fluchte – das Handynetz im Schwarzwald war eines der großen Probleme.

Doch etwas anderes funktionierte hier leider bestens: Zweihundert Meter, bevor er die Abzweigung nach Linach in beeindruckender Geschwindigkeit nehmen wollte, machte er Bekanntschaft mit einer mobilen Radarfalle der Kollegen.

Als Reaktion drückte er das Gaspedal noch weiter durch.

Ein paar hundert Meter vor seinem Bauernhof begegnete er einem Auto, das er kannte.

Waghalsig zwang er seinen Sohn zum Halten, indem er auf die Gegenfahrbahn wechselte und wild mit der Lichthupe blinkte.

Nach der beiderseitigen Vollbremsung und nachdem sie aus ihren Wagen ausgestiegen waren, raunzte er seinen Sohn an: »Hasch du schon mit dieser Kaltenbach g'sproche? Falls nit, verweigere die Aussage!«

Thomas war fassungslos.

»Bapa, bisch du verrückt?«

»Hasch du schon mit ihr g'sproche?«

Statt einer Antwort schüttelte Thomas fassungslos den Kopf, stieg wieder in sein Auto und fuhr sicherheitsbewusst an den Straßenrand. Dann kam er erneut – und noch immer kopfschüttelnd – auf seinen Vater zu.

»Also echt, Bapa! Klar hab ich mit ihr g'sproche. Die isch echt nett und ...«

Winterhalter knurrte: »Nett!«

»Außerdem hab ich ihr doch nix sage könne, was du nit eh schon g'wusst hättest.«

Winterhalter knurrte immer noch.

»Sie wollt halt alles ganz genau wisse ...«

»Und?«

»Hey, Karl-Heinz«, ertönte eine Stimme aus einem langsam vorbeifahrenden Jeep, »machsch du auf Straßenräuber, oder hasch du än Problem mit dem Auto?«

»Alles okay, Dieter«, winkte Winterhalter ab, lächelte seinem Nachbarn kurz zu und wandte sich dann wieder an seinen Sohn.

»Ich hab halt alles erzählt: vom Geocaching, wie mir den Dote g'funde und wie mir dann telefoniert habe.«

»Mehr nit?«

»Nein.«

»Gut«, sagte Winterhalter.

Er spürte die Erleichterung.

»Und des von dem komische Mann halt«, schob sein Filius dann allerdings noch nach.

Winterhalter kniff die Augen zusammen und starrte ihn an.

»Von welchem Mann?«

»Na, der im Park rumg'schliche isch. Hab ich dir des noch nit erzählt?«

Der Kommissar war kurz davor, seinen Sohn zu ohrfeigen, konnte sich aber eben noch zurückhalten.

»Nein!!!«, brüllte er stattdessen.

»Was – war – mit – dem – Mann?!?«

»Na ja, der isch da, wie g'sagt, ebe so rumg'schliche. Bevor mir in die Gruft reingegange sind. Ich hab den erscht für än Handwerker oder Gärtner gehalte, der vor dem Fürstentag schnell noch was repariert oder die Grünanlage herrichtet. Aber deine Kollegin hat mir erklärt, dass der Dote offenbar erdrosselt worde isch – dass es sich also echt um Mord handelt.«

»Allerdings!«

Winterhalter brüllte immer noch.

»Dann könnt des ja eine ganz wichtige Beobachtung sein«, schloss sein Sprössling messerscharf. »Komisch, ich dacht echt, ich hätt dir des schon erzählt.«

»Ja«, antwortete Winterhalter immer noch laut. »Ich mein: Nein!«

Dann schnaufte er tief durch und fragte etwas ruhiger: »Wie sah der Mann aus?«

»Hab ich doch schon deiner Kollegin g'sagt«, maulte Thomas. Winterhalter war nun wirklich kurz davor, die Beherrschung zu verlieren. Dann fiel ihm etwas anderes ein.

»Wo isch die Kollegin eigentlich?«

»Die isch noch bei uns«, sagte Thomas arglos. »Die Mama wollt noch mit ihr spreche ...«

Winterhalter hechtete in seinen Wagen. Er nahm sich einzig noch die Zeit, Thomas anzubrüllen, dieser werde ihm später gefälligst alles »haarklein« berichten.

Fünfundvierzig Sekunden später betrat er die Stube des Bauernhofs und wurde auch gleich standesgemäß begrüßt.

»Da kommt jo g'rad de Richtige.«

Sie saßen in der Küche. Seine Hilde mit hochrotem Kopf, die Kaltenbach mit einer Miene, die er nicht so recht zu deuten wusste. Es war Unsicherheit ebenso wie Spott darin, Verblüffung wie Belustigung, Wut wie Stress.

»Ich versuche Ihrer Gattin gerade zu erklären, dass einiges nicht so ist, wie es offenbar aussieht«, wandte sich die Kommissarin an ihn.

»Jo, genau«, sagte Hilde sarkastisch. »›Schatz, es isch nit so, wie es aussieht.‹ Was für än blöde Spruch.«

»Also –«, begann Winterhalter, woraufhin ihm seine Frau über den Mund fuhr.

»Ich bin so blöd«, sagte sie. »Deshalb kommsch du also immer so spät heim. Und deshalb war wohl auch diese ... diese Dame hier, um de Thomas zu befrage – denn eigentlich hättesch du des ja auch selber mache könne.«

Sie schaute die Kaltenbach mit giftigem Blick an.

»Wollet Sie schon mol schaue, wie es hier isch, wenn Sie

mich hier vertriebe habe? Hier muss mer aber ganz schön schaffe – hättet Sie sich besser mol än andere ausg'sucht!«

Winterhalter verstand nun überhaupt nichts mehr. Was um Gottes Willen hatte die Kaltenbach denn in den letzten Minuten seiner Frau erzählt? Und warum hatte Hilde überhaupt mit der Kollegin sprechen wollen?

Die wandte sich nun wieder direkt an Hilde: »Ich kann Ihnen das alles erklären, aber –«

»Aber was?«, giftete Hilde.

»Aber später«, fuhr die Kaltenbach fort. »In dreißig Minuten beginnt die Soko-Sitzung – wir müssen uns beeilen. Glauben Sie mir, Frau Winterhalter, das klärt sich alles!«

»Der Einzige, der irgendwas geklärt hat, isch der Typ, der mich geschtern a'gerufe hat und mir von eurem Sexualleben berichtet hat!«, schrie Hilde.

»Was?«, fragte der Kommissar und sah seine sichtlich aufgeregte Frau fassungslos an.

»Der hat mich offenbar mit der Dame hier verwechselt!« Hilde schleuderte ihre Küchenschürze von sich. »Hat wohl gedacht, Sie wohnt scho hier!«

»Es tut mir leid«, sagte die Kaltenbach, »aber wir müssen jetzt gehen. Wir können das später gerne klären. Ich versichere Ihnen, dass Ihr Mann und ich …«

»Ach – ihr geht jetzt beide?«

Hilde wirkte alles andere als beruhigt.

»Wer hat denn a'gerufe?« Winterhalter war wirklich verblüfft. »Und zu welchem Sexualleben?«

»Dieser … Robert, heißt der. Isch des der, zu dem ich mit dir gehen wollt? Desch isch ja die größte Frechheit, dass du dann mit dieser … mit dieser … Und dann mit diesem Robert und ihr über deine sexuelle Bedürfnisse redesch!«

Hilde begann zu weinen.

Allmählich begann Winterhalter zu dämmern, was hier

los war. Vor lauter Entsetzen war seine Wut auf Thomas verraucht.

»Beruhigen Sie sich bitte«, sagte die Kaltenbach nochmals. »Ich bin sicher, das klärt sich alles. Aber jetzt müssen wir … muss ich dringend … Auf Wiedersehen. Und grüßen Sie Ihren Sohn.«

»Ihren künftige Stiefsohn, meinet Sie wohl!«, schrie Hilde der Kommissarin noch hinterher.

Winterhalter ging zu seiner Frau hinüber. »Schatz, mir kläre des.«

Er befand sich in einem echten Zwiespalt. Es führte aber kein Weg daran vorbei: Wenn er nicht pünktlich zur Soko-Sitzung kam, hatte er bei Frau Bergmann noch schlechtere Karten als ohnehin schon.

Er ließ der Kollegin eine Minute Vorsprung – und als er merkte, dass seine Frau definitiv nicht zu beschwichtigen war, hastete er zum Auto und rief sie von seinem Handy aus an, nachdem er losgefahren war. Vielleicht wäre sie auch tatsächlich an den Apparat gegangen, doch leider glänzte das Handynetz mal wieder durch Abwesenheit. Er versuchte es weiter, eine Hand am Handy und die andere am Lenker, während er mit Vollgas zurück in Richtung Dienststelle brauste.

Und natürlich passte es zum Tag, dass die Radarfalle inzwischen in die andere Richtung ausgerichtet war – und er wieder voll hineinbretterte …

12. Soko »Gruft«

Üblicherweise war Kriminalkommissar Winterhalter ein »Strichfahrer«. Er achtete darauf, nicht einen Kilometer schneller zu fahren als vorgegeben, was seine Frau Hilde manchmal zur Weißglut brachte. Doch heute war er nicht nur ein zweites Mal in die Radarfalle getappt, sondern hatte auch auf der langgezogenen Strecke bei Herzogenweiler einen anderen Wagen mit weit mehr als hundert Sachen überholt. Im Vorbeirauschen hatte er erkannt, wer die Fahrerin des Wagens war: niemand anderes als seine neue Kollegin. Aber die Erkenntnis war zu spät gekommen, um noch irgendetwas an der Sache zu ändern.

Als der Schwarzwälder Kommissar auf den Parkplatz der Villinger Polizeidienststelle in der Waldstraße vorfuhr, ärgerte er sich über seine heutige Unbeherrschtheit. Wobei die Kaltenbach an den Geschehnissen – seiner Meinung nach – nicht ganz unschuldig war.

Üblicherweise galt er als besonnen, fast stoisch.

Doch seit die neue Kollegin hier aufgeschlagen war, war nichts mehr wie zuvor. Sie hatte alles völlig durcheinandergebracht: in der Dienststelle, am Tatort, ja sogar bei ihm zu Hause. Letzteres ärgerte Winterhalter am meisten.

Innerhalb kürzester Zeit war sein Privatleben zu einem Tollhaus geworden – dank der freundlichen Mithilfe dieser vorlauten, aufgeblasenen Schnepfe.

»Schnepfe!« Er zischte das Wort, dann sog er noch einmal tief die klare Schwarzwaldluft ein, nahm seinen Filzhut ab, strich sich über die dichten schwarzen Haare und betrat das Dienstgebäude. Kurz darauf streckte er den Kopf mit Kollege Kiefer über den Bericht der Spurensicherung zusammen. Sie saßen im großen Besprechungsraum. Einige Kollegen plauderten noch bei einer Tasse Kaffee über die Politik in der Doppelstadt und die neuesten sportlichen Entwicklungen. Gerade hatte der örtliche Fußballverein FC 08 Villingen den Aufstieg in die Dritte Liga geschafft.

Frau Bergmann war noch nicht anwesend. Tja, dachte Winterhalter. Er hatte vorhin wirklich ordentlich Gas gegeben.

Nachdem er den nächsten Absatz im Bericht gelesen hatte, hob er mit einem Ruck den Kopf.

»Das ist doch interessant! Warum haben die Kollegen des nicht gleich erwähnt? Könnte ein wichtiges Indiz sein.« Er sah Kiefer an, deutete auf die entsprechenden Sätze.

»Die haben uns das aber gesagt«, entgegnete Kiefer.

»Hm«, machte Winterhalter nur und war erneut erbost über sich selbst. Sollte ihm das tatsächlich entgangen sein? Trübte die Anwesenheit der neuen Kollegin derart seine Wahrnehmung?

In diesem Moment betrat Marie Kaltenbach den Raum. Gerade noch rechtzeitig vor dem Eintreffen der Chefin. Auch sie strich sich über das Haar, zog ihre Jeansjacke aus und warf sie lässig über eine Stuhllehne.

»Heißer Reifen«, bemerkte sie in Winterhalters Richtung.

»Heiße Nummer, die Sie da abziehen«, konterte er. Und obwohl er beschlossen hatte, jetzt ganz ruhig zu bleiben, brannte ihm schon wieder eine Sicherung durch.

»Also dass Sie, kaum hier in der Dienststelle angekommen, Zeugen befragen, ohne mich und die Kollege«, er machte eine wischende Handbewegung, die die durchweg männlichen Kriminalbeamten im Raum umfasste, »zu informieren, ist an sich schon ein starkes Stück. Dass Sie dann aber auch noch meinen Sohn ohne Rücksprache mit mir in Bezug auf ein Tötungsdelikt befragen, ist ja wohl de Gipfel.«

»Befangen«, sagte die Kaltenbach nur und schlürfte genüsslich an ihrer Kaffeetasse aus dem Berliner Szene-Club *Berghain*. »Sie wissen doch, dass Sie nach Meinung von Frau Kriminaldirektorin Bergmann im Hinblick auf Ihren Sohn Thomas befangen sind. Und außerdem sollten Sie mir schon vertrauen, dass ich das fachlich und sachlich korrekt mache.«

»Fachlich und sachlich? Dass ich nicht lache. Sie haben es geschafft, sich bei mir in absolut private Angelegenheiten einzumischen. Und das, obwohl sie grade mal drei Tage hier sind. Das ist doch ungeheuerlich.«

»Ha, jetzt hör doch mol auf mit dem Gegosche«, ermahnte ihn nun der Kollege Fleig.

Fleig gehörte zusammen mit Winterhalter normalerweise zu der gemütlichen Fraktion im Kommissariat.

Aber was war derzeit schon normal?

»Ich gosch, so lang's mir passt«, gab Winterhalter jetzt im besten Schwarzwälderisch zurück. »Diese Dame hat ihre Nase in höchst private Angelege'heite g'steckt.« Bei den letzten Worten war seiner Stimme wieder deutlich lauter geworden.

»Was geht hier vor? Was ist höchst privat?«, feuerte Frau Bergmann gleich mehrere Fragen ab, als sie mit ihren hochhackigen Schuhen in den Raum stöckelte. Fast konnte man den Eindruck bekommen, sie marschierte. Sie kam wieder einmal daher wie aus dem Ei gepellt, trug einen eleganten Blazer, war akkurat frisiert und geschminkt.

Winterhalter und Marie Kaltenbach schwiegen. Die anderen Kollegen ebenso.

»Ich höre ... Was lief hier gerade für eine Diskussion ab?«, ging der Ton der Bergmann nun vom Militärischen ins Schulmeisterliche.

»Ich hab mich nur beschwert, dass Frau Kaltenbach meinen Sohn befragt hat, ohne mich vorher zu informieren. Und diese andere Sache ist, wie gesagt, privat. Das will ich hier nicht breittreten.«

Die Bergmann musterte Winterhalter scharf. Die Augen hinter den Gläsern ihrer altmodischen Brille schienen kleiner zu werden, gefährlich klein.

»Wenn's privat ist, muss es hier ja auch nicht angesprochen werden. Und was die Befragung anbelangt, würde ich mir von Ihnen ein bisschen mehr Professionalität wünschen. Im Übrigen habe ich persönlich Frau Kaltenbach den Auftrag erteilt, wie ich Ihnen vorhin ja schon sagte.«

»Ich kläre das mit der Verwechslung auf, das hab ich Ihrer Frau versprochen«, wandte sich die Kaltenbach nun an Winterhalter.

»Nicht hier, verdammt noch mal. Ich hab doch gesagt, das ist privat. Dann bleibt's auch privat!«

»Ruuuhe!«, übertraf die Bergmann ihn in Sachen Lautstärke mindestens um das Doppelte. »Was ist denn heute los? Klären Sie das gefälligst nach Dienstschluss. Hab ich mich klar genug ausgedrückt?«

Winterhalter zupfte einen nicht-existenten Fussel von seiner Jacke und nickte. Dass die Bergmann ihn nicht mochte, war ein offenes Geheimnis. Derart abgekanzelt hatte sie ihn aber noch nie – nicht mal in den Zeiten, als er sich mit dem phobischen Kollegen Thomsen hatte herumschlagen müssen.

Er warf der Kaltenbach einen scharfen Blick zu. Die beeilte sich, ihre Augen auf Frau Bergmann zu richten, die nun die Soko-Sitzung eröffnete.

»Was gibt es Neues im Fall ›Gruft‹?«, fragte sie in die Runde. »Ich bitte um eine Zusammenfassung der bisherigen Erkenntnisse. Wer übernimmt das?«

Kiefer blickte fragend Winterhalter an. Der bedeutete ihm,

dass er übernehmen sollte. Die Kaltenbach hatte offenbar beschlossen, sich zurückzuhalten. Jedenfalls machte sie keine Anstalten, einen Vortrag zu halten.

War ja auch höchste Zeit, dass sie ihr Benehmen in der neuen Dienststelle mal etwas anpasste und sich zurückhielt!

Also begann der junge Kollege mit seinem Referat, schilderte nochmals die Auffindesituation und zählte einige »spurenrelevante Dinge« auf. Und er gab auch seinen Eindruck wieder, dass es höchst skurril wirkte, wie der tote Mann in Frauentracht in der Fürstengruft abgelegt, ja geradezu aufgebahrt worden war. Stand die Frauentracht womöglich in Relation zum Tatmotiv? Kiefer wartete vergeblich auf eine Antwort.

»Ja, ja, ein höchst skurriler Fall«, bestätigte die Bergmann stattdessen und bedeutete dem jungen Ermittler Kiefer dann mit einer etwas ungeduldigen Handbewegung, dass er fortfahren solle.

»Das Handy des Toten haben wir bislang nicht orten können – es scheint ausgeschaltet zu sein. Die Staatsanwaltschaft erwirkt gerade einen richterlichen Beschluss, damit wir über die IMEI-Nummer das Gerät identifizieren können.«

»Vielleicht sollte ich mich da auch noch einschalten«, überlegte Frau Bergmann, doch keiner wollte sie dazu ermutigen.

»Bislang ist auch das Auto von Herrn Schätzle nicht aufgefunden worden«, rapportierte Kiefer brav weiter.

»Öffentlichkeitsfahndung über den Ö«, knurrte die Bergmann. Ihrem Tonfall nach zu schließen, stand sie mächtig unter Druck. »Beeilen Sie sich! Und was gab es denn sonst noch Auffälliges am Leichenfundort?« Die Kripochefin schob ihre Brille die Nasenwurzel hoch.

Jetzt mischte sich Winterhalter doch ein, obwohl er sich eigentlich vorgenommen hatte, erst mal nichts mehr zu sagen: »Wir haben das private Umfeld des Opfers durchleuchtet. Er war mit einem Mann liiert, ja sogar verheiratet, hat aber wohl eine offene Beziehung geführt. Und wie ich Ihnen, Frau Bergmann, vorhin schon gesagt habe, hatte Peter Schätzle Kontakte in die Freiburger homosexuelle Szene. Es geht hier unter anderem um zwei Männer, die bereits Vorstrafen haben. Körperverletzung und Hehlerei. Wir sind gerade dabei, die Herrschaften zu überprüfen.«

Diesmal war Winterhalter bemüht, gerade im Hinblick auf die sexuellen Vorlieben des Opfers mit einem korrekten Vokabular zu operieren. Die Bergmann nickte und hatte nichts zu beanstanden.

Dafür ergriff die Kaltenbach nun das Wort: »Durch seine eher moderne Interpretation der Schwarzwälder Tradition war das Opfer wohl nicht unumstritten. Es gab auch schon Drohungen, weil sich Traditionalisten verunglimpft sahen. Hier wäre ebenfalls ein möglicher Ermittlungsansatz zu finden.«

Die Bergmann nickte: »Tragen Sie schnell alles zusammen – jeden Einzelnen, der das Opfer jemals scheel angeschaut hat.«

»Wir sind dabei«, erklärte die Kaltenbach.

»Sonst noch etwas, was uns in dem Fall weiterbringen könnte?« Kiefer sah Winterhalter an und deutete auf den Bericht der Spurensicherung.

»Bärlauchblätter!!«, erklärte Winterhalter prompt.

Dann sagte er mehr zu sich selbst: »Ist doch klar, deshalb war da dieser starke Geruch am Tatort. Dass ich da nicht gleich darauf gekommen bin! Und jetzt ist doch Bärlauchzeit.«

»Bärlauchblätter?«, echote Frau Bergmann. »Kollege Winterhalter, Sie sprechen in Rätseln.«

»Ich habe einen starken Geruch an der Leiche bemerkt. Zunächst dachte ich an Knoblauch. Des riecht ja ähnlich. Aber das war kein Knoblauch, sondern Bärlauch. Im Mageninhalt des Opfers war ebenfalls keine Spur von Knoblauch – von Bärlauch allerdings auch nicht.«

Kiefer nickte eifrig und deutete erneut auf einen Abschnitt im Bericht der Spurensicherung. Dann beugte er sich zu Winterhalter und flüsterte ihm etwas ins Ohr.

»Jetzt kommen Sie mal auf den Punkt, Winterhalter! Ich will hier keinen Kräutervortrag hören. Und was soll das Getuschel?«, schulmeisterte die Bergmann. »Was ist denn jetzt mit dem Bärlauch?«

»Kommissar Huber«, Winterhalter deutete auf den etwas gesetzteren Kollegen mit hoher Stirn, der in solchen Besprechungen lieber schwieg, »hat in Zusammenarbeit mit der Kriminaltechnik herausgefunden, dass sich an der Kleidung des Opfers Teile von Bärlauchblättern befunden haben.«

»Nun ja, das scheint aber nun keine bahnbrechende Entdeckung zu sein. Schließlich wurde die Leiche in einer Gruft entdeckt, die von einem Park umgeben war. Da dürfte es nicht ungewöhnlich sein, wenn es dort Bärlauch gibt«, argumentierte die Bergmann.

»Ja, prinzipiell schon«, bestätigte Winterhalter. »Aber zum einen muss die Leiche – so intensiv, wie die gerochen hat – sich quasi durch Bärlauchfelder bewegt haben.«

»Der Kollege Huber«, Winterhalter deutete erneut auf den Kollegen, der die Hände vor seinem rundlichen Bauch verschränkt hielt und ihm freundlich zunickte, »hat aber festgestellt, dass es im Park der Fürstenbergischen Gruft keine Bärlauchfelder größeren Ausmaßes gibt. Allenfalls hier und da mal eine Pflanze ...«

Frau Bergmann gab sich begriffsstutzig und leicht ungeduldig: »Worauf wollen Sie hinaus?«

»Der Kollege Huber hat daraus die Hypothese abgeleitet ...«, setzte Winterhalter an, »... dass Tatort und Leichenfundort nicht identisch sind. Dort, wo Peter Schätzle getötet

wurde, muss es Bärlauch größeren Ausmaßes geben«, mischte sich die Kaltenbach dreisterweise ein, was Winterhalter mit einem leisen Grunzen quittierte. Die neue Kollegin blieb davon unbeeindruckt: »Bei der Umlagerung der Leiche müssen die Bärlauchblätter vom Tatort zum Leichenfundort gelangt sein. Ein ebenfalls interessanter Ermittlungsansatz.«
Winterhalter bemühte sich, keine weiteren Gemütswallungen nach außen dringen zu lassen: »Es könnt natürlich auch sein, dass die Leiche, also der Herr Schätzle, kurz vor dem Mord im Bärlauch war. Also noch lebendig, sozusagen. Aber vermutlich war es eher so, dass der Täter das Opfer irgendwo anders getötet hat. Und am Tatort muss es viel Bärlauch gegeben haben«, formulierte er dann noch mal in eigenen Worten, was die Kaltenbach eben von sich gegeben hatte – so, als hätte sie gar nichts gesagt. »Sehr viel!«
»Kollege Winterhalter, ich habe das schon verstanden. Aber wie bringt uns das letztlich in dem Fall weiter?«
»Wir könnten beispielsweise eine Isotopenuntersuchung veranlassen«, war Winterhalter ganz im Element seines kriminaltechnischen Spezialgebiets. »Also die Blätter von Pflanzenexperten untersuchen lassen und abklären, woher sie vermutlich stammen ... Wenn Hubers Hypothese stimmt, dann muss der Täter ähnlich intensiv mit Bärlauch in Kontakt gekommen sein. Und es gibt halt auch bestimmte Gebiete, wo das Bärlauchvorkommen besonders groß ist.«

»Schön und gut. Aber bringt uns das denn nun wirklich weiter?«, fragte die Bergmann, stand auf und begann um den Tisch herumzulaufen, so als wolle sie die Kollegen und damit einen möglichen Täter einkreisen. »Wir haben ja noch nicht mal einen dringend Tatverdächtigen – und auch kein eindeutiges Motiv.«
»Das könnte sich nach den weiteren Befragungen bald än-

dern. Und dann könnte der Bärlauch vielleicht wirklich der entscheidende Ermittlungsansatz sein«, entgegnete die Kaltenbach. Winterhalter nickte ihr nun erstmals halbwegs freundlich zu.

»Also gut. Wir behalten die Isotopenuntersuchung im Auge, Winterhalter«, sagte Frau Bergmann. »Aber lassen Sie es uns erst mal mit den einfacheren Methoden probieren: das Umfeld untersuchen, weitere Zeugenbefragungen machen. Außerdem gibt es vermutlich im Schwarzwald und auf der Baar ja recht viele Bärlauchgebiete.«

Winterhalter konnte ihr da nicht widersprechen. Trotzdem ... Er überlegte, ob das gerade so etwas Ähnliches wie ein Lob gewesen war. Vermutlich schon. In dieser Hinsicht hatte er ausnahmsweise etwas mit seiner Chefin gemein. Auch bei ihm galt das Credo: »Nit g'schimpft, isch genug g'lobt.«

Die Bergmann sagte derweil: »Wir müssen möglichst schnell die Tatverdächtigen ermitteln. Haben hier die weiteren kriminaltechnischen Untersuchungen und Vernehmungen schon etwas Konkretes ergeben? Haben wir zum Beispiel beim Opfer mögliche Spuren des Täters gefunden – außer Bärlauch?«

Jetzt sprach der neben Winterhalter für dieses Spezialgebiet zuständige Huber doch kurz: »Nein. Wir haben zum Beispiel auch die Fingernägel des Opfers unter die Lupe genommen. Der Tote muss sich ja eigentlich gewehrt haben. Aber leider bisher keine Fremdspuren, die zum Täter führen könnten. Der muss sehr sorgfältig vorgegangen und außerdem von hinten gekommen sein.«

Sodann berichtete die Kaltenbach unter dem argwöhnischen Blick Winterhalters von der Befragung seines Sohnes.

»Thomas Winterhalter respektive seine Begleiter haben am Leichenfundort, bevor sie auf den Toten gestoßen sind, jemanden in dem Park herumschleichen sehen. Es war wohl eine mittelgroße Gestalt mittleren Alters mit eher längeren Haaren«, trug sie vor.

»Wir haben die vier Geocacher ja bereits am Tatort befragt. Sie hatten an diesem Morgen die Gruft als Ziel, weil diese nur anlässlich solcher Festtage geöffnet ist. Und sie waren früh dran, weil sie die Ersten sein wollten. Es wäre aber sicher sinnvoll, noch einmal eine ausführlichere Befragung anzuberaumen, um eine noch genauere Beschreibung der verdächtigen Person zu erhalten.« Sie stoppte kurz und schenkte sich eine Tasse Kaffee aus der Thermoskanne ein, welche Frau Hirschbein, die Sekretärin, bereitgestellt hatte.

Üblicherweise dauerten Soko-Sitzungen unter der Leitung von Frau Bergmann mindestens zwei Stunden. Da brauchte es viel Koffein.

»Das sollten wir dann wirklich bald machen«, bestätigte Winterhalter und zeigte auf die Uhr, so als wollte er Frau Bergmann auffordern, die Sitzung zu beenden.

»Außerdem sollte die Befragung des Fürstenhauses durchgeführt werden. Ich habe gerade mit dem Privatsekretär seiner Durchlaucht telefoniert. Sie wären morgen früh um neun Uhr empfangsbereit. Herr Winterhalter, das könnten Sie ja gemeinsam mit Frau Kaltenbach übernehmen«, sagte die Bergmann nun in einem Ton, als wollte sie Winterhalter mit seiner neuen Kollegin geradezu verkuppeln. »Teambuilding, Sie verstehen?«, fügte sie noch hinzu.

Winterhalter gab sich keine Mühe, sein Augenrollen vor der Chefin zu verbergen.

Er grummelte irgendetwas Unverständliches, was die Bergmann als Zustimmung wertete.

Nachdem auch die weiteren Aufgaben verteilt waren, schloss die Kriminaldirektorin die Soko-Sitzung mit einem »Auf geht's, Herrschaften!«.

Als Winterhalter und Marie Kaltenbach gemeinsam aus

der Tür traten, sagte sie anerkennend: »Das mit dem Bärlauch könnte noch ein entscheidender Ermittlungsansatz werden, Kollege Winterhalter.«

»Denken Sie jetzt nur nicht, dass das mit der Ehetherapie vergessen ist. Ich rat Ihnen gut, sich in Zukunft aus meinen Privatangelegenheiten herauszuhalten. Und halten Sie sich von meinem Hof fern.«

Der letzte Satz klang wie eine Drohung.

13. Nächtlicher Absturz

Als Marie am nächsten Morgen in der Einliegerwohnung des elterlichen Hofs aufwachte, erschrak sie. Zunächst einmal hatte sie die Befürchtung, dass sie nach dem Absturz am vorigen Abend womöglich verschlafen hatte. Und das würde sich am vierten Tag in der neuen Dienststelle nicht gerade gut machen. Ein Blick auf den Wecker, und sie konnte sich für einen kurzen Moment mit einem Seufzer ins Kissen zurückfallen lassen. Es war gerade mal sechs Uhr morgens. Aber da war ja noch diese andere Sache, die ihr jetzt Sorgen machte – zumal nach diesem totalen Absturz gestern Abend.

Sehr behutsam tastete sie sich mit der rechten Hand zur anderen Seite des Betts vor.

Sie horchte für einen Moment: Komplette Stille, es kamen auch keine verdächtigen Geräusche aus dem Badezimmer, das direkt an das Schlafzimmer angrenzte. Nach einigen Sekunden folgte der zweite Seufzer der Erleichterung. Sie war zum Glück ohne ihn nach Hause gekommen.

Er – das war Sven. Sozusagen ihre Eroberung des gestrigen Abends. Anfang vierzig, gepflegte Erscheinung und sehr von sich und seinem Äußeren überzeugt. Er war Immobilienmakler und hatte sich keine Mühe gegeben, zu verschleiern, dass er verheiratet war. »Das zwischen meiner Frau und mir ist nicht mehr das, was es mal war«, hatte die Analyse seiner Ehe gelautet. Und: »Wir führen eine offene Beziehung. Jeder macht, was er will. Wir haben beide unseren Spaß.«

Ersterer Aussage konnte Marie noch Glauben schenken. Was die zweite betraf, hatte sie so ihre Zweifel. Gestern hatte das allerdings zwischenzeitlich keine große Rolle gespielt. Für Marie wäre ein verheirateter Mann normalerweise ein »No Go« gewesen, aber an diesem Abend hatte sie sich in einer emotionalen Ausnahmesituation befunden, wie sie es mehrfach zu sich selbst gesagt hatte – oder hatte sie es sich einfach nur eingeredet?

Jedenfalls hatte sie sich nach dem gestrigen Tag in der Dienststelle verloren und einsam gefühlt. Auch die bösen Geister der Berliner Vergangenheit hatten sie eingeholt. Letztlich hatte sie einen derartigen »Blues« gehabt, dass sie in einer Cocktailbar in der Färberstraße – der Villinger Kneipenmeile – alkoholisch und auch sonst ihr übliches Limit überschritten hatte. Das »sonst« bezog sich auf Sven, der plötzlich vor ihr gestanden hatte. Eigentlich überhaupt nicht ihr Typ, aber im Dunst des Alkohols hatte das wohl keine Rolle mehr gespielt. Sie hatte einfach Trost und Anlehnung gesucht.

Letztlich hatte sie sich auf eine wilde Knutscherei mit ihm eingelassen. Seinem Vorschlag, mit ihm ins Hotel zu gehen, war sie zum Glück nicht gefolgt. Und auch das Auto ihres Vaters hatte sie aufgrund ihres Alkoholpegels nahe der Villinger Stadtmauer stehen gelassen.

So viel Vernunft hatte Marie dann doch noch aufgebracht: Bei einer Alkoholfahrt erwischt zu werden, das wäre der Kriminalhauptkommissarin kurz nach Dienstantritt in Villingen-Schwenningen wohl teuer zu stehen gekommen. Vermutlich hätte sie dann den nächsten Versetzungsantrag oder gleich ihre Entlassung bei der Kripo beantragen können. Und nach »Schütze Arsch« in Berlin hätte sie im Schwarzwald mit »Promille Marie« wohl gleich den nächsten unschönen Spitznamen weggehabt.

Apropos Promille. So viel wusste Marie noch: Sven hatte

sich nicht so leicht abschütteln lassen. Er hatte sie zum Bahnhof begleitet und schließlich beim Taxistand versucht, sie zu befummeln. Danach war bei ihr ein beunruhigender Filmriss eingetreten. Die frische Luft schien den Alkoholpegel potenziert zu haben.

Marie wälzte sich aus dem Bett, öffnete ganz vorsichtig die Badezimmertür und spähte durch den Türspalt, um noch mal ganz sicher zu gehen, dass sie tatsächlich ohne männlichen Übernachtungsgast hier aufgekreuzt war. Nicht auszudenken, was ihre Eltern zu einem derartigen Mitbringsel gesagt hätten. Immerhin wohnten sie ja nur ein Stockwerk über ihr. Wenn sie jetzt mit einem One-Night-Stand am Frühstückstisch erschienen wäre, hätte das ihre Eltern sicher gehörig schockiert. Sobald er weg gewesen wäre, hätte ihre Mutter mit Sicherheit verkündet. »Des kann aber auch ins Auge gehe, Mädle. So än wildfremde Mann. Des isch doch auch g'fährlich.«

Marie ärgerte sich nun nachträglich über den nächtlichen Kontrollverlust. Und allmählich kam die Erinnerung daran zurück, wie sie sich mit Händen und Füßen und mit Erfolg dagegen gewehrt hatte, dass Sven mit ins Taxi gestiegen war. Zum Glück!

Sie stellte sich unter die Dusche und drehte den Warmwasserhahn auf. Normalweise duschte sie morgens kalt. Doch heute erfüllte heißer Wasserdampf nach kurzer Zeit das mit grünen Siebzigerjahre-Fliesen ausstaffierte Badezimmer. Das Wasser brannte fast schmerzhaft auf ihrer Haut, aber sie genoss das Gefühl. Mehrfach seifte sie sich ein, um alles abzuwaschen: den Geruch von Sven, den sie irgendwie noch immer in der Nase hatte, die Erinnerungen an letzte Nacht und die unschönen Erinnerungen aus ihrer Berlin-Zeit gleich mit.

Wenig später lief sie die knarzenden Stiegen hinauf zur elterlichen Wohnung. Es war mittlerweile halb sieben. Als sie die Wohnstube betrat, stand – genau wie früher – ihr Vater in einem schwarz-weiß karierten Pyjama vor ihr. Er deckte gerade den Frühstückstisch und warf ihr ein freundliches »Morgä« zu.

»Morgä«, gab sie zurück und lächelte ein wenig verlegen. Den Dialekt hatte sie in ihrer Berliner Zeit so gut wie abgelegt. Jetzt, da sie wieder auf dem elterlichen Hof bei Langenbach wohnte, kamen immer mal wieder ein paar Fetzen zum Vorschein. Auch wenn sie bald ihre Wohnung an der Villinger Stadtmauer beziehen würde und darüber sehr froh war, vermittelten ihr die Tage auf dem elterlichen Hof doch wieder ein heimeliges Gefühl. Und gerade das brauchte sie nach ihrer Rückkehr in den Schwarzwald. Auf dem Kaltenbachhof war sie Kind, blieb sie Kind und würde immer Kind bleiben.

Die Kaffeemaschine gluckerte vor sich hin, der Kachelofen, den ihr Vater schon morgens um fünf angemacht hatte, knisterte dazwischen. Und in diese Geräusche mischte sich das Knuspern, als ihr Vater die Frühstücksbrötchen vom guten Rohrbacher Landbäcker aufschnitt.

»Was magsch zum Veschper ins G'schäft mitnehme?«, fragte der Vater. Marie hatte noch ein Déjà-vu: Diese Frage hatte kaum anders geklungen, als sie noch zur Schule gegangen war.

»Nint«, entgegnete sie, wieder im Dialekt.

»Ha Mädle, du musch doch ebbes esse. Also ich schmier dir jetzt mol ä Weckle mit Leberwurscht«, ließ sich der Vater nicht davon abbringen, packte das Brötchen akkurat in ein Butterbrotpapier ein und legte es dann gemeinsam mit einem Apfel in die gute alte Vesperdose aus Blech, die Marie früher immer mitbekommen hatte. Schon mehrfach hatte sie versucht, ihren Eltern zu erklären, dass sie seit einiger Zeit Veganerin war. Aber irgendwie schien diese Botschaft nicht bei ihnen anzukommen. Deshalb machte sie jetzt keine erneuten Versuche, es ihrem Vater klarzumachen.

Als der dann noch damit begann, ihr ein weiteres »Weckle« aufzuschneiden, mit Marmelade zu bestreichen und in kleine »Stückle« zu zerteilen, da schien Maries Welt wieder vollends in Ordnung zu sein. Sie hatte eigentlich überhaupt keinen Hunger, schon gar nicht um diese frühe Uhrzeit. Doch allein schon aus Liebe zu ihrem Vater musste sie die Marmeladen-Weckle-Stückle einfach essen – so wie sie es früher auch getan hatte.

»Komm, hock dich na, Mädle. Mir beide frühstücket jetzt miteinander«, sagte ihr Vater.

Marie betrachtete ihn liebevoll. Das volle, graue Haar hatte er schon am frühen Morgen mit Pomade akkurat zurückgekämmt – im Gegensatz zu ihrem eigenen, das sich wild lockte, da sie es nach der Dusche nicht geföhnt hatte. Sie musterte ihren Papa, seine kleinen Gesichtsfurchen, seine gütigen graublauen Augen. Der nächste Mann in ihrem Leben musste etwas von ihrem Vater haben. Er musste ein »Kümmerer« sein. Natürlich hätte sie sich lieber die Zunge abgebissen, als das laut zuzugeben. Denn eigentlich war sie ja ein »starkes Mädle«, wie ihr Vater es ausdrückte. Und doch hatte sie manchmal das Bedürfnis nach einer starken Schulter zum Anlehnen.

Marie drückte ihrem Papa einen dicken Kuss auf die Wange, als sie sich auf die Holzbank am Kachelofen setzte. Der Ofen verschaffte ihr eine wohlige Wärme am Rücken.

Vom Nachbarhof hörte man schon die Kuhglocken. Die Viecher durften auf die Weide. Ihr Vater schenkte ihr den zu dünnen Filterkaffee ein, den ihre Eltern immer so gerne tranken. Eigentlich mochte Marie ihn nicht, sie bevorzugte einen starken Cappuccino oder einen Espresso macchiato. Aber im elterlichen Haus gehörte der wässrige Filterkaffee nun mal zu einem guten Frühstück dazu.

»Und, wie läuft's im G'schäft?«, begann ihr Vater die Unterhaltung und biss appetitvoll in eines der Brötchen, das er dick mit Leberwurst bestrichen hatte.

»Guet«, log Marie. »Die sind alle recht nett zu mir.«

»Von dem Kommissar Winterhalter, dem Linacher Bauer, hät mer jo schon einiges g'hört. Des soll ä recht's Käpsele, än echte Überflieger sein«, meinte ihr Vater anerkennend und schlug den »Schwarzwälder Kurier« auf.

Die Geschichte mit dem toten Peter Schätzle nahm breiten Raum ein – der »Ö« hatte keine Chance gehabt, eine Veröffentlichung zu verhindern. Neuigkeiten, die die Polizei weiterbrachten, schienen die Journalisten aber nicht recherchiert zu haben. Peter Schätzle, geborener Weißhaar, wurde als »bunter Hund, der mitunter aneckte«, charakterisiert – was andeutete, seine Art des Umgangs mit der Schwarzwälder Tradition könnte ihm zum Verhängnis geworden sein.

»Wir ermitteln auf Hochtouren«, wurde Kriminaldirektorin Bergmann zitiert.

Auch das hatte schon immer zum Frühstücksritual im Hause Kaltenbach gehört: Man unterhielt sich, las aber gleichzeitig die Lokalzeitung quer. Zu dieser Gewohnheit gehörte auch, dass Vater Kaltenbach seiner Tochter zwischendurch den Lokalsport reichte.

Marie überflog die Sonderseite über die Aufstiegsfeier des FC 08 Villingen, zu dem auch ihr Vater seit einem halben Jahrhundert immer mal wieder ging.

Sie las gerade die Schlagzeile »Villingen stößt das Tor zum Profifussball auf«, als ihr Vater mit einer überraschenden Frage das Ofenknistern und das Rascheln der Zeitungsblätter unterbrach. Und dabei ging es nicht um Fußball.

»Dir geht's nit so guet Mädle, gell?«

Marie schluckte. Gleich darauf spürte sie, wie ein paar Tränen über ihre Wangen kullerten. Ihrem »Bapa« konnte sie einfach nichts vormachen.

Seine große raue Hand legte sich auf ihre und streichelte sie.

»Sei nit traurig, Mädle. Des gibt halt e'mol so Phase im Lebe. Da geht's einem nit guet. Aber des wird schon wieder. Des musch du mir glaube. Die Mama und ich unterstütze dich immer«, sagte er, stand auf und gab seiner Tochter einen dicken Kuss auf die feuchte Wange. Dann legte er ein paar große Holzklötze in den Kachelofen nach.

Solche Momente hatte Marie in Berlin vermisst.

»Übrigens, der Berliner hät ang'rufe. Schon mehrfach«, hatte Vater Kaltenbach dann noch eine Überraschung parat und setzte sich wieder an den Frühstückstisch.

»Wer hat angerufen?«

»Ha dein Berliner G'schpusi. De Mike. Er wollt wissen, ob mir deine neue Adresse kenne. Er will dich unbedingt hier im Schwarzwald b'suche und mit dir ä paar Sache kläre, hat er g'sagt. Komisch, sonscht wollt der doch nie hierher komme …«

Ihr Vater gab sich keine große Mühe, zu verbergen, dass er Mike, ihren Ex-Freund, nicht besonders mochte. Er war einfach zu großspurig, zu großstädtisch aufgetreten. Irgendwie hatten ihre Eltern wohl immer den Eindruck gehabt, dass er die Leute auf dem Land für zurückgeblieben hielt.

Herrje … Ihr Ex fehlte Marie in dem derzeitigen Gefühlschaos gerade noch. Natürlich wusste Mike, dass sie sich in den Schwarzwald hatte versetzen lassen. Am Ende tauchte er noch bei ihr in der Dienststelle auf – oder auf dem elterlichen Hof. Aber egal, wo Mike möglicherweise erscheinen würde – Marie fürchtete sich vor dem Moment des Wiedersehens und davor, was das gefühlsmäßig in ihr auslösen könnte.

Mike war nicht nur mit Maries zwischenzeitlicher Affäre,

sondern auch mit der plötzlichen Trennung alles andere als einverstanden gewesen. Aber die sich überschlagenden Ereignisse in der Hauptstadt hatten ihr letztlich geholfen, die Sache endlich durchzuziehen – obwohl die Entscheidung schon jahrelang überfällig gewesen war.

Natürlich hatte sie noch sehr an ihm gehangen. Aber er war eigen – und egoistisch. Obwohl sie schon jahrelang zusammen gewesen waren, hatte er jeglichen Gedanken an eine – wie er das nannte – »Spießerbeziehung« strikt abgelehnt. Heirat oder Kinder? Kamen für ihn nicht infrage, egal, was Maries Vorstellungen und Wünsche waren. Keine Verpflichtungen, denen man eh nicht gerecht werden würde – das war Mikes Motto. Solange es gut ging, ging es gut. Und ansonsten hielt man sich alles offen.

Marie hatte unter dieser ewigen Unsicherheit gelitten. Doch sie hatte die Entscheidung, wie es mit ihr und Mike weitergehen sollte, immer wieder hinausgezögert. Vielleicht in der Hoffnung, dass er seine allzu starre Meinung eines Tages doch noch ändern würde. Aber das war in den acht Jahren nie der Fall gewesen, es hatte sich nicht einmal angedeutet.

Mit dem Schuss in den Allerwertesten ihres Chefs hatten sich dann die privaten Ereignisse überschlagen. Plötzlich war sie zu der rationalen und nicht gefühlsmäßigen Entscheidung fähig gewesen, die sie jahrelang schon gedanklich vollzogen hatte.

Und prompt hatte sich das Blatt gewendet. Plötzlich war Mike zu Zugeständnissen bereit gewesen. Hatte ihr versichert, wie sehr er an ihr hing. Aber da war es schon zu spät gewesen. Marie hatte innerlich bereits einen Schlussstrich gezogen gehabt – sosehr der Gedanke, Mike zu verlieren, auch schmerzte.

»Du hast ihm hoffentlich nicht gesagt, dass ich vorübergehend bei euch auf dem Hof wohne?«, fragte Marie.

Sicher würde ihr Ex sich hier für ein paar Tage einquartieren wollen, wenn er vorbeikäme. Das fehlte ihr gerade noch.

»Ha nei, wie käm ich dazu? Des isch doch deine Privatsach. Außerdem hasch du uns doch g'sagt, dass mir des gege'über dem Herrn geheimhalte solle«, sagte ihr Vater und schlürfte an seiner klobigen Kaffeetasse.

Die Distanziertheit ihrer Eltern gegenüber Mike hatte sich auch daran gezeigt, dass sie – wenn Marie bei ihren Anrufen mal die Rede auf ihn brachte – vermieden, seinen Vornamen auszusprechen. Stattdessen sprachen sie immer nur von »jenem«, »dem Herrn« oder einfach von »dem Berliner«.

»Warum isch des mit euch eigentlich auseinander'gange?«, fragte ihr Vater dann aber doch nach einer kurzen Pause.

»Ach Bapa, das ist eine lange Geschichte. Ich geh mich jetzt richten, hab heute einen langen, anstrengenden Tag vor mir.«

»Jo, isch recht, Mädle. Und du weisch schon, dass die Mama und ich uns freue däte, wenn du uns mol en nette Mann vorstelle dätsch, mit dem es auf Dauer was werde kann? Der muss auch nit unsere Vorstellunge entspreche, sondern natürlich nur deine«, wurde ihr Vater gerade jetzt redselig.

»Jo, Bapa. Das weiß ich doch«, sagte Marie mit einer Spur Ungeduld in der Stimme und hatte schon den verschnörkelten Türgriff der Stube in der Hand.

»Mir machet uns halt ä bissle Sorge um dich. Mir wollet uns um Gottes wille nit in dein Privatlebe einmische«, meinte Vater Kaltenbach fast etwas verlegen.

Schon passiert, dachte sich Marie, war aber auch irgendwie gerührt, dass sich ihre Eltern so viele Gedanken um sie machten.

Und dann kam doch noch der Satz, den sich Marie schon seit einigen Jahren von ihren Eltern anhören musste: »Und du weisch schon, dass d'Mama und ich uns freue däte, wenn du uns eines Tages än Enkele heimbringe dätsch. Mir dätet dann auch jederzeit auf des aufpasse.«

Eigentlich war der Satz ein bisschen taktlos, dachte Marie. Ihr Vater hatte damit einen empfindlichen Nerv bei ihr getroffen.

Sie spürte, wie ihre Augen zu brennen begannen. Und ihr Vater, der eigentlich ein einfacher, direkter Schwarzwälder war, der nicht unbedingt über Gefühle redete, war plötzlich hoch sensibel.

Er ging auf sie zu und nahm sie in den Arm. Sie schluchzte leise.

»Isch guet, Mädle. Des wird alles gut«, sagte er dann und drückte ihr mit seinen rauen, von der Schwarzwaldsonne gegerbten Lippen einen Kuss auf die Stirn.

»Jo, Bapa«, sagte Marie und nahm die knarzenden Treppen in Richtung Einliegerwohnung.

14. Durchlaucht

Als Marie frühmorgens um sieben auf dem Winterhalter-Hof anrief, wurde schnell klar, dass dieses Telefonat unpassend war. Nicht etwa, weil die Bewohner des Hofs noch geschlafen hätten. Der Grund war vielmehr, dass ausgerechnet die Person den Hörer abnahm, die Marie gern gemieden hätte.

»Winterhalter, Grüß Gott«, meldete sich die Ehefrau des Kommissars.

Marie hatte gehofft, dass Karl-Heinz Winterhalter selbst oder wenigstens der Sohn ans Telefon gehen würden. Sie hatte es auch schon unter der Handynummer ihres Kollegen probiert. Aber der hatte ihr bereits bei den Ermittlungen am Leichenfundort gesagt, dass man ihn zu Hause eigentlich nur über die Festnetznummer erreichen konnte, weil das Linacher Tal quasi in einem Funkloch lag. Ein Umstand, der die Winterhalters weniger zu stören schien als deren Sohn.

»Winterhalter, Hilde hier. Wer isch am Apparat?«, fragte die Kommissarsgattin noch mal mit Nachdruck, nachdem keine Antwort kam.

Marie überlegte kurz, ob sie auflegen sollte, beschloss dann aber, in die Offensive zu gehen: »Guten Morgen, Frau Winterhalter. Hier ist Maria Kaltenbach. Die Kollegin Ihres Mannes. Ich wollte eigentlich Herrn Winterhalter sprechen. Aber zunächst würde ich mich gerne für diese …« Sie zögerte einen Augenblick. Für Frau Winterhalter vielleicht einen Augenblick zu lang. »… Verwicklungen entschuldigen. Wirklich, Ihr

Mann und ich haben nichts miteinander. Das wäre ja auch völlig absurd. Das müssen Sie mir glauben.«

Ein wenig nervös wartete sie auf die Antwort. Die erfolgte prompt, kam allerdings nicht von Hilde Winterhalter.

»Jo, des weiß ich wohl, dass mir nix miteinander habe.«

Hilde Winterhalter hatte den Hörer offenbar wortlos an ihren Mann weitergereicht.

»Warum rufe Sie hier bei mir daheim an?«, donnerte Winterhalter weiter. »Lasset Sie bitte meine Frau in Ruh! Ich sprech nur mit Ihne, wenn es sich um dienschtliche Belange handelt.«

»Ich …«, begann Marie, um dann verwirrt abzubrechen. Klar, nach allem, was passiert war, hatte sie nicht erwartet, mit überschwänglicher Freude begrüßt zu werden. Aber dieses Gebrüll verblüffte sie jetzt doch. Und seit wann sprach der Kollege im breitesten Schwarzwälder Dialekt mit ihr? Hier stimmte irgendetwas nicht. Am liebsten hätte sie sofort aufgelegt, aber es half ja nichts. Sie steckte in der Klemme und brauchte Winterhalters Hilfe.

Also holte sie tief Luft und versuchte es noch einmal.

»Na ja, es ist im Grunde halbdienstlich. Wir, äh, haben doch um neun Uhr die Befragung im Fürstenhaus in Donaueschingen. Und ich habe heute leider kein Auto. Vielleicht könnten Sie mich hier in Langenbach abholen? Ich meine … das wäre doch kein allzu weiter Umweg, oder?«

»Höret Sie, Frollein«, wählte Winterhalter eine Anrede, für die sie ihm normalerweise sofort einen Rüffel verpasst hätte. »Rufet Sie hier nur wieder an, wenn es sich um ausschließlich dienschtliche Angelege'heiten dreht. Habet mir uns verstande?«

»Ja, schon gut. Ich hab verstanden«, sagte Marie kleinlaut. »Aber was ist jetzt mit dem Mitnehmen? Könnten Sie mich ausnahmsweise abholen? Das Auto meiner Eltern steht noch in Villingen. Ich konnte gestern Abend nicht mehr heimfahren.«

Weitere Erläuterungen ersparte sie sich, als sie hörte, wie Winterhalters Schnaufen immer lauter wurde. »Höret Sie mol! Gucket Sie mol schön, wie Sie zur Dienschtstelle kommet. Nehmet Sie von mir aus de Bus oder än Taxi. Ich werde Sie sicher nit in meinem Privatwage mitnehme. Mir sehet uns im Kommissariat. Und zwar nur dort.«

Danach war die Verbindung unterbrochen.

Fassungslos starrte Marie auf ihr Handy. Was war das denn gewesen? Und dann begriff sie plötzlich: Natürlich, wieso hatte sie das nicht gleich kapiert? Der Dialekt und diese extrem laute Stimme …

Winterhalter hatte nur scheinbar mit ihr gesprochen. In Wahrheit hatten seine Worte nämlich einer anderen Person gegolten: seiner Frau.

Vermutlich hatte der Kommissar als angeblicher Ehebrecher eine ziemlich ungemütliche Nacht auf dem Sofa hinter sich oder so ähnlich. Und um verlorenen Boden gutzumachen und die erzürnte Gattin versöhnlich zu stimmen, hatte er eine riesige Show abgezogen.

Empört schnappte Marie nach Luft. Dieser Schwarzwälder Trachten-Jodel hatte sie angebrüllt, um damit Punkte bei seiner Frau zu sammeln. Bei Hilde Winterhalter, die mit Sicherheit irgendwo im Nebenzimmer gestanden und gelauscht hatte.

Es war eine Frechheit! Eine absolute Frechheit! Einer Kollegin in Not die Hilfe zu verweigern und sie dann auch noch anzubrüllen.

Nach der Begegnung mit dem Therapeuten hatte Marie sich fast etwas schuldbewusst gefühlt. Sie hatte es durchaus genossen, Winterhalter in einer derart peinlichen Situation zu erleben. Aber natürlich hatte sie nicht gewollt, dass er ernsthafte Eheprobleme bekam. Deshalb hatte sie versucht, die ganze Sache wieder ins Lot zu bringen. Ein Versuch, der leider nach hinten losgegangen war. Trotzdem ... letztlich war Winterhalter selbst an der ganzen Misere schuld. Und sein Verhalten eben war schlicht und einfach eine riesen Unverschämtheit gewesen.

Nein, beschloss sie. Das würde sie sich nicht gefallen lassen. Sie würde diesem selbstgerechten Schwarzwälder Trampel zeigen, wozu sie fähig war. Jawohl, der würde sich noch umsehen!

Als die Kommissare Winterhalter und Kaltenbach auf Anweisung von Frau Bergmann anderthalb Stunden später gemeinsam im Dienstwagen saßen, herrschte eisiges Schweigen.

Marie sah aus dem Fenster und beobachtete, wie die Zwillingstürme der Fürstenkirche von Donaueschingen am Horizont auftauchten und dann langsam größer wurden, je näher sie der Stadt kamen. Winterhalter war offensichtlich noch immer sauer. Vermutlich hatte er gehofft, sie würde es nicht schaffen, ohne Auto zum Revier zu gelangen. Aber da hatte er sich getäuscht.

Letztlich hatte sich Maries Vater erbarmt und hatte sie in seinem großen Lanz-Traktor mit Tempo 40 in Richtung Villingen kutschiert. Denn schließlich befand sich ihr alter Fiat Eleganza ja noch immer in der Werkstatt. Und der Mercedes, das Auto ihres Vaters, stand in den Ringanlagen der historischen Altstadt Villingens.

Sie musste sich dringend die Handynummer von Kiefer geben lassen, überlegte Marie, während sie weiter aus dem Fenster starrte. Falls sie noch mal so ein Problem hatte. Kiefer schien ihr ein sympathischer Typ zu sein. Jemand, der die Kollegen nicht so einfach im Stich ließ. Der würde vermutlich auch eigens aus dem Elsass anreisen, um ihr zu helfen ...

Nachdem sie nun mit ihrem Dienst-Mercedes, den Winterhalter steuerte, die bekannte Reitanlage passiert hatten, waren sie schon kurz darauf am Schlosspark. Sie klingelten, wie vereinbart, an einem Nebentor, das sich elektrisch öffnete. Ein livrierter Herr winkte sie von Weitem zu sich. Die Reifen des Mercedes knirschten auf dem fein geschotterten Weg. Kurz darauf geleitete der Herr sie durch die Gemächer des Fürstlich Fürstenbergischen Schlosses. Sie landeten schließlich in einer Art Salon, der mit reichlich Stuck besetzt und im oberen Teil von einer Balkon-Galerie umgeben war.

»Warten Sie bitte einen Moment«, bat der Herr, bei dem es sich um einen Hausangestellten zu handeln schien.

Kurz darauf erschien der Fürst, ein jüngerer Mann von etwa Mitte fünfzig, mit leger gescheiteltem blondem Haar.

»Ah, die Herrschaften von der Kriminalpolizei. Herzlich willkommen im Schloss. Was kann ich für Sie tun?« Er reichte ihnen beiden die Hand.

Marie erwiderte den Händedruck mit einem »Guten Tag, Herr Fürst«, was bei Winterhalter ein Augenrollen hervorrief.

»Grüß Gott, Durchlaucht«, wählte er die vor 1918 übliche Anrede und machte vor dem Fürsten eine kleine Verbeugung, nahm dabei sogar den Hut ab.

Der Fürst schien darüber zu schmunzeln. »Bitte keine Förmlichkeiten.«

Marie betrachtete den Mann mit Kniebundhosen und Wanderstiefeln. Lieber hätte Winterhalter sich etwas Standesgemäßeres anziehen sollen, als hier so einen höfischen Affentanz aufzuführen, dachte sie.

»Ihro Durchlaucht«, eröffnete Winterhalter dann noch altmodischer die Befragung. »Wir wissen es sehr zu schätzen, dass Sie uns Ihre kostbare Zeit opfern«, bemühte er sich um sein bestes Hochdeutsch.

»Ja, vielen Dank, Hoheit«, übertrieb es Marie absichtlich. Winterhalter warf ihr einen messerscharfen Blick zu. Mit falschen Anreden die Etikette zu verletzen war in seinen Augen offenbar eine schwere Sünde.

»Hoheit ist die korrekte Anrede für einen Prinzen oder einen Herzog, wenn ich Sie da korrigieren darf, werte Kollegin.«

»Wie gesagt, bitte keine Förmlichkeiten. Sprechen Sie mich einfach mit Fürst an. Wir leben ja nicht mehr im 19. Jahrhundert, nicht wahr?«, schmunzelte der Fürst weiter und bedankte sich bei dem Livrierten für den Kaffee, den dieser gerade in feinstem Porzellan servierte.

»Bitte«, forderte er dann die beiden Kriminalbeamten nochmals auf, sich vom Kaffee zu nehmen und die Befragung zu beginnen.

Winterhalter schlürfte kurz an seiner Kaffeetasse. Marie konnte ob dieses Geräuschs ein kurzes Schaudern nicht unterdrücken. Ob der Fürst an den Manieren des Kommissars auch Anstoß nahm, war an seiner Miene nicht abzulesen.

»Wir sind hier, weil ja auf dem Gelände der Fürstlich Fürstenbergischen Gruft ein Toter gefunden wurde«, begann Winterhalter nun die Befragung weiterhin etwas umständlich.

»Das ist mir nicht entgangen, Herr Kommissar«, sagte der Fürst mit ernstem Blick. »Aus diesem Grund haben wir den geplanten Festtag aus Pietätsgründen ja auch sofort abgesagt. Mord ist etwas Schreckliches.«

»Wir wissen gar nicht, ob sich das Verbrechen dort abgespielt hat. Denn es ist wohl so, dass die Leiche, also der Herr Peter Schätzle, wohnhaft in St. Georgen, in Ihrer Fürstengruft nur abgelegt worden ist. Das Verbrechen hat sich vermutlich woanders abgespielt«, erläuterte Winterhalter und zückte seinen Notizblock.

Er zögerte einen Augenblick zu lang, was Marie die Chance gab, das sprichwörtliche Heft in die Hand zu nehmen und den Fürsten selbst zu befragen: »Jedenfalls wollten wir gerne wissen, ob Sie uns etwas über die Person Peter Schätzle sagen können? Der Tote wurde ja an einem speziellen Tag in der Gruft aufgefunden: der anlässlich der Erhebung der Fürstenberger in den Reichsfürstenstand. Er soll in der Vergangenheit auch provokante Aktionen im Park durchgeführt haben. Und: Er plante wohl auch, bei den Jubiläumsfeierlichkeiten mit seinen Trachtenmodels aufzutauchen. Was hatten Sie für einen Eindruck von Schätzle – kannten Sie ihn gut?«

»Ach, der Pedroschatz, das war ein verrückter Mensch.« Interessant, dachte Marie. Der Fürst kannte also den Spitznamen des Toten. »Er hat halt gerne provoziert«, fuhr der Befragte fort. »Mit seinen ungewöhnlichen Trachtenauftritten. Nicht gerade das, was man sich als Traditionalist vorstellt, nicht wahr?« Der Fürst musterte Winterhalters Kluft Marke »Schwarzwald-Wanderführer«: eine Art Trachtenlook, bestehend aus einem rot-weiß karierten Hemd, dazu passenden roten Kniebundstrümpfen und den blitzblank geputzten Wanderstiefeln. Der Fürst mit seinem Seidenhemd, dem eleganten Sakko, Einsteck- und Halstuch hätte kaum einen größeren optischen Kontrast darstellen können.

»Nun, ich kann nicht gerade sagen, dass wir davon begeistert waren, dass er seine Fotoshootings und diese sogenannten ›Installationen‹ bei uns durchgeführt hat. Im Schlosspark hätte ich das ja vielleicht noch geduldet. Aber im Park der Gruft? Das soll doch ein Ort der Stille sein.« Die Gesichtszüge des jungen Fürsten wirkten nun deutlich ernster. »Das fanden meine Familie und ich dann doch etwas pietätlos. In diesem Punkt hatten Herr Schätzle und wir also unterschiedliche Ansichten.«

»Na ja, nicht nur unterschiedliche Ansichten. Sie hatten diesbezüglich sogar schon juristische Auseinandersetzungen mit dem Toten. Einstweilige Verfügungen, Klagen wegen übler Nachrede et cetera«, setzte Marie zu einem kleinen Angriff an. Das schien nicht nur den Fürsten zu überraschen, sondern auch Winterhalter. Offenbar hatte ihr Kollege nicht damit gerechnet, dass sie so gut informiert war.

Der Fürst strich sich über das Einstecktuch. Es wirkte, als wäre ihm die Sache etwas unangenehm.

»Ich versichere Ihnen, wir gehen solchen Rechtsstreitigkeiten – wo immer es geht – aus dem Weg. Als Fürstenhaus stehen wir gerade hier in der Region immer im Licht der Öffentlichkeit, da brauchen wir solche Publicity nicht«, holte er etwas aus.

»Aber im Falle von Peter Schätzle blieb uns irgendwann leider nichts anderes mehr übrig. Wir hatten ihn sogar mal eingeladen, bei uns hier im Schlosspark bei einem Sommerfest eine Modenschau mit seinen etwas eigenwilligen Trachtenkreationen zu machen. Das lief auch sehr gut. Doch zuletzt ist er immer mehr abgedriftet. Hat einfach nur noch provoziert, so als brauche er diese Publicity für sein Geschäft. Vermutlich war es auch so.«

Der Fürst strich sich über die blonden Haare.

»Ständige Provokationen. Unangemeldete Aktionen, gerade auch jetzt wieder zum Jubiläum unserer Erhebung in den Reichsfürstenstand. Das konnten wir einfach nicht mehr so hinnehmen. Auch jetzt hätten wir wieder die Polizei eingeschaltet.«

»Durchlaucht«, blieb Winterhalter bei seiner Anrede, was der Fürst diesmal ignorierte. »Können Sie sich vorstellen, wer dem Herrn Peter Schätzle nach dem Lebe getrachtet haben könnte?«

»Nun: Ich versichere Ihnen, dass niemand aus meiner Familie damit zu tun hat.«

»Natürlich nicht«, beeilte sich Winterhalter, dem Fürsten ins Wort zu fallen. »Das wollte ich damit auch keineswegs andeuten.«

Marie war das ganze Gehabe ihres Kollegen schon wieder viel zu devot und untertänig.

Der Fürst hüstelte leicht. »Wie soll ich sagen? Wo fängt man an, wo hört man auf? Peter Schätzle hatte sich mit vielen Leuten angelegt. Er hat vielen Menschen Gründe geliefert, etwas gegen ihn zu haben. Aber bringt man wegen Ärgernissen und Klagen jemanden um?«

»Irgendjemand hat es aber getan«, erklärte Marie knapp. »Und wir werden denjenigen auch finden.«

»Das ist ja schön, dass Sie davon überzeugt sind«, sagte der Fürst.

Marie überging die Provokation. »Herr Fürst, im Zuge der Ermittlung interessieren wir uns für die Bärlauch-Vorkommen auf Ihrem Anwesen. Gehe ich recht in der Annahme, dass es in der Nähe der Gruft nur überschaubare Mengen davon gibt?«

Der Fürst dachte nach: »Ich bin kein Botaniker, würde Ihnen aber zustimme: Wenn überhaupt, finden Sie dort wohl nur vereinzelte Pflanzen, jedenfalls keine großen Vorkommen.«

»Ist Ihnen sonst noch etwas an Peter Schätzle aufgefallen, was für unsere Ermittlungen vielleicht sachdienlich sein könnte?«, fragte Marie dann. »Gibt es Ihres Wissens Menschen, die er so erbost hat, dass sie ihn umbringen würden?«

Der Fürst stand auf, ging in dem großen Salon umher und blickte dabei auf die Weiten des Fürstenparks, der das Bild Donaueschingens prägte. Dann drehte er sich wieder zu den Kriminalbeamten um.

»Sie haben sicher mitbekommen, dass neben ungewöhnlichen Trachten auch Antiquitäten zu den Leidenschaften von Peter Schätzle gehörten?«

Winterhalter und Kaltenbach nickten.

»Voriges Jahr tauchte Schätzle hier plötzlich unangemeldet auf. Er passte mich am Schlosstor ab und erzählte mir irgendetwas von einem Schatz der Herren von Wartenberg, dem er auf der Spur sei«, referierte der Fürst.

»Die Herren von Wartenberg«, wiederholte Marie und notierte sich den Namen.

»Sie wissen, wer die Freiherren von Wartenberg waren?«, fragte der Fürst.

Diesmal nickte nur Winterhalter.

»Im Mittelalter, so etwa im 13. Jahrhundert, waren das noch Konkurrenten meiner Vorfahren. Allerdings hat man sich dann, wie es damals durchaus Brauch war, miteinander verheiratet. Heute ehelichen Adlige ja auch gerne mal Bürgerliche«, schweifte der Fürst mit Blick in Richtung Marie etwas ab. »Die Burg der Wartenberger lag über dem Ort Geisingen. Sie müssen mal hin, es ist sehr schön dort.«

Winterhalter begann, an seinem Bleistift herumzukauen, während der Fürst fortfuhr: »Es gibt auch noch eine alte Eremitage aus dem Jahre 1783, die mein Vorfahr Fürst Joseph Maria Benedikt zu Fürstenberg damals gemeinsam mit einem englischen Garten errichtet hat. Den Garten gibt es leider nicht mehr. Und von der Burg existieren nur noch ein paar Mauern.«

Der Livrierte reichte noch etwas Gebäck zum Kaffee.

»Jedenfalls sind über Anna von Wartenberg Ländereien und ein Großteil des Familienvermögens auf meine Vorfahren übergegangen, obwohl der 1303 verstorbene Konrad von Wartenberg noch männliche Verwandte gehabt haben soll. Und angeblich soll auch ein ominöser Schatz in den Besitz der Fürstenberger gelangt sein. Genauer sagte Peter Schätzle, dass die Fürstenberger sich den Schatz damals unrechtmäßig angeeignet hätten. Er fragte mich dann, ob ich noch etwas über den Verbleib des Schatzes wisse. Und ob er sich mal die Schatzkammer des Fürstenhauses anschauen dürfe. Ich fürchtete eine weitere seiner Aktionen, also habe ich abgelehnt.«

»Und? Wissen Sie etwas über den Verbleib dieses Wartenhof-Schatzes?«, fragte Marie

»Wartenberg-Schatz«, korrigierte Winterhalter streng. »Wenn Sie mich fragen, ist das eine alte Legende. Sicher bin ich jedoch nicht. Aber Leute, die dem Fürstenhaus nicht wohlgesonnen sind, haben auch schon immer gerne Dinge darüber verbreitet, wie meine Vorfahren sich angeblich Wertgegenstände unrechtmäßig angeeignet haben sollen.«

Marie verkniff sich diesmal einen entsprechenden Kommentar. Stattdessen fragte sie: »Hat er Ihnen gesagt, warum er etwas über diesen Schatz in Erfahrung bringen wollte?«

»Das habe ich ihn auch gefragt«, sagte der Fürst. »Er hat mir keine Antwort gegeben. Ich vermute aber, dass er sich auf der Spur des Schatzes wähnte. In bestimmten Kreisen hält sich hartnäckig das Gerücht, dass es diesen Schatz irgendwo hier im Umfeld geben muss – und dass er große Reichtümer beinhaltet.«

Nach einem kurzen Schweigen fragte der Fürst:»Kann ich sonst noch etwas für Sie tun?«

»Ja«, meldete sich Marie. »Wir müssen Ihnen diese Frage stellen. Reine Routine, verstehen Sie? Okay, wo waren Sie vor vier Tagen, also am Montag, in der Zeit zwischen sechs und neun Uhr morgens?«

Winterhalter zog die buschigen Augenbrauen hoch. »Natürlich müssen Sie das fragen«, erklärte der Fürst gnädig. »Ich war zunächst in unseren Stallungen und habe dann die letzten Vorbereitungen für die Jubiläumsfeier getroffen. Alleine war ich in diesen Stunden nicht. Gegen neun Uhr habe ich dann von dem Mord erfahren. Daraufhin haben wir den Festtag abgesagt – sowohl, um der Polizei die Arbeit zu erleichtern, als auch aus Gründen der Pietät. Zu meinem Alibi für die Tatzeit dürfen Sie gerne unsere Angestellten befragen – und außerdem noch den Herrn Pfarrer.«

»Nein, das ist nicht nötig. Habt also Dank, Durchlaucht«, schien Winterhalter wieder einen Sprung zurück in der Zeit gemacht zu haben. Diesmal kommentierte der Fürst die umständliche Anrede nicht mehr, sondern sagte nur absichtlich schwülstig: »Stets zu Diensten der Kriminalpolizei.«

Ein Livrierter führte sie durch die weit verzweigten Gemächer des Fürstenschlosses zurück zum Ausgang. Karl-Heinz Winterhalter folgte dem Mann mit großen Stiefel-Schritten. Die Kaltenbach trippelte etwas langsamer hinter ihnen her.

Am Parkplatz angelangt, durchbrach Winterhalter das anherrschende Schweigen zwischen ihnen. »Netter Kerl, dieser Fürst.«

»Schon«, bestätigte die Kaltenbach. »Pedro Schätzle als Traditionalisten-Gegner hat es also tatsächlich fertiggebracht, den Jubiläumstag des Fürstenhauses zu verhindern – allerdings auf Kosten seines eigenen Lebens.«

»Aber nicht freiwillig«, betonte Winterhalter.

Die Kaltenbach nickte, war mit ihren Gedanken aber offenbar schon weiter. »Aber das mit dem Schatz halte ich gar nicht für so weit hergeholt. Die Fürstenberger waren im Mittelalter ja regelrechte Raubritter.«

»Hören Sie mir auf mit Ihrem historischen Halbwissen! Die Fürsten waren wichtige Verbündete der Habsburger.«

»Mit denen sie sich auch schon mal bekriegt haben«, konterte die Kaltenbach – durchaus belesen.

»Des war damals so üblich«, gab Winterhalter zurück.

»Wie auch immer – wir sollten der Sache mit dem Schatz der Wartenberger auf jeden Fall nachgehen.«

»Da sind wir uns ausnahmsweise mal einig«, grummelte er und begab sich auf die Fahrerseite.

Er ließ sich in den Sitz fallen: »Wissen Sie, wo eines der größten Bärlauch-Vorkommen weit und breit ist?«

Sie wusste es nicht.

»Am Wartenberg – genau dort!«

»Und momentan ist Bärlauchzeit«, sagte sie nachdenklich.

»Sie werden es nicht glauben, aber auch das weiß ich«, konterte Winterhalter.

»Meine Frau und ich, wir sammeln ja selbst ab und zu welchen. Daraus kann man ein wunderbares Pesto machen«, schweifte er ab und wurde gleichzeitig fast ein wenig melancholisch beim Gedanken an die gemeinsamen Streifzüge mit seiner Frau durch die Bärlauchfelder.

»Wenn die Hypothese der Kriminaltechnik stimmt, dass sich die Tat im Bärlauch abgespielt haben muss oder dass das Opfer durch Bärlauch gezogen wurde, dann sollten wir jetzt schnellstmöglich die Bärlauchvorkommen hier in der Umgebung untersuchen, bevor die Spuren am Tatort verwischen.«

Winterhalter hätte das lieber alleine gemacht – ihm war aber klar, dass er die Kollegin vorläufig nicht loswerden würde.

Die war nämlich mit Feuereifer bei der Sache. »Jetzt fahre ich«, sagte sie dann auch noch forsch. »So, wie Sie neulich gerast sind, ist das sicher besser für alle Beteiligten.«

»Nix da, sonst fahren Sie nur ein Tier an. Ich will nicht schon wieder Sterbehilfe leisten müssen.«

Diese Bemerkung hatte gesessen, wie er befriedigt registrierte. Mit beleidigter Miene setzte sich die Kaltenbach auf den Beifahrersitz. Winterhalter war es sehr recht so.

Er fuhr gemütlich in Richtung Pfohren, dann weiter Richtung Geisingen.

Seiner Kollegin, die aufgrund der langen Schwarzwald-Abstinenz offenbar nicht mehr die beste Ortskenntnis hatte, fiel das erst auf, als er eine schmale Straße bergauf nahm.

»Hey, wo fahren wir denn hin? Das ist doch nicht der Weg nach Villingen?«

»Sie sagten doch, dass Sie zeitnah auf den Wartenberg wollten – dann machen wir das doch jetzt gleich.«

15. Im Bärlauch

In der Nähe einer roten Bank für Spaziergänger brachte Winterhalter den Wagen zum Stehen.

»Von hier aus geht's nur zu Fuß weiter«, sagte er dann und stapfte mit seinen Wanderstiefeln einen Pfad entlang, der links und rechts von dichten Bärlauchfeldern umgeben war. Marie folgte dem Kollegen, ließ sich von der Atmosphäre des wilden Gemüsegartens für einen Augenblick gefangen nehmen. Der Bärlauch duftete derart stark, dass er alle anderen Gerüche übertünchte. So ähnlich war es in Frankreich gewesen, mit den Lavendelfeldern, erinnerte sie sich.

Nach einigen Metern tauchte vor ihnen eine Art Hütte mit einem kleinen Glockentürmchen auf.

»Wo sind wir?«, fragte Marie, die nun doch schon einige Meter hinter Winterhalter her trottete. Sie konnte nicht anders, als sich immer wieder zu bücken, um an den länglichen, schmucklosen Blättern zu riechen.

»Waren Sie noch nie im Bärlauch?«, fragte Winterhalter, ohne eine Antwort abzuwarten. Mit einem Kopfschütteln quittierte er, wie Marie gerade die Nase in ein Büschel Bärlauch hielt.

»Also, wir sind jetzt bei der Eremitage. Von der hat uns der Fürst vorhin erzählt. Wie gesagt: 1783 von Joseph Maria Benedikt zu Fürstenberg zusammen mit einem englische Garten errichtet. Waren Sie noch nie da?«, fragte Winterhalter nun und betrachtete aufmerksam den Boden um die Hütte herum.

»Nein, ich war zwar schon mal auf dem Fürstenberg, das war aber vor mindestens zwanzig Jahren. Bis hierher hab ich's jedoch noch nicht geschafft«, entgegnete Marie.

Der Zauber des verwunschen wirkenden Orts und der betörende, fast aufdringliche Duft des Bärlauchs schienen auch die Spannungen zwischen ihr und ihrem Kollegen zu lindern. »Früher konnte man noch in die Eremitage rein. Wenn man die Tür aufgemacht hat, ist ein Eremit aufgestanden und hat die Leute erschreckt.« Winterhalter richtete seinen Blick für einen Augenblick vom Boden auf den verrammelten Eingang.

»Ein echter Eremit?«, fragte Marie wie eine Touristin.

Und Winterhalter schien nun tatsächlich nicht nur optisch den Wanderführer zu geben:

»Ha nei, das war natürlich eine Puppe. Die war mit einer bestimmten Mechanik versehen und hat sich bewegt, wenn die Tür aufgegangen ist. Das war eine Attraktion für die Kinder«, erläuterte Winterhalter und konzentrierte sich dann wieder darauf, die Umgebung um die Eremitage abzusuchen. Vorsichtig setzte er Wanderstiefel um Wanderstiefel in die dichten Bärlauchfelder, die sich über den gesamten Bergrücken des Wartenberges zu erstrecken schienen.

»Wonach suchen wir denn Ihrer Meinung nach jetzt genau?«, fragte Marie dann.

»Ha, nicht nach Bärlauch auf jeden Fall«, antwortete Winterhalter etwas oberlehrerhaft. »Und auch nicht nach dem Wartenberg-Schatz. Aber wenn de Herrn Schätzle so wichtig war, könnte es doch sein, dass sich das Opfer noch kurz vor seinem Ableben hier aufgehalten hat. Oder dass sich hier sogar der Mord abgespielt hat, wie Sie ja vorhin auch schon vermutet haben. Zumal das Opfer auf irgendeine Weise mit größeren Mengen von Bärlauch in Berührung gekommen sein muss. Die Nähe zur Neudinger Gruft lässt zumindest den Schluss zu, dass Schätzle hier oder in der Umgebung unterwegs gewesen sein könnte. Und wenn wir hier nicht fündig werden, schlage ich vor, dass wir nachher noch mal rüber zum Fürstenberg fahren.«

»Da können wir, glaube ich, noch den lieben langen Tag hier suchen. Sollen wir nicht lieber Verstärkung anfordern?«, fragte Marie. »Dann geht's etwas zügiger.«
Doch Winterhalter antwortete nicht.

Schweigend arbeiteten sie sich durch die Bärlauch-Felder, während sich Marie überlegte, dass die Pflanze hier zwar in großen Mengen wuchs. Trotzdem gab es keine Garantie, dass ihr alter Freund Peter hier zu Tode gekommen war.

Und was war eigentlich, wenn die Bärlauch-Zeit in einigen Wochen vorbei war? Hatten sie dann schlechtere Karten bei der Aufklärung des Falles, wenn das Gewächs nicht mehr blühte?

Ab und zu begegneten sie anderen Menschen: älteren Paaren, aber auch Familien, die sich Rationen für ihre Mahlzeiten vom Boden klaubten.

Alle gingen schweigend ihrer Tätigkeit nach – so wie das Ermittler-Duo auch.

Es dauerte etwa fünfzehn Minuten, bis Winterhalter ein lautes »Da, schauen Sie mal« von sich gab.

Mitten durch diesen Teil des Bärlauchfeldes zogen sich Spuren, als wäre ein schwerer Gegenstand durch die Blätter geschleift worden. Winterhalter folgte der Spur hinauf in Richtung des Schlosses, das die Herren zu Fürstenberg hier errichtet hatten und das ganz oben auf dem Wartenberg thronte.

Marie folgte dem Kollegen ebenso wortlos wie gespannt.

Einige Meter weiter kamen sie an eine kleine Lichtung, von der aus man einen weiten Blick in die Ferne hatte. Es war ein sehr klarer Tag, so dass sich die Appenzeller Alpen vom schneebedeckten Säntis bis zum Altmann zeigten.

»Hier endet die Spur«, sagte Winterhalter trocken und schien nun den Boden der Lichtung mit seinen Augen abzuscannen. Nach einigen Minuten streifte er sich Handschuhe über und griff nach etwas, das im Bärlauch versteckt lag – und das Marie bisher entgangen war.

Winterhalter schien tatsächlich kein schlechter Kriminaltechniker zu sein. Er hatte das dafür nötige Auge.

Der Kommissar nahm den Gegenstand hoch und hielt ihn ihr entgegen.

»Eine Drahtschlinge«, sagte sie und war nun derart elektrisiert, dass sie nicht einmal mehr den alles durchdringenden Bärlauchgeruch wahrnahm.

»Da hatte ich doch glatt den richtigen Riecher«, verkündete Winterhalter nicht ohne Stolz.»Wobei wir natürlich überprüfen müssen, ob der Draht wirklich auch zu den Würgemalen am Mordopfer passt.«

Marie zog nun scheinbar ganz selbstverständlich eine Tüte aus ihrer Tasche, öffnete sie und hielt sie Winterhalter hin. Der ließ die Drahtschlinge behutsam in die Tüte gleiten. Marie verstaute den sorgfältig verpackten Draht in ihrer Tasche.

Die Kriminalbeamten fuhren fort, den Boden konzentriert abzusuchen.

Ihre Hoffnung, auch das verschwundene Handy von Peter Schätzle zu finden, erfüllte sich jedoch nicht.

Marie machte einige Fotos und Videos zwecks Dokumentation mit ihrer kleinen Kamera, die sie immer dabei hatte.

Winterhalter, der nun ganz von der Spurensuche gefangen war, bemerkte das zunächst nicht einmal.

Nachdem sie eine Reihe von Fotos geschossen hatte, schlug Marie vor:»Wir sollten die Spuren zurückverfolgen. Wenn der Draht tatsächlich das Mordwerkzeug war, dann könnte hier also die Tat stattgefunden haben. Und die Spuren im Bärlauch sind vermutlich Schleifspuren der Leiche. Diese muss also durch den Bärlauch abtransportiert beziehungsweise weggezogen worden sein.«

»Ja, sehr gut. So könnte sich das abgespielt haben«, bestätigte Winterhalter.

Wow, dachte Marie. Das hatte ja fast schon freundlich geklungen.

Sie räusperte sich. »Aber warum hat der Täter dann die Leiche nicht einfach hier liegen lassen? Warum hat er sie weggebracht und in der Gruftkirche der Fürstenberger abgelegt? Das war ja ein nicht unerheblicher Aufwand.«

»Das ist in der Tat rätselhaft. Das Risiko, entdeckt zu werden, wenn man eine Leiche umlagert, ist natürlich ungleich höher. Es sei denn, es gibt hier noch etwas, was auf den oder die Täter hindeute könne und wovon er ablenken wollte«, kam nun auch Winterhalter ins Theoretisieren.

Doch so sehr sie die Lichtung auch absuchten, sie fanden keine weiteren Hinweise, die noch tatrelevant erschienen.

Nun zückte Winterhalter ein Messer und schnitt an verschiedenen Stellen Bärlauch ab.

»Hätten Sie noch eine Tüte für mich?«

»Wieso? Wollen Sie jetzt noch Bärlauch sammeln?«

»Ja, aber nicht für mich. Die Blätter saugen wir dann ab, um eventuell Fasern zu finden, die vom Mordopfer oder vom Täter gestammt haben könnten. In der Dienststelle habe ich so eine spezielle Fasersaugmaschine, die mir der Kollege Wohlfahrt vom Polizeipräsidium Südhessen zur Verfügung gestellt hat.«

Beide blickten danach noch mal kurz in die Ferne in Richtung Schweizer Alpen, folgten dann der mutmaßlichen Schleifspur, die quer durch das Wäldchen in Richtung der Straße führen musste, welche auch sie den Wartenberg hoch genommen hatten.

Immer wieder vollzog Winterhalter einen Zickzack-Kurs.

Ganz sorgfältig suchte er die Bärlauchfelder ab. Bückte sich hie und da und schob die duftenden Blätter mit seinen Handschuhen beiseite. An einigen Stellen schnitt er noch mal etwas Bärlauch ab und schob ihn dann in die Tüte, in der er schon die anderen Blätter verstaut hatte.

Marie hatte mittlerweile ihre Fotokamera in den Videomodus umgeschaltet und verfolgte Winterhalters Suche nach weiteren Beweismitteln.

»Muss das sein?«, fragte der, als er sich kurz nach ihr umdrehte. »Ich bin nicht sehr telegen und brauche auch kein Filmchen von unserem Ausflug. Sonst bekommt das am Ende noch meine Frau zu sehen.«

Marie ließ sich nicht beirren: »Das ist rein dienstlich. Außerdem: In Berlin haben wir in den letzten Jahren die Tatortbegehungen grundsätzlich nicht nur mit Fotos, sondern auch per Video dokumentiert. Man könnte ja möglicherweise etwas übersehen, was man im Nachhinein noch auf dem Video entdeckt. Außerdem ist man damit auch abgesichert. Und im Nachhinein kann niemand kommen und zum Beispiel bei Gericht sagen, bei der Spurensuche seien Fehler passiert.«

»Ja, ja, in Berlin«, entgegnete Winterhalter nur und setzte seinen Zickzack-Kurs durch das Bärlauchfeld fort.

Jede Wette, dachte Marie, dass diese Vorgehensweise auch bei der Schwarzwälder Polizei längst Usus war. Aber das würde Winterhalter, dieser Sturkopf, natürlich niemals zugeben.

Die Schleifspur im Bärlauch endete in der Tat erst an der Straße.

»Schade«, kommentierte der Kommissar. »Wenn die Strecke hier nicht asphaltiert wäre, hätten wir vielleicht eine Chance, etwaige Reifenspuren zu finden. Aber so ist das natürlich unmöglich.«

Auch die Suche nach Fußspuren führte nicht zu wichtigen

neuen Erkenntnissen, zumal der braune Streifen neben der Straße von zahllosen derartigen Spuren übersät war.

Zur Bärlauchzeit spielten sich hier an einigen Tagen offenbar wahre Völkerwanderungen ab.

Tja, dachte Marie. Somit würden die Drahtschlinge und die abgeschnittenen Bärlauchblätter wohl ihre einzige Ausbeute für die kriminaltechnische Untersuchung bleiben. Aber, immerhin. Mit dem Auffinden des vermutlichen Tatwerkzeugs waren sie schon mal ein ganzes Stück weitergekommen. Falls es sich bei der Schlinge tatsächlich um die Tatwaffe handelte. Aber ihr Gefühl sagte ihr, dass es so war.

Sie schreckte aus ihren Gedanken, als sie hörte, wie Winterhalter sie um eine weitere Tüte bat. Sie gab sie ihm und beobachtete dann, wie der Kollege noch einmal eine größere Menge von Blättern abschnitt.

»Noch ein paar Proben?«, fragte Marie.

»Nein, diesmal für den Eigenbedarf. Wollen Sie ein paar Blätter? Ist ideal für Veganer. Schmeckt auch hervorragend mit Nudeln, Öl und Parmesankäse.«

»Nein, danke«, sagte Marie, der die Bärlauchdosis für heute reichte.

Sie mussten aber dennoch einen guten Teil des Feldes abermals durchstreifen, denn Winterhalter nahm aus dem Dienstwagen den kompletten Rest des Flatterbandes – mindestens hundert Meter. Damit markierten sie das Bärlauchgebiet entlang der Schleifspur, ausgehend vom mutmaßlichen Tatort, so gut es ging – ganz reichte das rot-weiße Band mit der Aufschrift »Polizeiabsperrung« jedoch nicht aus.

Die Kollegen der Kriminaltechnik, die etwa fünfundvierzig Minuten später eintrafen, übernahmen mit neuem Flatterband den Rest, ehe sich Winterhalter und Marie in Richtung Kommissariat verabschiedeten.

Auf der Rückfahrt ließ der Kommissar tatsächlich Marie ans Steuer, was sie als unausgesprochene Form des Lobs begriff. Vielleicht würden sie trotz aller Unterschiede und Unstimmigkeiten wenigstens ein gutes Ermittlerteam werden, dachte sie, als sie die prächtigen Zwillingstürme des Villinger Münsters erblickte.

Winterhalter war mittlerweile eingenickt, während sich im Auto eine betörende Bärlauch-Duftwolke breitmachte.

16. Trachtenvernehmung

Es herrschte eifriges Treiben im schmucklosen Bau der Kriminalpolizei Villingen-Schwenningen. Zumal die Kommissare Winterhalter und Kaltenbach nun noch zusätzliche Arbeit mitgebracht hatten.

Und da Frau Bergmann heute auf einer internationalen Kriminologentagung in der Schweiz weilte, musste wohl einer versuchen, die ganzen Aktivitäten zu koordinieren.

Nach dem Verlauf der Soko-Sitzung am vorigen Tag war es nicht unbedingt zu erwarten gewesen, aber die Bergmann hatte tatsächlich Kriminalhauptkommissar Winterhalter die stellvertretende Leitung der Soko übertragen. Vielleicht hatte sie es getan, um ihr schlechtes Gewissen zu beruhigen, nachdem sie den Kollegen so von oben herab behandelt hatte. So lautete auf jeden Fall Maries Vermutung.

Wie auch immer: Ihr kam es jedenfalls sehr gelegen. Denn so hatte sie das Zimmer, in dem sie eigentlich zusammen mit Winterhalter saß, erst mal für sich allein. Was sie sehr genoss. Nach den gemeinsamen Ermittlungen am Wartenberg war ihr Bedarf an Nähe erst mal gedeckt – gelinde ausgedrückt.

Während nun also Winterhalter geschäftig von Büro zu Büro marschierte, sich von den Kollegen auf den aktuellen Stand bringen ließ und von den Ermittlungen beim Fürsten und am Wartenberg berichtete, telefonierte Marie weitere potenzielle Bekanntschaften von Peter Schätzle in Freiburg ab. Diesen Auftrag hatte sie direkt nach dem Eintreffen in der

Dienststelle von Winterhalter erhalten. Na klar, hatte sie empört gedacht. Die allernervigste Aufgabe, für die man nicht ein Fitzelchen von Hirn brauchte, wies er ihr zu. Das Ganze kam ihr vor wie eine Strafarbeit. Dabei hatte sie gerade das Gefühl gehabt, dass ihr Verhältnis im Begriff war, sich einigermaßen zu normalisieren.

Im Gegensatz zu ihr hatte Kiefer eine ziemlich spannende Aufgabe zugewiesen bekommen. Der sollte sich nämlich um den Abgleich des Drahtseils mit den Spuren am Opfer kümmern, um herauszufinden, ob es sich um das Tatwerkzeug handelte. Bei einer ersten Inaugenscheinnahme hatte es den Anschein gehabt, dass das geriffelte Muster des Seiles zu den abfotografierten Würgemalen am Hals des Toten passte. Winterhalter hatte zufrieden gelächelt. Ein weiterer Abgleich in der Gerichtsmedizin sollte nun letzte Gewissheit bringen.

Der erste weitere Freiburger Name, den Marie überprüfte, ein gewisser Hermann Dobler, hatte sich schnell erledigt. Denn sie hatte herausgefunden, dass dieser bereits vor der Ermordung Peter Schätzles eines natürlichen Todes verstorben war.

Herzinfarkt. Auf jeden Fall konnte sie den Namen getrost streichen.

Bei einem zweiten Namen, Wolfgang Haller, erfuhr sie über dessen Mutter, dass dieser sich seit zwei Wochen auf einer Kreuzfahrt in der Südsee befand. Sie ließ sich die Angaben der Reederei und des Schiffes geben, um die Daten später noch einmal zu überprüfen.

Zwischendurch konnte sie auch zwei weitere Namen von der Liste der Verdächtigen streichen – zumindest dann, wenn die Freiburger Kollegen sauber gearbeitet hatten, denn diese hatten ihr das Ergebnis eben mitgeteilt. Die beiden vorbestraften Bekannten von Peter Schätzle aus Freiburg, auf deren Namen Winterhalter in seiner Szene-Nacht mit Cocktails gestoßen war, hatten nämlich für den Tatmorgen Alibis: Der eine hatte eine Blinddarm-Operation gehabt und anschließend noch ein paar Tage im Krankenhaus gelegen, der andere war mit seiner Frau über das Wochenende im Elsass gewesen. Das hatte zumindest die Frau gegenüber der Freiburger Polizei ausgesagt. Einen Moment lang grübelte Marie darüber nach, warum sich ein verheirateter Mann in einer Schwulenkneipe aufhielt.

Andererseits: Warum nicht?

Als sie sich an den nächsten Namen machen wollte, stapfte Winterhalter mit seinen klobigen Wanderstiefeln ins Büro.

»Geht's voran mit der Schwulen-Szene?«, fragte er sie ab.

»Sie meinen die Freiburger Bekannten von Herrn Schätzle? Wir wissen gar nicht, ob die alle schwul sind.«

»Aha«, machte Winterhalter.

»Tun Sie doch bitte nicht so, als würden Schwule jeden Kontakt zu Nicht-Schwulen ablehnen und sich nur in ihren eigenen Kreisen aufhalten. Ja, es gibt diese Clubs und Lokale, aber das ist ...«

»Interessiert mich alles nicht«, winkte Winterhalter ab. »Zurück zum Fall!«

Marie holte tief Luft. »Zwei von den Namen auf der Liste können wir streichen. Beide Männer haben ein hieb- und stichfestes Alibi. Einer davon ist sogar zwischenzeitlich verstorben – aber eine natürliche Todesursache, keine Sorge. Zwei weitere habe ich ebenfalls schon überprüft, die anderen muss ich noch abarbeiten«, sagte sie kühl.

»Gut, dranbleiben«, befahl Winterhalter. »Vielleicht ist ja einer von diesen der verdächtige Typ aus dem Park ...«

»Wir sollten das Fürstenhaus bei der Geschichte übrigens nicht ganz außer Acht lassen. Schätzle war dem Fürsten und seiner Familie wohl ganz schön lästig«, wandte Marie ein. Sie hatte keineswegs vor, sich von Winterhalter wie eine Untergebene behandeln zu lassen.

»Konzentrieren Sie sich lieber auf die Überprüfung der Namen. Die Spur »Fürstenhaus« ist eiskalt. Diese Herren und Damen sind absolut integer. Außerdem liegt die Spur ohnehin in meinem Zuständigkeitsbereich.«

»Ach ja? Und wieso?«

»Das hab ich gerade eben so beschlossen. Nicht, dass Sie sich noch in was verrennen, Frau Kaltenbach. Alternativ würde ich vorschlagen, dass Sie sich ein paar Tage frei nehmen. Mit Ihrem kaputten Auto und dem Umzug haben Sie ja sicher noch einiges zu tun.«

Irritiert sah Marie ihn an. Bei einem Mordfall wurde jeder Ermittler dringend benötigt. Gerade in den ersten Tagen nach einem Kapitalverbrechen war es wichtig, das volle Programm zu fahren.

»Nein, keine Sorge, ich komme klar. Außerdem werde ich hier gebraucht«, antwortete sie und widmete sich den nächsten Freiburger Herren, deren Alibis zu recherchieren waren.

»Und was macht Ihre Bärlauch-Blätter-Sammlung?«, fragte sie dann leicht spitz.

»Darum kümmert sich gerade Huber. Ich bin sicher, dass wir mit Hilfe des Sauggeräts Faserspuren auf den Blättern finden werden. Das ist ein super Gerät. Sogar das LKA Stuttgart hat sich das schon kommen lassen.«

In dem Moment betrat die Sekretärin Hirschbein das Büro.

»Ein Zeuge möchte von Ihnen zum Kapitalverbrechen Schätzle befragt werden«, meldete sie.

»Freiwillig? Wer denn?«, fragte Winterhalter.

»Der Herr hat sich als Dr. Kaiser vorgestellt. Sie hatten wohl heute Morgen bei ihm eine Nachricht hinterlassen und ihn gebeten, dass er sich mit der Kriminalpolizei in Verbindung setzen soll.«

»Kaiser?«

»Kaiser. Dr. Friedhelm Kaiser.«

»Ah, der Trachtengelehrte. Bitten Sie ihn doch ins Vernehmungszimmer«, sagte Winterhalter erfreut.

Gehorsam begab Frau Hirschbein sich zum Empfang, um den Zeugen im Wartebereich abzuholen.

»Der Herr Kaiser lag mit unserem Opfer wohl öfter mal im Clinch. Kein Wunder bei diesen Aktionen von Herrn Schätzle. Kaiser hat schon etliche Abhandlungen und Bücher über Trachten und Trachtengeschichte geschrieben. Ich geh mit ihm jetzt ins Vernehmungszimmer. Das ist ja ohnehin mein Spezialgebiet«, kündigte Winterhalter an und schaute kurz an sich herunter. Fast hatte es den Anschein, als wollte er überprüfen, ob sein Trachtensakko gut saß.

»Ich unterstütze Sie gerne.« Marie hätte alles für eine Abwechslung gegeben.

»Nicht nötig, das krieg ich schon allein hin. Machen Sie mal lieber hier weiter, damit wir vorankommen.«

»Na dann«, entgegnete Marie nur. Winterhalter in der Rolle des kommissarischen Kripochefs war verdammt nervig. Dabei hatte er sich bei der Suche nach dem Tatwerkzeug fast schon kollegial ihr gegenüber verhalten.

Sein Verhalten ihr gegenüber schien sich von Minute zu Minute zu ändern. Typisch Mann.

»Grüß Gott, Kriminalhauptkommissar Winterhalter«, stellte selbiger sich dem Trachtenexperten vor. Der Mann trug einen eleganten Trachtenanzug sowie einen – nach Winterhalters Ansicht – im Verhältnis zum Körperbau viel zu großen Hut.

Winterhalter selbst zog einen kleineren, schnittigen Filzhut mit Kordel vor. »Ich leite hier derzeit die Ermittlungen. Bitte nehmen Sie doch Platz, Herr Kaiser.«

»Dr. Kaiser«.

»Aha, Dr. Kaiser.« Schon allein an der betont hochdeutschen Aussprache war zu bemerken, was für ein Lackaffe dieser Kerl war, dachte Winterhalter. Schade, er hatte sich fast ein wenig auf das Gespräch mit Kaiser gefreut.

»Kommen Sie bitte zur Sache. Ich habe gleich den nächsten Termin in Villingen. Eine halbe Stunde hätte ich jetzt aber Zeit für Sie«, gab sich der Trachtenexperte, der im Hauptberuf Anwalt war, sehr geschäftig, schaute dabei hektisch auf seine Armbanduhr mit Kuckucksuhr-Logo, geriet bei Winterhalter aber damit genau an den Richtigen.

»Herr, äh, Dr. Kaiser«, hob der Kommissar an: »Ich möchte Sie auf Folgendes hinweisen. Das ist jetzt eine offizielle Zeugenbefragung. Und wie lange die dauert, richtet sich – bei allem Respekt – nicht nach Ihrem Terminkalender, sondern danach, wie viele Fragen wir an Sie haben. Wenn Sie also schnell und präzise antworten, können Sie das ganze Verfahren sicher etwas beschleunigen. Im Übrigen nehmen wir uns jetzt ja auch Zeit für Sie, gell?«

»Schon gut. Kommen Sie also zur Sache«, sagte Kaiser leicht unwirsch und legte seinen übergroßen Hut auf den Vernehmungstisch.

»Sie beschäftigen sich also intensiv mit Trachten und Traditionen?«, fragte Winterhalter.

»Sonst hätten Sie mich ja wohl nicht herbestellt.«

»Wir haben Sie nicht deshalb gebeten, mit uns Kontakt aufzunehmen, Herr Dr. Kaiser, sondern vielmehr, weil der Mann, mit dem Sie mehrfach Auseinandersetzungen hatten, jetzt in der Gerichtsmedizin in Freiburg liegt. Tot. Ermordet.« Winterhalter hatte beschlossen, bei diesem Mann eine etwas härtere Gangart einzulegen.

»Ich hab davon gehört – natürlich.«

»Das erleichtert mir die Sache ungemein. Und? Haben Sie eine Erklärung, wer dem Herrn Peter Schätzle nach dem Leben getrachtet haben könnte?«, fragte Winterhalter halbwegs direkt.

»Auch wenn ich mehrere Leute – vor allem bei uns im Trachtengau – kenne, die diesen Schätzle verabscheut haben: Ich würde es keinem zutrauen. Und um Ihnen die nächste Frage zu ersparen: Ich war's übrigens auch nicht. Ich pflege meine Auseinandersetzungen auf anderen Wegen zu bestreiten«, erklärte Kaiser in überheblichem Tonfall.

»Das ist hinlänglich bekannt. Mit dem Herrn Schätzle hatten Sie ja mehrere juristische Gefechte.« Winterhalter blätterte nun in seinem leicht zerfledderten Notizbuch herum. »Erregung öffentlichen Ärgernisses, Klage wegen Rufschädigung et cetera, et cetera. Und deshalb muss ich Ihnen die Frage jetzt auch stellen. Wo waren Sie vor genau vier Tagen, also am Montag, zwischen sechs und circa neun Uhr?«

»Moment mal, bitte.« Kaiser zog aus seinem Trachtensakko einen Terminkalender mit Ledereinband hervor.

»Schon vor sieben Uhr war ich in meinem Büro in Triberg – direkt unterhalb der Wasserfälle. Ich beschäftige mich zwar viel mit Trachten. Aber hauptberuflich bin ich Anwalt und deshalb immer schon früh auf den Beinen. Abgesehen davon verdeutlicht Ihnen schon meine Berufsbezeichnung, dass ich ein Mann des Rechts bin – und dieses nicht überschreite ...«

»Aha, ein Mann des Rechts«, sagte Winterhalter pointiert: »Kann uns jemand Ihr Alibi bestätigen?«

»Meine Frau kann Ihnen bestätigen, dass ich am Montag um circa Viertel vor sieben aus dem Haus gegangen bin. Meine Sekretärin ist dann um kurz vor sieben Uhr in der Kanzlei eingetroffen. Würde Ihnen das als Alibi reichen?«, fragte Dr. Kaiser nun wieder eine Spur zu arrogant.

»Das würde uns reichen. Wir nehmen dann noch Kontakt mit den Damen auf«, sagte Winterhalter und fragte: »Wieso hatten Sie und andere vom Trachtengau mit dem Herrn Schätzle Probleme?«

»Nicht wir hatten Probleme mit ihm. Er hat Probleme gemacht. Wir kämpfen ohnehin schon gegen einen unsachgemäßen Umgang mit Tracht und Tradition. Das ist eine historische und moralische Verpflichtung. Nicht genug, dass heutzutage jeder meint, bei sogenannten Oktoberfesten landauf, landab eine Art Tracht tragen zu müssen. Oder besser gesagt, das, was die Leute dafür halten. Billige Kopien, schlecht gemachte Pseudotrachten. Jeder Discounter bietet inzwischen ein Trachtensortiment an. Aber immerhin können wir uns mit unseren authentischen, historisch nachweisbaren Trachten davon noch gut unterscheiden. Auch von der Ihrigen, wenn ich das so offen sagen darf.«

Er wies mit dem Zeigefinger auf Winterhalters Kleider und fuhr dann mit dem Handrücken an der Krempe seines Huts entlang.

Winterhalter runzelte die Stirn, sagte aber nichts. Inhaltlich mochte der Mann recht haben: Ein gewisses Verständnis gegenüber seinem Anliegen, die Tradition zu bewahren, hatte der Schwarzwälder Kommissar durchaus, doch dieser Dr. Kaiser war zweifelsohne ein Fundamentalist – und ein Wichtigtuer.

»Aber dieser Schätzle: Der hat die traditionelle Tracht der Lächerlichkeit preisgegeben. Waren Sie mal in seinem Schundladen?«, kam der Jurist nun auch in Fahrt.

»Ja«, bestätigte Winterhalter kurz und trocken.

Doch Kaiser schien nicht auf eine Antwort gewartet zu haben: »Völlig willkürlich zusammengewürfelte Trachten. Gutacher Trachten mit Villinger Haube kombiniert. Bollenhut mit Furtwanger Tracht. Teilweise modern interpretiert. Ein wildes Durcheinander. Der Schätzle hat das Kunst genannt. Hat seine Models noch mit aufreizenden rosa eingefärbten Trachten hier durch die Landschaft gejagt. Mit rosa Bollenhüten, das müssen Sie sich mal vorstellen! Einfach lächerlich und geschmacklos! Bei unserem letzten Trachtentag hat er damit provoziert.

Und dann ging er auch noch dazu über, selbst Frauentrachten zu tragen. Das war dann ja wohl der Gipfel der Provokation.« Kaisers Gesicht nahm eine zunehmend rötliche Färbung an. Er nahm einen Schluck aus dem von Kiefer bereitgestellten Wasserglas.

Winterhalter verspürte nun zum ersten Mal ein gewisses Verständnis für den Mann, ließ sich das aber nicht anmerken. Stattdessen sagte er: »Aber das war ja halt die spezielle Geschäftsmasche des Herrn Schätzle, derart aufzufallen und zu provozieren.«

»Ja, genau damit hat er Aufmerksamkeit erzielt und Geld verdient. Nicht genug, dass wir eh schon an einem Verfall der Bräuche leiden. Dann kommt auch noch einer daher, der die Traditionen derart durch den Schmutz zieht – nur um aufzufallen und Profit zu machen.« Er schnappte nach Luft. Ich sage Ihnen jetzt etwas. Und Sie dürfen mich danach gerne vorläufig festnehmen. Ich habe den Schätzle nicht umgebracht und habe mit dieser scheußlichen Sache auch absolut nichts zu tun. Aber ich kann verstehen, wenn und warum das jemand getan hat. Der Schätzle, der hat es doch nicht anders verdient.«

»Jetzt wird's aber ein bisschen hässlich hier, Herr Kaiser. Sie sind doch ein ›Mann des Rechts‹. Machen Sie mal halblang. Sie wissen schon, dass das hier kein Stammtisch ist, sondern ein Befragungstisch im Kommissariat. Und wir befinden uns hier in einer offiziellen Befragung. Da würde ich ein wenig aufpassen, was ich so von mir gebe«, maßregelte Winterhalter den Anwalt. »Abgesehen davon: Wir haben ja jetzt bei Ihnen erlebt, wie sehr sich der Tradition verbundene Herrschaften über Herrn Schätzle echauffieren. Denken Sie noch mal nach: Gibt's in Ihrem Umfeld vielleicht doch jemand, dessen Empörung so groß gewesen sein könnte, dass er nicht nur geschimpft hat, sondern das Problem Schätzle auch handfest beseitigen wollte?«

»Absurd«, murmelte Kaiser, dem langsam klar zu werden schien, dass er sich vor dem Kommissar etwas zu sehr in seine Wut hineingesteigert hatte. »Nichts von dem, was ich gesagt habe, ist in irgendeiner Weise geeignet, einen Verdacht gegen mich zu begründen«, fügte er dann noch – ganz Jurist – hinzu.

Winterhalter fragte unvermittelt: »Herr Dr. Kaiser, waren Sie schon mal am Wartenberg?«

»Natürlich, den kenne ich. Ist schließlich auch historisch interessant. Und ganz nebenbei ein ausgezeichnetes Bärlauchgebiet. Ab und zu gehe ich da mal zum Sammeln hin. Aber immer sehr früh, bevor dort die Völkerwanderung einsetzt.«

»Aha, dann kämen Sie ja doch als Täter in Frage.«

»Wie bitte?«

»Ach, vergessen Sie's. Wir werden Ihr Alibi natürlich genauestens überprüfen. Verlassen Sie sich darauf. Und bitte halten Sie sich weiter zu unserer Verfügung.«

»Das werde ich im Rahmen meiner Möglichkeiten tun«, sagte Dr. Kaiser zum Abschluss pikiert. »Ich möchte Sie noch ganz allgemein darauf hinweisen, dass falsche Verdächtigung ein Straftatbestand ist, der ...«

Winterhalter erhob sich wortlos und beendete auf diese Weise die Befragung.

Marie, die ihre Telefonate vernachlässigt hatte, um im Nebenzimmer die Befragung heimlich auf dem Bildschirm zu verfolgen, schreckte hoch. Verdammt! Jetzt hieß es schnell sein. Dank eines kleines Sprints gelang es ihr gerade noch rechtzeitig, an ihren Platz zurückzukehren.

Sie bemühte sich, das Keuchen zu unterdrücken und lächelte Winterhalter unschuldig an, als dieser gleich darauf auch im Büro auftauchte. Der Kommissar schien fast ein wenig erleichtert zu sein, dass die Befragung des Anwaltes beendet war.

»Die Kollegen von der Kriminaltechnik haben gerade eben angerufen«, begrüßte sie Karl-Heinz Winterhalter, dessen Vernehmungsstil sie vorhin sehr genau beobachtet hatte.

»Und, gibt's was Neues?«

»Sie sind fertig und haben vor Ort leider nichts Verwertbares mehr gefunden. Bis auf ...«, sie machte eine kurze Pause, »... das Auto von Peter Schätzle. Den Landrover mit den Initialien PS und dem Geburtsjahr Schätzles im Kennzeichen. Der stand an einer abgelegenen Stelle am Wegesrand, halb im Wald. Dass das nicht schon vorher jemandem aufgefallen ist ...«

»Ist halt ein sehr weit verzweigtes Gebiet. Und viel Leute wohnen da auch nicht auf dem Wartenberg. Da stellen schon ab und zu Wanderer und Bärlauchsammler ihre Fahrzeuge ab ... Die Kollegen sollen den Wagen bitteschön genauestens unter die Lupe nehme. Und jeden Fitzel abkleben«, ging Winterhalter nun wieder in seiner Rolle als neuer stellvertretender Soko-Leiter auf.

»Das machen die heute Nachmittag. Und es sind ja übrigens keine Anfänger«, sagte Marie leicht aufmüpfig und widmete sich wieder ihrer Telefonliste.

17. Beschattet

Kurz darauf betrat erneut die Sekretärin das Büro. Marie lächelte ihr zu und wollte etwas sagen, aber Winterhalter war schneller.

»Was ist denn jetzt schon wieder?«, fragte er ungeduldig.

»Noch ein Zeuge?«

»Ich wollte diesmal nicht zu Ihnen, Herr Winterhalter. Ich wollte zur Frau Kaltenbach. Draußen am Haupteingang wartet ein junger Herr. Ein gewisser Herr Gehrmann. Er will nur mit Frau Kaltenbach sprechen.«

»Mit mir? Also das ist jetzt gerade ziemlich ungünstig. Ich habe sehr viel zu tun. Könnten Sie ihn vielleicht kurz hereinbitten? Dann geht es eventuell schneller.«

»Das hab ich versucht. Aber er wollte unbedingt draußen auf Sie warten. Was soll ich ihm sagen?«

»Hm, Gehrmann. Der Name sagt mir gar nichts«, sagte Marie mehr zu sich selbst als zu Winterhalter.

Der gab trotzdem eine Antwort. »Keine Ahnung. Sollte es jedoch privat sein, würde ich Sie bitten, sich möglist kurz zu fassen.«

»Schon klar«, entgegnete die Kommissarin schnippisch, band sich die Haare zu einem Pferdeschwanz zusammen und ging mit Frau Hirschbein in Richtung Empfang.

»Hi du«, hauchte ihr kurz darauf ein elegant gekleideter Mann mittleren Alters an der Eingangstür entgegen. Er trug einen Anzug, hatte die Hände hinter dem Rücken verschränkt und die Haare nach Maries Geschmack etwas zu sehr mit Gel traktiert. »Ich musste seit gestern unentwegt an dich denken. Schade, dass du dann gehen musstest. Hab kurz Pause und wollte deshalb fragen, ob wir vielleicht einen Kaffee zusammen trinken.«

Mit diesen Worten zog er eine Hand hinter dem Rücken hervor und streckte Marie einen Strauß mit gut zwei Dutzend Rosen entgegen.

Sie nahm die Blumen pflichtschuldig entgegen: »Danke.«

»Krieg ich keinen Kuss?«, fragte er dann etwas ungeduldig.

Marie spürte, wie der Kopfschmerz in ihren Schläfen pochte. »Es war wirklich sehr nett mit dir«, sagte sie möglichst freundlich. »Aber sei mir bitte nicht böse: Das war eine einmalige Sache. Momentan sind ganz andere Dinge wichtig für mich als Dates. Ich muss mir erst mal über einige Dinge im Klaren werden. Außerdem hab ich hier gerade einen Haufen zu tun. Ich hab dir ja erzählt, dass wir gerade frisch einen Mordfall reingekriegt haben. Also Pause ist da leider nicht.«

»Och, das ist aber schade. Aber du brauchst dir da wirklich keine Gedanken machen«, blieb Sven weiter im Hauch-Ton. »Du weißt doch, dass ich verheiratetet bin. Ich habe da gar keine offiziellen Erwartungen an dich. Was ist jetzt mit dem Kuss?«

Marie ärgerte sich, dass sie gestern Abend nicht sofort klargemacht hatte, dass sie kein weiterführendes Interesse an Sven hatte. Dann wäre es nie so weit gekommen. Um sich eine Szene zu ersparen und ihn schnellstens loszuwerden, gab sie ihm einen kurzen, freundschaftlichen Kuss auf die Wange. Sven legte den Arm um sie, wollte schon zu mehr ansetzen.

»Bitte nicht hier vor meiner Dienststelle. Ich hab gerade neu angefangen. Da möchte ich nicht, dass die Kollegen so etwas mitbekommen und ich dann ins Gerede komme.«

Doch es war bereits zu spät.

»Mahlzeit«, schmetterte ihr im gleichen Moment jemand entgegen.

Kiefer! Ausgerechnet. Der junge, elsässische Kollege erklomm mit ein paar Tüten, aus denen penetranter Fleischkäsegeruch entstieg, die Treppen zum Kommissariat. Marie war gerade dabei, Svens Hand von ihren Hüften zu pflücken. Doch der ließ sie nicht los, sondern drückte sie nochmals zu einer Umarmung an sich.

Kiefer blieb stehen. Mit zusammengezogenen Augenbrauen musterte er die Szene, die er offenbar nicht so ganz deuten konnte.

Bevor er allerdings etwas sagen konnte, kam ihm jemand zuvor. »Dürfte ich Sie dann so langsam bitten, Kollegin Kaltenbach?«

Marie drehte den Kopf und entdeckte Kriminalhauptkommissar Winterhalter, der hinter ihr stand.

Sven nutzte den Perplex-Moment, um sich ungefragt auch noch ein Abschiedsküsschen abzuholen.

»Ich ruf dich dann später an, Schatz«, hauchte er. »Gib mir noch deine Handynummer!«

»Ein anderes Mal.« Sie drehte sich mit gequältem Gesichtsausdruck zu Winterhalter um. Der biss gerade genüsslich in das Brötchen, das ihm Kiefer mitgebracht hatte. Normalerweise brachte er sein eigenes »Veschper« mit, wie Marie bemerkt hatte. Und das bestand – natürlich – aus sehr viel Fleisch. Selbstgeschlachtet, hatten ihr die Kollegen verraten. Das Brot, das dann dick mit Wurst oder Schwarzwälder Schinken belegt war, buk Frau Winterhalter höchstpersönlich.

Heute allerdings musste Winterhalter aus irgendeinem Grund auf käufliche Produkte zurückgreifen. War seine Frau immer noch sauer auf ihn und daher in Streik getreten?, fragte sich Marie. Schwelte die Ehekrise weiter?

»Auch ein Fleischkäs-Weckle?«, fragte Winterhalter mit

vollem Mund. Natürlich wusste er genau, dass sie Veganerin war. Marie schüttelte angewidert den Kopf. »Schade, ist vom besten Villinger Metzger. Den beliefere ich auch ab und zu.«

»Ich bin …«, setzte Marie an.

»Jaja, ich weiß schon. Sie essen kein Fleisch. Schad«, erwiderte Winterhalter und biss abermals in sein Brötchen. Dann sagte er mampfend: »Dürfte ich Sie auch im Namen von Frau Bergmann bitten, Ihre Privatangelegenheiten in Zukunft außerhalb der Dienstzeiten zu regeln? Gegen ein einmaliges Privattelefonat würde ich ja nix sagen. Aber Schmusereien während der Dienstzeit? Das geht eindeutig zu weit.«

Die Bemerkung hatte gesessen.

Marie hörte ihren eigenen Atem – ein Schnauben, das an die Dampflokomotiven der Schwarzwaldbahn erinnerte. »Ich habe nicht geschmust«, protestierte sie wütend.

»Jaja, schon gut. Dann habe ich wohl was an den Augen«, kostete Winterhalter das momentane Oberwasser aus.

Bei der Ehetherapie waren die Vorzeichen noch umgekehrt gewesen.

Marie vermied es, dem Schwarzwaldkommissar in die Augen zu schauen, in denen jetzt garantiert ein triumphierendes Glitzern zu sehen war. Stattdessen blickte sie in Richtung Waldstraße.

»Haben wir einen Fotografen bestellt?«, fragte sie dann überrascht.

»Was soll das jetzt? Lassen Sie uns wieder an die Arbeit gehen!«

Winterhalter stopfte sich gerade das komplette letzte Drittel des »Fleischkäs-Weckles« in den Mund. Keine Zeit für eine längere Mittagspause.

»Nein, im Ernst. Schauen Sie mal unauffällig in Richtung der geparkten roten Limousine«, forderte sie den Kollegen auf.

Der war dabei, seinen letzten Riesenhappen zu zerkauen.

Er linste aus den Augenwinkeln in Richtung des angezeigten Wagens.

Tatsächlich schien dort ein Fotograf hinter der besagten Limousine mit einem großen Objektiv herumzuhantieren. Und bemerkenswert war, dass das Objektiv auffällig unauffällig in Richtung Marie und Winterhalter gerichtet war.

»Also, ich habe keinen Fotografen bestellt.«

»Ich auch nicht. Was meinen Sie? Sollen wir dem mal schnell auf den Zahn fühlen?«, fragte Marie und zeigte mit einer wippenden Kopfbewegung in Richtung Fotograf.

Winterhalter folgte nochmals ihrem Blick: »Aber absolut sollten wir das machen.«

Ach, dachte Marie bei sich. Dann waren sie beide ja ausnahmsweise mal einer Meinung.

Winterhalter bewegte sich möglichst unauffällig in Richtung Waldstraße, dicht gefolgt von der Kollegin. Als der Fotograf bemerkte, dass die beiden Kriminalbeamten auf ihn zuliefen, verließ er seine Position hinter der Limousine und bewegte sich in Richtung Altstadt. Zunächst mit schnellem Gang, sich immer wieder umschauend. Dann, als Marie und Winterhalter schon dabei waren, über das Kopfsteinpflaster der Straße zu spurten, begann auch der Fotograf zu rennen. Seine Fototasche baumelte wild hin und her. In der Hand hielt er immer noch die Kamera.

Beim ehemaligen »Wali«-Kino hatten die beiden Kommissare den Mann fast eingeholt. Mit einer ruckartigen Bewegung vollzog der Verfolgte einen Richtungswechsel und rannte nun auf den Eisweiher zu.

»Stehenbleiben!«, rief Marie.

»Polizei. Bleiben Sie stehen!«, japste Winterhalter, der bereute, den Fleischkäs-Wecken so schnell gegessen zu haben.

Er war heilfroh, dass die Kaltenbach den Mann kurz vor

dem Weiher stellte. Noch ein paar Meter weiter und er hätte sich wohl übergeben müssen.

»Sind Sie taub? Polizei. Kriminalpolizei Villingen-Schwenningen. Was treiben Sie hier?«, begann die Kollegin umgehend mit dem Verhör.

»Wieso verfolgen Sie mich? Lassen Sie mich los. Ich jogge hier doch nur am Weiher entlang«, sagte der Mann in einem jammernden Tonfall.

Mittlerweile hatte auch Winterhalter die beiden erreicht. Seine Wanderstiefel waren bei der Verfolgungsjagd neben dem schweren Mageninhalt ein zusätzliches Hindernis gewesen. Der Schwarzwälder Kommissar staunte über den recht strammen Griff, mit dem die Kaltenbach den Mann in Schach hielt. Der verzog schmerzverzerrt das Gesicht.

In der Großstadt musste man als Polizeibeamtin wohl so gestrickt sein, dachte sich Winterhalter und lenkte sich damit von seiner leichten Übelkeit ab.

»Erzählen Sie uns doch keinen Blödsinn!«, schaltete er sich dann in die Befragung ein. »Joggen in den Klamotten? Und dann auch noch mit einer vollständigen Fotoausrüstung? Dass ich nicht lache.«

»Keine weiteren Ausflüchte. Was haben Sie vor unserer Dienststelle gesucht? Sie haben dort Fotos gemacht. Das haben wir genau beobachtet.«

»Von wem und von was?«, schaltete sich Winterhalter wieder ein.

»Also gut«, gab der Fotograf das Versteckspiel auf und zückte einen Ausweis. »Ich bin Privatdetektiv und von einer Dame beauftragt worden, ihren Ehemann zu beschatten.«

Während Winterhalter sich noch fragte, wer damit gemeint sein könnte, begann die Kaltenbach zu lachen. Zuerst bemühte sie sich noch, den Lachanfall zu unterdrücken. Prustete leise. Dann sprudelte es einfach aus ihr heraus.

Sie lachte so laut, dass man sie bis zur Dienststelle etwa hundert Meter entfernt hören konnte.

»Was soll des jetzt bitte? Warum lachen Sie?«

Auch der Fotograf schaute erst verwundert, dann fast etwas verärgert. Offenbar fühlte er sich in seiner Berufsehre gekränkt.

»Ha ha, Ihre Frau hat den Mann beauftragt und Ihnen an die Fersen geheftet«, sagte die Kommissarin und bekam die nächste Lachattacke.

»Also ... Des verbitte ich mir jetzt. Meine Frau würde doch so was nicht ...« Schon während Winterhalter den Satz aussprach, war er nicht mehr so recht von seiner eigenen Aussage überzeugt. Immerhin hatte Hilde ja gestern jede weitere Aussprache erst mal verweigert und weiter geschmollt.

Sie war offenbar felsenfest davon überzeugt, dass er eine Affäre mit einer fast zwanzig Jahre jüngeren Kollegin hatte, die gerade erst in der Dienststelle angefangen hatte.

»Was? Wie bitte? Ich verstehe nicht«, schien der Fotograf ahnungslos zu sein.

Oder täuschte er das nur vor?

»Wer hat Sie beauftragt? Raus mit der Sprache«, switchte die Kaltenbach ansatzlos vom letzten Lachflash ins abermalige Verhör.

»Das darf ich Ihnen nicht sagen. Aus Datenschutzgründen.« Er hielt sich den Arm, der vom Klammergriff der Kommissarin offenbar schmerzte.

»Hat Sie nicht eine gewisse Frau Hilde Winterhalter beauftragt?«, fragte die Kaltenbach direkt.

»Ich darf Ihnen den Namen, wie gesagt, nicht mitteilen. Aber so viel verrate ich Ihnen: Meine Auftraggeberin heißt nicht Winterhalter.«

»Sehen Sie: Sie brauchen hier nicht so eine Theater aufzuführen«, war Winterhalter einerseits erleichtert, andererseits erbost darüber, derart von der Kollegin bloßgestellt worden zu sein.

Während die mit gerunzelter Stirn dastand und offenbar überlegte, wen der Privatdetektiv denn nun observiert haben könnte, war Winterhalter schon weiter: »Sagen Sie mal, Kollegin Kaltenbach: War der Mann, mit dem Sie vorhin so wild vor der Kripo rumgeschmust haben, vielleicht verheiratet?«

Volltreffer!

»Sven?«, stammelte sie. »Also, ähm, er hat gesagt, das wäre eine offene Beziehung. Ich ...«

»Vielleicht doch nicht so ganz offen?«, gab Winterhalter zu bedenken und verbiss sich ein Grinsen.

Nun wurde die Kaltenbach sichtlich sauer. Nicht auf ihn, sondern auf den Privatdetektiv:

»Her mit den Fotos«, fauchte sie.

»Das ... das dürfen Sie nicht«, stotterte der Detektiv.

»Sie haben Fotos von mir gemacht. Ohne mein Einverständnis. Von einer Staatsbeamtin vor dem Kommissariat. Also: Löschen Sie die Fotos vor meinen Augen. Augenblicklich! Sonst konfiszieren wir die gesamte Ausrüstung. Habe ich mich klar ausgedrückt?«

Natürlich trug die Kaltenbach jetzt etwas dick auf, das wusste Winterhalter. Aber er war derart beeindruckt von ihrem Auftreten, dass er ihr diesmal nicht in die Parade fuhr.

Der Fotograf überlegte nur für einen ganz kurzen Augenblick, ob er noch mal versuchen sollte, das Weite zu suchen. Doch sein schmerzender Arm erinnerte ihn offenbar daran, dass er dieser Kommissarin nicht entgehen würde.

Die Fotos waren wohl endgültig futsch – und damit auch der Beweis, den man selten so glasklar präsentieren konnte wie in diesem Fall.

Er überreichte Kommissarin Kaltenbach den Fotoapparat. Die betrachtete das Display, erschrak fast ein wenig darü-

ber, wie nah der Fotograf Sven und sie herangezoomt hatte. Sie war gerade dabei, das Foto mit dem Abschiedskuss zu löschen.
»Ha, da wär die Ehefrau aber zufrieden gewesen. Gestochen scharfes Ergebnis«, lugte Winterhalter über Maries Schulter.
»Ha ha, sehr lustig«, knurrte die Kollegin.
Dann wandte die Kaltenbach sich wieder dem Detektiv zu: »Hier, Ihr Fotoapparat. Ist alles gelöscht. Schauen Sie, dass Sie jetzt verschwinden. Und kommen Sie nicht auf die Idee, mir noch mal aufzulauern. Und schönen Gruß an Ihre Auftraggeberin: Ich will ihren Mann nicht haben.«
Und dann wurde die Kaltenbach sehr laut: »Aber Sie können ihr ruhig mitteilen, dass er sehr an anderen Frauen interessiert ist. Sie soll ihm bitteschön die Hölle heiß machen und ihm sagen, dass er mich künftig in Ruhe lassen soll«, kam die Kaltenbach noch einmal in Fahrt.
Eigentlich hätte der Fotograf ganz normal das Weite suchen können. Er rannte aber mit seiner baumelnden Fototasche abermals hektisch davon. Der Auftritt der Kommissarin schien ihn beeindruckt zu haben.

»Affäre«, hauchte nur einen Augenblick später eine Frau in den Fünfzigern, die die Unterhaltung eben offenbar teilweise mitbekommen hatte. Sie stand mit zwei Jutetaschen voller Proviant wie aus dem Boden gewachsen vor ihnen und schaute so entsetzt, als sei gerade ein Mord vor ihren Augen geschehen.
»Also doch! Ich hab noch denkt: Vielleicht hasch du dich getäuscht. Vielleicht war jo wirklich alles ä Verwechslung. Aber ich hab's jo grad mit eigene Ohre g'hört. Das Wort klingt mir noch im Ohr: *Affäre*.«
»Hilde, wieso bisch jetzt du do??«, hatte Kommissar Winterhalter nicht unbedingt die taktisch geschickteste Begrüßung auf Lager.
»Des wollt ich dich auch grad frage. Ich hab dich im Büro

g'sucht. Aber da warsch du nit. De Herr Kiefer hat mir g'sagt, du wärsch dieser … Dame hinterher. Und dann hab ich euch hier zusamme g'sehen. War's än romantische Spaziergang?«, fragte Frau Winterhalter gefährlich tonlos. Ihre Taschen hatte sie mittlerweile fallen gelassen.

»Und de Herr hier gerade eben sollt wohl schöne Fotos von dem frisch verliebten Pärchen mache – oder wie??«

»Hilde, des siehsch du völlig falsch. Ich bin doch de Marie … äh, de Frau Kalte'bach hinterher, weil sie von einem andere Mann beläschtigt worde isch. Und dann isch sie auch noch von äm Privatdetektiv beschattet worde. Den habe mir g'rad befragt«, war der Kommissar um eine schlüssige Erklärung bemüht.

Beim Vortragen selbiger merkte er aber schon, dass sich das Ganze wenig glaubhaft anhörte. Deshalb versuchte er noch einen weiteren Ansatz: »Wieso, meinsch du, solltet mir äm wildfremde Mann ebbes von Fremdgehe et cetera erzähle? Hilde, des war doch de Privatdetektiv, der die Marie respektive ihren Liebhaber beschattet hat. Ehrlich. Ich hab damit nix zu tun.«

»Erzähl mir jetzt keine G'schichte und gib's einfach zu. Ich war wohl eh zu lange blind. Vermutlich hasch du mich vorher auch schon betroge. Und du hasch dafür gesorgt, dass deine Affäre hier nach Villingen versetzt wird. Wie lang geht des schon mit euch?«

»Hilde!«, brüllte nun Winterhalter. »Des isch doch Quatsch. Und des weisch du auch.«

Jetzt mischte sich auch noch die Kaltenbach ein, die anfangs kein Wort herausgebracht hatte – was vermutlich am Überraschungseffekt lag: »Wirklich, Frau Winterhalter. Sie interpretieren diese Situation völlig falsch. Auf den ersten Blick mag es so aussehen. Und was in den letzten Tagen passiert ist, war natürlich auch eine ungewöhnliche Verkettung dummer

Zufälle. Aber Ihr Mann und ich haben wirklich nichts miteinander.«

»Ich glaub Ihne kein Wort. Und was dich betrifft, Karl-Heinz, ich bin jo so ä blöde Kuh. Ich hab gedacht, mir sprechet uns aus und ich bring dir dein Veschper vorbei, was ich dir heut Morge nit g'macht hab.« Sie nahm nun die Taschen und streckte sie den beiden hin.

»Hier, ihr könnt des jo zusamme esse. Ich hab keinen Hunger mehr.«

»Hilde«, versuchte Winterhalter in jaulendem Tonfall zu beschwichtigen.

Aber es half nichts. Die Ehefrau drehte sich um und lief in Richtung Kommissariat, wo sie ihr Auto geparkt hatte. Winterhalter rannte hinterher und redete weiter auf sie ein.

Marie setzte sich auf ein Bänkchen, beobachtete die Enten und öffnete die Taschen, die Frau Winterhalter mitgebracht hatte. Sie hatte einen Mordshunger.

Und auch, wenn sie sich eigentlich vorgenommen hatte, kein Fleisch mehr zu essen, biss sie genüsslich in die geräucherte Bratwurst und ließ sich den selbstgemachten, badisch-schwäbischen Kartoffelsalat schmecken. Er war köstlich mit viel Zwiebeln, Essig, Brühe und sogar Speck angemacht.

Aber auch der Speck war Marie gerade völlig egal.

18. Schätze bei Schätzle

Großen Widerstand hatte der Witwer nicht geleistet, als sie begonnen hatten, den Laden von Peter Schätzle in St. Georgen genauer unter die Lupe zu nehmen.

Eine wirkliche Hilfe war der Mann, der anscheinend immer noch in tiefster Trauerphase steckte, aber auch nicht gewesen. Er hatte bestätigt, dass es »rückwärtsgewandte Menschen« gegeben habe, die sich an der Tätigkeit seines verstorbenen Mannes gestört hatten. Ein direktes Tatmotiv mochte er daraus aber nicht ableiten. Nicht einmal Namen wusste er beizutragen. Und der Streit seines Pedros mit dem Fürstenhaus schien auch weitgehend an ihm vorbeigegangen zu sein.

Mit acht Personen und einem Durchsuchungsbeschluss war die Kriminalpolizei in der St. Georgener Innenstadt angerückt.

»Das ist aber privat.« Diesen Satz wiederholte Armin Schätzle etwa zehnmal, als sie sich für die Dinge im Verkaufsraum interessierten.

Nach der achten Wortmeldung zeigte Winterhalter Armin Schätzle einfach den Durchsuchungsbeschluss und knurrte: »Bei einem Mord ist gar nix privat.« Er hatte ohnehin einigermaßen schlechte Laune – nicht zuletzt, weil seine Ehe nun wirklich in Trümmern zu liegen schien.

»Übrigens: Hat Ihr Lebensgefährte denn gern Bärlauch gesammelt?«, fragte Winterhalter dann mit Blick auf die Ermittlungen am Wartenberg.

»Bärlauch? Wie kommen Sie denn auf so etwas?«

»Wir haben Hinweise darauf, dass Peter Schätzle sich kurz vor seinem Tod in Bärlauchfeldern aufgehalten hat.«

»Nicht, dass ich wüsste. Peter war ein Trachtenliebhaber aber kein allzu großer Naturfan«, lautete die Antwort des Witwers. »Und gekocht habe im Normalfall ich.«

»Mal was anderes«, meinte Winterhalter. »Wir sind einige Bekannte von Ihrem Pedro durchgegangen, mit denen er sich in Freiburg ab und zu getroffen hat – da ist bislang aber keiner verdächtig. Kannten Sie denn diese Personen? Halten Sie es für möglich, dass Ihr ... Pedro sich mit einem von denen gestritten hat?«

»Ich kannte diese Leute nicht«, sagte Armin Schätzle. »Und von einem Streit weiß ich auch nichts. Das war alles bedeutungslos.«

»Sind Sie sicher?«

»Sonst hätte es Pedro mir sicher gesagt.«

»Na ja«, wandte Winterhalter ein – dann winkte er ab.

Marie stand derweil vor dem Foto, von dem sie auch einen Abzug in ihren eigenen Unterlagen gefunden hatte.

»Das ist doch alles Ramsch«, hörte sie Winterhalter fluchen, den weder die Fotografien noch entfernt historisch anmutende Ketten und Leinwände mit verfremdeten Schwarzwald-Motiven künstlerisch ansprachen.

»Da waren viele Menschen aber anderer Ansicht«, widersprach Armin Schätzle.

»Kannten Sie Rüdiger und Elena, die hier abgebildet sind?«, fragte Marie den Witwer, während sie abermals auf die Fotografie deutete.

»Elena kannte ich«, nickte der. »Die hat zwei-, dreimal für uns gemodelt. Lebt inzwischen aber im Ausland.«

»Und Rüdiger?«, fragte Marie nach, während die Beamten weiter alles durchwühlten und damit dem Witwer ob der mangelhaften Rücksichtnahme den ein oder anderen Seufzer entlockten.

»Rüdiger?«

Sie deutete auf das Bild.

»Schwer zu sagen.«

»Warum hing das Foto da?«, forschte sie weiter.

»Es hängen hier auch noch viele andere Bilder, auf denen Leute aus Pedros und meinem Bekanntenkreis zu sehen sind«, antwortete Armin Schätzle. »Sie haben vielleicht auch Fotos Ihrer Freunde an Ihrem Arbeitsplatz.«

Ganz bestimmt nicht, dachte Marie, sagte aber nichts.

»Und wer sind die anderen Personen auf dem Bild?«

»Zwei kenne ich noch, aber nur mit Vornamen. Klaus und Charly«, erklärte Armin Schätzle mit einer eher desinteressierten Miene. »Ein-, zweimal hat Pedro sie getroffen.«

»Charly ...«, dachte Marie. Plötzlich stand ihr glasklar ein Bild von damals vor Augen. Sie schüttelte den Kopf. Hatte sie während der Jahre in Berlin die Vergangenheit derart verdrängt, dass ihr sogar entfallen war, wie sie damals bei einer Party leidenschaftlich mit ihm herumgeknutscht hatte? Sogar mal richtiggehend für ihn geschwärmt hatte?

War ihr Männerverschleiß so groß, dass ihr so etwas entgangen war?

Wenn das ihre Eltern wüssten ...

»Was ist mit Ihnen? Ist Ihnen nicht gut?«, fragte Winterhalter.

»Ach, nichts. Ich hatte nur gerade einen Flashback.«

»Einen was?«

»Ich war mal kurz in der Vergangenheit. In meiner Jugend habe ich die Personen auf dem Foto ja recht gut gekannt«, murmelte Marie. »Aber es hat vermutlich keine Bedeutung, was die Ermittlungen anbelangt«, beeilte sie sich hinzuzufügen.

Winterhalter sah sie mit zusammengekniffenen Augen an, entschied aber offenbar, keine Diskussion lostreten zu wollen, während der Witwer anwesend war.

»Wir würden dann gerne noch einen Blick in Ihren Computer werfen«, verkündete er stattdessen.

Widerstrebend ermöglichte Armin Schätzle das, woraufhin Kommissar Kiefer einen Hocker heranzog und sich die Laufwerke vornahm.

»Geht's um was Bestimmtes, Kollege?«, fragte er dann Winterhalter.

Der zog die Schultern hoch. »Alles, was irgendwie auffällig ist.«

Das Erste, das auffällig war, war der Bildschirmschoner, auf dem der ermordete Peter Schätzle, ehemals Weißhaar, zu sehen war, wie er einen spärlich bekleideten Armin Schätzle küsste.

»Nicht so was«, meinte Winterhalter.

Marie versuchte sich derweil zu erinnern, wie das Verhältnis der Personen auf dem Bild zueinander gewesen war.

Eigentlich unbeschwert, dachte sie und überlegte, ob jemand der Fotografierten etwas mit dem Mord an Peter Schätzle zu tun haben könnte.

Fünfzehn Minuten später hatte Kiefer seinen Job erledigt, was bedeutete, dass er die Festplatte des Computers ausgebaut hatte, um sie später im Kommissariat zu durchleuchten.

Als Marie sich umdrehte, merkte sie, wie Kiefers Blick auf ihr ruhte. Wobei … Vielleicht hatte sie sich das auch nur eingebildet. Denn gleich darauf war der Kollege wieder voll und ganz mit dem Computer beschäftigt.

»War's das?«, fragte derweil Armin Schätzle, der unruhig mit den Füßen hin- und hergewippt war.

»Die älteste Datei ist drei Jahre alt«, meldete sich nun nochmals Kiefer. »Bräuchten wir auch noch Älteres?«

»Vielleicht schon«, murmelte Winterhalter und wandte sich erstmals am heutigen Tag direkt an Marie: »Haben Sie dazu auch eine Meinung oder wollen Sie weiter vor diesem Bild meditieren?«

»Gibt es hier denn auch noch ältere Fotos und Dateien?«, fragte sie Armin Schätzle.

Der zierte sich.

»Ein wenig Mithilfe Ihrerseits wäre ganz gut. Umso weniger stellen wir Ihnen hier alles auf den Kopf ...«

Nach einigem Zögern und Winden erklärte Armin Schätzle schließlich: »Vielleicht im Schuppen hinter dem Haus.«

Zehn Minuten später waren sie so richtig in Aktion. Der Schuppen hatte etwa die dreifache Größe des Ladens – und war dreimal so schmutzig.

Kommissar Kiefer nahm – »wenn Sie nichts dagegen haben« – auch die Festplatte eines alten Rechners zur Begutachtung mit, der in einer Ecke gelegen und von dessen Funktionsfähigkeit er sich überzeugt hatte.

Winterhalter fluchte derweil wieder einmal über den »Schund«, der hier mit dem Schwarzwald getrieben wurde: Bunte Kunstwerke mit rosa Schwarzwaldfichten, transsexuell anmutende Models mit Bollenhüten – und eine ganze Kiste mit alten Fotos, die aussahen, als würden sie seit mindestens zwanzig Jahren unangetastet da stehen.

Dann widmete sich der Kommissar einer Kleidertruhe – und entdeckte Dinge, die ihn an die Wohnungsauflösung seiner Mutter erinnerten, die vor wenigen Jahren gestorben war. Auch die hatte alles Mögliche und Unmögliche aufbewahrt. Während Winterhalter damals aber wenigstens eingeleuchtet hatte, dass das Ganze aus dem Familienbesitz stammte und vieles sogar zu bestimmten Festen getragen worden war, lag hier eine Frage nahe: »Und so was verkauft sich?«

»Offensichtlich nicht, sonst würde es ja nicht mehr da liegen«, gab Armin Schätzle zurück.

Winterhalter kramte unverdrossen weiter – und fühlte sich dann plötzlich belohnt: Zwei der Trachten, die ziemlich weit unten in der Kleidertruhe lagen, erinnerten ihn frappierend an diejenige, in der der Tote aufgefunden worden war. »Die nehme mir mit!«, entschied er.

Und als Armin Schätzle Anstalten machte, sich zu regen, fügte er noch hinzu: »Beweismittel.«

»Ich glaube, ich habe hier was«, meldete sich Kiefer im gleichen Moment zu Wort. Der Elsässer Kollege war damit beschäftigt gewesen, zwei größere Stapel mit Unterlagen zu durchforsten. Auf den ersten Blick einfach nur Altpapier und alte Akten.

Kiefer suchte Winterhalters Blick. »Das sollten wir zumindest mal zur Überprüfung mit aufs Kommissariat nehmen.«

»Zeigen Sie mal her«, war Winterhalter sofort zur Stelle, während Marie noch weiter in alten Fotos stöberte.

»Das sind wohl Ausdrucke von Unterhaltungen in irgendeinem Internet-Forum für Schatzsucher. Es ist von einem Wartenberg-Schatz die Rede und davon, wo dieser zu finden sein könnte. War das nicht Thema bei der Befragung des Fürsten?«

Winterhalter war elektrisiert: »Absolut! Der hat das erwähnt. Peter Schätzle war ganz scharf auf den Schatz, nicht wahr?«, bestätigte Winterhalter und betrachtete gleichzeitig fragend Armin Schätze.

Der zog nur die Schultern hoch.

»So richtig Anteil am Leben des Anderen haben Sie und Ihr Partner aber nicht genommen, oder?«, fragte Winterhalter bissig.

Armin Schätzle wirkte daraufhin ein bisschen traurig und

fing nun selbst an, in einer alten Kiste mit Krimskrams zu stöbern. Fast hatte es den Eindruck, als wollte er die Vergangenheit und damit seinen Lebensgefährten zurückholen.

Kiefer nutzte die Gelegenheit, nahm einen kleineren Stapel von dem Haufen und bedeutete Marie und Winterhalter, zu ihm zu kommen.

Dann zeigte er auf eine ausgedruckte Chat-Unterhaltung zum Wartenberg-Schatz und auf das Datum.

»Das war drei Tage vor dem Ableben des Herrn Schätzle«, flüsterte Winterhalter. »Jetzt kommt Fleisch an die Knochen.«

»Fleisch?«, merkte die Kaltenbach natürlich prompt an und verzog das Gesicht. Wobei sich Winterhalter fragte, was eigentlich aus dem Proviantpaket seiner Frau geworden war. Das war aus irgendeinem Grund spurlos verschwunden gewesen, als er zum Polizeigebäude zurückgekehrt war.

»Ja, das ist wirklich interessant«, holte ihn Kiefer ins Hier und Jetzt zurück. »Da hat sich ein ›Pedroschatz‹ im Internet mit zwei weiteren Personen intensiv zu einen Schmuckgegenstand ausgetauscht, der angeblich zum Wartenberg-Schatz gehörte. Eine Person – mit dem Namen Konrad von Wartenberg – hat den beiden anderen ein Amulett zum Verkauf angeboten. Die anderen beiden heißen Heinrich von Fürstenberg und, wie gesagt, Pedroschatz. Letzterer dürfte ja vermutlich der Verstorbene gewesen sein. Oder hat sich jemand als solcher ausgegeben? Nicht auszuschließen jedenfalls, dass das Tatrelevanz haben könnte.«

»Sehr gute Arbeit, Kollege«, lobte Winterhalter die Spürnase Kiefers. »Da sollten wir uns die Festplatten der Computer in der Dienststelle gleich genauer anschauen und nachforschen, ob wir diese Unterhaltung dort ausführlicher vorfinden.«

»Können Sie sich vorstellen, dass ein Wartenhof-Schatz etwas mit der Ermordung Ihres Lebensgefährten zu tun haben könnte?«, fragte Marie Armin Schätzle, der immer noch gedankenverloren über einer verstaubten Kiste mit alten Sachen kauerte.

»Wartenberg«, korrigierte derweil Winterhalter. »Die werte Kollegin meint den Wartenberg-Schatz. Immerhin waren wir ja dort. Schon wieder vergessen?«

»Pedro hatte ihn mal erwähnt. Ich hab mich aber nicht näher damit beschäftigt. Ich weiß nur, dass er schon nach diesem Schatz geforscht hat, als wir noch nicht zusammen waren«, wurde Armin Schätzle dann doch etwas redseliger. »Viel mehr kann ich darüber aber nicht sagen. Pedro hat aus seinen Schätzen, die er hier und da auf Dachböden aufstöberte, gerne ein Geheimnis gemacht.«

»Interessant … Gut, das war's. Bitte halten Sie sich weiter zu unserer Verfügung«, gab Winterhalter das Signal zum Aufbruch. Die zum Einsatz abgeordneten Streifenbeamten hatten jetzt im doppelten Sinne alle Hände voll zu tun. Unter leisem Gefluche schleppten sie allerhand Kisten in den Lieferwagen, der diese zur weiteren Untersuchung ins Kommissariat befördern sollte.

Eine Stunde später saß Marie wieder an ihrem Arbeitsplatz im Kommissariat. »Und?«, hörte sie Winterhalter fragen. Der Schwarzwaldkommissar spähte neugierig über Kiefers Schulter, der gerade damit beschäftigt war, am Computer den geheimen Chat »Wartenberg-Schatz« querzulesen. »Gibt's schon was, das uns weiterhilft?«

»Geduld, Geduld. Die Herrschaften haben sich nicht gerade kurz gefasst. Da sind ja geradezu historische Romane über den Schatz, die Wartenberger und die Fürstenberger«, bremste Kiefer. »Ich glaube, da kann ich noch die ganze Nacht mit Auswertungen zubringen.«

Marie verfolgte das Gespräch mit halbem Ohr, während sie

alte Privatfotos von Pedro sichtete, die sie ebenfalls konfisziert hatten.

Sie selbst war auf keinem der anderen Fotos zu sehen, Teile der damaligen Clique hingegen schon. Offenbar hatten sie sich noch ein paar Jahre weiter getroffen, als sie bereits in Berlin gewesen war.

Sie betrachtete immer wieder Charly, mit dem sie nach dieser einen Party Zärtlichkeiten ausgetauscht hatte. Er war noch auf drei weiteren Bildern zu sehen.

Was war er eigentlich für ein Typ gewesen?

Er fuhr damals ein altes Motorrad, mochte antike Dinge und zog immer sein eigenes Ding durch. Er war ihr als sympathisches Schlitzohr in Erinnerung – so ein Typ wie Depardieu in einigen seiner frühen Filme.

Sie musste unbedingt herausfinden, wo Charly abgeblieben war.

»Frau Kaltenbach?«, holte Winterhalter sie aus ihren Überlegungen. »Sind Sie noch bei uns? Oder soll ich Ihnen ein Poesiealbum holen, damit Sie die Bildle einkleben können?«

Marie war noch so von Charly, Pedro und der alten Clique gefangen, dass sie die Stichelei des Kollegen nicht mal schlagfertig parieren konnte.

»Ja, ich bin bei Ihnen«, sagte sie nur.

»Wir sind hier, glaube ich, gerade an einer interessanten Geschichte dran. Ob Ihre alten Fotos uns weiterhelfen, lasse ich mal dahingestellt sein«, hatte Winterhalter weiter Oberwasser und streckte erneut seinen Kopf über die Schulter von Kiefer – als wolle er damit erreichen, dass es vielleicht schneller mit der Auswertung der Schatz-Konversationen ging.

»Also der Wartenberg-Schatz, von dem die drei da reden, gehörte ursprünglich den Freiherren von Wartenberg. Sie hatten ihre Stammburg auf dem Wartenberg bei Geisingen. Das liegt südlich von Donaueschingen«, berichtete Kiefer.

»Ja, weiter, das wissen wir doch schon. Wir haben den Ort ja schließlich untersucht und als möglichen Tatort ermittelt«, drängte Winterhalter.

»1273 gab es wohl einen Konrad von Wartenberg, der sich Landgraf der Baar nannte.«

»Wissen wir doch, weiter, weiter«, drückte Winterhalter erneut aufs Tempo.

»Also, ich wusste das nicht. Ich bin ja kein wandelndes Lokalgeschichts-Lexikon«, kam Marie so langsam wieder in der Gegenwart an.

»Sie müssen sich halt ein wenig mehr mit Ihrer Heimat beschäftigen«, konterte Winterhalter. »Weiter, Kiefer. Was schreiben sie noch?«

»Das Geschlecht war wohl den Fürstenbergern nicht untergeordnet, also keine Vasallen, sondern eine Konkurrenz. Warum die Linie der Wartenberger 1302 erlosch, ist bis heute unklar. Zum einen könnte eine Rolle dabei gespielt haben, dass ein Fürstenberger in die Familie der Wartenberg einheiratete. Zum anderen ist hier von einem Jagdunfall die Rede, bei dem der männliche Abkomme zu Tode gekommen ist«, setzte Kiefer seinen geschichtlichen Exkurs fort.

»Genau: Jagdunfall«, schmunzelte Winterhalter. »Das kam damals ja gerne vor, wenn man jemanden loswerden wollte.«

»Gut – jetzt aber wieder direkt zum Fall«, drängte nun auch Marie.

»Also«, referierte Kiefer. »Es geht um den Wartenberg-Schatz, der wohl laut Überlieferung sehr wertvoll gewesen sein soll – oder es noch ist. Er blieb nach dem 13. Jahrhundert verschollen. Einzig und allein ein Amulett tauchte später auf. Ein Amulett der Anna von Wartenberg, die einen der Fürstenberger heiratete. Auf dem Schmuckstück sollen sich die Initialen der Gräfin und das Wappen der Wartenberger befinden. Und dieses Amulett bietet der Forumsteilnehmer mit dem Decknamen Konrad von Wartenberg den anderen beiden zum Verkauf an. Es geht zu wie bei einer Versteigerung. Die anderen beiden, also Pedroschatz und dieser Heinrich, haben sich gegenseitig hochgeboten. Jetzt sind sie in der Chatunterhaltung schon bei einem Gebot von 100 000 Euro angelangt«, berichtete Kiefer.

»Und wie sieht das Amulett mit dem Wappen genau aus?«

»Dieser sogenannte Konrad von Wartenberg hat hier ein Foto eingescannt. Lateinische Inschrift, Initialen der Anna von Wartenberg plus ein etwas verblichener roter Löwe auf dem Wappen mit einem Ritterhelm auf dem Kopf. Und auf dem Helm prangt noch einmal der gleiche angriffslustige Löwe.« Kiefer zeigte auf den Bildschirm. »Sieht wirklich sehr schön aus.«

»Ja. Und wie geht der Verkauf aus?«

»Moment. Ah ja, hier ist es. Der andere Bieter mit dem Decknamen Heinrich scheint am Ende den Kürzeren zu ziehen. Pedro erhöhte sein Gebot um satte 20 000 Euro und hat von diesem Konrad für 120 000 Euro den Zuschlag bekommen«, berichtete Kiefer weiter.

»Aber ist dieses Amulett wirklich so wertvoll?«, fragte Marie verwundert.

»Das weiß ich nicht. Aber die beiden scheinen enorm an dem Schmuckstück interessiert gewesen zu sein. Nachfrage und Angebot bestimmen halt den Preis. Und wenn zwei Fanatiker sich so hochschaukeln …«

»Erstaunt mich ja schon, dass das Mordopfer so viel Geld hatte«, meinte nun Winterhalter. »Eigentlich kann man im Internet ja viel ankündigen … Aber der hat das Amulett wirklich gekauft?«

Kiefer nickte. »Davon gehe ich nach Durchsicht des Protokolls eigentlich aus. Außerdem vermute ich, dass Peter Schätzle auch deshalb so wild auf das Schmuckstück war, weil es einen

Hinweis auf den Wartenberg-Schatz gibt. Das behauptet jedenfalls dieser Konrad von Wartenberg.«

»Und warum verkauft er das Amulett dann und holt sich nicht selbst den Schatz?«, wollte Marie wissen.

Kiefer zog die Schultern hoch.

»Und wie und wo lief dann die Geld- und Amulettübergabe ab? Womöglich am Wartenberg, wo der Pedroschatz auch umgebracht wurde?«

»Das steht hier nicht. Die beiden wollten sich inkognito in einem geheimen Chat austauschen, was diesen Heinrich erst recht auf die Palme brachte. Um an diesen geheimen Chat heranzukommen, müsste ich möglicherweise die Festplatte weiter unter die Lupe nehmen. Vielleicht erfahren wir dann auch mehr über den angeblichen Schatz.«

»Komm schon, Kiefer!« Winterhalter konnte seine Ungeduld kaum noch zügeln. »Für dich ist das doch ein Kinderspiel.«

»Du hast gut reden … Du kannst ja nicht mal dein eigenes Handy richtig bedienen. Und dann stell dir mal vor, du müsstet das Ganze auf Französisch analysieren«, sagte Kiefer in einer Mischung aus Frotzelei und leichtem Ärger. Als Marie ihn ansah, lächelte er ihr verschwörerisch zu.

Sie erwiderte das Lächeln und wandte sich dann wieder der Fotokiste Schätzles zu. Diese Bilder ließen sie einfach nicht los. Sie nahm eines der Gruppenfotos zur Hand, betrachtete noch mal alle alten Freunde.

»Natürlich!«, rief sie plötzlich laut. »Dass mir das nicht gleich aufgefallen ist!«

»Ganz ruhig. Nicht gleich hysterisch werden. Was ist denn?« Sie ignorierte die letzte Bemerkung Winterhalters.

»Das Amulett. Da ist es! Auf einem der späteren Fotos.« Marie merkte selbst, dass sie vor Aufregung fast schrie.

Jetzt sprangen Winterhalter und Kiefer gemeinsam auf.

»Tatsächlich. Das scheint das Amulett zu sein«, bestätigte Kiefer, nachdem er eine Lupe gezückt und diese auf das Foto gehalten hatte, auf dem drei alte Freunde von ihr abgebildet waren. Sie selbst fehlte allerdings.

»Was macht denn ein Schüler mit einem Amulett aus dem Mittelalter? Das ist doch ganz schön wertvoll«, wunderte sich Kiefer.

»Und wer von den drei Herren trägt das Amulett denn überhaupt?«, fragte Winterhalter, als wäre sie hierfür die Expertin. Was sie – gewissermaßen – auch war.

»Rüdiger ist der, der das Amulett umhat.«

»Moment mal.« Winterhalter schnappte sich die Lupe von Kiefer, um das Amulett auf dem Foto zu studieren. Dann ging er rüber zum Computer, betrachtete noch mal das Foto.

»Dann ist nur die Frage«, meldete sich Kiefer zu Wort, »ob es dasselbe oder das gleiche Amulett ist.«

»Was?« Konsterniert sah ihn Winterhalter an.

»Stimmt«, murmelte Marie nachdenklich. »Es könnte natürlich auch ein nachgemachtes Schmuckstück sein, das dem Original gleicht.«

»Wir müssen auf jeden Fall Armin Schätzle noch mal zu dem Amulett befragen. Vielleicht kann der aufklären, was es damit auf sich hat«, schlug der Schwarzwälder Kommissar vor.

Marie schaute noch einmal auf das Foto mit Rüdiger und dem Amulett. Sie dachte an das Klassentreffen, zu dem sie sich angemeldet hatte.

Zwanzig Jahre Abitur.

Vielleicht würde sie da weiterkommen.

Hoffentlich tauchte Rüdiger auch auf. Und Charly.

19. Winterhalters Zeuge

Karl-Heinz Winterhalter graute es vor dem Abend. Nachdem seine Frau ihn und die neue Kollegin heute vor dem Dienstgebäude quasi in flagranti erwischt hatte – oder das zumindest glaubte –, drohte endgültig eine schwere Ehekrise. Vermutlich die schwerste in den gesamten vierundzwanzig Jahren, die seit der zünftigen Linacher Bauernhochzeit vergangen waren, an der damals das ganze Dorf teilgenommen hatte.

Bei den Ermittlungen waren sie auch nicht entscheidend weitergekommen.

Armin Schätzle hatte nichts von einem Amulett wissen wollen, als sie noch einmal bei ihm vorstellig geworden waren. Und gefunden hatten sie das angeblich wertvolle Stück dort auch nicht.

Hatte er sich getäuscht?, fragte sich Winterhalter.

Als der Kommissar nach Hause kam, herrschte dort gespenstische Stille.

Seine Frau war tatsächlich nicht da, und er durchsuchte nach einigen ratlosen Minuten erst einmal das Schlafzimmer, um sicherzugehen, dass sie nicht ihre Koffer gepackt und kurzerhand ausgezogen war.

Doch die Garderobe war unberührt – ihre Frühjahrsjacke fehlte allerdings, was dafür sprach, dass sie tatsächlich noch irgendwo unterwegs war.

Einer im Nachhinein eher schwachsinnigen Panik-Eingebung folgend, begab er sich daraufhin in den Stall, weil sie vorletztes Jahr bei der Kripo mit einem Fall zu tun gehabt hatten, bei dem sich die betrogene Frau eines Landwirtes mit einem Kälberstrick im Stall erhängt hatte.

Hektisch betrat er die Stallungen, doch da waren gottlob nur die Kühe, die er gedankenverloren tätschelte, doch selbst die schienen zu merken, dass etwas nicht stimmte.

Sie hatten zwar Futter, doch wie ihm schien, fraßen sie weniger als sonst.

Hing das mit der ehelichen Stimmung zusammen?

Oder bildete er sich das alles nur ein?

Er musste etwas tun, doch wollte er sich nicht die Blöße geben, die befreundeten Familien abzutelefonieren, um herauszubekommen, ob seine Frau dort irgendwo steckte. Und schon gar nicht wollte er bei der behämmerten Franziska anrufen, die ihm das Ganze ja vermutlich eingebrockt hatte.

Der Anruf auf Hildes Handy endete wie meistens: Sie war nicht erreichbar. Und wieder mal fragte sich Winterhalter, wozu sie überhaupt so ein Gerät hatte, wenn sie es nie nutzte.

Da hieß es wohl abwarten.

So ganz entsprach das jedoch nicht seinem Naturell, sodass er nach dem zweiten Dämmerschoppen zum Schluss kam, er müsse jetzt zunächst einmal Thomas anrufen.

»Wo bisch?«, fragte er diesen, als er sich prompt unter seiner Handynummer meldete.

»Beim Martin«, antwortete der Filius.

»Ich komm auch.«

»Was?«, fragte der Sohn entsetzt.

»Befragunge wege dem Todesfall«, antwortete Winterhalter kurzum. »Wo wohnt denn de Martin?«

»Donaueschingen. Aber …«

»Nix aber. Ich bin in zwanzig Minuten da. Wo isch des genau?«

Als er sich zum dritten Mal nahe der Donaueschinger Stadtkirche St. Johann verfahren hatte, weil er den Gebrauch eines Navigationsgerätes (»Des isch doch nur für Dumme«) ablehnte, verfluchte Karl-Heinz Winterhalter sie alle: seinen Sohn, seine Frau, natürlich die Kaltenbach. Zuletzt sogar seinen Beruf.

Zehn Minuten später stand er dann doch in der Zwei-Zimmer-Wohnung von Thomas' Freund und setzte eine wichtige Miene auf. »Winterhalter, Kripo VS, mir kennet uns ja«, stellte er sich bei Martin vor. »Hasch du grad mal fünfzehn Minuten Zeit für eine Befragung?«

Er überlegte, ob man einen Zeugen besser siezte, andererseits kannte er Martin ja schon seit etlichen Jahren, da wäre das ja wohl einigermaßen grotesk gewesen.

»Bapa, des isch doch Quatsch«, pfuschte ihm derweil sein Sohn ins Handwerk. »Deine Kollegin hat mich jo schon befragt, und ich konnt der auch nix wirklich Wichtiges ...«

Winterhalter brachte ihn mit einer herrischen Handbewegung zum Schweigen. »Es geht gar nit um dich«, raunzte er ihn an.

Thomas schwieg beleidigt, während der Kommissar sein reichlich angefressenes Notizbuch aus der Tasche zog. Da man sozusagen unter Schwarzwäldern war, führte er die Befragung im Dialekt. »So, Martin, jetzt erzähl mir mol alles von dem entsprechende Dag. Wann habt ihr euch morgens getroffe, was isch dir allgemein aufg'falle – auch kleinschte Details könne wichtig sein.«

»Darf ich Ihnen auch ein Bier anbieten?«, fragte Martin – und Winterhalter fiel auf, dass die beiden Freunde ganz offensichtlich schon mehrere Flaschen gemeinsam geleert hatten. Dafür sprach zumindest das leere Sixpack.

»Im Dienscht nit«, wehrte der Kommissar ab, zögerte dann etwas und gab sich einen Ruck: »Ach was: Eins geht schon.«

Winterhalter nahm einen tiefen Schluck, während Thomas schon wieder auf ihn einredete. Gott, konnte der nerven.

Als der Kommissar bei der zweiten Flasche war und sein Sohn weiter plapperte, der Zeuge Martin jedoch noch nicht mehr als anderthalb Sätze gesagt hatte, reichte es Winterhalter. »Es isch besser, ich befrag dich ohne lästige Zwische'töne, Martin«, beschloss er. Um sich dann an seinen Sohn zu wenden: »Du fährsch jetzt mol heim, Thomas. Ihr könnt euch ja morgen wieder treffe.«

»Was?«, protestierte sein Sohn, der weiter auf ihn einredete.

»Des isch än doppelter Befehl«, meinte Winterhalter schließlich, der das zweite Bier in seltener Geschwindigkeit geleert hatte. »Zum einen als Vater, zum andere als Ermittler in einem Mordfall.«

»Aber …«

»Nix aber … Los, nimm deinen Autoschlüssel und hau ab. Sag der Mama än schöne Gruß und erklär ihr, wo ich bin. Ich komm dann auch in einer oder anderthalb Stunde.«

Thomas wirkte immer noch bockig, verließ dann aber mit ratlosem Blick auf Martin die kleine Wohnung, während Winterhalter das dritte Bier nun selbst öffnete.

»Herr Winterhalter«, protestierte nun auch Martin sanft, doch das focht den Kommissar nicht an.

»Jetzt zur Sache«, meinte Winterhalter, der nun auch noch ein Rülpsen unterdrücken musste. Wäre er nicht bei einer Zeugenbefragung gewesen, hätte er sich hier richtig volllaufen lassen.

Die Gesamtsituation und die Umstände dieses Tages hätten das allemal gerechtfertigt. Allerdings wäre dann das Problem aufgetaucht, wie er nach Hause kommen sollte. Und bei einem Zeugen – noch dazu einem Freund seines Sohns – auf der Couch zu übernachten, würde seiner Reputation nicht gerade guttun.

»Des isch eine … eine außergewöhnliche Situation«, fabulierte Winterhalter, der allmählich den Eindruck bekam, er tue sich beim Sprechen schon etwas schwer. »Aber egal. Was wolltscht du mir sage, Martin?«

»Hm. Also, Herr Winterhalter, ich mache mir leichte Sorgen um Thomas. Der hatte schon fünf Bier getrunken und wollte eigentlich bei mir übernachten …«

Drei Stunden später verließ der Kommissar das Haus in Donaueschingen. Ob er neue Erkenntnisse hatte, würde er am nächsten Tag rekapitulieren müssen – jetzt war er gerade nicht in dem dafür notwendigen Zustand.

Aktuell hatte er ein ganz anderes Problem: Erst zu spät war ihm wieder eingefallen, dass er nicht nur seinen Sohn in angetrunkenem Zustand ins Auto vertrieben hatte, sondern dass auch er selbst kaum fahrtüchtig war.

Bei Martin hatte er wohl rückblickend keinen allzu seriösen Eindruck hinterlassen, auch wenn er bei der Verabschiedung lautstark angekündigt hatte, »natürlich« mit dem Taxi heimfahren zu wollen.

Taxi. Pah, was das kostete.

Winterhalter warf sich schnaufend in seinen Wagen und drehte SWR 4 auf, als könne die Schlagermusik des Radiosenders seine Promillezahl reduzieren.

Er fuhr, gelinde ausgedrückt, defensiv.

Schon nach wenigen Minuten wäre er dennoch beinahe erstmals im Graben gelandet, weil er andauernd schuldbewusst links und rechts der Straße geschaut hatte, ob Thomas aufgrund seines Zustandes irgendwo verunglückt in seinem Wagen lag.

Er sah jedoch nur schwärzeste Nacht.

Noch schwärzer sah er, als er kurz vor Hammereisenbach ein rotes Licht erblickte – das einer Polizeikelle.

NEIN!!

Winterhalter schnaufte tief durch, drehte Michelles *Wer Liebe lebt* leiser und das Fenster herunter.

Verdammt, den Polizeibeamten kannte er nicht.

Dennoch sagte er: »Hallo, Kollege!«

Das fasste der ganz offensichtlich falsch auf: »Kollege? Wir sind hier nicht auf dem Bau. Das ist eine Polizeikontrolle. Haben Sie etwas getrunken?«

»Nein, ich bin wirklich ein Kollege. KHK Karl-Heinz Winterhalter, KK Villingen-Schwenningen.«

»Aha. Und? Haben Sie etwas getrunken?«, wiederholte der hagere, große Streifenpolizist gänzlich unbeeindruckt.

»Ich ... ich such meinen Sohn«, stammelte Winterhalter – und hatte plötzlich einen Verdacht. »Wie lang steht ihr schon da?«

Vermutlich hatten sie auch Thomas erwischt – und daran war ganz allein er schuld.

»Das geht Sie nichts an. Außerdem möchte ich Sie bitten, mich nicht zu duzen«, erwiderte der »Kollege« kühl, um seinen Kopf ins Auto hineinzustrecken und zu riechen: »Sie HABEN etwas getrunken. Steigen Sie bitte aus. Und: Papiere, bitte.«

In Winterhalter regte sich die Verzweiflung. Sollte er seine Polizeimarke zücken, darauf bestehen, dass er hier im Einsatz in dem Mordfall Peter Schätzle war? Wie aber würde das zu seiner offensichtlichen Alkoholisierung passen?

Dann durchzuckte ihn der Gedanke, dass er offenbar einen so großen Teil von Martins Biervorräten vernichtet hatte, dass es im Falle einer Blutprobe zur totalen Fahruntüchtigkeit reichen würde. Und damit hätte er noch einige zusätzliche Probleme, wobei das finanzielle noch nicht einmal das schlimmste war.

Schwerfällig stieg er aus dem Wagen und merkte, dass er beim Gehen Schwierigkeiten hatte. Er musste sich gegen den Polizeiwagen lehnen.

Nun konnte ihn wohl nur noch ein Wunder retten.

Andererseits war kaum denkbar, dass eine solche Polizeikontrolle von nur einem Beamten durchgeführt wurde.

Das Wunder kam erstaunlich prompt: »Jo, guck an, de Karl-Heinz!«

Es war Fritz Rohrmoser, den er seit zwanzig Jahren kannte und der auch nicht unbedingt den Ruf eines Abstinenzlers hatte.

»Fritz!«, rief Winterhalter hoch erfreut.

»Jo, wie geht's dir?«, wollte Rohrmoser wissen.

»Wir müssen den Herrn mal blasen lassen«, erläuterte nun der Hagere. »Verdacht auf Trunkenheit am Steuer.«

»Fritz ...«, stotterte Winterhalter. »Ich war bei einer Zeuge'befragung wege dem Mordfall. In fünf Minute wär ich daheim ...«

An Fritz wäre es vermutlich nicht gescheitert, doch mit dem Hageren war nicht zu spaßen. »Bitte kräftig blasen«, sagte der.

Als Winterhalter gerade Luft holte und überlegte, ob er einen Ohnmachtsanfall simulieren sollte, kam der rettende Engel in Form eines getunten Audi A 5 Quattro. Genauer: in Form eines Dorfproleten, der seinen Wagen in dieser Nacht zwischen Donaueschingen und Vöhrenbach so richtig austesten wollte.

Quietschend bremste der Quattro und wich in letzter Sekunde aus, denn ansonsten wäre er mitten in den Polizeiwagen gerast.

Der Audi schlingerte weiter und landete dann schließlich im Graben.

Der Hagere hatte nun ganz andere Sorgen. Er rannte in

Richtung des Quattros und rief: »Fritz, alarmiere mal einen Krankenwagen.« Zehn Sekunden später präzisierte er: »Ein Verletzter. Leicht bis mittelschwer. Und: alkoholbedingte Fahruntüchtigkeit.«

Rohrmoser gab per Funk Bescheid, tippte sich dann an die Mütze und folgte seinem Kollegen, während Karl-Heinz Winterhalter unschlüssig dastand.

Das Blaseröhrchen legte er ab – das würden sie nun für den Quattro-Mann brauchen.

Dann machte er zwei Ausfallschritte, weil er nach wie vor Probleme mit der Motorik hatte, stützte sich am Wagen ab, stieg ein und fuhr los.

Er atmete auf, aber dennoch war irgendetwas seltsam.

Nach ziemlich genau fünf Minuten fuhr er auf seinen Bauernhof – auf das Radiohören hatte er verzichtet, um wirklich die volle Konzentration zu haben.

Dank dieses alkoholisierten Quattro-Engels würde selbst der strenge Hagere zu sehr abgelenkt sein, um nachher noch an einen Karl-Heinz Winterhalter zu denken.

Und Fritz, der war kein Bürokrat – der würde der Sache dann auch nicht mehr nachgehen, beruhigte sich Winterhalter in Gedanken.

Während er noch die notwendige Energie zusammenkratzte, um aus dem Wagen auszusteigen, fuhr ein weiteres Auto auf den Hof und hielt direkt neben ihm. Ein Auto, das ihm sehr bekannt vorkam.

Am Steuer saß ein Mann, den er ebenfalls kannte.

Winterhalter brauchte eine Weile, um das Auto und den Mann geistig zusammenzubringen. Als es ihm gelang, blinzelte er verwundert. Denn: Das da neben ihm – das war sein Auto!!

Aber dann …?

So richtig realisierte er es erst, als Fritz Rohrmoser nach dem Aussteigen das Wort an ihn richtete: »Also echt, Karl-Heinz: Könntet mir unseren Streifewage dann bitte wieder habe?«

20. Rosenkavalier

Am nächsten Morgen hatten sowohl Kommissarin Kaltenbach als auch Karl-Heinz Winterhalter leichte Verspätung bei Dienstbeginn.

Winterhalter hatte nur unter Aufwendung seiner gesamten Überredungskünste die Verwechslung der Autos irgendwie erklären können: Er sei ja eigentlich im Dienst gewesen, habe den Zeugen befragt, und da sei er eben versehentlich in den Dienstwagen eingestiegen.

Rohrmoser hatte das ziemlich sicher nicht geglaubt, ihn jedoch im Gegenzug für eine baldige Essenseinladung (»aber ohne Alkohol, ha, ha«) laufen lassen, nachdem sie die Autos wieder zurückgetauscht hatten.

Zu Winterhalters Glück war der hagere Kollege noch mit dem Quattro-Fahrer und dem eben eingetroffenen Krankenwagen zugange gewesen. Welche Ausrede Rohrmoser bei seinem Streifen-Partner angewandt hatte, wusste Winterhalter nicht.

Er wusste nur: Er hatte miserabel und zu wenig geschlafen.

Denn als er dann endlich im Haus gewesen war, hatte er wie früher leise die Zimmertür seines Sohns geöffnet und zu seiner Erleichterung festgestellt, dass dieser wohlbehalten daheim angekommen war.

Eine weitere Türöffnung hatte dem Gästezimmer gegolten – und da war erfreulicherweise seine Frau gelegen, die sich allerdings nur unwirsch umgedreht hatte. Und so war er dann in das Schlafzimmer getrottet, wo es nicht nur kalt, sondern auch ziemlich einsam gewesen war.

Das Frühstück hatte er heute Morgen alleine einnehmen müssen, seine Frau war einsilbig zwischen Küche und Stall hin- und hergelaufen – freilich ohne Kälberstrick um den Hals …

»Mir schwätzet heut Abend«, hatte Winterhalter zum Abschluss gebrummt.

Von Thomas war an diesem Morgen nichts zu sehen und nichts zu hören gewesen.

Jetzt versuchte der Schwarzwälder Kommissar, sich wieder auf den Fall zu konzentrieren.

Die Befragung von Martin am Vorabend hatte mehrere Stunden in Anspruch genommen. Wenn sich Winterhalter recht erinnerte, hatte der Freund seines Sohns auch ein, zwei halbwegs brauchbare Hinweise geben können – etwa zu diesem unbekannten Mann im Park, den die Geocaching-Gruppe entdeckt hatte, bevor sie in die Gruft gegangen war.

Eine etwas genauere Beschreibung des Mannes hatte er in sein Notizbuch eingetragen – das Problem war nur, dass er das Notierte nicht mehr genau lesen konnte, weil das irgendwann zwischen dem fünften und dem sechsten Bier gewesen war.

Zur Entzifferung eines weiteren Wortes, das einige Zeilen weiter unten im Notizbuch stand, brauchte er fast fünf Minuten: »B-ä-r-l-a-u-c-h«.

Was der Freund seines Sohns dazu gesagt hatte, wusste der Kommissar nicht mehr.

Martin schien es jedenfalls für möglich zu halten, dass dieser Mann im Park der Täter sein könnte – die Person habe darauf bedacht gewirkt, nicht aufzufallen. Auch mit Thomas und den Freundinnen habe er sich schon darüber unterhalten.

Ansonsten hatte Martin ausgesagt, dass sie seit etwa zwei Jahren Geocaching betrieben – in der gesamten Region. Die im Umfeld des Schlossparks befindliche Route sei eine Idee von Thomas gewesen. Der Zeitpunkt habe nahe gelegen, denn nur an den Jubiläumstagen sei die Gruft geöffnet. Sie seien so früh unterwegs gewesen, weil sie befürchtet hatten, dass andere Schatzsucher sich ebenfalls für die geöffnete Gruft interessieren würden. Denn offenbar hatte beim letzten Jubiläumstag eine andere Gruppe Geocacher dort einen Schatz hinterlegt.

»Wir wussten, dass die Tür zur Gruft am Fürstentag um sechs Uhr morgens geöffnet wird. Und wir waren tatsächlich die ersten Geocacher an dem Tag – das glaube ich jedenfalls, denn sonst hätte ja wohl schon früher jemand die Polizei gerufen ...«, hatte Martin gesagt.

Der Freund seines Sohns hatte noch Weiteres erzählt. Wenn Karl-Heinz Winterhalter sich richtig erinnerte, war er selbst jedoch ab einem bestimmten Zeitpunkt derjenige gewesen, der hauptsächlich geredet hatte. Auch über den Bärlauch, die Traditionalisten (»Irgendwie haben die doch recht.«) und den Wartenberg-Schatz.

Es hatte gut getan, einfach mal mit jemandem zu sprechen, der weder Familienmitglied noch ein nerviger Kollege war. Die Atmosphäre war zwischenzeitlich so angenehm gewesen, dass er sogar im Dunst des Alkohols überlegt hatte, Martin von seinen Eheproblemen zu erzählen.

Zum Glück hatte ein letzter Rest Vernunft ihn daran gehindert, das wirklich zu tun.

Irgendwann war Winterhalter durch den Kopf gegangen, dass er auch noch die beiden jungen Frauen befragen musste, die bei der Leichenfindung dabei gewesen waren. Und er hatte sich vorgenommen, bei dieser Befragung definitiv keinen Alkohol zu trinken.

Winterhalter tippte nun mit schwerem Kopf die ihm noch erinnerlichen Aussagen des Zeugen in den Polizeicomputer und überlegte, ob er noch einmal in Donaueschingen anrufen sollte, um ein paar Details in nüchternerem Zustand zu erfragen.

Wenn er sich recht erinnerte, hatte sich Martin prinzipiell in der Lage gesehen, den Unbekannten aus dem Schlosspark grob zu beschreiben. Mit anderen Worten: Sie konnten ein Phantombild erstellen.

Als Winterhalter in seinem Notizbuch eine Seite umblätterte, sah er ein Gekritzel, wie Thomas es als Anderthalbjähriger beim Versuch fabriziert hatte, einen Osterhasen zu zeichnen.

Der Kommissar rätselte, was es damit auf sich haben könnte – irgendwann fiel es ihm wieder ein: Er selbst hatte auf Stichworte von Martin versucht, das Phantombild mit einem Kugelschreiber zu malen. Das musste im Verlauf des siebten Biers gewesen sein – und die Zeichnung, wenn man sie so nennen wollte, konnte man getrost wegwerfen.

Man musste es vielleicht sogar.

Schwitzend und geplagt von Übelkeit saß der Kommissar am Schreibtisch. Ein paar Mal hatte er den Eindruck, dass die Kaltenbach versuchte, seine Aufmerksamkeit auf sich zu ziehen. Er ignorierte das, aber schließlich kam sie zu ihm hinüber und baute sich direkt vor seinem Schreibtisch auf.

»Kollege …«

Winterhalter zuckte zusammen und verdeckte dann hastig das Notizbuch mit der grammatikalisch fragwürdigen Alkohol-Befragung, das vor ihm auf dem Schreibtisch lag.

»Was ist denn das für ein Gekritzel?«, fragte die Kaltenbach prompt.

»Nix«, blaffte Winterhalter. »Was wollen Sie?«

»Ich habe vielleicht eine Spur. Wenn Sie aber auf gute

Überlegungen verzichten können und lieber alleine vor sich hinwursteln wollen ...«

Winterhalter überlegte. Seine grundsätzliche Aversion gegenüber der Kaltenbach hatte sich noch nicht gelegt – schon gar nicht, so lange seine Eheprobleme weiter bestanden.

Gerade als er eine garstige Antwort geben wollte, sah er einen überdimensionalen Strauß roter Rosen, der sich zur Tür hineinschob.

Seine Hoffnung, es könne aus irgendeinem Grund Hilde sein, erfüllte sich jedoch nicht. Hinter dem Blumenstrauß kam ein gut angezogener Mann etwa Ende dreißig hinein, der es ganz offensichtlich auf die Kaltenbach abgesehen hatte. Und auch wenn seitdem viel passiert war: Winterhalter war sich sicher, dass es nicht derselbe Typ wie gestern war ...

Der hier war schwer zu beschreiben: Er war mittelgroß, auch die blonden Haare waren mittellang – aber gleichwohl strahlte er etwas aus, das Winterhalter nicht so recht zu deuten vermochte. Eine Art Souveränität vielleicht.

»Hey, Süße – da bin ich wieder«, sagte der Typ – sodass Winterhalter nun die endgültige Gewissheit hatte, dass es nicht um ihn ging.

Um die Kaltenbach aber offenbar auch nicht, denn diese reagierte keineswegs.

Winterhalter wandte sich schnaufend wieder seinem Notizblock zu.

Hinter ihm herrschte immer noch Schweigen, nur der Mann an der Tür mit den Rosen war nähergekommen und sagte dann noch einmal: »Hallo, Süße. Gelungene Überraschung, oder?«

Als die Kaltenbach immer noch nichts von sich hören ließ, drehte sich Winterhalter erneut um und sah im Gesicht der Kollegin Ratlosigkeit. Grund dafür war vermutlich nicht, dass die Kaltenbach den Mann nicht zuordnen konnte. Oder dass sie schwerhörig war. Vielmehr schien die Kollegin krampfhaft zu überlegen, was sie jetzt tun sollte.

»Du …?«, brachte Marie endlich hervor.

Sie hatte sich noch immer nicht entschieden, wie sie reagieren sollte. Das lag auch daran, dass sie in den letzten Wochen immer wieder gedacht hatte, sie hätte die Beziehung zu ihrem Ex überwunden. Genauso oft hatte sie allerdings befürchtet, dass dem nicht so war. Vorzugsweise dann, wenn sie alleine in ihrem Zimmer saß.

Ohnehin war es etwas anderes, sich im stillen Kämmerlein etwas einzureden, als dem bewussten Mann dann 700 Kilometer von Berlin entfernt direkt gegenüberzustehen.

Der Verdacht lag zudem nahe, dass er die Strecke ihretwegen auf sich genommen hatte.

»Ja, ich«, meinte Mike nämlich nun und drängte ihr die Rosen mit einer lässigen Geste auf.

»Das ist eine gelungene Überraschung, oder?« Er kratzte sich seinen Drei-Tage-Bart.

Marie fehlten weiterhin die Worte. Was zur Hölle sollte sie tun? Demonstrative Distanz zeigen? Aber irgendwie kam ihr das verlogen vor. Denn wenn sie ehrlich war, freute sich ein winziger Teil von ihr durchaus, dass Mike gekommen war.

Andererseits graute ihr beim Gedanken daran, zu dem Mann wieder eine Beziehung einzugehen.

Sie hatte derzeit genügend Probleme, da konnte sie auf die emotionale Achterbahnfahrt einer Beziehung mit Mike sehr gut verzichten.

Wie sollte sie sich also verhalten?

Winterhalter zu fragen kam wohl ziemlich eindeutig nicht in Frage.

Doch der meldete sich nun von sich aus zu Wort. Schließlich war das eine Gelegenheit, die er unmöglich verstreichen lassen konnte.

»Ob die Überraschung gelungen isch? Geschtern war schon än ähnliche Typ do, der die Kollegin becirce wollt. Kommt da jetzt jeden Tag einer?«, fragte er – absichtlich im schönsten Schwarzwälder Dialekt.

Die Kaltenbach warf ihm einen wütenden Blick zu, während der Mann mit den Rosen eher irritiert dreinblickte.

»Wer war denn mit mir beim Ehe-Therapeuten?«, folgte prompt die Retourkutsche der Kollegin.

Der lässige Typ mischte sich nun doch ein: »Was warst du, Süße?«

Die Kaltenbach winkte nur ab und sagte mehr höflich als euphorisch: »Hallo, Mike.«

Winterhalter sah die Chance, sich bei der Kollegin zu revanchieren: »Sie war mit mir beim Paartherapeuten ...«

Mike schaute nun eher verächtlich in Richtung Winterhalter: »Das ist dein ... dein ...?«

»Quatsch«, betonte die Kaltenbach.

»Quatsch«, sagte nun auch Winterhalter mit einer Spur Ironie. »Wir waren nur gemeinsam bei einer Paartherapie. Rein dienschtlich. Sie sind aber dennoch zu spät dran: Der andere Liebhaber war schon gestern hier.«

Mikes Augen wanderten zwischen der Kaltenbach, Winterhalter und den Rosen, die achtlos auf dem Schreibtisch lagen, hin und her: »Liebhaber?«

»Quatsch«, sagte die Kaltenbach wieder.

Mike suchte offenbar nach der passenden Formulierung. Ganz so cool wirkte er inzwischen nicht mehr. »Maria – ich bin extra aus Berlin angereist, weil ich ...«

»Woher weißt du eigentlich, wo ich bin?«, unterbrach sie ihn.

»So indirekt von deinen Eltern«, erklärte Mike. »Sie wollten mir nicht sagen, wo du wohnst, und deine neue Handynummer haben sie auch nicht herausgerückt, aber dass du jetzt hier arbeitest, konnte ich wenigstens rausfinden. Ich habe auf jeden Fall viel überlegt. Und ich habe beschlossen, dich wieder nach Berlin mitzunehmen. Wir müssen noch einmal neu ...«

»Mich nach Berlin mitnehmen?«, fragte die Kaltenbach fassungslos.

»Gar kei' schlechte Idee«, brummte Winterhalter, ehe sein Telefon klingelte und er somit Besseres zu tun hatte, obwohl er das Gespräch der beiden natürlich mit halbem Ohr verfolgte.

»Hör mal zu, Mike«, sagte die Kaltenbach energisch – wobei sie den Einwurf Winterhalters ignorierte. »Ich bin doch kein Paket, das man irgendwo abholt und mitnimmt.«

»Das meine ich auch nicht«, beeilte sich Mike zu erklären. »Nur – ich habe viel nachgedacht. Und ich kann es nicht zulassen, dass du hier in der Provinz versauerst. Was ist denn das für ein Leben?«

Jetzt fühlte sich Winterhalter bemüßigt, wieder ein paar Worte loszuwerden, zumal sein Telefonat bereits beendet war: »Na, sicher än angenehmeres als in der hyperkriminelle Hauptstadt, wo mer überhaupt keine ruhige Minute hät.«

Mike war ein Vollidiot. Zu diesem Schluss war Winterhalter recht schnell gekommen – und die nächsten Sätze änderten seine Haltung keineswegs.

»Ich verstehe Sie und Ihren Dialekt kaum, guter Mann«, verkündete Mike nämlich in einem Anflug von urbaner Hochnäsigkeit. Und an die Kollegin gewandt: »Maria – das ist dein Leben. Aber du solltest es nicht hier vergeuden.«

Psychologisch war das ziemlich sicher nicht besonders klug – und die Reaktion der Kaltenbach blieb auch nicht aus: »Genau – mein Leben! Und in meinem Leben entscheide ich, was gut für mich ist. Und ich habe aus diversen Gründen entschieden, dass DU nicht gut für mich bist.«

Winterhalter grinste in sich hinein, vermied aber weitere Wortmeldungen.

»Allein schon, wie es hier aussieht.« Rosen-Mike war ein Snob. »Lass uns das alles aber nicht hier besprechen, sondern in deiner Mittagspause. Oder heute Abend.«

»Die Mittagspausen-Zeit isch bei uns aber beschränkt und zu kurz für Beziehungsprobleme«, stichelte Winterhalter, wurde diesmal aber sowohl vom Rosenkavalier als von der Kaltenbach ignoriert.

»Ich wüsste nicht, was es da zu besprechen gäbe«, sagte sie.

Mike hatte sich nun wieder unter Kontrolle: »Maria, du hast unsere Beziehung in einem emotionalen Ausnahmezustand beendet – aus bestimmten subjektiven Gründen. Du hast sogar deine Handynummer gewechselt, hast alle Spuren verwischt. Ich habe viel nachgedacht und bin dir nun extra von Berlin aus hinterhergefahren. Meinst du nicht, dass ich ein Gespräch verdient habe?«

»Nein«, brummelte Winterhalter wieder, der allmählich seine Kopfschmerzen vom Vorabend vergessen hatte und Spaß an der Unterhaltung fand.

»Wer redet denn mit Ihnen, Mann?«, fragte der Berliner, doch es klang nicht mehr so aggressiv. Dann wandte er sich wieder seiner Ex zu: »Ein Gespräch, Maria. Bitte!«

Immerhin sagte er nicht mehr »Süße«.

»Nein«, blieb die Kaltenbach hart, obgleich sie nach Winterhalters Dafürhalten mit sich zu ringen schien.

»Dann werde ich vor der Türe auf dich warten, bis du Feierabend hast«, insistierte Mike.

»Jo. Möglicherweise könnet Sie ä bissle Offiziersskat mit dem andere Verehrer spiele, der wahrscheinlich auch noch drauße wartet«, provozierte Winterhalter weiter.

Mike ignorierte den Kommissar und sagte nur: »Ich werde dich nicht aufgeben, Maria.«

Die Kaltenbach schaute erst böse, dann verzweifelt, und schließlich brach sie unvermittelt in Tränen aus: »Lasst mich doch alle in Ruhe!«, schrie sie und rannte aus dem Raum.

Mike machte Anstalten, ihr zu folgen, doch Winterhalter sagte: »Ich kann Ihne nit verbiete, draußekby auf de Straße zu warte. Aber hier drin lasset Sie die Kollegin bitte in Ruh – und außerdem verlasset Sie jetzt des Kommissariat.«

Details hatte Mike ziemlich sicher nicht verstanden, die Grundzüge aber durchaus.

Er schaute Winterhalter noch einmal unfreundlich an und verließ wenige Sekunden später das Büro.

Die Rosen nahm er mit – wohl um sie sich für einen geeigneteren Moment aufzusparen.

Spurenexperte Huber schaute reichlich irritiert drein, als ihm beim Betreten des Büros der Mann mit dem Strauß entgegenkam.

»Ich hab eine gute und eine schlechte Nachricht«, berichtete er. »Welche wollen Sie zuerst?«

»Ach, Huber, bitte jetzt kein Ratespiel«, sagte ein immer noch erschöpfter Winterhalter.

»Die gute«, entschied die Kaltenbach, die offensichtlich froh war, dass Mike endlich das Weite gesucht hatte. Zwei Hände kalten Wassers im Waschbecken der Damentoilette hatten Wunder gewirkt.

»Also: Dank unseres Spezial-Faser-Sauggeräts konnten wir tatsächlich Faserspuren auf den Bärlauchblättern vom Wartenberg finden. Und diese Faserspuren stimmen mit der Tracht überein, die die Leiche in der Gruft trug.«

»Also hat der Täter tatsächlich den Pedro Schätzle durchs Bärlauchfeld geschleift, nachdem er ihn ermordet hat? So wie wir das rekonstruiert haben. Die Tracht hat er dann schon angehabt. Der Täter hat sie ihm nicht nachträglich übergestreift, richtig?«

Huber nickte.

»Und die schlechte Nachricht?«, fragte Marie.

»Leider haben wir keine anderen Faserspuren gefunden.«

»Verdammt, also keine Täterspuren«, fluchte Winterhalter.

21. Klassentreffen

Mike konnte eine Nervensäge sein. Und zwanghaft.
Natürlich hatte er ihr aufgelauert, nachdem sie das Kommissariat verlassen hatte.
Hatte zwanzig Minuten lang versucht, sie dazu zu überreden, dass sie mit ihm etwas trinken ging.
Von »Aufarbeitung der Beziehung« war die Rede gewesen.
Sie hatte rundweg abgelehnt, war in ihren »Eleganza« gestiegen, den sie zuvor von der Werkstatt abgeholt hatte, und war ihm fast über den Fuß gefahren.
Irgendetwas sagte ihr, dass er nicht lockerlassen würde. Und dass seine Beharrlichkeit ihr vielleicht auch imponieren könnte.
Sie war nur ganz kurz zu Hause gewesen – wo Mike ja ganz offensichtlich aber auch schon seine Visitenkarte abgegeben hatte …
»Mir sind aber nit sehr freundlich zu dem Herrn g'wese«, hatte ihre Mutter gesagt. »Der hat sich früher jo auch nit für uns interessiert.«
Maria käme nur selten bei ihnen vorbei, hatten die Eltern geschwindelt.
Marie seufzte.
»Aufarbeitung der Beziehung.«
Das war natürlich Blödsinn und nur ein Versuch von Mike, sich ihr wieder zu nähern. Sie musste aufpassen, dass sie nicht

auf diese Nummer hereinfiel. Generell war es höchste Zeit, endlich mal Ordnung in ihr Beziehungsleben zu bringen.

Die dümmste Aktion der letzten Monate – abgesehen von dem Schuss in den Chef-Hintern – war jedenfalls die Knutscherei mit diesem idiotischen anderen Typen gewesen.

Männer …

Die verursachten immer nur Ärger.

Sie entschloss sich, dem anderen Geschlecht bis auf Weiteres kategorisch zu entsagen, und besiegelte diesen Vorsatz mit einem energischen Blick in den Spiegel.

Sie musste sich schnell ausgehfertig machen. In einer Stunde begann das Klassentreffen im Villinger *Ratskeller*.

Siebenundachtzig ehemalige Abiturienten des Gymnasiums am Romäusring waren dorthin eingeladen – und Marie war sehr gespannt, auf wen sie treffen würde.

Was zog man eigentlich zu einem Klassentreffen an?

Betont schick? Das war nicht ihr Stil.

Betont lässig? Auch nicht, da war sie eitel genug.

Betont weiblich? Nein, das passte ebenfalls nicht. Vielleicht eine Mischung.

Sie entschied sich für ein schlichtes Jeanskleid in Kombination mit ihrer Lederjacke. Bevor sie ging, steckte sie schnell noch das Foto ihrer Clique in die Tasche, mit dessen Hilfe sie in dem Mordfall weiterkommen wollte. Mal sehen, wer alles in den letzten Jahren zu Pedro Kontakt gehabt hatte.

Hoffentlich waren wenigstens zwei, drei der Personen da, die darauf zu sehen waren. Vor allem Rüdiger und Charly.

Falls nicht, würde sie sich deren Adressen besorgen.

»Wusstest du, dass Linux auch ein Maskottchen hat?«

Sie hatte den Hauptgewinn gezogen: Anton, der ehemalige Klassenstreber, der nun folgerichtig als Computer-Nerd sein Geld verdiente.

Interessant, wie bestimmte Klassenhierarchien sich auch zwei Jahrzehnte später fortsetzten. Anton hatte schon damals einen schweren Stand gehabt – und es schien, als würde sich auch heute niemand darum prügeln, mit ihm Gespräche zu führen.

Umso ausführlicher tat er das nun mit Marie, die noch nicht zu Wort gekommen war, sich aber ein buntes Potpourri aus Bits, Bytes, Windows und Kryptowährungen anhören musste, ehe sie der Sache ein Ende bereitete und Anton kurzerhand das Foto der damaligen Clique vor die Nase hielt.

»Erkennst du die Leute darauf?«

Anton war als Hinweisgeber eine Katastrophe – er lebte wohl in seiner eigenen virtuellen Welt. Aber immerhin war das Gespräch mit ihm nicht so unangenehm wie das folgende am Nebentisch. Hier traf Marie auf Robert und Michael, die jetzt als »Broker« arbeiteten – oder zumindest so taten – und sich anhand von Bildern auf den Tablets gegenseitig zu überbieten suchten – nach dem Motto: »Mein Haus, meine Frau, meine Yacht«.

Marie mümmelte an ihrem Salat und verabschiedete sich dann auf die Toilette.

Als sie dort zum dritten Mal ihre Hände wusch und sich fragte, wie sie weiter vorgehen sollte, kam eine Frau hinzu, die ihr irgendwie bekannt vorkam.

Vom Alter her tippte sie auf eine ehemalige Lehrerin. Aber sie hatte noch alle Lehrer aus den Leistungskursen grob im Kopf – die schieden aus.

»Maria!«, sagte die Frau durchaus erfreut. Marie schätzte sie etwa zehn Jahre älter als sie selbst – eine damalige Referendarin vielleicht?

Ihre Kleidung hätte man wohl am ehesten als Öko-Chic bezeichnen können.

»Hallo, Frau …« Marie hoffte auf einen Geistesblitz, doch es kam keiner. »Schön, Sie zu sehen.«

Die Frau stutzte. »Wieso siezt du mich?«

Dann fiel endlich der Groschen. Es war Carla.

Genauer gesagt eine deutlich gealterte Version jener Carla, die nicht nur in Maries Klasse, sondern auch zeitweise in ihrer Clique gewesen war.

Marie schämte sich – gleichzeitig graute ihr: Wie konnte man mit knapp vierzig schon so alt aussehen?

Das Gefühl hatte sie an diesem Abend schon mehrfach gehabt. Sie schien die Einzige zu sein, die sich ganz gut gehalten hatte und immer noch so aussah wie früher.

Doch irgendwann wurde ihr klar, dass sie sich ja auch täglich im Spiegel sah. Auf die anderen, die sie zum Teil zwanzig Jahre nicht mehr getroffen hatte, würde sie womöglich ähnlich gealtert wirken.

Während Carla neben ihr am Waschbecken stand, befiel Marie eine unangenehme, spontane depressive Verstimmung – sie fühlte in Sekunden die Jahre an sich vorbeiziehen.

Dann gab sie sich einen Ruck, entschuldigte sich bei Carla und zog das Bild der siebenköpfigen Clique aus der Tasche, weil ihr der Gedanke gekommen war: Das auf dem Bild rechts, das könnte Carla sein.

Sie war es.

»Ha, dieses Bild habe ich erst vor ein paar Monaten wieder angeschaut – wegen Rüdiger.«

»Rüdiger«, sagte Marie mechanisch und nickte einer weiteren Toilettengängerin zu, die sie an die Mutter eines früheren Nachbarskindes erinnerte, bis ihr auch hier einfiel, dass es das frühere Nachbarskind selbst war. »Hallo, Beate!«

»Marie! Ich hörte schon, dass du wieder aus Berlin zurück bist. Wegen dieses ... Dienstunfalls.«

»Unfall?«, mischte sich nun Carla ein.

Marie verdrehte innerlich die Augen und verfluchte Beate. Die Kunde von dem Schussunglück in Berlin war offenbar bis nach Vöhrenbach-Langenbach gedrungen. Jetzt zerrissen sich die Nachbarn ihrer Eltern garantiert die Mäuler darüber, dass das »Mädle« in der wilden Hauptstadt gescheitert war und jetzt geläutert in die heile Welt des Schwarzwalds zurückkehrte.

»Das musst du mir alles erzählen«, sagte Beate nun. »Beweg dich nicht weg – ich bin sofort wieder da.«

Doch genau das tat Marie, nachdem Beate in einer der Kabinen verschwunden war.

Sie zog Carla hinter sich her: »Ist Rüdiger da? Ich habe ihn gar nicht erkannt.«

Carla blickte sie an. »Ach so«, sagte sie dann gedehnt. »Stimmt, du warst ja in Berlin.«

Marie überkam ein ungutes Gefühl. »Wieso? Ist Rüdi nicht mehr in Villingen?«

Carla, die gerade Anstalten gemacht hatte, wieder die Räumlichkeiten des Restaurants mit seinen mächtigen Natursteinwänden zu betreten, drehte sich um: »Wie man's nimmt.«

»Was heißt das?«

»Er ist in Villingen – aber auf dem Friedhof.«

Die Worte trafen Marie wie ein Hammerschlag, doch dummerweise kamen jetzt gleich mehrere ehemalige Stufenkameraden auf sie zu, deren Identität sie weder kannte noch kennenlernen wollte.

In diesem Moment schon gar nicht.

»Du bist jetzt bei der Kripo?«, fragte einer, der Markus, Michael oder Max hieß.

Gutes Stichwort, dachte Marie, nickte und zeigte das Foto der Clique: »Wen erkennst du darauf noch?«

»Ist das eine dienstliche oder eine private Frage?«, grinste der Mann mit dem M-Vornamen.

»Dienstlich«, sagte Marie so pointiert, dass der Mann erschrak.

»Bist du nur deshalb hier?«, fragte ein anderer, den sie jetzt als Roland abspeicherte.

Eigentlich ja, denn mit euch allen habe ich ansonsten nichts mehr zu tun, dachte sie, entschied sich dann aber für ein Lächeln. »Manchmal kann man das Private mit dem Dienstlichen vereinen.«

»Der Mord an dem Antiquitäten-Homo?«, fragte der mutmaßliche Roland plump.

»Hey, das ist doch unsere Carla«, meldete sich derweil der M-Mann zu Wort. »Weißt du was? Du warst echt ein scharfes Gerät.«

Das »war« fasste Carla keineswegs als Kompliment auf – und sie war noch pikierter, als der vermeintliche Roland hinterherschob: »Und du bist es immer noch, Maria.«

Die war keineswegs geschmeichelt, sondern eher besorgt, denn nun suchte Carla beleidigt das Weite und vertiefte sich in ein Gespräch mit einem Mann, den Marie definitiv noch nie gesehen hatte. Als die beiden sich dann auch noch küssten, fiel ihr etwas Weiteres auf: Sie hatte zwar tatsächlich einige Schulkameraden nicht wiedererkannt, es waren aber ganz offensichtlich auch Ehepartner darunter.

Solange nun Carla demonstrativ mit ihrem Mann oder Freund beschäftigt war, würde sie jedoch nichts aus ihr herausbekommen, schwante Marie.

Sie überlegte gerade, wem sie die Fotos nun noch alles zeigen sollte, als ein Mann sie fast über den Haufen lief. Der Typ war damit beschäftigt, sich im Gehen eine Zigarette zu drehen.

Die Art, wie er das tat, war unverwechselbar – auch nach zwanzig Jahren.

Ebenso wie seine nikotinverfärbten Finger.

»Klausi?«

Der Mann nickte, grinste – und Marie hatte damit noch eine Person gefunden, die auf dem Cliquen-Bild in ihrer Hand zu sehen war.

Er hatte sich eher weniger verändert, was damit zu tun haben mochte, dass schon damals vor lauter zotteligen Haaren kaum ein Gesicht zu erkennen gewesen war.

»Rauchst du auch noch?«, fragte Klausi – eine Frage, die Marie plötzlich in Erinnerung rief, dass sie damals geraucht hatte. Aber nicht länger als ein Jahr.

»Kennst du das Foto noch?« Sie zeigte es ihm, ohne auf die Frage zu antworten.

»Schöne Scheiße, das mit Rüdi«, nuschelte er, während er gerade das Zigarettenpapier ableckte, sodass er nun zum Nikotinnachschub bereit war.

»Was war denn mit Rüdiger?«, fragte Marie nun schon etwas ungeduldig, während Klausi sich seine Kippe hinters Ohr geklemmt hatte und bereits die zweite baute.

»Erzähl ich dir, wenn du draußen eine mit mir rauchst.«

Und so kam es, dass wenig später Kriminalhauptkommissarin Maria Kaltenbach mit Klaus, dem »Jobber«, wie er seine Berufstätigkeit umschrieb, in der Fußgängerzone der Villinger Innenstadt stand, während es in der Dämmerung langsam zu tröpfeln begann.

»Rüdiger hat sich umgebracht«, sagte Klaus zwischen zwei Lungenzügen. »Frau weg, keine Kohle, Lebenskrise und noch irgendwelche anderen Probleme – was weiß ich.«

»Was hat er denn beruflich gemacht?« Marie zog ebenfalls an der Zigarette und fragte sich, warum zum Geier sie das früher regelmäßig getan hatte.

»Mit irgendwelchem Ramsch gehandelt. Angebliche Antiquitäten. Ich hab ihn vor etwa sieben, acht Monaten das letzte Mal getroffen – eher zufällig. Samstagmorgen sieht man eh das halbe Kaff in der Innenstadt.«

»Und«, fragte Marie nach, während sie hustete, »da ging es ihm schon nicht gut?«

»Da hatte ihn gerade ein Arschloch um ziemlich viel Geld betrogen.«

Klaus schaute sie unwillig an: »Ist ja nicht zum Anschauen, wie du rauchst.« Er kramte in seiner Jackentasche, holte wieder den Tabak hervor, gab verstohlen etwas hinzu und bot ihr eine neue Zigarette an: »Das ist besser.«

Marie warf erleichtert den Rest der ersten, fürchterlich schmeckenden und Husten erzeugenden Zigarette weg und widmete sich der anderen, die tatsächlich einen neuen Geschmack hatte. Sie musste nicht lange raten und sagte: »Das ist ein Joint!«

»Nur Eigenbedarf«, grinste Klaus, ehe er stutzte: »Verdammt, bin ich doof! Du bist ja bei den Bullen. Sorry!«

Marie ignorierte den Einwand, hielt das Cannabisprodukt etwas von sich weg und sagte: »Wie war das mit Rüdi?«

Klaus grinste wieder sein Klaus-Grinsen und meinte: »Erzähle ich nur, wenn du den Rest auch noch rauchst. Strafbar gemacht hast du dich jetzt ja eh schon …«

»Erzähl jetzt«, forderte Marie und zog todesmutig weiter am Joint.

Klaus, der kiffende Jobber oder jobbende Kiffer, erzählte weiter: »Beim vorletzten Treffen war er noch zuversichtlich. Da hat er gesagt, er träumt von einem Hausboot – und wenn sein nächstes Geschäft gut über die Bühne geht, ist er weg.«

Er hatte nun einen zweiten Joint fertiggestellt und zog ihn dreimal so schnell durch wie Marie. »Beim nächsten Mal war er aber tief deprimiert und fluchte auf irgendjemanden, der ihn übers Ohr gehauen habe. Was das für ein Typ war, wollte er aber nicht sagen – er meinte, er würde das selbst klären und wolle mich da nicht mit reinziehen.«

»Reinziehen. Wieso?«

»Keine Ahnung. Ich hatte auch nicht vor, in irgendwas mit reingezogen zu werden. Du weißt doch, wie Rüdi war. Der Einzelkämpfer. Allein gegen die Mafia – oder so.«

»Und dann hat er Selbstmord begangen?«

Klaus nickte und zog. »Im Schluchsee. So König-Ludwig-mäßig. Vor einem halben Jahr.«

»War es definitiv Selbstmord? Wenn da wirklich eine Kunsthändler-Mafia dahintersteckt, kann man ja gar nichts ausschließen.«

Marie war plötzlich alarmiert.

»Ich hörte, es ist eindeutig Selbstmord gewesen. Aber du bist der Bulle, nicht ich.«

Marie nickte und schwor sich, nie mehr in ihrem Leben zu rauchen – was auch immer.

»Zwei der sieben auf dem Bild sind tot. Jetzt noch Peter Weißhaar, der zuletzt Peter Schätzle hieß – aber das hast du ja sicher mitgekriegt, auch wenn der eine Klassenstufe über uns war. Komisch, der hat ja auch mit Antiquitäten gehandelt. Und hat einen auf bunten Hund gemacht.«

Marie fröstelte plötzlich – was am Wetter liegen mochte, an den unschönen Neuigkeiten oder dem Joint.

»Hattest du noch Kontakt zu Peter Weißhaar?«

»Peter Schätzle, wenn ich bitten darf. Ne, der war ja ein Künstler und interessierte sich nicht für unsereins. Hab allenfalls mal was in der Zeitung über ihn gelesen, wenn er wieder irgendwelche Schwarzwald-Models ausstaffiert hat.«

»Sagt dir der Wartenberg-Schatz was?«, fragte Marie. »Oder weißt du, ob Peter damit was am Hut hatte?«

Klaus schüttelte den Kopf und steckte sich den nächsten Joint an. »Im Ernst: Du bist ja nicht so sehr Bullin, dass du mir hieraus einen Strick drehst, oder?«

»Ich beschäftige mich eher mit Kapitaldelikten«, sagte Marie schmunzelnd.

Klaus grinste und deutete auf seinen Joint. »Das hier ist definitiv keines. Außerdem müsstest du ja dann auch gegen dich selbst vorgehen ...«

Er hob den Joint hoch und grüßte lässig zwei andere Raucher aus der ehemaligen Jahrgangsstufe, die Marie auch entfernt bekannt vorkamen.

»Die anderen auf dem Foto«, murmelte Klaus. »Elena, das Püppchen – die ist in London, soviel ich weiß. Die kommt sicher zu keinem Klassentreffen. Carla ist hier, macht irgendwas Langweiliges. Büro oder so.

Peter ist tot, Rüdi ist tot ...«

»Bleibt noch Charly«, ermunterte ihn Marie.

»Charly«, sagte Klaus gedehnt, als sei er von den Joints völlig entspannt.

»Den hab ich doch nicht etwa übersehen? Ist er hier?«, fragte Marie unsicher. Ihr wurde so langsam schlecht von den Zigaretten.

»Nö. Mit dem könntest du aber auch schon mal beruflich zu tun gehabt haben«, sagte Klaus wie in Zeitlupe – vielleicht kam es Marie auch nur so vor.

Eine böse Ahnung beschlich sie. »Wieso? Ist der auch ... tot?«

Klaus schüttelte langsam den Kopf: »Die Quote ist auch so schon zu hoch. Der ist im Knast, denke ich.«

»Wo ist der?«

»Im Knast. Vermute ich jedenfalls. Hat immer wieder verschiedene Betrügereien begangen. Vielleicht ist er gerade auch mal auf freiem Fuß. Falls ja, würde ich an seiner Stelle aber auch nicht zu einem Klassentreffen kommen, wenn die Hälfte der Korona weiß, dass du immer mal wieder hinter Gittern bist ...«

Marie schüttelte den Kopf – vor allem, um das weitere Angebot eines Joints abzulehnen.

»Das Leben ist ein langer, ruhiger Fluss«, fabulierte Klaus ganz entspannt weiter und blickte in die Fußgängerzone, die nun von Laternen erhellt war und an deren Enden insgesamt drei mächtige Stadttore thronten.

»Bei einigen von uns aber wohl nicht so lang. Aber immer noch besser, als lebendig tot zu sein wie diese ganzen Anzugträger.« Abschätzig deutete er mit dem Joint in Richtung der beiden Broker, die nun ebenfalls vor der Tür des Ratskellers standen – ohne Zigarette.

Marie hatte das Gefühl, dass sich alles um sie drehte.

Peter Weißhaar alias Schätzle – tot.

Rüdiger – tot.

Charly – ein offenbar verpfuschtes Leben.

Klaus – na ja.

Alle hatten sie eine mehr oder weniger bürgerliche Kindheit und Jugend gehabt. Interessant, wie sie sich auseinanderentwickelt hatten. Sie wurde sentimental.

Prompt fragte Klaus: »Und – was macht die Liebe?«

Die Liebe? Was sollte sie dazu sagen?

Dass sie ihren Ex verlassen hatte, aber durchaus noch Gefühle für ihn empfand?

Dass sie vor wenigen Tagen eine Knutscherei mit einem Idioten gehabt hatte?

Dass sie mit ihrem ungeliebten Kollegen Winterhalter eine unfreiwillige Paartherapie gemacht hatte?

Klaus interessierte die Antwort aber ohnehin nicht, denn er winkte nun noch einmal mit dem Joint, deutete eine Umarmung an, murmelte: »Es war echt schön, dich mal wiederzusehen. Mir reicht's für heute mit den ganzen Nasen hier. Hoffe, man sieht sich.«

»Klar, ich lasse dich ja noch verhaften und werde dich dann persönlich vernehmen«, scherzte Marie müde, doch das hörte Klaus schon gar nicht mehr.

Kaum war dieser in Richtung Oberes Tor abgebogen, stand Anton, der Computer-Freak, wieder da, als hätte er nur auf das Ende des Gesprächs gewartet.

Er schwankte leicht. Offenbar hatte er auf der vergeblichen Suche nach Gesprächspartnern kräftig getrunken, was sie ihm gar nicht zugetraut hätte.

»Hallo«, sagte Marie nur mäßig begeistert. »Entschuldige, ich muss noch mit Carla ein paar Worte wechseln.«

Noch mehr Computerinformationen, und sie würde durchdrehen.

Doch Anton sagte tatsächlich etwas anderes. Und zwar mit leiser Stimme: »Weißt du eigentlich, dass ich schon immer verliebt in dich war?«

Marie musste gar nicht groß überlegen, wie sie mit diesem überraschenden Geständnis umgehen sollte. Ihr Körper tat das für sie – und Anton konnte wohl gar nichts dafür. Es war zwar nicht damenhaft und tat ihr hinterher leid, aber sie erbrach sich auf das Kopfsteinpflaster.

Weiß der Himmel, welche Mischung Klaus für diesen Joint gewählt hatte …

22. Dinner for Five

Auch Kommissar Winterhalter hatte derweil keinen wirklich entspannten Abend – wenn auch aus anderen Gründen.

Ihm war klar: Aus den Krickeleien in seinem Notizblock hätte er im Leben kein vernünftiges Phantombild kreieren können – da musste nachgebessert werden.

Außerdem würden vielleicht die beiden weiblichen Schatzsucher, mit denen Thomas und Martin unterwegs gewesen waren, präzisere Angaben machen können.

Deshalb hatte er seinen Filius gebeten, eigentlich sogar aufgefordert, neben Martin auch Sandra und Johanna für sieben Uhr abends Uhr auf den Winterhalter-Hof zu bestellen.

Seine Frau würde ihnen allen »etwas Leckeres kochen«, hatte er großzügig angekündigt. Außerdem seien sie alle als Zeugen gefragt.

Leider hatte er das Hilde recht kurzfristig mitgeteilt, was im Normalfall kein Problem gewesen wäre. Aber normal war im Moment ja gar nichts.

Wie angespannt die Ehe-Situation war, bemerkte er, als im großen Winterhalter-Wohnzimmer serviert wurde. Seine Hilde, die würde auch binnen weniger Stunden einen feinen Schmorbraten zaubern, da war er sich sicher gewesen.

Wenn nicht für ihn selbst, dann wenigstens für Thomas und die Gäste.

Hilde Winterhalter knallte jedoch schweigend ein paar

Butterbrote auf den Tisch und tat fortan so, als habe sie in der Küche zu tun.

Falls Winterhalter gehofft hatte, das sei nur die Vorspeise, hatte er sich getäuscht – die Küche blieb kalt …

»Hm, lecker – ä echtes Feschtmahl«, sagte Thomas ironisch beim Blick auf das mit nur wenig Empathie zubereitete Vesper – und erntete ein »Du sei ruhig!« seiner Mutter.

Kommissar Winterhalter zog es vor, sicherheitshalber zu schweigen.

So saßen sie also zu fünft um den Tisch herum, nagten an ein paar Broten, und als Thomas fragte, ob es nicht wenigstens Wurst gäbe, meinte seine Mutter: »Hol dir halt welche!«

»Schön, dass ihr alle da seid«, eröffnete Kommissar Winterhalter dann nach dem kargen Mahl die Sitzung. »Wie ihr wisst, ermittle ich im Mordfall Peter Schätzle. Ihr seid wichtige Zeugen, seid ja auch schon kurz befragt worden. Daher muss ich noch mal genau wissen, was ihr am betreffende Morgen gesehen habt.«

Vor allem Sandra und Johanna nickten dienstbeflissen.

Bei Martin hingegen schien Winterhalter nach seinem Auftritt am Vorabend etwas an Reputation eingebüßt zu haben; von ihm erntete er nur einen schwer einzuschätzenden Blick. Und Thomas mangelte es gegenüber seinem Erzeuger ohnehin an Ehrfurcht.

»Ich werde euch jetzt nacheinander befragen, damit keiner von euch in seiner Aussage von einem andere beeinflusst wird«, erklärte Winterhalter – und bat zunächst Martin in den Hergottswinkel nahe der großen Kuckucksuhr.

Die anderen schickte der Kommissar hinaus – »aber nix zum Fall miteinander besprechen«, schärfte er ihnen noch ein.

Sie verzogen sich, nachdem Thomas seiner Mutter ein paar Saitenwürstchen abgetrotzt hatte, in sein Zimmer.

»Also, Martin«, eröffnete Winterhalter die Befragung,

»gestern hast du mir ja schon einige Hinweise gegeben. Jetzt einfach noch mal von vorne. Mir geht's primär um das Phantombild.«

Er schlug seinen Notizblock auf, hütete sich aber, Martin einen Blick auf seine Zeichnung erhaschen zu lassen.

»Beschreib noch mal ganz genau, wie der Mann aussah.«

»Mittleres Alter. Ein bisschen ungepflegt. Etwas längere Haare.«

»Kleidung?«

»Dunkel, würde ich sagen.«

»Feierlich? Also so in Richtung Anzug – oder gar Tracht?«

»Hm. Nein. Unfeierlich. Schwarz. Der wollte sicher nicht zu dem geplanten Fürstenjubiläum. Die Haare waren braun – würde ich sagen. Und er hatte so einen entschlossenen Blick.«

»In welche Richtung lief er?«

»Weg von der Gruft in Richtung Parkausgang.«

Na also, so langsam lief die Befragung doch, dachte der Kommissar. Zur Belohnung bekam Martin ein Bier hingestellt. Winterhalter selbst verzichtete nach dem Vorabend – außerdem wollte er nicht den Eindruck erwecken, er trinke zu jeder Gelegenheit.

»Figur?«

»Normal.«

»Toll«, murmelte Winterhalter ironisch und beschrieb sein Notizbuch.

»Wirkte er gehetzt?«

»Er wirkte, hm« – Martin dachte intensiv nach – »als habe er es eilig, ja.«

»Als wäre er auf der Flucht?« Winterhalter war gespannt, doch Martin ließ sich Zeit.

»Auf der Flucht – das ist natürlich schwer zu sagen. Ich will doch niemanden beschuldigen. Aber wenn Sie es so sehen wollen – er wirkte zumindest ungewöhnlich. Also keineswegs wie ein normaler Spaziergänger. Und, hm, am Hals hatte er irgendetwas ...«

Der Kommissar wurde hellhörig. »Ein Amulett vielleicht?«

Martin zögerte. »Nein, keine Kette. Eher direkt auf dem Hals.«

»Schmutzflecken?«

»Nein, ich ... Vielleicht sollten Sie mal die anderen fragen ...«

Winterhalter verspürte eine zunehmende Ungeduld, machte sich jedoch weiter Notizen. »Ich würde gerne nach euren Angaben ein Phantombild erstellen lassen. Meinst du, das bekommen wir hin?«

Martin zog die Schultern hoch und nippte vorsichtig am Bier. »Vielleicht, wenn wir alle vier unsere Beobachtungen zusammenlegen. Thomas müsste ihn eventuell noch besser gesehen haben.«

Der Kommissar seufzte. »Thomas sagt, du hättest ihn genauer gesehen, er hingegen so gut wie gar nicht.«

»Wir haben uns ja nichts dabei gedacht. Erst nachdem wir den Toten gefunden hatten, kam es uns seltsam vor.«

»Ist dir im Vorbeigehen vielleicht aufgefallen, ob der Mann irgendwie nach Knoblauch oder Bärlauch gerochen hat?«, versuchte Winterhalter weiter, etwas Substanzielles herauszubekommen.

»Puh, keine Ahnung. Vielleicht. Die Leiche hat jedenfalls stark danach gerochen. Aber das habe ich ja schon gesagt.«

»Ja, das haben wir auch selbst bemerkt. Fällt dir noch was ein?«

»Hm. Momentan leider nicht.«

Winterhalter klappte das Notizbuch zu und ließ Sandra kommen, die etwas eingeschüchtert schien.

Falls Winterhalter wirklich gedacht hätte, Frauen seien per se die besseren Zeuginnen, wurde er bald eines Besseren belehrt: Sowohl Sandra als auch Johanna, die als Nächste dran war, wussten so gut wie gar nichts beizutragen.

Als er etwas schärfer nachfragte, hatte er zumindest bei Johanna den Eindruck, sie schmücke ihre Geschichte aus – vielleicht, damit er irgendwie zufrieden war.

Am Schluss hatte er sie fast so weit, dass sie sich sicher war, einen Mörder beobachtet zu haben.

Angesichts ihrer willfährigen Art war am Ende aber nicht mal klar, ob sie den Mann überhaupt deutlich gesehen oder den Bärlauch gerochen hatte. Auch sonst – etwa beim Auffinden der Leiche – war ihr nichts aufgefallen, was nicht ohnehin schon bekannt war.

Ihr Hauptaugenmerk lag darin, keinen Ärger zu bekommen, weil sie das Bild des Toten zusammen mit Thomas auf Facebook gepostet hatten.

»Er hatte so einen Fleck am Hals«, wusste Johanna immerhin noch beizutragen.

Winterhalter stürzte sich auf die Information wie ein Geier auf Aas: »Aha, etwas in der Art hat der Martin auch gesagt. Aber was war das?«

Johanna wirkte ratlos: »Ich hab den Mann wirklich nur kurz gesehen. So einen großen blauen Fleck, würde ich sagen.«

Blauer Fleck? Winterhalter hatte allmählich den Eindruck, dass diese Befragung noch weniger Ergebnisse brachte als die Vernehmung am Vorabend. Obwohl er heute stocknüchtern war. »Blauer Fleck …«, murmelte er. »Vielleicht ein Zeichen von Strangulation – wie bei der Leiche in der Gruft. Habt ihr doch Peter Schätzle gesehen? War er zu diesem Zeitpunkt noch am Leben?«

Realistischerweise ergab das überhaupt keinen Sinn – und das schob er auch gleich hinterher.

»Nein, ich glaube nicht, dass das der Tote war«, murmelte Johanna überfordert. »Der Mann hat ja noch gelebt ...«

Es war zum Mäusemelken. Wahrscheinlich hatten die jungen Leute selbst in dieser Situation in ihrem Geocaching-Wahn nur auf ihre Handys gestarrt, statt einmal vernünftig zu beobachten.

»Ihr werdet ja wohl einen Lebenden von einem Toten unterscheiden können!«

Immerhin schien sich Johanna nun zu einem Entschluss durchgerungen zu haben: »Ein Toter wirkt natürlich anders als ein Lebender. Aber ich glaube nicht, dass das derselbe Mann war. Außerdem trug der im Park keine Frauentracht.«

Winterhalter schnaufte tief durch. Sollte er die Befragungen beenden?

Nein.

Er befahl den beiden jungen Frauen, getrennt voneinander – die eine in der Küche bei der argwöhnischen Hilde, die andere im Flur –, eine Skizze des Mannes anzufertigen, während er sich mit Thomas unterhielt. Die Skizzen wollte er dann dem Phantomzeichner vorlegen.

Erwartungsgemäß endete das Gespräch mit seinem Sohn in einem Streit, bei dem Winterhalter seinem Filius vorwarf, blind durch die Gegend zu laufen.

Seine Laune besserte sich nicht, als er die drei Skizzen der anderen – auch Martin war inzwischen dazu genötigt worden – verglich.

Das Gute: Mit etwas Phantasie ähnelten sich die Zeichnungen.

Das Schlechte: Die Zeichnungen gleichen leider auch stark dem Gekritzel, das er gestern in betrunkenem Zustand zustande gebracht hatte. Es hätte genauso gut Joachim Löw sein können wie Andreas Gabalier, genauso gut der Kollege Kiefer wie er selbst.

Immerhin hatten alle einen blauen Fleck am Hals verzeichnet. Vielleicht war dieser durch die Gegenwehr des Opfers entstanden?

Wenigstens bei Martins Entwurf ließ sich nun so etwas Ähnliches wie ein Gesicht herausdestillieren. Aber ob das für ein Phantombild reichte?

»Jetzt denkt alle noch mal vernünftig nach«, forderte er sie auf – und war inzwischen so verzweifelt, dass auch er sich selbst wieder ein Bier öffnete.

Vielleicht sollten sie es auf dem Präsidium am Computer noch mal mit einem ihrer Experten versuchen. Bei diesen Zeugen allerdings sah er schwarz …

Dann klingelte das Telefon.

Winterhalter fluchte erneut und stand mühsam auf, doch Hilde war schneller.

»Guten Abend«, sagte eine männliche Stimme – die mühsam die dennoch hörbare Dialektfärbung verhindern wollte. »Ich würde gerne mit Karl-Heinz Winterhalter sprechen.«

»Wer isch dran?«, keifte Hilde Winterhalter.

»Wir sind die Kaltenbachs«, sagte die Stimme, die sich gleich als zwei Leute ausgab. »Wir dachten, es ist Zeit, dass wir ihn einmal kennenlernen.«

Hilde Winterhalter suchte nach Worten: »Warum?«, fragte sie nach einer kurzen Pause.

Die Forschheit focht die andere Seite nicht an: »Wir sind die Eltern von Maria.«

»Maria?«

»Seine … Kollegin. Vielleicht haben Sie sie auch schon kennengelernt.«

»Allerdings«, knurrte Hilde. »Was wolle Sie denn mit dem bespreche?«

Der Mann am anderen Ende überlegte. Er schien nicht so

wortgewandt, versuchte es aber: »So am Telefon isch des etwas ... delikat.«

»Delikat? Was heißt denn delikat?«

»Deshalb wolle mir ihn ja unter sechs Augen spreche. Oder halt mol in Ruhe telefoniere.«

Unter sechs Augen?

»Geht's um was Dienstliches?«, fragte Hilde nach.

»Äh. Nicht direkt.«

»Also privat?«

»Eher ...«

An einem anderen Tag hätte Hilde Winterhalter vielleicht anders reagiert. Nun sah sie aber endgültig rot.

»Karl-Heinz«, brüllte sie, ohne den Anrufer noch eines Wortes zu würdigen. »Die neue Schwiegerelter sind dran und wolle mit dir was Delikates bespreche. Wahrscheinlich geht's um die Verlobung – oder gleich um die Hochzeit.«

Karl-Heinz Winterhalter stapfte mit glühenden Wangen zum Telefon und durfte sich auf dem Weg dahin von seiner Frau noch anhören, dass es kein Wunder sei, dass es nur Ärger gebe, wenn er sich mit so einem jungen Ding einlasse. Sie jedoch werde sich nicht vom Hof vertreiben lassen, zischte sie nun – ohne jede Rücksicht darauf, dass Thomas und seine Freunde sowie der Anrufer das alles mithören konnten.

»Entschuldigung, es isch schon spät – ich weiß«, sagte Vater Kaltenbach, der sich den Ausbruch von Hilde wohl nur mit dem Ärger über die Uhrzeit erklären konnte.

»Nei, Nei – des war nur än Missverständnis«, brummte der Kommissar. »Was wolle Sie denn?«

»Können wir uns einmal treffen – oder mol etwas ausführlicher telefoniere?«, fragte der Anrufer wieder.

»Wieso – hat sich Ihre Tochter über mich beklagt?« Das war das Erste, was Karl-Heinz Winterhalter einfiel.

»Nein, aber … mir dätet gern mol Ihre Meinung zu ein paar Dinge höre.«

»Guet«, sagte Winterhalter, der sich keinen rechten Reim auf die Sache machen konnte. »Gebet Sie mir Ihre Nummer – ich ruf Sie morgen an.«

Dann ging er in die Küche, doch weder da noch im Wohnzimmer war seine Frau.

»Die isch im Stall«, meinte Thomas, der ob der angespannten Stimmung genauso sparsam dreinschaute wie seine Freunde.

Und so begab sich Kommissar Karl-Heinz Winterhalter in den Stall zu den beiden Hildes – zu seiner Lieblingskuh und seiner Frau, die sich nun auch darin unterschieden, dass die eine von ihnen weinte.

»Hilde«, sagte Winterhalter, der nicht gut darin war, weinende Frauen zu trösten. Kein Wunder – privat hatte er darin auch kaum Erfahrung, denn seine Hilde vergoss quasi nie Tränen.

Auch die tierische Hilde wirkte nun unruhig.

Winterhalter tätschelte erst die Kuh, dann die Frau – und merkte, dass erstens die Reihenfolge falsch war und er genau die gleichen hilflosen Bewegungen beim Menschen wie beim Tier anwandte.

»Du hättesch mir des früher sage müsse«, sagte Hilde, die Ehefrau, durch einen Tränenschleier.

»Was denn, Herrgott noch mol?«

»Des mit deiner Kollegin natürlich!« Hilde Winterhalter lehnte an einem Holzpfosten und hatte Stroh in den Haaren, was darauf hindeutete, dass sie sich dort kurz zuvor hingesetzt oder gar hingeworfen hatte.

»Aber da isch nix!«, brüllte Winterhalter nun so laut, dass die andere Hilde erschreckt zu muhen begann. Einige ihrer Artgenossen fielen mit ein.

Seine Frau schüttelte nur mit dem Kopf.

»Hilde, verdammt noch mol«, rief Winterhalter wieder – diesmal mit minimal verringerter Lautstärke.

Mitten in die Kakophonie aus schluchzender Hilde, muhender Hilde und brüllendem Winterhalter öffnete sich die Stalltür – und Thomas kam herein, noch dazu mit Martin im Schlepptau.

»Was macht ihr denn do?«, fragte der Sohn fassungslos.

Seine Eltern winkten erschöpft ab.

»Was willsch du denn?«, fragte Winterhalter verärgert.

Thomas deutete hinter sich. »Dem Martin« – der näherte sich verlegen – »isch noch was eing'falle.«

»Was denn?«

»Der Mann, den ich auch im Park gesehen hab … Der mit der dunklen Kleidung …«, sagte Martin erst zögerlich.

»Jo?«, fragte Winterhalter.

»Das war kein blauer Fleck, glaube ich …«

Winterhalter stutzte und ließ die Hildes Hildes sein. »Sondern?«

»Sondern so ein … billiges Tattoo oder etwas in der Art. Mit einem Tierkopf drauf …«

23. Friedensangebot

Am nächsten Morgen war die Stimmung kaum besser.

Das Ehepaar Winterhalter lief aneinander vorbei, ohne Substanzielles miteinander zu besprechen. Das lag nicht zuletzt auch daran, dass Thomas' Freunde auf dem Bauernhof übernachtet hatten und nach Winterhalters Ansicht jetzt nur nutzlos im Weg herumstanden. Zu dem Unbekannten im Park konnten sie keine genaueren Angaben machen. Immerhin erklärten Johanna und Sandra nun ebenfalls, dass es sich bei dem blauen Fleck am Hals des Unbekannten vermutlich um ein Tattoo gehandelt hatte.

Thomas schien sich der ersichtlich schlechten Stimmung zwischen seinen Eltern vor seinen Freunden etwas zu schämen – er überbrückte deren Schweigen mit nutzlosen Bemerkungen und plapperte wie ein Wasserfall, was auch daran liegen konnte, dass er einen Kaffee nach dem anderen trank und umherlief wie ein Duracell-Hase.

Winterhalter wuchs das Ganze an diesem Samstagmorgen allmählich über den Kopf: Nachdem er aufgestanden war und Hilde im Stall und deren Artgenossinnen versorgt hatte, versuchte er Ordnung in seine Gedanken zu bringen.

Er ging mit dem Notizbuch in sein Arbeitszimmer, doch da war bereits seine Frau zugegen, die wortlos in seinen Unterlagen kramte.

»Du musch nix durchsuche – du wirsch nix Belastendes gegen mich finde.«

Hilde gab zurück: »Aber aufräume darf ich hier schon noch – oder macht des bereits deine Neue?«

Winterhalter schnaufte tief durch und versuchte sich zu erinnern, wo er die anderen Notizen zu dem Fall abgelegt hatte – falls Hilde die nicht schon in ihrem Furor verbrannt hatte. Er würde sich angewöhnen müssen, doch mehr den Laptop zu benutzen.

»Hasch du hier was wegg'nomme?«

Hilde tippte sich nur an den Kopf.

Dort, wo eigentlich die Blätter aus den bisherigen Protokollen der »Soko Gruft« liegen sollten, fand er ein Heft der Öko-Zeitschrift *Schrot und Korn*, das in seinem Arbeitszimmer herzlich wenig zu suchen hatte.

Das mit den fehlenden Blättern war schlecht, denn Frau Bergmann hatte an diesem Samstag zu einer weiteren Soko-Sitzung geladen.

Winterhalter nahm sich vor, noch einmal ernsthaft mit Hilde zu sprechen, ihr Misstrauen irgendwie zu zerstreuen, doch immer wieder hoppelte der Duracell-Hase in den Weg und gab irgendwelche nervösen Plattitüden von sich.

Als der Kommissar seiner Frau jetzt auch noch eröffnete, er müsse ins Büro, raunzte ihn diese mit einem »Schon klar« an. Und als das Telefon klingelte, sagte sie nur kurz angebunden: »Für dich – des sind sicher wieder die Schwiegereltern. Oder gleich des Flittchen persönlich.«

Mit belegter Stimme meldete sich der Kommissar – und war umso erleichterter, dass der Kollege Rohrmoser dran war: »Musch dir keine Sorge mache, Karl-Heinz«, sagte der. »Ich hab den Kollege überredet, dass mir die Sache mit unserem Polizeiwagen vergesse. Ich hab ihm g'sagt, du hättesch än dringende Anruf wegen dem Mordfall g'habt und hättesch mit einem Dienschtwagen los müsse.«

Winterhalters atmete tief durch. Endlich gute Nachrichten an diesem sonst verkorksten Morgen: »Du bisch än echter Freund, Fritz. Du hasch wirklich einen gut bei mir.« Er blickte auf die Wanduhr – in etwa dreißig Minuten musste er in Richtung Kommissariat losfahren.

Er entschloss sich, nicht so lange zu warten.

Die Atmosphäre auf seinem Bauernhof, noch mehr aber die Stimmung seiner Frau nahm ihm fast die Luft.

Auf der Fahrt rekapitulierte Winterhalter seine persönlichen Baustellen: Sein Führerschein würde ihm erhalten bleiben. Auch ein Disziplinarverfahren wegen der Bemächtigung des Streifenwagens in betrunkenem Zustand blieb ihm wohl erspart.

Kernproblem war demnach seine auf äußerst tönernen Füßen stehende Ehe.

Die Kaltenbach sollte gefälligst noch einmal zu seiner Frau gehen und glaubhaft beteuern, dass da nichts zwischen ihnen lief.

Schließlich schien auch sie genügend persönliche Probleme zu haben, wenn da dauernd irgendwelche Typen im Kommissariat aufschlugen und nun auch schon ihre Eltern bei ihm anriefen, weil sie offenbar Hilfe im Umgang mit der in Berlin verdorbenen Tochter brauchten.

Winterhalter entschloss sich, eine Art Waffenstillstand mit der Kaltenbach auszuhandeln. Ihr Nutzen beim Kitten seiner Ehe war größer als seine persönliche Befriedigung, die forsche neue Kollegin vorführen zu können.

Nachdem er fünfzehn Minuten an seinem Schreibtisch im Kommissariat gesessen hatte, wankte der Entschluss schon wieder, denn er sah sich in mehrfacher Hinsicht als ihr Telefonist missbraucht – und das sagte er ihr auch, als sie zur Tür hereinkam.

»Warum?«, fragte sie matt.

Auch sie wirkte einigermaßen angeschlagen.

»Weil jetzt innerhalb kürzester Zeit vier Leute auf Ihrem Apparat angerufen haben und ich rangehen musste. Ein Mike, ein Sven, ein Klaus – und Ihre Eltern.«

»Danke«, sagte die Kaltenbach noch matter. »Dann fange ich mit denen an.«

Jetzt musste Winterhalter erstmals schmunzeln: »Nicht nötig – der Anruf Ihrer Eltern war für mich ... Die hätte ich eh noch anrufen sollen.«

»Mir ist schlecht«, murmelte die Kommissarin, nachdem sie ihre Handtasche auf ihren Schreibtisch geworfen hatte. Um dann zu stutzten: »Für Sie? Wa... warum?«

Winterhalter grinste breit. »Wir müssen in den Besprechungsraum – Frau Bergmann wartet nicht gern. Was Ihre Eltern betrifft, so haben die mich um Hilfe gebeten. Die haben wohl den Eindruck, dass Sie derzeit ein wenig überfordert sind.«

Die Kaltenbach schaute fassungslos, konnte das Thema aber nicht vertiefen, denn es war drei vor zehn.

Wie betäubt trabte Marie zum Sitzungszimmer. Die einzige Erkenntnis, die sie und Winterhalter präsentieren konnte, war die Tatsache, dass das Amulett sowohl bei Pedros Chat mit einem Unbekannten als auch in der Vergangenheit von Pedros Freunden eine Rolle gespielt hatte – wie das alte Foto bewies, auf dem Rüdiger zu sehen war.

Frau Bergmann befahl daraufhin, Armin Schätzle noch einmal vorzuladen, was die Kommissare ohnehin schon auf ihrer To-do-Liste hatten.

»Kümmern Sie sich darum! Ich will den Mann baldmöglichst hier im Kommissariat sehen. Oder gehen Sie am besten gleich noch einmal vorbei.«

Dann schaute sie streng in die Runde: »Glauben Sie, dass an diesem Wartenberg-Schatz etwas dran ist?«

Allgemeines Schweigen.

»Dass er ein Mordmotiv beinhalten könnte?«

Weiter Schweigen. Dann räusperte sich der Kollege Huber: »Zumindest scheint sich der Wartenberg als Tatort zu erhärten. Die dort gefundene Drahtschlinge war das Mordwerkzeug, das hat die Gerichtsmedizin inzwischen zweifelsfrei bestätigt – und auch das Auto des Opfers wurde dort in der Nähe sichergestellt. Im Auto selbst haben wir allerdings keine verdächtigen Hinweise gefunden. Dafür haben wir aber Faserspuren der Tracht des ermordeten Peter Schätzle auf den Bärlauchblättern gefunden, die Kommissar Winterhalter bei der Tatortbegehung am Wartenberg gesammelt hat.«

Marie beobachtete, wie Winterhalter sich ein wenig aufrechter hinsetzte. Falls der Kollege aber erwartet hatte, dafür ein Lob zu erhalten, sah er sich getäuscht. Frau Bergmann war schon weiter: »Wenn das Auto von Peter Schätzle dort stand, müsste ja wohl der Leichnam mit dem Auto des Täters nach Neudingen in die Gruft transportiert worden sein«, meinte sie.

»Das vermuten wir auch«, nickte Huber.

»Keine Spuren eines Täterfahrzeuges?«

»Negativ.«

»Negativ«, wiederholte die Bergmann verdächtig langsam. »Konnte denn inzwischen herausgefunden werden, wo das Handy des Ermordeten zuletzt eingeloggt war?«

»Auch negativ. Wir warten aber stündlich auf eine Rückmeldung.«

»Gibt es diesen Wartenberg-Schatz?«, wiederholte sie erneut.

Schweigen.

»Meine Damen und Herren, gehen Sie dieser Sache weiter nach!«, sagte Frau Bergmann nun mit einer Dringlichkeit, als beanspruche sie selbst den Schatz für ihr Privatkonto.

Dann wollte sie Kiefer das Wort erteilen: »Was macht die Analyse dieses Chatverlaufes? Wissen wir denn jetzt, welche Personen sich hinter den Aliasnamen der Männer verbergen, die da um das Amulett gefeilscht haben?«

Kiefer räusperte sich: »Wir wissen zumindest, dass der sogenannte Konrad von Wartenberg von einem Freudenstädter Internet-Café aus sein Amulett angeboten hat. Und der angebliche Heinrich von Fürstenberg saß in einem Internet-Café in Freiburg. Das erklärt auch, warum die Chats immer nur tagsüber oder am frühen Abend erfolgt sind. Wir könnten natürlich in den Internetcafés die Mitarbeiter befragen.«

»Und die echten Namen der Personen?«, hakte die Bergmann nach.

»Das ist schwierig, Frau Kriminaldirektorin. Wahrscheinlich sind sie gerade deshalb in diese Internet-Cafés gegangen, damit wir nicht auf ihre PC-Daten und ihre Identität zugreifen können.«

»Das ist äußerst unbefriedigend. Brauchen wir Verstärkung vom LKA?«

Kiefer zog hilflos die Schultern hoch. »Ich denke, erst mal noch nicht.«

»Zwei Tage«, sagte die Bergmann, als handele es sich um das Ultimatum bei einer Entführung. »Wenn wir bis dahin nicht weitergekommen sind, lasse ich Experten aus Stuttgart kommen. Wir sollten ohnehin noch eruieren, welche Handynummern zur angenommenen Tatzeit am frühen Morgen des 12. Mai im Funkbereich nahe des Wartenbergs eingeloggt waren.«

Sie ließ von Kiefer ab und befragte zwei andere Kommissare, was sie im Umfeld des Ermordeten herausgefunden hätten. »Das Opfer war ja eine durchaus umstrittene Person. Homosexuell, Künstler, der den Schwarzwald ganz eigen interpretierte. Da könnte doch im Privat- oder Berufsleben etwas zu finden sein. Etwaige Affären, Drohbriefe von Traditionalisten.«

Immerhin war Frau Bergmann im Thema.

»Kollege Winterhalter hat ja bereits einen dieser traditionalistischen Herren befragt«, sagte Kommissar Huber.

Winterhalter begnügte sich mit einem Nicken und mit drei Worten: »Keine neuen Erkenntnisse.«

»Wir haben darüber hinaus tatsächlich drei Drohbriefe von offenbar traditionalistisch gesinnten Männern in den Unterlagen von Herrn Schätzle gefunden«, sagte nun wieder Huber, der bei der Durchsuchung dabei gewesen war. »Zwei Briefe waren sogar mit Unterschrift und Adresse. Wir haben die Absender befragt, aber keine weiteren Hinweise erhalten, dass die beiden Männer etwas mit der Tat zu tun haben könnten. Das waren stockkonservative Schwarzwälder, die sich über Herrn Weißhaar – später hieß er ja Schätzle – geärgert hatten. Sie waren ziemlich entsetzt, dass wir ihnen einen Mord zutrauen könnten.«

»Und, tun Sie's?«, fragte die Bergmann.

»Ehrlich gesagt, nein. Der eine Brief war drei, der andere vier Jahre alt. Und auch Herr Schätzle, also der Ehemann des Ermordeten, wusste nichts von aktuellen Drohungen.«

»Und der dritte Brief?«, fragte die Bergmann und schaute ungeduldig auf die große Bahnhofsuhr, die dem Konferenzraum die Behaglichkeit eines Wartesaals verlieh.

Huber kramte umständlich in seinen Unterlagen. Dann las er vor: »Ich schneide dir den Kopf ab, du Schwuchtel!«

Frau Bergmann zuckte zusammen.

»Absender?«, fragte sie dann.

»Der Brief war anonym«, sagte Huber.

Die Bergmann rollte mit den Augen: »Deshalb ist es aber nicht verboten, den Absender herauszufinden.«

Sie war Spezialistin darin, ihren Beamten das Gefühl zu geben, sie seien allesamt ein Haufen von Versagern.

»Das ist uns bislang nicht gelungen«, antwortete Huber. »Das ist, ehrlich gesagt, auch nicht ganz einfach.«

»Nichts ist bei Mordermittlungen einfach«, schulmeisterte die Bergmann.

»Ich schneide dir den Kopf ab, du Schwuchtel!«, wiederholte Kiefer, leicht errötend und leiser. »Eine Mail mit identischem Wortlaut haben wir auch auf dem Rechner gefunden.«

»Absender?«, fragte die Bergmann wieder.

»Schon wieder ein Internet-Café. Es war ein Aliasname.«

»Freiburg oder Freudenstadt?«

»Villingen«, sagte Kiefer. »Ist jetzt neun Monate her.«

»Hat Schätzle die Beleidigung auf seinem Rechner gelöscht?«, wollte die Bergmann wissen.

»Nein. Nur in den Papierkorb verschoben.«

Marie konnte sehen, wie Frau Bergmann scharf nachdachte. Vorerst schwieg die Chefin allerdings.

Bei der Befragung der Bekannten des ermordeten Peter Schätzle in Freiburg waren die Kollegen immerhin etwas weitergekommen – zwei weitere Männer hatten sich als prinzipiell verdächtig herauskristallisiert.

Der eine war sogar wegen Körperverletzung und Hehlerei vorbestraft, wie der Computer zu berichten wusste.

»Und, Kollege Fleig?«, fragte Frau Bergmann. »Sie haben doch die weitere Überprüfung übernommen?«

»Der Mann saß am Tattag im Gefängnis in Freiburg«, antwortete Fleig.

»Na, prima«, murmelte die Bergmann ironisch, als sei das Fleigs Schuld.

Marie schrieb eifrig mit, kämpfte dabei aber weiter mit ihrer Übelkeit. Der Betäubungsmittelmissbrauch vom Vorabend hatte gewisse Nachwirkungen. Trotzdem fiel ihr auf, dass auch Winterhalter heute ungewöhnlich zurückhaltend war. Auch bei Frau Bergmanns Nachfrage nach dem Stand der Bärlauch-Ermittlungen gab er sich einsilbig. Doch sobald die Sitzung vorbei war, kam er zu Maries großer Überraschung zu ihr und lud sie auf einen Kaffee in die kleine Kantine ein, die am Wochenende komplett leer war.

»Ich hab mal überlegt, dass wir besser zusammenarbeiten sollten«, erklärte Winterhalter der Kollegin, sobald sie saßen.

Die Kaltenbach schien ob dieses Friedensangebots zwar etwas misstrauisch, wirkte aber allgemein ziemlich angeschlagen – da hatten ihre Eltern wohl recht gehabt, sinnierte er.

Dennoch fragte sie: »Warum?«

»Ich muss die Sache mit meiner Frau ins Reine bringen – und Sie sollen mir dabei helfen. Wir beide, also, wir haben ja nix Unrechtes getan«, beteuerte der Kommissar. »Ich meine ... nix, äh, Sexu...«

»Ich habe schon verstanden und will mir das auch gar nicht bildlich vorstellen«, wehrte die Kaltenbach ab. »Ich soll also noch mal bei Ihrer Frau aufschlagen und sagen, dass wir nur Kollegen sind? Aber ob das was bringt? Ich hab ja schon mal mit ihr gesprochen.«

»Sie müssen es wenigstens noch mal versuchen!«, beschwor Winterhalter sie und ließ zwei weitere Cappuccini aus dem Automaten, deren Milchpulver nur ganz entfernt etwas mit der italienischen Kaffeespezialität gemein hatten.

»Und Sie erklären dann aber meinen Eltern, dass ich mich hier gut eingefügt habe. Und dass Sie keine Anhaltspunkte dafür haben, dass bei mir privat etwas nicht in Ordnung ist«, forderte die Kaltenbach.

»Angesichts der diversen Anrufe diverser Herren bin ich mir bei Letzterem nicht ganz sicher …«, murmelte Winterhalter und grinste.

Die Kaltenbach nahm einen Becher Cappuccino und konterte: »Und woher soll ich wissen, dass Sie nicht irgendeine andere Kollegin als Geliebte haben, wenn ich Ihnen bei Ihrer Frau einen Persilschein ausstelle? Vielleicht ist es ja Frau Bergmann?«

Winterhalter, der sich gerade noch echauffieren wollte, lachte laut los, als er die Kaltenbach ironisch lächeln sah.

Auf einmal war ihm die Kollegin aus irgendeinem obskuren Grund sogar etwas ans Herz gewachsen – vielleicht auch, weil sie mehr als genug Probleme zu haben schien. In dieser Hinsicht saßen sie beide im selben Boot.

»Lassen Sie uns jedenfalls zusammenarbeiten. Auch, damit wir in dem Fall der gute Frau Bergmann bald einen Täter oder zumindest einen dringend Tatverdächtige präsentieren können.«

Die Kaltenbach nickte. »Na gut. Einverstanden.«

»Sie haben doch sicher Erkenntnisse, die Sie vorhin nicht mit der Soko geteilt haben, weil Sie eine gewisse Beziehung zu dem Zeugen haben?«, bohrte er nach. »Bei mir ist das ähnlich. Also, wer fängt an?«

Die Kaltenbach nahm einen letzten Schluck Cappuccino aus dem braun geriffelten Pappbecher, dachte nach und gab sich dann einen Ruck: »In Ordnung«, sagte sie. »Ich vertraue Ihnen – und nachdem unser gemeinsamer Start hier im Kommissariat nicht so geglückt war, sehe ich es als Chance.«

Winterhalter nickte ermutigend und zog mit dem letzten Kleingeld – per Karte konnte man an Wochenenden nicht zahlen – einen Schokoriegel aus dem Automaten, nachdem ihm aufgefallen war, dass Hilde ihm ja gar kein Frühstück gemacht hatte.

»Ich bin allmählich ziemlich sicher, dass das Foto, das wir in Schätzles Schuppen gefunden haben, etwas mit dem Fall zu tun hat«, meinte die Kommissarin, während sie das Angebot eines halben Riegels mit einem Kopfschütteln ablehnte. »Auf dem Bild, das vielleicht zehn bis fünfzehn Jahre alt ist, ist ja dieses Amulett zu sehen.«

»Das möglicherweise mit diesem obskuren Wartenberg-Schatz zu tun hat.«

Die Kaltenbach nickte: »Ich war gestern bei einem Treffen meiner ehemaligen Klassenstufe – dort waren die meisten Personen, die auf dem damaligen Bild meiner Clique zu sehen sind.«

»Außer diesem Pedro«, brummte Winterhalter.

»Es fehlten noch mehr«, meinte die Kaltenbach und zog das Foto aus ihrer Handtasche. »Das ist eine ganz merkwürdige Sache.«

Marie reichte Winterhalter das Foto. Es fühlte sich gut an, einen Kollegen ins Vertrauen ziehen zu können, auch wenn sie sich noch nicht hundertprozentig sicher war, dass KHK Winterhalter ihr Vertrauen auch verdient hatte.

Ein skrupelloser Karrierist schien er aber jedenfalls nicht zu sein – eher ein knorriger Schwarzwälder, zu dem man eben erst einen Draht aufbauen musste.

»Der Interessanteste ist ja zweifelsohne der junge Mann, der das Amulett um hat«, bemerkte Winterhalter. »Ich hatte eh schon erwogen, dass wir den befragen.«

Marie schluckte. »Das ist Rüdi – Rüdiger Hellmann, doch leider kann man den nicht mehr befragen. Er ist vor einem halben Jahr im Schluchsee ertrunken. Und ich glaube, er hatte ebenfalls mit irgendwelchen Antiquitäten zu tun.«

Winterhalter hob mit einem Ruck den Kopf. »Was? Das

ist aber höchst interessant. Und von der Sache im Schluchsee weiß ich gar nichts. War das ein Unfall?«

»Es war wohl ein …« Marie schluckte. »Ein Suizid.«

Ihr Kollege dachte nach. »Suizide in den Seen kommen immer mal wieder vor. Daher erinnere ich mich nicht an jeden einzelnen Fall. Aber in den letzten Jahren hatten wir keinen Vorfall, bei dem der Verdacht auf Mord nahelag. Derartige Zweifelsfälle bekommen wir von der Kripo ja immer zur Klärung vorgelegt – sicherheitshalber. Wenn er im Schluchsee ertrunken ist, waren allerdings die Kollegen aus Freiburg zuständig. Da müsste man noch mal nachhaken.«

Marie tippte auf den nächsten Abgebildeten. »Der mit den langen Haaren ist Klaus.«

»Moment mal«, unterbrach Winterhalter, der seinen Schokoriegel bereits verschlungen hatte und schon wieder sehnsüchtige Blicke in Richtung des Automaten warf. »Die Frage ist doch: Ist das Amulett nach dem Tod von diesem Rüdiger in den Besitz von Peter Schätzle übergegangen?«

»Das wissen wir nicht. Oder handelt es sich bei einem der Amulette vielleicht nur um eine Fälschung – ein nachgemachtes Schmuckstück?«

»Und warum hatte dieser Rüdiger das damals auf dem mindestens zehn Jahre alten Bild schon an?«, fragte Winterhalter weiter.

Marie hob die Schultern an. »Keine Ahnung. Von dem Amulett wusste ich nichts. Das war nach meiner Zeit. Aber auch das sollten wir recherchieren.«

Marie bemerkte, dass sie gerade ganz selbstverständlich »wir« gesagt hatte.

Winterhalter nahm das Wort prompt auf. »Könnten wir … uns noch einen Schokoriegel leisten?«

Oho, der Wink mit dem Zaunpfahl, dachte Marie. »Aber klar. Wir kaufen, Sie essen …«

Sie händigte ihm einige Münzen aus und Winterhalter redete vom Automaten aus weiter. »Kommen wir also zu dem Langhaarigen auf Ihrem Bild.«

»Klaus. Klaus Bollmann. Mit dem sprach ich gestern ebenfalls – und er erzählte mir von einer seltsamen Begegnung mit Rüdiger kurz vor dessen Tod. Rüdiger sagte wohl, er habe etwas Wichtiges vor, etwas Entscheidendes sogar.«

»Aha«, murmelte Winterhalter und biss in den Riegel. »Was macht dieser Klaus eigentlich beruflich?«

»Er kifft«, entfuhr es Marie leichtsinnigerweise. Schnell korrigierte sie sich: »Ein Gelegenheitsjobber.«

Winterhalter grinste so, als merke er seiner Kollegin an, dass sie die Mit-Kifferin des gestrigen Abends gewesen war.

»Er wolle ihn nicht in die Sache hineinziehen, hat Rüdiger wohl noch zu Klaus gesagt.«

»Nicht hineinziehen?«

»Darüber hatte sich Klausi auch gewundert.«

»Klausi?«, wiederholte Winterhalter mit einem ironischen Unterton und verputzte den Rest des Riegels in einem Happs. Ob er neuerdings von der erzürnte Ehefrau nichts mehr zu essen bekam? Wortlos zog Marie ein paar weitere Münzen aus der Tasche und reichte sie ihm.

»Glauben Sie«, fragte Winterhalter etwas umständlich, als er wieder Geld in den Automaten warf, um sich noch einen Schokoriegel zu kaufen, »dass dieser Kiffer weiß, mit wem sich Rüdiger kurz vor seinem angeblichen Selbstmord getroffen haben könnte?«

»Darüber habe ich mir heute Nacht auch den Kopf zerbrochen. Klausi meinte lapidar etwas von Kunst-Mafia oder so.«

»Allein gegen die Mafia«, mampfte Winterhalter nun, während er den am Vorabend gefallenen Satz unwissentlich noch einmal aufgriff. »Wie ein Mafia-Mitglied sieht aber niemand von den Herrschaften auf Ihrem Bild aus.«

Er beugte sich über ihre Schulter und schaute das Bild noch einmal an.

»Wer ist das eigentlich? Der kommt mir irgendwie bekannt vor …«

»Das ist Charly.«

»Charly …« Winterhalter überlegte. »Wie heißt der mit bürgerlichem Namen?«

»Karl-Heinz. Wie Sie.«

Winterhalter ignorierte die Bemerkung.

»Karl-Heinz Schmider – und …«

»Schmider« unterbrach sie Winterhalter. »Karl-Heinz Schmider, genau. Ich hätte ihn auf dem alten Foto fast nicht erkannt. Mit dem hatte ich irgendwann schon mal zu tun. Ein Ganove.«

»Na ja«, wandte Marie ein, die irgendwie nicht wollte, dass der junge Mann, mit dem sie früher mal rumgeknutscht hatte, so tituliert wurde.

»Da haben Sie ja wirklich zu einer beeindruckenden Clique gehört. Mit dem Schmider hatte ich mal vor sechs, sieben Jahren zu tun, als ich noch beim Betrugsdezernat war.«

»Er war halt ein wilder Typ«, sagte Marie und fand selbst, dass das irgendwie blöd klang.

Winterhalter schaute sie auch prompt so abschätzig an, wie er das in den letzten Tagen mehrfach, in den letzten Minuten aber gar nicht mehr getan hatte. Dabei war das Gespräch bislang so gut verlaufen.

»Wilder Typ?«, fragte er ironisch. »So kann man es auch nennen. Hat der nicht auch mit allerlei Gerümpel gehandelt?«

»Ich habe ihn schon fünfzehn Jahre nicht mehr gesehen.«

»Den werden mir mal genauer unter die Lupe nehmen«, verbiss sich Winterhalter in das Thema »Charly«. »Sitzt der eigentlich derzeit? Für einen Mörder halte ich ihn zwar nicht, aber Schmider sollten wir auf jeden Fall überprüfen. Handelt mit angebliche Antiquitäten, gehört zu diesem Freundeskreis, besitzt kriminelle Energie. Wie kam der mit Peter Schätzle aus? Und wie mit diesem Rüdiger?«

»Hören Sie«, sagte Marie, die sich schon fast ärgerte, ihrem Kollegen das Geld für dessen Schokoriegel-Sucht überlassen zu haben. »Ich habe die Leute ewig nicht gesehen.«

Winterhalter beachtete den Einwurf gar nicht – ihm ging offenbar etwas anderes durch den Kopf: »Hat dieser Charly denn ein Tattoo? Ich kann mich nicht mehr erinnern – wir haben einfach zu viele Kunden.«

Marie starrte ihn an: »Ein Tattoo? Keine Ahnung. Warum das denn?« Sie überlegte: »Früher hatte er keines. Also keines, das man … deutlich gesehen hätte. Damals kamen Tattoos aber erst so langsam auf.«

»Am Hals.«

»Am Hals?« Sie schüttelte den Kopf. »Nein. Aber noch mal: Warum denn?«

»Ein Zeuge hat einen Mann im Neudinger Park gesehen, der ein Tattoo am Hals hatte.«

»Ein Zeuge?« Marie überlegte. »Ihr Sohn? Aber den habe ich doch auch schon befragt.«

Winterhalter schüttelte den Kopf. »Nein, nicht mein Sohn. Zumindest nicht primär. Ich hab mit der ganze Geocaching-Gruppe gesprochen. Die haben vor dem Auffinden der Leiche einen verdächtigen Typen im Schlosspark gesehen.«

»So, so, Sie haben mit der gesamten Geocaching-Gruppe gesprochen«, wollte sich Marie schon echauffieren, hielt sich aber ob des gerade geschlossenen Waffenstillstandes mit Winterhalter zurück. Stattdessen sagte sie nur: »Ab jetzt bitte keine Alleingänge mehr. Und jetzt noch mal zu den Zeugenbeobachtungen: Wie alt war dieser Verdächtige ungefähr?«

Winterhalter schnaufte vernehmlich. »Sie wissen doch, wie diese jungen Leute sind. Die starren doch nur auf ihre Handys. Als Zeugen völlig unbrauchbar.« Er schaute Marie an. »Mittleren Alters, meinten sie.«

Marie lächelte schal. »Bin ich mittleren Alters – oder Sie?«

Winterhalter verzog das Gesicht: »Immerhin waren sie sich ziemlich sicher, dass die verdächtige Person männlichen Geschlechts war.«

»Wollen Sie noch einen Kaffee oder einen Riegel?«

Winterhalter schüttelte den Kopf: »Irgendetwas sagt mir, dass wir an diesem Schmider dranbleiben sollten.« Er erhob sich: »Lassen Sie uns mal nachprüfen, ob der noch sitzt oder ob er ein Alibi für den Mord an Peter Schätzle hat.«

»Und wir sollten die Umstände des Todes von Rüdiger genauer beleuchten«, schlug Marie vor.

Als sie in ihr Büro zurückgekehrt waren und gerade den Rechner anwarfen, kam Frau Bergmann zur Tür herein: »Wo sind Sie denn? Ich habe Sie beide schon gesucht. Mein Eindruck ist, wir treten auf der Stelle.«

»Wir sind fleißig dabei, mögliche Verdächtige herauszufiltern«, gab Marie zurück, während Winterhalter nun wortlos auf der Tastatur herumtippte.

»Ich erwarte Ergebnisse, meine Herrschaften. Zeitnah!«

Als beide darauf nicht reagierten, knallte sie lautstark die Türe von außen zu.

»So ein Hornochse«, meldete sich Winterhalter zu Wort.

»Hornochsin«, korrigierte Marie.

»Nein, ich meine den Kollegen Fleig.« Winterhalter sah vom Bildschirm auf und wandte sich Marie zu. »Ihr alter Freund Charly ist genau der Mann, den wir suchen. Der Mann, von dem Huber vorhin in der Soko-Sitzung gesprochen hat! Eine der Freiburger Personen, mit denen der ermordete

Peter Schätzle zu tun hatte – nämlich derjenige, der vorbestraft ist.«

Marie erschrak. »Hat Huber aber nicht gesagt, dass der zur Tatzeit im Gefängnis war?«

»Ja«, brummte Winterhalter. »Aber nur, wenn man zu blöd ist, den Eintrag hier im Rechner vollständig zu lesen. Karl-Heinz Schmider ist Freigänger – wir müssen mit der JVA Freiburg sprechen, ob er am Tag des Mordes draußen war.«

24. Café Fünfeck

Marie hatte den Eindruck, dass sie alt wurde.

Dreißig Stunden nach dem Konsum des Joints war sie noch immer nicht im Vollbesitz ihrer Kräfte. Wobei sie in letzter Zeit auch ziemlich wenig Schlaf abbekommen hatte – was sicher zu ihrem Zustand beitrug. Grund für den Schlafmangel war die Tatsache, dass ihre Eltern unbotmäßig früh aufstanden und die Holzdielen im alten Bauernhaus so laut knarzten, dass Marie regelmäßig um halb sechs erwachte – selbst sonntags!

Der Schlaf war nicht nur zu wenig, sondern auch zu leicht – kein Wunder bei den Dingen, die ihr im Kopf herumgingen: ihre früheren Freunde, von denen mehrere in einen Mordfall verwickelt schienen. Ihre Arbeit im Kommissariat, die nun hoffentlich in angenehmere Bahnen gelenkt wurde. Und ihre Männer-Probleme, die sie loswerden musste.

Genau genommen musste sie sowohl die Probleme als auch die Männer loswerden. All die One-Night-Stands und Typen wie Mike, der sich nie festlegen wollte. Es war höchste Zeit, dass sie sich mal einen normalen Mann suchte. Einen, wie zum Beispiel … Kiefer, spuckte ihr Gehirn überraschend aus.

Unwillig schüttelte sie den Kopf. Blödsinn, der passte nun wirklich nicht zu ihr. Dafür war er viel zu formell und steif. Und überhaupt, spätestens nach dem Auftritt von Sven vor dem Kommissariat musste Kiefer doch denken, bei ihr wäre eine Schraube locker. Nein, es blieb dabei. Dieses ganze Männerchaos musste ein Ende finden.

Und dann gab es natürlich noch ihre Eltern, die auch nicht jünger wurden und sich offenbar Sorgen um sie machten. Was lieb gemeint war. Aber wenn sie darüber nachdachte, dass die beiden gestern mit Winterhalter darüber gesprochen hatten.

So etwas ging gar nicht!

Und das sagte sie ihren Eltern auch, als sie – draußen wurde es gerade erst hell – beim Sonntagsfrühstück saßen.

»Mir mache uns halt Sorge, Mädle«, erklärte ihre Mutter und reichte ihr das selbst gebackene Brot.

»Hier rufe alle mögliche Kerle an. Dein Ex-Freund aus Berlin hat uns geschtern g'sagt, er sei auch schon auf dem Kommissariat g'wese. Und dieser andere Herr auch, den mir da neulich morgens hier g'sehe habe … Des isch ei'fach zu viel und belastet dich auch dienstlich.«

»Mike hat schon wieder angerufen?«, fragte Marie.

Die Eltern nickten. »Weisch du, des isch nit Berlin hier. Bei uns im Schwarzwald hat man gern saubere Verhältnisse. Und mir wollet nur bei deinem Kollege Winterhalter än gutes Wort für dich einlege.«

Saubere Verhältnisse und Winterhalter …? Wenn ihre Eltern von dem Ehestreit und Maries Verwicklungen darin wüssten, wären sie wohl endgültig schockiert.

»Du bisch jetzt bald schon vierzig«, wiederholte ihre Mutter nun fast wortgleich die Aussage des Vaters neulich am Frühstückstisch. »Des wär schon gut, wenn du langsam de Richtige finde dätsch. Und mir hättet au nix gege ä Enkele einzuwende.«

Marie verdrehte die Augen. »Ich hab jetzt gerade erst hier bei der Kripo angefangen. Ich will doch nicht schon nach ein paar Wochen schwanger werden!«

»Ä paar Jahre solltesch du aber auch nimmer warte«, sagte ihre Mutter, die darunter litt, dass Maries Geschwister alle weit außerhalb des Schwarzwaldes wohnten, sodass sie die Enkel nur selten zu Gesicht bekam.

»Ich sag euch meine Prioritäten: erst der Beruf, dann der Mann, dann die Kinder«, erläuterte Marie nun schon leicht genervt. Sie bestrich sich das Brot doppelt so dick mit Marmelade, wie sie es eigentlich vorgehabt hatte. »Ihr habt dem Kollegen Winterhalter doch hoffentlich nichts Genaueres aus meinem Privatleben erzählt?«

»Nein, nein«, winkte ihr Vater eilig ab. »Mir wolltet nur so generell wisse, ob er mit dir zufriede isch.«

Marie verdrehte erneut die Augen.

»Und uns entschuldige, wenn da mol ab und zu än Mann im Kommissariat auftaucht, weil du gerade eine harte Trennung hinter dir hasch.«

»Wie bitte? Das ist ja peinlich! Außerdem ist Winterhalter nicht mein Vorgesetzter«, erwiderte Marie grollend. Um dann etwas unsicher anzufügen: »Und: Was hat er gesagt?«

»Des dät gut klappe und mir solltet uns keine Sorge mache.«

Puh. Sie atmete auf. Winterhalter schien das einzige ihrer Probleme zu sein, das sie in den Griff bekommen konnte.

Die anderen privaten Verstrickungen und der Mordfall machten ihr mehr Sorgen.

Umso gespannter war sie auf ihr heutiges Treffen mit Charly, bürgerlich Karl-Heinz Schmider, für den sie damals geschwärmt und mit dem sie auf einer Party auch einmal leidenschaftlich Zärtlichkeiten ausgetauscht hatte.

Dass Charly sich dem Tross der sie verfolgenden Männer anschloss und früher oder später ebenfalls im Kommissariat aufschlug, war eher unwahrscheinlich, denn er saß tatsächlich in Freiburg im Gefängnis. Hehlerei und anderes.

Während Marie ihren Wagen über Thurner und Spirzen

quer durch den Schwarzwald in Richtung Buchenbach lenkte und merkte, dass sie nach ihrem Wildunfall tatsächlich noch unsicher war, ob sich nicht wieder ein Tier vor ihren Wagen verirrte, dachte sie über Charly nach.

Er hatte schon immer etwas Unorthodoxes an sich gehabt – hatte den Coolen, Wilden markiert. Während ihre anderen Bekannten mit Motorrad eher Spießer gewesen waren, die so taten, als seien sie verkappte »Easy Rider«, war es bei Charly glaubhafter gewesen. Er hatte immer schon alle möglichen Geschäftchen am Laufen gehabt – mitunter schien es so, als habe er an der halblegalen Art der Geschäfte mehr Spaß als an den Profiten, die daraus erwuchsen.

Während der Jahre in Berlin hatte sie komplett mit der Vergangenheit gebrochen, so wie sie es jetzt umgekehrt mit ihrer Berliner Zeit versuchte.

Nach den Erfahrungen beim Klassentreffen war sie darauf gefasst, einen deutlich gealterten Menschen zu treffen. Einen Menschen, bei dem sie eine Doppelrolle als Kommissarin (als solche hatte sie sich spontan Zugang zum Gefängnis verschafft) und als alte Bekannte (so wollte sie gegenüber Charly auftreten) spielen musste.

Die Justizvollzugsanstalt im Freiburger Stadtteil Herdern war ein imposantes Gebäude, dessen Grundriss aus fünf Flügeln bestand, die in der Mitte zusammentrafen. »Café Fünfeck« hieß das Gebäude deshalb im Volksmund. Ausschließlich Männer waren hier inhaftiert – bei Charly handelte es sich vermutlich um einen der kleineren Fische.

Ein wenig nervös war Marie doch, als sie im Besucherzimmer auf den Mann wartete, mit dem sie eine gemeinsame Geschichte verband – und den sie nun wegen eines Mords befragen wollte.

Es hatte sie einige Überredungskunst gekostet, bis sie sich

mit Winterhalter darauf geeinigt hatte, dass er dem rätselhaften Tod von Rüdiger im Schluchsee nachgehen würde, während sie Charly befragte. Wenn der einen Polizisten sah, würde er gleich dichtmachen, hatte Marie argumentiert. Bei ihr als alter Bekannter stünden die Chancen besser.

Jetzt blickte Marie sich um: Einige der anderen Stühle und Tische in dem großen Besucherraum waren schon belegt. Etwas deprimiert wirkende Frauen und Freundinnen, besorgte Mütter, die sich bei ihren inhaftierten Söhnen nach deren Wohlergehen erkundigten. Und einer schräg hinter ihr hatte Besuch von einem Mann, der ebenso zwielichtig wirkte wie der Insasse selbst – die beiden sahen aus, als würden sie gerade den Ausbruch planen, so wie sie sich über den Holztisch beugten.

Leider machten es Marie die Lautstärke ebenso wie die fremde Sprache unmöglich, allzu viel zu verstehen.

Sie sah auf. Schluckte. Und da war er. Charly kam lässig hereingeschlurft, ganz wie früher – und doch bekam sie einen Schock und starrte ihn entsetzt an.

Charly grinste, wie er früher gegrinst hatte: »Immer noch in mich verliebt?«, fragte er dann lässig – aber es kam nicht mehr so locker rüber wie anderthalb Jahrzehnte zuvor.

»Gut siehst du aus«, fuhr er fort – und rief zu ihrem Entsetzen quer durch den Raum: »Hey, mit der Schnecke hier hatte ich mal was!«, während er auf sie zeigte. Dann grinste er wieder sein Charly-Grinsen.

Der Wachtmeister schaute irritiert – schließlich hatte sich Marie gerade noch als Kriminalhauptkommissarin vorgestellt, »die den inhaftierten Herrn Schmider in einem Mordfall befragen muss«.

Charly wiederum hatte offenbar nur gesagt bekommen, dass ihn eine Frau Maria Kaltenbach sprechen wolle, die er durchaus noch in Erinnerung hatte.

Beide setzten sich, dazwischen der Holztisch – für Marie hatte es etwas Beklemmendes.

»Wie geht's dir?«, stellte sie eine etwas überflüssige Frage, nachdem der diensthabende Justizvollzugsangestellte sicherheitshalber noch einmal angerannt gekommen war, um ihren Polizeiausweis ein zweites Mal zu kontrollieren.

»Läuft«, meinte Charly. »Hab ab und zu Freigang und werde jetzt sauber bleiben.«

»Wir hatten vorgestern Klassentreffen«, erzählte Marie.

»Ja, ich konnte leider nicht«, grinste Charly – dann wurde er wieder ernst: »Hast du die Scheiße mit Pedro gehört?«

Sie war erstaunt, wie schnell er auf den Punkt kam, und sagte: »Deshalb bin ich hier.« Dann verbesserte sie sich hastig: »Unter anderem deshalb.«

Charly musterte sie abschätzig. »Dann hat mich mein Näschen nicht getrogen – und meine Erinnerung: Du bist also immer noch bei den Bullen?«

Marie nickte.

»Und was interessiert ein toter Schwuler die Hauptstadt?«

»Ich bin nicht mehr in Berlin – bin zurück im Schwarzwald.« Irritiert bemerkte sie, dass ihre Stimme so klang, als würde sie gerade einen Fehler eingestehen.

Charly schaute sie misstrauisch an: »Und jetzt bearbeitest du den Fall von Pedro?«

»Nicht nur ich«, sagte sie unverbindlich, denn sie wollte nicht zu dienstlich klingen.

Schnell wechselte sie das Thema: »Was machst du, wenn du aus dem Knast draußen bist?«

»Privatisieren«, entgegnete Charly trocken.

Offenbar erwartete er, dass sie in Gelächter ausbrechen würde. Aber das tat sie nicht.

»Ehrbare Geschäfte – Antiquitäten und so. Wobei das

schwierig ist, wenn einen die Bullen erst mal auf dem Kieker haben«, meinte er dann.

»In der Branche war Pedro auch.«

»Aber auf höherem Niveau«, konterte Charly.

»Egal. Wenn du dich da auskennst: Sagt dir der Wartenberg-Schatz etwas?«

Charly verdrehte die Augen: »Klar, da gibt's ein paar Freaks, die fest davon überzeugt sind, dass es diesen Schatz gibt und er unfassbare Reichtümer beinhaltet. Schon seit vielen Jahren suchen Leute nach diesem Schatz. Den könnte ich gebrauchen, glaub mir. Pedro hat mir auch zwei-, dreimal davon erzählt. Wenn du mich fragst: Alles Blödsinn.«

»Wie oft hast du Pedro in den letzten Jahren denn gesehen?«, fragte Marie weiter und bemühte sich, Charly nicht allzu auffällig anzustarren.

»Ein paar Mal – ich hab ab und an versucht, ihm Sachen zu verkaufen. Waren ihm aber künstlerisch nicht anspruchsvoll genug, dem elitären Herrn.«

»Warst du an dem Tag, an dem er umgebracht wurde, auch hier drin?«

»Ja«, sagte Charly kurz. »Glück gehabt – sonst hättet ihr wahrscheinlich noch versucht, mir den Mord an Pedro anzuhängen.«

Hatte er anfangs wirklich gedacht, dass sie ihn rein privat nach all den Jahren im Gefängnis besuchte?

Marie zog nun ein paar Fotos aus der Tasche – als eine Art vertrauensbildende Maßnahme. Zunächst zeigte sie das alte Foto, auf dem sie auch mit drauf war und das sie erstmals in Pedros Laden wiederentdeckt hatte.

»Ha, die gute alte Zeit«, lachte Charly – ein trockenes Lachen, das seinen regelmäßigen Zigarettenkonsum verriet.

»Elena – die war auch eine scharfe Schnecke«, kommentierte er weiter.

Dann zückte Marie das Foto, auf dem Rüdiger das Amulett trug.

»Stichwort Schatz. Wartenberg-Schatz. Dieses Amulett, das Rüdiger hier trägt, soll wohl Bestandteil des Schatzes sein. Je davon gehört?«

»Vielleicht – vielleicht auch nicht«, sagte Charly kurz angebunden. »Ist doch egal.«

»Wie war deine Verbindung zu Rüdiger? So wie zu Pedro? Der war ja quasi auch in dieser Branche unterwegs.«

»Rüdiger ist tot.« Charlys anfängliche Lässigkeit hatte sich inzwischen komplett verflüchtigt. Er wirkte genervt, ja fast aggressiv.

»Unter mysteriösen Umständen«, bohrte Marie weiter und musterte den Häftling genau.

»Er ist verreckt. Ende Gelände. Im Schluchsee.«

»Weißt du, ob es ein Unfall war? Selbstmord? Oder gar« – sie sagte es lauernd – »Mord?«

Charly wirkte nun verärgert: »Was soll das? Willst du mir unbedingt einen Mord anhängen? Wenn nicht Pedro, dann Rüdiger?« Er schlug mit der Faust auf den Holztisch. »Rüdiger ist ins Wasser gegangen – so weit ich gehört habe, weil er sich finanziell übernommen hat. Und?«

Marie gab sich unbeeindruckt: »Warum regst du dich so auf?«

»Weil ich dachte, du besuchst hier einen alten Freund. Stattdessen machst du auf Kripo-Tussi. Mordermittlerin. Wahrscheinlich willst du mir heimzahlen, dass ich dich damals nicht wollte.«

»Genau«, sagte sie ebenso scharf wie ironisch. »Gut, dass wir das geklärt haben. Und jetzt wieder ernsthaft: Wann hast du den nächsten Freigang?«

»Willst du mit mir in die Kiste oder mich beschatten?«, fragte Charly nun schon fast zynisch zurück.

»Weder noch«, erwiderte sie, obwohl sie zunächst erwogen hatte, gar nicht darauf zu antworten.

Nichts lag ihr ferner als Ersteres. Letzteres war aber durchaus eine Möglichkeit. Nur musste sie dazu erst mal mit der Gefängnisverwaltung sprechen – und mit dem Kollegen Winterhalter, falls an dem Suizid im Schluchsee noch Zweifel bestehen sollten.

Insgesamt musste Marie feststellen, dass sie irgendwie traurig war, ein bisschen auch wütend. Nichts war mehr übrig vom einstigen Charme des Mannes. Er war ein Gescheiterter – und ab einem gewissen Alter wirkte die aufgesetzte Coolness nicht mehr.

»Weißt du noch, an welchem Tag Rüdiger im Schluchsee gestorben ist?«, fragte sie unbeeindruckt weiter.

»Ne, wieso? Willst du auch dafür ein Alibi? Als Bulle ist es doch deine Aufgabe, so was selbst rauszufinden. Ich mache doch hier nicht deine Arbeit für dich.«

»Okay, danke, Charly. Wir kommen dann wieder auf dich zu.«

Es gab nichts mehr zu sagen. Charly hatte dichtgemacht.

Sie fügte ein »Mach's mal gut« an, das halbwegs versöhnlich klingen sollte. Inzwischen hielt sie es nämlich tatsächlich für möglich, dass Charly ziemlich unangenehm werden könnte, wenn er wieder draußen und bei schlechter Laune war.

Diese Sorge hatte einen bestimmten Grund. Ihr ehemaliger Schulkamerad, der zum Abschied wortlos nickte, hatte ihr schon in der ersten Sekunde des Treffens einen großen Schrecken versetzt.

Er trug nämlich etwas, das er damals in Cliquen-Zeiten noch nicht getragen hatte.

Und das ihr heute schon ins Auge gesprungen war, bevor sie sein Gesicht richtig gesehen hatte: ein Tattoo am Hals, einen Wolfskopf!

An einem Sonntag jemanden von der Gefängnisverwaltung zu sprechen, erwies sich als überaus ambitioniert. Ob denn die Staatsanwaltschaft involviert sei, wollte der Stellvertreter der Stellvertreterin des Direktors wissen.

Marie nickte. »Sie kennen das ja. Bei Ermittlungen zu einem Mordfall eilt es immer. Wenn Sie noch etwas Schriftliches brauchen, das liefern wir morgen nach. Wochenende ist halt nun mal schwierig. Ich benötige auch nur ein, zwei Auskünfte.«

»Sie kennen den Gefangenen Schmider auch privat?«, wollte der stellvertretende Stellvertreter noch wissen, dem der Justizvollzugsangestellte offenbar schon pflichtbewusst von der Bemerkung Charlys im Besucherzimmer berichtet hatte.

»Ein flüchtiger Bekannter von früher – das hat mit dem Fall rein gar nichts zu tun«, beeilte sich Marie zu versichern.

Der Mann von der Verwaltung seufzte etwas gekünstelt.

»Hören Sie, Herr …«, sie schaute auf das Namensschild auf dem Schreibtisch, »… Niedermeier. Es geht um den Mordfall Peter Schätzle bei uns oben in der Nähe von Donaueschingen. Herr Schmider hatte einen Bezug zu dem Ermordeten, und es geht jetzt um die Abklärung des Alibis. Ich möchte wissen, ob er zur fraglichen Zeit hier inhaftiert war.«

Der Stellvertreter nickte: »Um welches Datum geht es gleich wieder?«

»12. Mai.«

Der Stellvertreter blätterte erst in den Akten, dann widmete er sich etwas ungelenk dem Rechner.

»12. Mai?«, fragte er dann.

»Genau.« Marie blickte unauffällig auf ihre Uhr und war gespannt, was Winterhalter wegen des Schluchsee-Suizids herausfinden würde. Wenn sie so die sonntägliche Besetzung einer Behörde am Sonntag betrachtete, musste man wohl davon ausgehen: bis morgen erst mal gar nichts.

»Ah, hier haben wir es«, sagte der Gefängnis-Mitarbeiter. »12. Mai dieses Jahres. Da war Herr Schmider hier, er hatte keinen Freigang.«

»Dann hat er ein Alibi«, sagte Marie sachlich, doch in ihrem Kopf überschlugen sich die Gedanken. Wie viele Menschen hatten wohl so ein Wolfskopf-Tattoo am Hals? Sie kannte keinen einzigen – außer Charly.

Natürlich war es möglich, dass sich die laut Winterhalter nicht allzu präzisen Zeugen – und für einen solchen hielt sie auch seinen Sohn Thomas – bei der Abbildung des Tattoos getäuscht hatten. Am Ende war es gar kein Tierkopf gewesen? Gleichwohl waren wie auch immer geartete Tattoo-Köpfe am Hals alles andere als die Regel.

»Er war definitiv den ganzen Tag hier in der Justizvollzugsanstalt?«, fragte sie nach. »Auch schon am Tag davor – also dem 11. Mai?«

Der Stellvertreter, der die Akte vor sich auf dem Tisch und im Rechner bereits wieder geschlossen hatte, schlug sie widerwillig noch einmal auf.

»11. Mai?«, fragte er dann nach.

»Ja«, bestätigte Marie schon leicht ungeduldig und schaute sich in dem recht steril eingerichteten Zimmer um. Zweckmäßige Büroausstattung, weitgehend unpersönlich, und ansonsten Akten, Akten, Akten – Computerzeitalter hin oder her.

Irgendwie kam ihr der Gedanke, hier arbeiten zu müssen, bedrückend vor. Es schnürte einen doch bestimmt ein, selbst wenn man abends die Justizvollzugsanstalt wieder ...

»Da hatte er Freigang.«

Sie stutzte. »Und wann muss man nach einem solchen Freigang wieder in der JVA sein?«

»Eigentlich abends zum Einschluss.«

»Und uneigentlich?«

»Da müsste ich einmal telefonieren«, sagte der JVA-Mann in einem Tonfall, als werde ihm hier die Zeit gestohlen.

»Herr Niedermeier – es geht um einen Mordfall!«

Drei Telefonate später – die Haupt-Zuständigen waren zunächst auch hier nicht erreichbar – hatte Herr Niedermeier die Bestätigung: »Er hat sich um halb zehn wieder an der Pforte gemeldet.«

»Am Abend des 11. Mai?«

Niedermeier überlegte und machte fast Anstalten, noch einmal zu telefonieren.

»Nein, morgens.«

»Morgens am 11. Mai?«

Niedermeier überlegte wieder. »Nein, am Morgen des 12. Mai.«

Marie spürte, wie sich die Haare an ihrem Arm leicht aufstellten. »Halb zehn am Morgen des 12. Mai?«

Sie ahnte, dass nun einige Arbeit auf sie zukommen würde.

»Und in welchem Zustand war Herr Schmider da?«

»Ich verstehe nicht. Zustand?«

»War er gehetzt? Geistig abwesend? Niedergeschlagen? Euphorisiert? Aggressiv? Besonders freundlich? Schuldbewusst?«

Marie war allmählich genervt.

Der stellvertretende Stellvertreter ließ die Aufzählung der Optionen über sich ergehen und sagte dann: »Haben Sie eine Vorstellung davon, wie viele Gefangene wir hier haben?«

Er blätterte wieder in seinen Akten, was diesmal keinen tieferen Sinn zu ergeben schien.

»Das kann Ihnen allenfalls der JVA-Beamte sagen, der zu diesem Zeitpunkt Dienst an der Pforte hatte. Falls ihm etwas Besonderes aufgefallen ist. Aber ich vermute, der ist …«

»… heute nicht erreichbar«, ergänzte Marie. »Halb zehn ist aber definitiv sicher?«

Niedermeier nickte: »So ist es vermerkt – und wir legen Wert auf Präzision.«

In Maries Kopf überschlugen sich die Gedanken. Thomas und seine Freunde waren dem Unbekannten im Park gegen acht Uhr begegnet – wobei sie auch das nicht mehr exakt wussten.

Von dem Neudinger Park aus fuhr man etwa eine Stunde ins Gefängnis nach Freiburg, auch wenn man ab der Stadtgrenze der Dreisam-Metropole mit Tempo 30 schleichen musste.

Das könnte passen.

»Wenn Sie so großen Wert auf Präzision legen, können Sie mir sicher auch sagen, wann Herr Schmider das nächste Mal Freigang hat?«

Der Stellvertreter wälzte noch einmal widerwillig die Akten. »In acht Tagen.«

Demnach würde Charly also so oder so noch etwas im Gefängnis bleiben.

Sie würden den Geocachern ein Bild von ihm zeigen oder am besten gleich eine Gegenüberstellung veranlassen müssen. Wenn Thomas und seine Truppe ihn wiedererkannten, hatte ihr alter Kumpel ein echtes Problem.

Bliebe noch die Frage nach dem Motiv: Neid? Geld? Der ominöse Schatz?

Oder gab es eine vernünftige Erklärung dafür, dass Charly an jenem Morgen in einem Park nahe Donaueschingen herumspaziert war, bevor er eilig die Rückreise zum Freiburger Knast antreten musste?

Aber warum schwieg er dann, statt diese Erklärung zu nennen?

Oder lief wirklich noch jemand, der in den Fall involviert war, mit einem derartigen Tattoo herum?

Marie hatte genug Stoff zum Nachdenken, als sie wieder zurück durch den Schwarzwald fuhr. Die nächste Frage, die sich ihr stellte: Mit wem sollte sie diese Erkenntnisse teilen?

Nur mit Winterhalter – oder mit der gesamten Soko?

Würde ihr die Bergmann den Fall entziehen, wenn bekannt würde, dass sie nun auch noch Charly von früher her kannte – und dass dieser tatverdächtig war?

Ein paar hundert Meter ehe sie auf dem Feldweg zum Bauernhof ihrer Eltern einbog, bemerkte sie einen silberfarbenen Golf mit Berliner Kennzeichen. Im Wagen war niemand zu sehen.

Auch wenn Mike zuletzt ein anderes Auto gefahren hatte: Sie musste wachsam sein.

Und gleichzeitig aufpassen, dass sie keinen Verfolgungswahn entwickelte.

25. Sonntagsdienst

Als Marie eine Stunde später wieder das Kommissariat in Villingen-Schwenningen betrat, erlebte sie gleich mehrere Überraschungen.

Tatsächlich waren fast alle Kollegen am heutigen Sonntag da, um – wie von Kriminaldirektorin Bergmann angeordnet – Dienst zu schieben. Fleißig wurden weitere potenzielle Verdächtige und Zeugen abtelefoniert, Spuren genauer unter die Lupe genommen. Frau Bergmann selbst – und das war die größere Überraschung – war aber nicht zugegen.

»Die hat heute frei, weil sie so im Stress war die letzten Tage«, berichtete Winterhalter mit ironischem Unterton. Die Abwesenheit der Chefin schien ihm jedoch nicht unrecht zu sein.

Wie Marie von den Kollegen erfahren hatte, neigte Frau Bergmann dazu, bei einem frischen Fall gefühlt einmal pro Stunde Soko-Sitzungen einzuberufen. Und das – wie Marie ebenfalls via Flurfunk mitbekommen hatte – nervte nicht nur Winterhalter, der die Auffassung vertrat, dass man mit präziser Ermittlungsarbeit, gut geführten Befragungen und technisch einwandfrei vorgenommenen kriminaltechnischen Untersuchungen tausendmal mehr erreichte als mit bloßem Theoretisieren in Soko-Sitzungen.

Schon mehrfach hatte die Bergmann allerdings von zu Hause aus angerufen. Bisher hatte Kiefer jedes Mal den Hörer abgenommen und brav berichtet, dass alle Anwesenden »intensivst« mit dem Gruft-Fall beschäftigt seien. Beim dritten Anruf hatte Winterhalter dem jungen Kollegen allerdings verboten, das Gespräch entgegenzunehmen: »Wir sind alle sehr beschäftigt, haben jetzt keine Zeit mehr für einen Telefonschwatz.«

Marie vermutete, dass Frau Bergmann das überhaupt gar nicht gefallen würde. Prompt begann das Telefon, im Minutentakt zu klingeln.

Als sie sich gerade auf ihren Platz gesetzt und den Computer hochgefahren hatte, erbarmte sich Winterhalter doch noch:

»Ja, Frau Kriminaldirektorin. Die Kollegen sind alle wirklich sehr beschäftigt. Ja ja. ... Wir waren gerade im Labor, haben uns noch mal die ganzen Spuren akribisch angeschaut. Ich bitte um Verständnis. ... Die Kollegin Kaltenbach? Die war in Freiburg und hat dort eine Spur verfolgt. ... Welche? Sie hat einen Knastbruder und ehemaligen Freund des Opfers befragt. ... Ob sie schon wieder zurück ist?«

Winterhalter sah sie mit hochgezogenen Augenbrauen an. Marie schüttelte heftig den Kopf und goss sich eine Tasse starken Kaffees ein.

»Nein, die Frau Kaltenbach ist noch nicht zurück. Sie wollen es später noch mal versuchen? Na ja, wenn Sie meinen ...«

Marie musste grinsen.

»Ja, ja, ist gut. Wir bleiben am Ball. Wir können Ihnen ja morgen berichten. Und Sie können sich ganz auf uns verlassen. ... Jaja, das hoffe ich auch, dass die Frau Kaltenbach interessante Neuigkeiten aus Freiburg mitbringt. Wiederhören.«

»Danke«, sagte Marie, nachdem Winterhalter aufgelegt hatte. »Dafür hätte ich gerade wirklich keinen Nerv gehabt.«

Winterhalter, der in Sachen Kommunikation nicht immer der Sensibelste war, gab nun den Feinfühligen. Er stellte Marie wortlos zum Kaffee ein Stück Streuselkuchen hin. Offenbar währte der Ehestreit – inklusive Kochstreik der Gattin – weiter an, sodass Winterhalter sich nun ausschließlich von Kuchen und Schokolade ernährte. Marie lehnte als Veganerin ab – trotzdem war es eine nette Geste von Winterhalter. Nachdem sie sich mit einem großen Schluck Kaffee gestärkt hatte, berichtete sie Winterhalter und dem wieder hereingekommenen Kiefer, dass Charly Schmider tatsächlich ein Tattoo in der Art trug, wie es die Geocacher gesehen hatten. Und: dass er nicht zwingend zur möglichen Tatzeit im Knast gesessen sei, sondern Freigang gehabt habe.

»Das hat der Kollege Fleig leider nicht gut recherchiert«, sagte Marie.

»Das werden wir dem Fleig noch mal kräftig aufs Butterbrot schmieren«, meinte Winterhalter ernst und versuchte noch einmal, genauer den Zeitplan des Tattages zu rekapitulieren:

»Tötung des Peter Schätzle zwischen sechs und sieben Uhr. Gehen wir mal davon aus, dass er um halb sieben am Wartenberg umgebracht wurde. Das Aufeinandertreffen mit den Zeugen im Park der Fürstengruft war so circa gegen acht Uhr. Ihr Charly – wenn er es denn war – hätte also genug Zeit gehabt, die Leiche vom Warteberg wegzubringen und in der Gruft abzulegen. Ist ja keine Viertelstunde mit dem Auto entfernt.«

Winterhalter kratzte sich am Kopf: »Pi mal Daumen also acht Uhr in Neudingen. Dann Fahrt nach Freiburg zurück ins Gefängnis. Ankunft dort gegen halb zehn. Ja, das könnte schon hinkommen.«

Winterhalter nahm sich nun selbst eines der Streuselteile vor und verkrümelte kräftig die Schreibtischauflage – und dann auch noch seine Tastatur, während er die mögliche Fahrtdauer zwischen der Gruft in Neudingen und dem Gefängnis per Internet recherchierte und auf neunundfünfzig Minuten kam, wie er gleich darauf verkündete.

Kiefer nahm sich derweil schon das dritte Stück.

»Wir haben natürlich noch keinerlei Beweise, die ausreichen würden, einen Haftbefehl zu beantragen. Aber so viele Menschen mit einem Tierkopf-Tattoo am Hals wird es kaum geben. Jedenfalls nicht im Umfeld von Peter Schätzle«, stimmte Marie zu.

»Zumal Herr Schmider derjenige sein könnte, der sich von einem Freiburger Internetcafé aus über dieses geheime Schatzforum mit Peter Schätzle sowie diesem Konrad von Wartenberg über das Amulett intensiv ausgetauscht, darüber gefeilscht, ja sogar gestritten hat. Auch das ist zumindest ein Indiz«, hatte nun IT-Experte Kiefer ebenfalls etwas Substanzielles beizutragen.

»Ja.« Winterhalter nahm sich gleich den nächsten Streusel vor. »Wir sollten möglichst schnell eine Gegenüberstellung zwischen den Geocachern und Herrn Schmider veranlassen.«

»Francois, könntest du das bitte für morgen im Laufe des Tages veranlassen?«, fragte Marie. Die Frage hatte eher wie eine Anordnung geklungen, wie sie gleich darauf bemerkte. Manchmal verfiel sie noch automatisch in den etwas raueren Ton der Berliner Polizei. Der Elsässer schien sich zum Glück nicht daran zu stören.

»Ja, ich mach das gern«, sagte er ruhig und lächelte sie an.

»Und hier sind die Telefonnummern der Zeugen. Und bitte nicht so viel Aufhebens machen, sonst sind die morgen so nervös, dass sie gar nix erkennen«, riet Winterhalter und streckte Kiefer einen Zettel hin. »Ich halt mich da lieber raus, sonst heißt es wieder, ich sei befangen, weil mein Sohn da mit drin steckt.«

»Konnten Sie schon etwas in Sachen Selbstmord am Schluchsee herausfinden?«, fragte Marie.

Winterhalter grinste scheel. »Wissen Sie, wie die Behörden an einem Sonntag arbeiten?«

»Ja, leider. Ich hab's vorher in der JVA Freiburg live miterleben können.«

»Genau«, meinte Winterhalter. »Ich hab keinen Zuständigen erwischt, mache das aber gleich morgen früh.«

Marie nickte. »Wenn Ihr Sohn und seine Freunde tatsächlich Charly als den Unbekannten aus dem Park identifizieren, müssen wir Haftbefehl beantragen, oder?«

»Jawoll.« Winterhalter mampfte weiter Streuselkuchen. »Vielleicht hat der den angeblichen Selbstmörder aus dem Schluchsee auch noch auf dem Gewissen.«

Ehe Marie antworten konnte, stürmte Huber zur Tür herein. »Wo sich das Handy des ermordeten Schätzle befindet, wissen wir immer noch nicht. Wir haben jetzt aber die Info, wo es zum letzten Mal geortet wurde.«

»Und?«, fragte Marie, während Winterhalter weiter Krümel vom Tisch und der Tastatur fegte.

»Nahe der JVA Freiburg, Hermann-Herder-Straße.«

»Scheiße«, entfuhr es Marie ganz undamenhaft. »Und wann?«

»Am 12. Mai – dem Mordtag.«

»Jetzt wird's richtig eng für Ihren Charly«, kommentierte Winterhalter.

In dem Moment klingelte das Telefon.

Winterhalter wollte erst gar nicht drangehen. Vermutlich war das die Chefin, die die neuesten Ermittlungsergebnisse erfahren wollte.

Doch die Vorwahl 07724 ließ ihn stutzig werden.

»Moment mal. Des ist doch Sankt Georgen?«, formulierte Winterhalter Frage und Antwort in ein und demselben Satz.

»Winterhaaalder«, meldete er sich dann gewohnt gedehnt. »Kriminalkommissariat Villingen-Schwenningen. Wer ist am Apparat?«

»Schätzle hier. Armin Schätzle«, meldete sich der Witwer des ermordeten Pedro mit gedämpfter Stimme.

Winterhalter hielt kurz die Hand an die Sprechmuschel. »Armin Schätzle ist dran. Soll ich auf laut schalten?«

Die Kollegin nickte, und Winterhalter drückte den Lautsprecherknopf des Telefons.

»Gut, dass Sie anrufen! Wir hätten da noch ein paar Fragen an Sie«, eröffnete Winterhalter das Gespräch, und seine Kollegin ergänzte: »Kommissarin Kaltenbach hier. Herr Winterhalter hat mich gerade freundlicherweise zugeschaltet. Wir haben schon die ganze Zeit versucht, Sie zu erreichen. Es haben sich noch einige neue Ermittlungsansätze ergeben, bei denen wir uns von Ihnen noch ein paar Informationen erhoffen. Gerade im Hinblick auf den Wartenberg-Schatz.«

»Moment mal, bitte«, unterbrach Armin Schätzle kurz das Telefonat. »Ja, was ist denn?«, fragte er dann leiser.

»Soll ich schon mal das Badewasser einlassen? Kommst du auch gleich in die Wanne?«, ertönte eine Stimme aus dem Hintergrund.

»Ich telefoniere gerade«, antwortete Schätzle und sprach dann weiter gedämpft ins Telefon: »Ja, ich wollte auch noch eine Aussage machen. Ich habe noch mal nachgedacht.«

»Könnten wir vielleicht gleich bei Ihnen vorbeischauen?«, schlug Marie vor.

»Wir wissen natürlich, dass Sonntag ist. Aber wir sind heute alle am Arbeiten. Und Frau Kaltenbach und ich könnten dann gleich Ihre Aussage zu Protokoll nehmen«, ergänzte Winterhalter.

»Oder könnten Sie vielleicht nachher noch bei uns in der Dienststelle vorstellig werden?«, beeilte sich die Kaltenbach zu fragen.

»Also, heute geht es wirklich nicht mehr bei mir. Aber von mir aus gerne morgen früh.«

»Acht Uhr?«, schlug sie vor.

»Von mir aus auch gerne um sieben«, hatte Winterhalter eine frühere Uhrzeit zu bieten. Der passionierte Frühaufsteher war derzeit aus den bekannten Gründen fast schon froh, noch früher als üblich aus dem Haus zu kommen.

»Lieber um neun Uhr, ja? Und Sie kennen ja unsere ... meine Adresse«, bestätigte Schätzle weiter mit gedämpfter Stimme.

»Wollen Sie uns vielleicht nicht noch kurz sagen, in welche Richtung Ihre Aussage geht? Haben Sie uns denn etwas Wichtiges mitzuteilen?«, fragte die Kaltenbach noch.

»Nein, das geht jetzt leider nicht. Morgen dann bitte. Auf Wiederhören«, beeilte sich Schätzle, das Telefonat zu beenden.

»Der hat sich aber verdammt schnell getröstet«, erklärte die Kaltenbach, sobald er aufgelegt hatte, und grinste.

»Wie, schnell getröstet? Ich versteh nicht recht?«

»Na ja: Da war jemand im Hintergrund. Haben Sie nicht gehört? Was war das für eine Stimme? Vielleicht sogar eine Frau? Na, jedenfalls hat der- oder diejenige ihn gerade in die Wanne gebeten, weil er nicht wusste, dass Armin Schätzle telefoniert. Seine Mama wird es wohl nicht gewesen sein.«

»Schwule sind da eh nicht so zimperlich wie unsereins. Zumindest habe ich das gehört«, hatte Winterhalter bei dem Thema nun doch etwas beizutragen.

»Aha, und woher beziehen Sie Ihre Infos?«, fragte die Kollegin in genervtem Tonfall.

»Na ja, was man halt so hört. Die scheinen das jedenfalls nicht so genau zu nehmen.«

»Wie meinen Sie das mit ›nicht so genau zu nehmen‹?«, hakte die Kaltenbach nach und funkelte ihn an.

Verdammt! Hätte er doch geschwiegen, dachte Winterhalter. »Ha, die werden halt dann schon mal ... mit einem anderen ... äh ... wie soll ich sagen ... etwas schneller ... ähem ...

intim. Und die beiden habe ja eh eine offene Beziehung geführt, wenn ich das recht verstanden hab. Da sucht er sich dann halt auch gleich nach dem Ableben des Partners einen Neuen.«

»Was Sie so alles wissen«, bemerkte die Kaltenbach sarkastisch.

»Na ja, aber bei Ihnen geht's ja auch ganz schön wild zu in Sachen Liebe«, stichelte Winterhalter zurück.

»Vorsicht, Glashaus. Zumindest, wenn man Ihrer Frau Glauben schenken darf.«

»Ha, ha, sehr lustig. Abgesehen davon: Wir müssen Schätzle morgen auch noch nach Charly Schmider fragen.«

Als die Kaltenbach kurz zu den anderen Kollegen ging, um von ihrer Befragung in Freiburg zu berichten, wählte Winterhalter in seinem Handy die Nummer »Daheim«. Er wusste eigentlich gar nicht so recht, was er sagen sollte, wenn Hilde tatsächlich ans Telefon ging.

»Ja, hallo«, meldete sich dann eine Stimme. Unverkennbar die jüngere, männliche Winterhalter-Stimme. Der Kommissar war fast schon ein wenig erleichtert.

»Ich hab dir schon tausendmol g'sagt, dass du dich mit Name melde sollsch. ›Hallo‹ isch doch keine Begrüßung am Telefon«, schimpfte Winterhalter.

»Jo, schon gut. Was isch denn«, ließ sich Thomas davon nicht beeindrucken.

»De Kollege Kiefer möcht morgen noch mol eine Aussage von euch. Mir habe möglicherweise den Typen mit dem Tattoo g'funde«, erklärte sein Erzeuger.

»Gut, aber …«

»Nix aber«, sagte Winterhalter autoritär. »Der Kiefer meldet sich dann – er hät eure Nummern. Seid g'fälligst kooperativ. Abg'sehe davon: Isch d'Mama auch do?«, fragte er dann eine Spur freundlicher.

»Willsch du mit ihr spreche?«

»Jo ... nein ... vielleicht. Ich weiss nit«, eierte Winterhalter herum.

»Warum rufsch du dann an?«, gab es nun die Retourkutsche für die Schelte gerade eben.

»Jo, isch sie denn do?«, fragte der Kommissar erneut.

»Nein.«

»Jo, wo isch sie denn? Im Stall?«

»Nein.«

»Jo, wo denn dann? Lass dir doch nit jedes Wort aus de Nas ziehe ...«

»Sie isch wegg'fahre.«

»Allein?«

»Ja, wieso denn nit?«

»Und, wo na?«, ließ Karl-Heinz Winterhalter nicht locker.

»Woher soll ich des wisse? Ich hab sie nit g'fragt. Ruf sie halt an. Ich nehm an, sie hat ihr Handy dabei. Sonst noch was?«, gab sich der Sohn weiter kurz angebunden.

»Nei ... und nix für ungut. Bis heut Abend«, versuchte Winterhalter eine versöhnliche Verabschiedung.

Und dann schossen ihm mehrere Gedanken durch den Kopf: Hilde Winterhalter fuhr praktisch nie alleine irgendwo hin. Außer zum Einkaufen. Aber sonntags? Da ging sie allenfalls mal rüber zur Nachbarin. Sonntagsausflüge mit dem Auto ohne ihn oder die Familie, die gab es praktisch nie.

Winterhalter wählte ihre Handynummer, doch die Teilnehmerin war vorüber gehend nicht erreichbar.

Natürlich ...

Eine seltsame Unruhe ergriff den Kommissar. Er wäre am liebsten aufgesprungen, hätte sich ins Auto gesetzt und den Schwarzwald nach seiner Frau abgesucht.

In diesem Moment fasste er einen Entschluss: Es konnte

so nicht weitergehen. Er musste unbedingt mit Hilde ein klärendes Gespräch führen.

Und wenn es im Beisein dieses verdammten Ehetherapeuten war …

26. Sauberes Wohnen

Ungeduldig drückte Winterhalter immer wieder die modern eingefasste Klingel und betrachtete das bunte Schild über der Eingangstür des Wohnhauses in St. Georgen. Statt »Willkommen« hatten die Schätzles »Tradition is the Shit« als ihr Begrüßungsmotto gewählt. Ein sehr einladender Spruch, dachte Winterhalter ironisch. Aber immerhin passend zum Geschäfts- und Lebensmotto ihres Mordopfers Pedro Schätzle.

»Vielleicht schläft er noch?«, schlug die Kaltenbach nach dem etwa zehnten Klingelmanöver vor. »Er schien auch ganz froh zu sein, nicht schon morgens im Kommissariat auftauchen zu müssen.«

»Die Klingel ist wirklich laut. Der müsste eigentlich längst wach sein«, entgegnete Winterhalter und läutete ein elftes Mal.

»Hat er vielleicht unseren Termin vergessen oder ging von einer anderen Uhrzeit aus? Wir hatten ja mal gestern von unterschiedlichen Zeiten gesprochen.« Sie hatte es parallel zu Winterhalters Klingelversuchen nun auch schon mehrfach erfolglos auf dem Handyanschluss des Witwers probiert. Doch nicht mal ein Anrufbeantworter hatte sich gemeldet. Stattdessen war nur die immer gleiche Ansage zu hören: »Dieser Anschluss ist vorübergehend nicht erreichbar.«

Die Turmuhr der Stadtkirche hatte mittlerweile schon das nächste Viertel geschlagen. Winterhalter dachte noch mal kurz über seinen erfolglosen gestrigen Versuch nach, mit Hilde ins Gespräch zu kommen. Diese hatte ihm abends nicht mal sagen wollen, wo sie Sonntagnachmittag gewesen war. Auch deshalb hatte er die halbe Nacht kaum ein Auge zugetan. Wie konnte einem das eigene Ehe- und Privatleben in kürzester Zeit derart entgleiten? Wie konnte einem plötzlich die Fähigkeit abhandenkommen, sich mit der eigenen Frau anständig zu unterhalten – nachdem man sich vorher jahrelang auch ohne Worte verstanden hatte?

Vielleicht sollte er sogar mal unauffällig die Kaltenbach um Rat fragen. Immerhin war sie eine Frau.

»Lassen Sie uns einen Kaffee trinken gehen, vielleicht ist er nur kurz einkaufen gefahren«, hatte die Kollegin einen weiteren Vorschlag parat, den Winterhalter gerne annahm. Zum einen, weil er aufgrund seines Schlafdefizits dringend Koffein benötigte. Und zum anderen, weil man von dem Café gegenüber einen guten Blick auf die Eingangstür des modern gehaltenen, von zahlreichen Fensterfronten durchzogenen Gebäudes hatte.

Zuvor bediente Winterhalter aber noch sein Handy: »Ich erreiche diesen Gerichtsmediziner in Freiburg einfach nicht«, schimpfte er. »Ich will jetzt endlich Klarheit, ob der Tod Ihres Freundes Rüdiger auch wirklich ein Suizid war. Und heute Nachmittag führen wir diesen Charly meinem Sohn und seinen Freunden vor.« Er drückte wieder auf dem Handy herum. »Und dann werden wir die Zelle des Herrn mal durchsuchen und schauen, ob wir des Handy des Mordopfers da nicht finden.«

Dass Karl-Heinz Winterhalter und seine Kollegin dann aber nur den halben Kaffee tranken und die Kaltenbach einfach einen 5-Euro-Schein für die Zeche liegen ließ, lag daran, dass eine Viertelstunde später tatsächlich jemand am Haus auftauchte. Eine kleine, etwas untersetzte Frau mittleren Alters, schwer beladen mit einigen Taschen, öffnete die Eingangstür.

Winterhalter und seine Kollegin erreichten die Frau, als sie gerade dabei war, die Eingangstür wieder zu schließen.

»Was Sie wollen?«, fragte sie zunächst etwas reserviert, als sie das ungleiche Paar erblickte.

»Wer sind Sie? Und was wollen Sie hier?«, fragte Winterhalter ohne Umschweife zurück.

»Das ich Sie auch fragen«, entgegnete die Dame nun etwas ungeduldig mit einem unverkennbar slawischen Akzent.

»Wir sind von der Kripo und haben eine Verabredung mit Herrn Schätzle. Wir müssen ihn als Zeugen befragen«, erklärte seine Kollegin und zückte ihren Dienstausweis. »Kriminalhauptkommissarin Kaltenbach. Und das ist mein Kollege Winterhalter.«

»Ich Svetlana. Ich komme für Putzen«, sagte die Frau nun freundlicher.

»Würden Sie uns bitte hereinlassen? Wir würden gerne drinnen auf Herrn Schätzle warten«, tastete sich die Kaltenbach vor.

Svetlana machte keine Anstalten, die beiden von ihrem Vorhaben abzubringen.

»Wissen Sie, wo Herr Schätzle sich um diese Zeit aufhalten könnte?«, ging die Kommissarin im Eingangsflur unmittelbar zur Befragung über.

»Ich heute Vormittag viel zu tun. Bitte kommen Sie mit in Küche«, sagte Svetlana und nahm dankbar Winterhalters Angebot an, sich als Packesel zu betätigen. In der großzügig ausgestalteten Wohnküche stellten die Kommissare fest, dass die Frau offenbar nicht nur für die Sauberkeit im Hause Schätzle verantwortlich war – was sie in Anbetracht der blank geputzten Flächen auch sehr ordentlich zu erledigen schien –, sondern ebenso für das leibliche Wohl. Sie verstaute die üppigen Lebensmitteleinkäufe, brachte fertig vorgekochtes Mittagessen mit.

»Cevapcici lieben Armin und Pedro«, sagte Svetlana, schaute dann aber etwas traurig und schien Tränen zu unterdrücken. »Ich meine, liebte Pedro.« Dann beantwortete sie die zuvor gestellte Frage: »Armin normalerweise um diese Zeit noch schlafen. Wissen Sie, ich immer vormittags hier arbeiten. Haben Sie vorher schon geklingelt?«

Die Kommissare nickten synchron.

»Würden Sie bitte mal im Schlafzimmer nachschauen, ob Herr Schätzle vielleicht dort liegt und schläft?«, fragte Winterhalter nun vorsichtiger. Allerdings schien das die Frau, die für den Schätzle-Haushalt verantwortlich war, erst recht zu beunruhigen. Sie bat die beiden, ihr zu folgen.

Svetlana öffnete die Schlafzimmertür einen Spalt weit.

»Herr Armin? Hier Besuch für dich«, flüsterte sie. Nachdem sie die Tür etwas weiter geöffnete hatte, wurde allerdings kein Armin Schätzle sichtbar, sondern nur ein leeres, unbenutztes Schlafzimmer. Das Doppelbett war auf beiden Seiten bezogen und fein säuberlich gemacht.

»Vielleicht sollten wir mal im Badezimmer nachsehen?«, fragte die Kaltenbach etwas nervös. Auch Winterhalter beschlich so langsam ein unangenehmer Verdacht.

Die Haushaltshilfe schien das zu bemerken, denn sie bat nun die beiden Ermittler voranzugehen.

Diesmal öffnete Kollegin Kaltenbach die Tür. Winterhalter sah zunächst auf die Duschkabine, die leer war. Dann erhaschte er einen Blick auf die angrenzende, ovale Badewanne, die mit Massagedüsen ausstaffiert war.

Dort lag … kein badender Armin Schätzle. Und es schien auch keine Anzeichen dafür zu geben, dass sich hier gerade noch jemand aufgehalten haben könnte. Die Badetücher waren sehr ordentlich über der dafür vorgesehenen Stange drapiert, die Pflegeprodukte wie Soldaten am Rand der Badewanne aufgereiht.

»Haben Sie vielleicht noch eine andere Telefonnummer von Armin Schätzle?«, fragte die Kommissarin, nachdem sie auch den Rest des Hauses erfolglos abgesucht hatten.

In seinen eigenen vier Wänden hatte der Witwer alles sehr sauber und ordentlich hinterlassen. So sauber, dass die Putzfrau nun fast schon vorwurfsvoll fragte: »Armin wieder selber geputzt? Wo ich soll jetzt noch was tun?«

Dann wählte sie die Handynummer des Hausherrn, und Winterhalter glich parallel die Nummer mit der von ihm abgespeicherten ab. Sie stimmten überein. Und immer noch war niemand unter der Nummer zu erreichen: »The person you have called is not available. Please, try again later«, hörten sie immer wieder den automatischen Spruch.

»Das ist jetzt aber wirklich ärgerlich. So kommen wir nicht weiter«, schimpfte Winterhalter, während die Kaltenbach schon dabei war, aus der Not eine Tugend zu machen. Da Svetlana offenbar nicht nur die Putzkraft, sondern die Rundumversorgerin der Schätzles war, befragte sie diese.

»Ich nix wissen. Ich nix wissen, warum Pedro jetzt tot«, antwortete eine sichtlich nervöse Svetlana. »Und ich auch nix wissen, wer es könnte getan haben.«

»Ist Ihnen bei den beiden in der letzten Zeit irgendetwas aufgefallen? Gab es Veränderungen im Leben der Schätzles?«, fragte die Kaltenbach dann ganz behutsam.

Winterhalter streifte derweil noch mal durch die Küche, wo er in die Schränke schaute, auch wenn ihm klar war, dass Armin Schätzle sich dort wohl kaum versteckt hatte.

»Die beiden eigentlich schon glücklich, aber viel streiten. Na ja, ist vielleicht auch normal. Ich mit meinem Ivan auch immer mal wieder streiten. Das gehört zu Eheleben dazu.«

»Worum ging es denn bei den Streitigkeiten?«

»Och, einfach Missverständnisse, manchmal auch Eifersucht. Pedro die letzte Zeit viel unterwegs. Armin auch nicht einfach. Aber ich nix weiter sagen. Will nicht schlecht reden über meine beiden Schätzles. Sie Armin lieber selber fragen.«

Auch weitere Versuche, Svetlana etwas über das Privat- oder gar Intimleben von Armin und Peter Schätzle zu entlocken, blieben erfolglos – ebenso wenig erreichte das Ermittlerduo beim Versuch, etwas von der Putzfrau über das Amulett zu erfahren, an dem Pedro interessiert gewesen war.

»Amulett? Ich nix wissen. Pedro aber immer viel Gerümpel aufbewahrt – ich nix unterscheiden können.«

»Für Gerümpel war des Amulett aber recht teuer«, knurrte Winterhalter.

Zurück im Kommissariat gab es zumindest halbwegs gute Nachrichten von Kiefer. Er hatte für den folgenden Vormittag die Gegenüberstellung zwischen Charly Schmider und den jungen Zeugen von der Neudinger Fürstengruft organisiert.

»Warum nicht schon für heute?«, fragte Winterhalter.

»Weil die Gefängnisleitung den Transport von Charly Schmider für heute nicht organisiert bekommen hätte.«

»Ha, dann holen wir den Schmider halt heute Nachmittag noch persönlich in Freiburg ab. Kiefer, versuch das bitte umzuorganisieren. Und ruf die Zeugen alle noch mal an. Zur Not soll mein Sohn das mit den anderen abklären«, sagte Winterhalter für seine Verhältnisse etwas unfreundlich. Es musste am Schlafdefizit liegen.

»Aber die erreiche ich doch jetzt alle nicht. Dein Sohn hat mir gesagt, dass sie heute Vormittag Vorlesung an der Fachhochschule haben. Das müsstest du doch auch wissen«, gab sich Kiefer keine Mühe zu verbergen, dass nun auch er einigermaßen genervt war.

»Ist mir egal. Dann versuch's halt immer wieder. Irgendwann haben die schon eine Vorlesungspause. Die gucken dann doch eh wieder auf ihre Handys. Bleib beharrlich. Wir können uns nicht leisten, noch mehr Zeit zu verlieren.«

»Aber ich muss mich doch auch weiter um die Chats und die Identifikation der Personen dort kümmern«, protestierte Kiefer.

»Das hat jetzt Zeit, die Gegenüberstellung hat oberste Priorität«, war Winterhalter weiter im Kommandoton. Die Kripochefin Frau Bergmann weilte an diesem Vormittag zu einer Besprechung von weiteren Polizeistrukturreformen in Rottweil und fand diesmal offenbar nicht mal die Zeit, zwecks Abfragen von Ermittlungszwischenständen im Kommissariat anzurufen. Winterhalter war darüber froh – die Bergmann hätte ihm in seinem Zustand gerade noch gefehlt.

Nachdem er Dampf bei der Sache mit der Gegenüberstellung gemacht hatte, beratschlagten Winterhalter und seine Kollegin, wie sie Armin Schätzle möglichst schnell auffinden konnten. Sie beschlossen ihn zur Personensuche auszuschreiben und sein Handy orten zu lassen.

Nachdem auch das erledigt war, genehmigte sich Karl-Heinz Winterhalter ausnahmsweise ein »Schläfle« auf der Couch in der Besucherecke.

Doch der Schlaf des Kriminalhauptkommissars sollte nicht lange währen. Denn erstaunlicherweise führte die Personensuche schnell zu einem Ergebnis...

27. Gegenüberstellung

So zurückhaltend Winterhalter oft agierte, wenn die Bergmann im Hause war – sobald die Kripo-Chefin Auswärtstermine hatte, drehte der Schwarzwälder Kommissar richtig auf.

Er hatte durchgesetzt, dass Karl-Heinz Schmider nun tatsächlich einen Tag früher von der JVA Freiburg ins Kriminalkommissariat Villingen-Schwenningen zur Gegenüberstellung gebracht wurde.

Wer noch fehlte, waren die Augenzeugen aus dem Park – doch auch da kannte Winterhalter keine Hemmungen. Schließlich ging es unter anderem um seinen Sohn.

Er fuhr eigenhändig mit Kiefer nach Furtwangen und zog Thomas und dessen Freunde aus einer Vorlesung im A-Bau der Hochschule.

»Bapa, wie peinlich isch des denn?«, eiferte sich sein Sohn. »Du hättesch ja auch eine Durchsage im Rektorat organisiere könne, wenn's schon so wichtig isch.«

Dass dies tatsächlich besser gewesen wäre, hatte Winterhalter spätestens bemerkt, nachdem er aufs Geratewohl die Türen zu insgesamt drei anderen Hörsälen aufgerissen, da aber weder Thomas noch seine Freunde angetroffen hatte.

Er musste sich eingestehen, dass ihm der Auftritt gleichwohl irgendwie gutgetan hatte. »Die Herrschaften sind wichtige Zeuge in einem Mordprozess«, hatte er den verdutzten Dozenten erklärt.

Gesprächsstoff würde es rund um das Gebäude am Robert-

Gerwig-Platz genug geben – denn wann wurden sonst schon mal vier Kommilitonen mit einem Siebensitzer der Polizei abtransportiert?

Seinem Sohn hatte er noch erklärt: »Wenn ihr mol ab und zu euer Handy für was Sinnvolles nutze dätet und eure Nachrichte überprüfen würdet, müsst nit die Kripo komme und Taxi für euch spiele.«

Auf der Rückfahrt ins Kommissariat – jetzt musste Kiefer das Steuer übernehmen – versuchte Winterhalter noch mehrfach, den Freiburger Gerichtsmediziner zu erreichen. Einmal war es ihm gelungen, doch dann schlug in der Nähe von Vöhrenbach wieder das Schwarzwälder Funkloch zu.

Der übermüdete Kommissar fluchte, aber kurz vor Villingen hatte er dann die Verbindung.

»Herr Doktor, genau – der Suizid im Schluchsee vor einem halben Jahr – ich hab Ihnen ja schon eine Mail geschickt. Rüdiger Hellmann heißt der Tote, exakt. Da gibt's ein paar Verdachtsmomente, die …«

»Glasklar? Wirklich? … Aha, Bilanzsuizid … Mit Abschiedsbrief? … ›Ich kann nicht mehr?‹ – sonst stand nix da? … Schuldzuweisungen? Keine … Und der Brief war auch sicher echt? … Mist … Ja, ich mein natürlich: Danke, Doc … Bis bald? Na ja, hoffentlich nicht.«

Winterhalter wandte sich wieder Kiefer zu, der gerade auf den Parkplatz des Kommissariates einbog, wo die Kaltenbach den Wagen bereits erwartete.

Der Kommissar scheuchte das studentische Quartett aus dem Fahrzeug und sagte: »Einfach den Typen gut angucken und überlegen, ob das der Mann ist, den ihr an dem Morgen im Park gesehen habt – auch wenn ihr ihn nicht weiter beachtet habt, wie ihr ja schon alle mehrfach betont habt.«

»Gibt's da so eine verspiegelte Glaswand, wo wir den Mann sehen können, aber der uns nicht?«, wollte Sandra wissen.

»Nix gibt's«, entgegnete Winterhalter. »Der wird euch schon nicht angreifen, ihr habt nix zu befürchten.«

Vor allem die Frauen schauten etwas ängstlich drein, während Winterhalter sich an die Kaltenbach wandte: »Ich hatte gehofft, dass wir jetzt noch das Alibi des Herrn Schmider für den Tag abklären können, an dem der Herr Rüdiger Hellmann im Schluchsee ertrunken ist. Der Gerichtsmediziner sagt aber: glasklarer Selbstmord. Bilanzsuizid.«

Er sah, wie die Kollegin schluckte. »Gab's einen Abschiedsbrief?«

»Wohl nur einen Zettel, auf dem stand: ›Ich kann nicht mehr.‹«

»Schlimm.«

»Wie man's nimmt«, meinte Winterhalter lapidar. »Ein Mord wäre ja auch nicht viel schöner gewesen.«

Marie folgte dem Kollegen in den Vernehmungsraum, in dem Charly Schmider bereits auf einem Stuhl saß – in Handschellen, bewacht von zwei Beamten.

Sein Tattoo war durch einen Schal verdeckt, damit die Zeugen auch wirklich nur auf sein Gesicht und die Erscheinung achteten.

Sie betraten den nicht allzu großen Raum zu siebt. Die vier Zeugen, Winterhalter, Kiefer und Marie selbst, die erst noch gezögert hatte.

Vermutlich, weil genau das passierte, was sie befürchtet hatte: »Ach, schau an«, sagte Charly nämlich ironisch und deutete mit den gefesselten Händen auf sie. »Ey, mit der hatte ich mal was!«

»Langsam wird es langweilig, Charly«, fauchte Marie. »Außerdem ist das Quatsch!«

»Da erinnere ich mich aber anders«, widersprach Charly prompt. »Du warst so heiß, Baby, und …«

»Halten Sie jetzt endlich den Mund!«, sagte Winterhalter schroff. »Sie sind hier gar nicht gefragt.«

Er machte Platz, sodass die vier jungen Leute einen genauen Blick auf Charly Schmider werfen konnten. Normalerweise präsentierte man in solchen Fällen den Zeugen noch weitere Vergleichspersonen, damit diese eine Auswahl hatten. Die übrigen Statisten wurden dann meist von anderen Beamten gespielt, die den Verdächtigen einigermaßen ähnelten. Aber dafür war keine Zeit mehr gewesen.

Die große Wanduhr tickte.

Marie, Winterhalter und Kiefer saßen gespannt auf den Stühlen am Schreibtisch.

Es vergingen zwanzig Sekunden, in denen Charly hämisch grinste.

»Und?«, fragte Winterhalter schließlich.

Martin nickte und Thomas wäre wohl der Erste gewesen, der etwas hätte sagen wollen, doch Charly kam ihm zuvor: »Ja, eindeutig – ich erkenne sie wieder ...«

»Was?«, fragte Winterhalter verdattert.

Charly lachte meckernd: »Kann ich dann jetzt gehen?«

»Äh«, sagte Johanna. »Sollte das nicht eigentlich anders herum ...?«

Charly lachte noch lauter: »Euer blödes Gesicht war mir das wert. Das ist doch eh alles ein abgekartetes Spiel. Ihr wollt mir den Mord an Pedro in die Schuhe schieben – lächerlich!«

Kiefer sah nun eine Chance, sich als Ordnungsfaktor zu profilieren. »Ihr erkennt den Mann aus dem Park auch wieder?«, fragte er.

Martin und Thomas nickten vorsichtig, Sandra und Johanna zeigten keine Regung.

»Des genügt«, sagte Winterhalter. »Herr Schmider, Sie sind dringend verdächtig, am 12. Mai dieses Jahres Herrn Peter Schätzle ...«

»Weißhaar«, flocht Charly ein.
»Herrn Peter Schätzle, geborener Weißhaar, ermordet zu haben«, vollendete Winterhalter den Satz.
»Und das Motiv?«, fragte Marie nun ihren alten Kumpel Charly.
»Eifersucht – alles wegen dir«, alberte Charly, der nach wie vor darauf erpicht zu sein schien, nur keine Seriosität aufkommen zu lassen.
»Warten Sie mal, Kollegin Kaltenbach«, sagte Winterhalter. »Leute, euch schönen Dank – wir protokollieren noch und dann soll euch Kiefer zurück an die Uni fahren ...«
Der junge Kollege ging mit den vier Zeugen nach draußen, um das Protokoll anzufertigen.

Als Thomas und seine Freunde den Raum verlassen hatten, wandte sich Winterhalter an die beiden Justizvollzugsbeamten, die Schmider von der JVA Freiburg nach Villingen begleitet hatten. »Ist die Zelle von Herrn Schmider wie vereinbart nach dem Handy durchsucht worden?«
Der eine Beamte nickte.
»Und?«
»Negativ«, antwortete der Beamte. »Aber ...«
Marie war inzwischen schon auf dem Laufenden. »Aber dann wurde noch Charlys Auto durchsucht, das auf dem Parkplatz der JVA stand ...«
»Sagen Sie nur, im Wagen hat man das Handy vom Peter Schätzle gefunden ...«
Der Beamte räusperte sich, Charly saß nun nur noch schweigend da. Er hatte seinen Auftritt bereits gehabt.
»Nein, aber es wurde auch das Äußere des Wagens untersucht. Und unter dem Kotflügel fand sich ein dort mit Klebeband befestigtes Mobiltelefon ...«
»Gut gemacht, Leute«, lobte Winterhalter, als er das in eine

Plastikfolie eingepackte Handy überreicht bekam. »Das wird ja wohl zweifelsohne das von Peter Schätzle sein. Oder, Herr Schmider?«

»Wenn ich sage, dass ich nicht weiß, wie das da hingekommen ist, glaubt ihr mir ja eh nicht«, sagte der. Nach Lachen war ihm offenbar nun nicht mehr zu Mute.

»Ihres ist's auf jeden Fall nicht, oder?«

»Nein«, sagte Schmider.

Winterhalter nickte. »Es ist ausgeschaltet – oder der Akku leer. Sobald wir Armin Schätzle gefunden haben, soll der uns die Codenummer sagen, damit wir das wieder anbekommen.«

28. Schluchsee

Die weitere Vernehmung von Charly Schmider gestaltete sich schwierig, denn der Inhaftierte, der wohl so bald keinen Freigang mehr haben würde, schwieg nun permanent.

»Erst macht er den Clown, und jetzt kriegt er keinen Ton mehr raus«, knurrte Winterhalter, als sie nach dreißig vergeblichen Minuten die erste Pause machten und Charly gut bewacht im Vernehmungszimmer zurückließen.

Marie verspürte einen Anflug von Traurigkeit.

Beinahe hätte sie noch einmal das alte Foto aus ihrer Tasche gezogen, das sie ja ständig bei sich trug. Täter und Opfer auf einem Bild – und sie dazwischen. Außerdem noch ein weiterer alter Bekannter, der wenige Monate zuvor einen »Bilanzsuizid« begangen hatte.

Sie mussten noch ermitteln, was denn alles dazu beigetragen hatte, dass Rüdiger Hellmann im Schluchsee seinem Leben ein Ende gesetzt hatte.

Winterhalter tippte schon mal den bislang nicht sehr spannenden Verlauf der Vernehmung in den Computer, meinte dann aber: »Kommet Sie, der hat jetzt genug Pause gehabt. Mache mir weiter.«

In diesem Moment klingelte das Telefon auf Winterhalters Schreibtisch.

»KHK Winterhalter«, meldete er sich.

Marie betrachtete noch einmal das Foto, horchte dann aber auf, als Winterhalter sagte: »Armin Schätzle, genau!«

»Hat er sich gemeldet?«, fragte sie, doch Winterhalter gebot ihr mit einer Handbewegung, zu schweigen, bis er fertig telefoniert hatte.

»Was?«, sagte Winterhalter. Und dann: »Wo genau?«

Marie schaute ihn gespannt an, und als ihr Kollege »Scheiße!« sagte, war ihr klar, dass irgendetwas Unvorhergesehenes passiert sein musste.

»Wo genau?«, fragte der Schwarzwälder Kommissar noch einmal. Und schließlich: »Wir kommen.«

Nachdem er die Verbindung unterbrochen hatte, holte Winterhalter erst einmal tief Luft.

»Und?«, drängelte Marie.

Doch Winterhalter telefonierte wieder. »Bringen Sie den Schmider in eine Zelle – oder zurück nach Freiburg. Den befragen wir morgen weiter.«

Dann spurtete Winterhalter los, dich gefolgt von Marie Kaltenbach, die erneut nachhakte: »Was ist denn jetzt?«

Er gab keine Antwort, bis er im Auto saß. »Kommen Sie halt mit«, sagte er dann einigermaßen unwirsch.

»Wohin??«

»Touristen haben die Kleidung von Armin Schätzle am Ufer des Schluchsees gefunden und den Polizeiposten Schluchsee verständigt. Er hat eine Botschaft aus Steinchen hinterlasse: ›Ich kann nicht mehr!‹«

Seine Kollegin erschrak sichtlich. Nach einigen Sekunden, er war bereits mit Vollgas losgefahren, sagte sie: »›Ich kann nicht mehr‹? Das ist doch die gleiche Botschaft ...«

»Genau«, sagte Winterhalter. »Die gleiche Botschaft wie bei Rüdiger Hellmann. Und derselbe Ort.«

Winterhalter schaute auf die Uhr seines Dienstwagens: siebzehn Uhr zehn.

Gegen einundzwanzig Uhr würde es dunkel werden. Wollten sie die Leiche von Armin Schätzle noch heute bergen, mussten sie sich sputen.

Vorausgesetzt, sein Körper lag überhaupt im Schluchsee.

Vielleicht war dieser angebliche Selbstmord ja nichts als eine Inszenierung gewesen, um die Ermittler auf die falsche Spur zu bringen?

Dann tat Winterhalter etwas, was er normalerweise vermied, auch wenn es ihn insgeheim reizte. Er befestigte lässig das Blaulicht auf dem Dach des schwarzen Dienstwagens und stellte das Martinshorn an.

In solchen Momenten fühlte er sich ein wenig wie Detective Lieutenant Mike Stone alias Karl Malden in der Serie *Die Straßen von San Francisco*. Eine Serie, die Winterhalter in den Siebzigerjahren leidenschaftlich gerne geschaut hatte, noch bevor er überhaupt überlegt hatte, zur Polizei zu gehen. Nur dass es bei ihm jetzt die weniger gut ausgebauten Straßen des Schwarzwaldes waren.

Und sein Assistent war nicht Michael Douglas, sondern die aus Berlin gekommene Kollegin Maria Kaltenbach, mit der er allmählich besser zurechtkam.

Einige Kilometer weiter, auf der Anhöhe bei Herzogenweiler, hatte Winterhalter seine kleine Tagträumerei beendet. Er und die Kaltenbach tauschten nun Rollen und Plätze.

»Sie fahren«, überraschte der Kommissar die Kollegin mit seiner Aufforderung. »Aber zügig, wenn ich bitten darf.«

»Gut, aber was verschafft mir die Ehre?«

»Ich muss ein paar Funksprüche absetzen und danach telefonieren. Wir müssen dringend die Rettungstaucher anfordern. Armin Schätzle sollten wir am besten noch heute aus dem See holen.«

»Aber das hätte ich doch auch erl…?«

»Schon, aber Sie kennen sich ja hier im Bereich noch nicht so gut aus wie ich. Und ich muss den Kollegen die exakte Ortsbeschreibung durchgeben, damit es jetzt keine unnötigen Verzögerungen gibt«, unterbrach Winterhalter und spielte wieder mal seine Lieblingsrolle: *Ich Häuptling, du Indianer.*

In der Ferne zeigten sich noch mal die Schweizer Alpen von ihrer strahlenden Seite.

Doch dafür hatte der Kommissar gerade keinen Blick, denn er verständigte über den Notruf die DLRG-Taucher aus dem Bereich Schluchsee.

Über die Leitstelle wurde ihm versprochen, dass die Einsatzkräfte in spätestens zwanzig bis dreißig Minuten mit voller Ausrüstung vor Ort sein würden. »Die werden zu einer ähnlichen Zeit ankommen wie wir«, zeigte er sich damit zufrieden.

Noch vor der Abzweigung in Richtung Hammereisenbach wies Winterhalter die Kollegin an, beim Hinweisschild Richtung Linachtalsperre abzubiegen und die steile Straße den bewaldeten Hang hinauf zu nehmen.

»Fahren wir jetzt zu Ihnen? Warum das denn bitte?«, fragte die Kaltenbach überrascht.

Winterhalter sagte zunächst nichts und wählte die Nummer unter dem Eintrag »Daheim«.

»Bitte jetzt mal kurz still sein.«

»Winterhalter, Hilde, Grüß Gott. Wer isch am Apparat?«, tönte es gleich darauf an Winterhalters Ohr.

»Jo, hier isch de Karl-Heinz. Moment mol.« Er hielt die Hand über das Handy-Mikrofon. Dann gab er der Kollegin die nächste Anweisung, die sie sichtlich überraschte, noch bevor sie die Staumauer erreicht hatten: »Kommando zurück, wieder umdrehen!«

»Was? Wieso das denn jetzt? Können Sie sich vielleicht mal für etwas entscheiden?«

»Plan geändert. Umdrehen! Keine Widerrede.«

Die Kaltenbach verstand offenbar überhaupt nicht mehr, was los war. Sie ließ beim Wendemanöver die Reifen quietschen.

Der mit einem VW-Bus herannahende Nachbar der Winterhalters blickte ob des gewagten Schleudermanövers sehr irritiert. Aber auch die Tatsache, dass Karl-Heinz zusammen mit einer attraktiven Frau mit Blaulicht und Sirene über das schmale Landsträßchen brauste, verwunderte ihn sicher. Winterhalter hoffte, dass das nicht wieder Tratsch im Dorf geben würde.

»Hilde?«, setzte er das Gespräch dann fort. »Bisch noch dran?«

»Ja, was isch denn? Und warum isch's so laut bei dir?«

»Mir habe wieder än Dote. Hab kei' Zeit. Könnt ich mal bitte de Thomas spreche? Isch der schon wieder daheim?«

»Jo, Vatter, wa' isch?«, hörte er kurz darauf die Stimme seines Sohns.

»Hallo Thomas, könntesch du mir bitte än Gefalle tun? Es isch wichtig!«

»Kommt ganz drauf an«, antwortete Thomas Winterhalter etwas zögerlich. Offenbar hatte er in letzter Zeit Zweifel an der Zurechenbarkeit seines Erzeugers. »Ich bin jetzt g'rad heim'komme ...«

»Hol doch bitte meine Taucherausrüstung aus der Scheune und bring sie mir an de Schluchsee. Strandbad Aha. Mir habe dort vermutlich ä weitere Leiche. Mach bitte schnell.«

»Wa', schon wieder ä Leich? Wer isch's denn diesmal?«

»Es isch noch nit sicher, dass es ä Leich isch. Vermutlich aber der Armin Schätzle – de Gschpusi von dem erste Opfer. Hab jetzt kei' Zeit für weitere Erklärunge.«

»Oje. Und was soll ich de Mama sage?«, fragte Thomas.

Winterhalter zögerte.

»Sag ihr, ich geh ins Wasser.«

Nachdem er aufgelegt hatte, fuhren sie einen Moment lang schweigend weiter.

Die Kaltenbach runzelte die Stirn. Offenbar hatte sie inzwischen begriffen, warum er sie umdrehen ließ und die Tauchsachen nicht selbst abholte: Er wollte nicht mit ihr zusammen auf dem heimischen Hof vorfahren, während Hilde anwesend war.

»Sie wollen doch jetzt nicht ernsthaft tauchen gehen?«, fragte sie schließlich und nahm die Serpentinen durch das langgezogene Örtchen Eisenbach.

»Immerhin war ich mal Polizeitaucher, bevor ich Kriminalhauptkommissar geworden bin. Und b'sondere Ereignisse erfordern nun mal b'sondere Maßnahme – wie man so schön sagt.«

Winterhalter war es ob seiner privaten Probleme irgendwie ganz recht, sich nun voll und ganz auf den aktuellen Fall zu stürzen. Oder besser gesagt: die aktuellen Fälle, denn es schlugen möglicherweise ja nun schon zwei Tote zu Buche. Und da galt es, vollen Einsatz zu zeigen und sich zu beweisen – auch körperlich.

»Wollen Sie das nicht lieber den Profis überlassen? Das könnte gefährlich werden«, wandte die Kommissarin zwischen Titisee und Neustadt ein.

»Da, der Hochfirst«, ignorierte Winterhalter den Einwand, als der Aussichtsturm für kurze Zeit zwischen den Tannenwipfeln hervorlugte. Dann wechselte er schnell das Thema: »Lassen Sie uns mal chronologisch rekapitulieren: Wir haben vor einigen Monaten einen Selbstmord. Dann gibt's einen Mord an einem Freund des ersten Opfers und einen nun mit ziemlicher Sicherheit feststehenden Täter Charly Schmider – der mit den beiden anderen ebenfalls, zumindest ehemals, befreundet war …«, sagte Winterhalter mit Blick auf den dunkel und still daliegenden Titisee.

»Die Indizien müssten tatsächlich wohl für einen Haftbefehl und eine Anklage wegen Mordes, aber zumindest wegen Totschlags reichen.«

Die Kollegin schaltete einen Gang zurück. Sie nahmen gerade den steilen Anstieg in Richtung Feldberg-Bärental – immer noch mit Blaulicht.

»Ja, aber wie hängt jetzt der zweite Tote, immerhin der Lebensgefährte des Mordopfers, damit zusammen? Zumal wir jetzt auch noch haargenau die gleiche Abschiedsbotschaft wie beim ersten Selbstmord vorgefunden haben? Alle waren mal Freunde, waren sogar Ihre Freunde. Fällt Ihnen irgendetwas ein, wie des Ganze zusammenhängen könnte? Sie hatten doch sozusagen einen direkten Zugang«, fragte Winterhalter, als sie den nächsten Stausee, diesmal den Windgfällweiher, passierten.

»Es war nicht nur der Lebensgefährte, sondern sogar der Ehemann des Mordopfers«, verbesserte die Kaltenbach. »Abgesehen davon: Ich war doch schon etliche Jahre weg, hatte keine Verbindung mehr zu den Leuten. Ich kann mir die Zusammenhänge nicht erklären. Hab auch schon mehrfach überlegt ... Aber erst mal müssen wir Armin Schätzle finden und die genaueren Umstände klären. Und wer weiß, vielleicht lebt er ja doch noch und streift irgendwo durch die Wälder in Richtung Feldberg«, mutmaßte sie und ignorierte dank des Blaulichts Tempo 30 bei der Durchfahrt von Altglashütten.

»Halt ich eher für unwahrscheinlich – aber wer weiß? Auf jeden Fall finde ich es bemerkenswert, dass Armin Schätzle uns gegenüber noch mal eine Aussage tätigen wollte.«

Winterhalter schüttelte den Kopf. »Und bevor er dazu kommt, schwupp, geht er in den Schluchsee. Sehr merkwürdig, das Ganze.«

Als sie kurz darauf von der B500 in Richtung Aha abfuhren, kam per Funk immerhin die Nachricht, dass die DLRG-Rettungstaucher gleich vor Ort sein würden.

»Raufer, Polizeiposten Schluchsee«, stellte sich ihnen wenig später der örtliche Polizist vor.

»Dag, Winterhalter, Kaltenbach«, übernahm der Kommissar im Strandbad Aha die Begrüßung im Stakkato. Kein Wort zu viel.

»Sie habe die Personensuche in Auftrag gegebe?«, fragte Raufer ebenfalls im Dialekt. »Armin Schätzle, geboren am …?«, wollte der Ortspolizist die Identität noch mal abgleichen.

Doch Winterhalter drückte weiter aufs Tempo: »Jo, genau. Armin Schätzle, wohnhaft in St. Georgen. Der Fall hat höchste Dringlichkeit. Wo liege die Sache vom Herrn Schätzle?«

Der Polizist zeigte auf einen großen Granitstein in der Nähe des Seeufers: »Do!«

Teile der Kleidung, unter anderem eine leichte Sommerjacke, lagen auf dem Stein.

»Und hier, seine Papiere.«

»Und die Botschaft, dass sich Herr Schätzle von der Welt verabschieden wollte?«, schaltete sich nun Marie ein.

Raufer zeigte auf eine Stelle etwa eineinhalb Meter in Richtung des Sees. Mit etwas größeren Steinen war die Aussage »Ich kann nicht mehr« fein säuberlich, fast schon kunstvoll gelegt worden.

»Schon Viertel vor sechs. Hoffentlich komme gleich die Taucher.«

Doch zunächst trafen Kiefer und die anderen Kollegen der Kripo VS in einem anderen Wagen ein – ohne Blaulicht …

Sie fuhren das große kriminaltechnische Programm. Kiefer dokumentierte den Kleider-Fundort, legte Plastikhütchen mit Zahlen aus, um die Fundstücke zu sortieren, und fotografierte anschließend das Szenario.

Dann endlich kamen die Taucher – ebenfalls mit großem Besteck.

»Auf geht's, ab ins Wasser«, ermunterte Winterhalter die sechs DLRG-Helfer.

Derweil sah er immer wieder in Richtung Straße, in der Hoffnung, dass sein Sohn bald auftauchen würde.

»Nur die Ruhe«, sagte einer der Taucher, der offenbar den Einsatz leitete. »Immerhin ist der See ja über sieben Kilometer lang und bis zu sechzig Meter tief. Da werden wir schon Geduld mitbringen müssen.«

Ein Grund mehr für Winterhalter, an seinem Vorhaben festzuhalten, bei der Tauchaktion mitzuwirken.

Er schaute in den offen stehenden DLRG-Kombi und fand eine weitere, unbenutzte Tauchausrüstung vor. Da nun alle Mann im Wasser waren, konnte er sich dieser ungestört bemächtigen und sie anlegen.

Kurze Zeit später watschelte der Schwarzwälder Kommissar mit voller Montur an Marie vorbei. »Also, wie zu meiner Frau schon gesagt: Ich gehe jetzt ins Wasser«, erklärte er im Vorübergehen.

Die Kollegin erschrak sichtlich über die plötzliche Verwandlung Winterhalters zum Froschmann. Sie machte einen kleinen Satz nach vorne, sodass sie fast im See gelandet wäre.

Dann holte sie tief Luft und musterte den Kommissar genauer. Angesichts seines seltsamen Aufzugs begann sie, breit zu grinsen. »Na dann, Hals- und Beinbruch. Übrigens: Steht Ihnen gut, Herr Winterhalter.«

Der drehte sich noch einmal um. Nicht nach der Kaltenbach, sondern in der Hoffnung, dass sein Sohn vielleicht doch noch mit der eigenen Tauchausrüstung aufgetaucht war. Fehlanzeige. Mit der alten Ausrüstung kannte Winterhalter sich besser aus, auch wenn es schon einige Jahre her war, dass er sich das letzte Mal zu einem Tauchgang begeben hatte. Wenn er sich recht erinnerte, war dieser Tauchgang sogar in »seinem« Linacher Stausee gewesen. Und er entsann sich, dass seine Ehefrau Hilde damals vor Sorge fast umgekommen wäre.

Die gute alte Zeit, dachte er bei sich, als er das Mundstück einführte und abtauchte.

Selbst Stirn- und Taschenlampe nutzten nicht viel. Winterhalter sah so gut wie nichts im trüben Wasser. Langsam tastete er sich vor. Einmal erschrak er, weil er mit etwas zusammenstieß. Es war aber nicht die Leiche von Armin Schätzle, sondern ein anderer Taucher, der Winterhalter kopfschüttelnd musterte und irgendwelche Handzeichen machte, die der Kommissar weder verstand noch verstehen wollte.

Als der Kriminalbeamte den Grund des Sees weiter abtastete, wurde ihm zunehmend schummrig. Ein Film schien vor seinen Augen abzulaufen. Er sah plötzlich den kleinen, unbeschwerten Karl-Heinz über die Schwarzwaldwiesen im Linachtal rennen und sich die nackten Füße in frischen Kuhfladen wärmen. Er hörte die Musik- und Trachtenkapelle Linach die *Schwarzwaldmarie* aufspielen und hatte den jungen Winterhalter vor Augen, wie er zum ersten Mal Hilde zum Tanz aufforderte. Er sah die Geburt seiner Kinder …

Und plötzlich wurde es völlig schwarz!

Er verlor endgültig die Kontrolle, trieb nur noch im Wasser, ohne sich zu rühren.

Als Karl-Heinz Winterhalter wieder zu sich kam, blickte er in den tiefblauen abendlichen Schwarzwaldhimmel. Er trieb nun rücklings im flachen Wasser. Dann bemerkte er, wie jemand hinter ihm mit ruckartigen Bewegungen versuchte, ihn aus dem Schluchsee zu ziehen. Wenige Augenblicke später war klar, wer dieser Jemand war.

Marie Kaltenbach beugte sich über ihn. Winterhalter blinzelte sie mit einem mühsamen Lächeln an. Ihre Kleidung war so patschnass wie ihre Haare.

»Habe mir die Leiche?«, galt seine Sorge nur dem Kriminalfall.

Die Kaltenbach tätschelte ihm die Wange und sprach ihn dann auf eine ungewöhnliche Weise an:

»Hallo, Herr … Karl-Heinz. Gut, dass Sie wieder bei uns sind.«

Sie strich mit der Hand geradezu fürsorglich über seinen Froschmannkopf.

Was Winterhalter noch mehr verwirrte.

»Karli, was isch mit dir?«, hörte er in diesem Moment eine andere, recht hysterisch klingende Frauenstimme.

»Gehet Sie weg von meinem Mann!«, keifte Hilde Winterhalter die Kollegin Kaltenbach an.

»Na, hören Sie mal«, protestierte die. »Immerhin habe ich ihren Mann gerade aus dem Wasser gezogen, ihm vielleicht sogar das Leben gerettet.«

Doch Hilde ignorierte sie und wandte sich ihrem Mann zu: »Wie konntest du nur so was mache? Ins Wasser gehe? Des isch doch lebensgefährlich.«

»Gehen Sie bitte zur Seite«, meldete sich kurz darauf ein Sanitäter zu Wort.

»Karli?«, hörte Winterhalter Hilde rufen. Aus dem Augenwinkel sah er, wie die Taucher einen schweren Gegenstand aus dem Wasser zu hieven versuchten.

War das Schätzle?

Winterhalter kam nicht mehr dazu zu fragen, denn gleich darauf wurde ihm wieder schwarz vor Augen.

29. Ein schlechter Patient

Als Winterhalter erwachte, hörte er es piepen. Er öffnete ganz vorsichtig die Augen. Diesmal war es nicht schwarz um ihn herum, sondern weiß. Steril weiß!

Er schaute zur Seite. Dort stand die Maschine, die das unangenehm piepende Geräusch erzeugte. Sie zeigte grüne Kurven an und eine 65. So langsam dämmerte dem noch benommenen Winterhalter, wo er sich befand. Auf jeden Fall nicht im Jenseits.

Das war gut.

Zur 65 gesellten sich eine 120 und eine 80. Winterhalter sammelte sich: 65 Ruhepuls, 120 zu 80 Blutdruck. Er war in einem Krankenhaus und noch am Leben. Und sein Hirn schien noch funktionsfähig. Das war sehr gut.

Er blickte zur anderen Seite, wo sich ein Fenster befand, hinter dem die Gebirgszüge des Schwarzwalds sichtbar wurden. Er musste sich im Klinikum Titisee-Neustadt befinden, vermutete er weiter.

»Guten Morgen, endlich aufgewacht! Vielleicht ein Frühstück?«, sagte wenige Augenblicke später eine blonde, leicht untersetzte Krankenschwester freundlich. »Ich bin die Agnes.«

»Winterhalter, angenehm. Wie bin ich do her gekomme?«, fragte der Kommissar noch etwas müde und schaute an sich herunter. Er trug ein blau-weiß gestreiftes Nachthemd.

»Sie hatten ganz schönes Glück, hatten gestern einen

Tauchunfall am Schluchsee, Ihnen ist der Sauerstoff ausgegangen. Sie wären fast erstickt und haben einen Herz-Kreislauf-Kollaps erlitten. Aber keine Sorge, Ihnen scheint's ja wieder ganz gut zu gehen«, erläuterte die Schwester mit Blick auf die Kreislaufwerte.

Und bei Winterhalter kehrte so langsam die Erinnerung zurück.

Die Froschmänner, die Suche nach Armin Schätzle, Kollegin Kaltenbach, Hilde, sein Tauchgang. Plötzlich lief das ganze Geschehen des gestrigen Tages vor ihm ab.

»Wo isch mei' Frau?«, fragte er benommen.

»Sie war gestern Abend und heute Nacht noch hier, ist dann aber wieder nach Hause gefahren«, sagte die Krankenschwester und tätschelte ihm die Hand. »Ruhen Sie sich erst mal aus. Wir müssen Sie noch mindestens einen Tag zur Beobachtung dabehalten.«

»Wo sind meine Sache?« Winterhalter schaute sich in dem Zimmer um.

»Keine Sorge. Die haben wir in Ihrem Schrank neben dem Bett deponiert. Dort sind auch Ihre Wertsachen: Geld, Handy und so weiter.«

»Also, Frühstück?«, fragte die Schwester erneut.

»Jo, gern.« Winterhalter lächelte etwas gequält.

In seinem Hinterkopf hatte er sich bereits einen Plan zurechtgelegt.

Sobald die Krankenschwester aus dem Zimmer war, versuchte er aufzustehen. Es pochte heftig in seinem Kopf.

»Mach langsam, Karl-Heinz«, sprach er zu sich selbst. Als er auf den Beinen stand, war ihm noch etwas schummrig zumute. Er hielt sich am Ende des Betts fest. Wenige Augenblicke später schlurfte er zum Schrank, zog dabei die Überwachungsmaschine hinter sich her.

Er nahm das Handy, rief zunächst im Kommissariat an.

»Kripo VS, Kiefer, Guten Tag«, meldete sich sein jüngerer Kollege.
»Winterhaaalder am Apparat«, sagte er. Seine Zunge fühlte sich beim Sprechen noch pelzig an.
»Das ist aber schön, dass du anrufst, Karl-Heinz. Geht's dir wieder besser? Wir hatten ja schon große Sorge – sogar Marie«, redete Kiefer auf ihn ein.
Winterhalter musste sich geistig erst mal sortieren.
»Wo ist die Marie? Ich mein, die Frau Kaltenbach?«
»Die ist zum Gerichtsmediziner nach Freiburg gefahren.«
»Aha! Heißt das, dass wir die Leiche vom Armin Schätzle also wirklich gefunden haben?«
»Ja, er scheint tatsächlich im Schluchsee ertrunken zu sein«, erläuterte Kiefer. »Aber jetzt kurier dich erst mal in Ruhe aus. Marie und ich machen das schon – gemeinsam mit den anderen Kollegen. Schöne Grüße übrigens von Frau Bergmann ...«
»Ja ja. Danke und Ade«, verabschiedete sich Winterhalter abrupt.
Es gab keine Zeit mehr zu verlieren. Von wegen auskurieren! Sie standen kurz vor der Aufklärung des einen Mordfalles, hatten jetzt eine zweite Leiche. Da wurde das beste Pferd im Stall der Kripo natürlich gebraucht.
Zudem wollte er seinen nicht ganz so geglückten Auftritt vom Schluchsee wieder wettmachen.
Winterhalter fühlte in sich hinein. So langsam kam wieder Leben in seine Glieder. Er war eine Schwarzwälder Rossnatur. So ein kleiner Schwächeanfall konnte schon mal passieren, würde ihn aber nicht umwerfen.
Noch vierundzwanzig Stunden zur Beobachtung? Von wegen.
Er wählte die Handynummer der Kollegin, doch es ging nur der Anrufbeantworter dran.

»Winterhaaalder! Rufen Sie mich doch bitte mal zurück, Frau Kaltenbach.«

Dann rief er zu Hause an.

Keiner nahm ab.

Also wählte er die Handynummer seines Sohns, setzte auch da einen kurzen Spruch ab: »Du kannsch mich sofort im Kranke'haus abhole. Ruf bitte z'rück.«

Er wusste schon, dass der nächste Anruf wohl ebenso nutzlos sein würde wie der zuvor. Aber er wählte trotzdem »Hilde« in seinem Display. Das Freizeichen ertönte, doch schon kurz darauf kam der Spruch, dass der Teilnehmer nicht erreichbar war. Alles wie immer halt.

Dann traf Winterhalter eine Entscheidung.

Eine Entscheidung, die ihn recht teuer zu stehen kam – wie Karl-Heinz Winterhalter nur wenig später bemerkte, als der herzliche Taxifahrer mit einem ulkigen Mischmasch-Akzent aus Schwarzwälder Dialekt und türkischem Einschlag ihn auf seinem Hof in Linach absetzte.

»Des macht dann neunundfünfzig Euro, Kollege.« Der Fahrer grinste breit.

»Ich wollte aber nicht gleich des ganze Taxi kaufe.« Winterhalter war es nicht gewohnt, sich auf diese Weise chauffieren zu lassen. Dennoch rundete er die Summe auf sechzig Euro auf, zahlte und ging ins Haus.

Dort schien immer noch niemand zu sein.

»Hilde! Thomas!«, rief er immer wieder. Nichts zu hören. Ein Blick in den Stall – niemand zu sehen. Die Viecher waren ruhig und diesmal gut versorgt.

Zurück im Haus, wählte er noch mal die Telefonnummer der Kollegin.

»Winterhalter. Schön, dass Sie anrufen. Geht es Ihnen besser? Sind Sie noch im Krankenhaus?«, begrüßte sie ihn gleich mit mehreren Fragen.

Winterhalter begnügte sich damit, nur eine zu beantworten: »Nein, ich bin schon wieder daheim ...«

»Schonen Sie sich jetzt! Wir haben alles im Griff. Frau Bergmann hat mir übrigens wegen Ihrer kleinen Unpässlichkeit die stellvertretende Soko-Leitung übertragen. Aber sobald Sie gesund sind, gebe ich diese natürlich wieder an Sie ab. Vorausgesetzt, der Fall ist dann noch nicht geklärt.«

Winterhalter ging gar nicht drauf ein: »Gibt's denn schon rechtsmedizinische Erkenntnis zum Ableben des Herrn Schätzle? Wahrscheinlich ähnlich wie bei Ihrem Freund Rüdiger vor einigen Monaten, oder?«

»Sie rufen genau zum richtigen Zeitpunkt an. Ich stelle mal auf laut. Unser Rechtsmediziner befindet sich gerade neben mir. Wir stehen direkt am Seziertisch bei der Leiche.«

Als die Kollegin das sagte, war Winterhalter fast froh, doch nicht in der Gerichtsmedizin zu sein. Der Gestank dort war selbst für einen durchaus nicht geruchsempfindlichen Schwarzwälder Landwirt nur schwer zu ertragen. Vor allem bei Wasserleichen, deren Geruchsnoten sich noch tagelang nach einer Sektion in der Rechtsmedizin festzusetzen schienen.

»Grüß Gott, Kollege Winterhalter. Hier ist Dr. Pfeiffer. Erst mal gute Besserung Ihnen. Und gut, dass Sie wieder einigermaßen auf dem Damm sind«, schaltete sich nun der Gerichtsmediziner in das Gespräch ein: »Ich habe die Leiche bereits obduziert. Und es ist unzweifelhaft: Exitus durch Ertrinken. Wasser in den Lungen. Geplatzte Erythrozyten. Ein klarer Hinweis darauf, dass die Wassermoleküle aus dem Lungengewebe diffundierten.«

Winterhalter ging auf das Fachchinesisch nicht ein und sagte stattdessen: »Also ertrunken. War ja auch klar, wenn einer da aus dem Schluchsee gezogen wird. Hinweise auf

Fremdverschulden beim Ableben des Herrn Schätzle haben Sie also keine gefunden.«

»Warten Sie kurz.«

Dr. Pfeiffer machte es immer spannend.

»Also …«, sagte der Gerichtsmediziner gedehnt: »Todesursache Ertrinken, richtig. Aber wo?«

»Wie wo?«, gab Winterhalter zurück. »Im Schluchsee halt.«

»Und hier wird es interessant. Was Sie gerade nicht sehen können, Herr Kommissar, ist ein Reagenzglas mit Flüssigkeit, die wir aus den Lungen von Herrn Schätzle entnommen haben. Es ist das Wasser, das zum Exitus geführt haben muss.«

»Aha.« Winterhalter verstand nicht, auf was der Doc hinaus wollte. Dennoch drückte er die Telefonmuschel derart ans Ohr, dass es fast zu schmerzen begann.

»Wir haben die Wasserprobe analysiert. Und sehen Sie mal, Frau Kaltenbach. Allein schon die Farbe.«

»Leicht bläulich, würde ich sagen«, kommentierte die Kaltenbach.

»Ja, und?«, schaltete sich Winterhalter ein, wurde aber nicht zur Kenntnis genommen.

»Genau. Und der Geruch?«

»Ein Hauch von Parfüm, oder Seife vielleicht?«

»Nicht schlecht, Frau Kommissarin. Gutes Näschen. Sie sind schon sehr nah dran.«

»Ja, was ist denn jetzt?«, mischte sich Winterhalter von der Ostseite des Schwarzwaldes nun wieder ein.

»Badewasser.«

»Badewasser?«, echoten die beiden Kommissare aus vierzig Kilometern Luftlinie Entfernung gleichzeitig.

»Badewasser«, bestätigte Dr. Pfeiffer. »Wenn man das Reagenzglas schüttelt, bekommt das Wasser eine leichte Schaumkrone.«

In Winterhalters Kopf arbeitete es. Zwar hatte ihn der zwischenzeitliche Sauerstoffmangel etwas müde und träge gemacht. Aber schon nach wenigen Sekunden hatte er die Konsequenz der Wasseranalyse erfasst: »Sie wollen mir also erzählen, dass wir einen Toten aus dem Schluchsee gezogen haben, der aber gar nicht im Schluchsee ertrunken ist, sondern im Badewasser?«

»Davon ist wohl auszugehen. Von unserem guten, klaren Schluchseewasser haben wir jedenfalls in der Lunge kaum Rückstände gefunden. Allenfalls in den oberen Atemwegen. Die Erstickung ist definitiv auf das Badewasser zurückzuführen«, berichtete Dr. Pfeiffer mit einem gewissen Stolz in der Stimme.

»Er wird sich ja wohl kaum in Badewasser ertränkt und dann in den Schluchsee geschleppt haben …« Winterhalters Gehirn machte nun wieder eine kleine Pause.

»In der Tat«, sagte Dr. Pfeiffer. »Ich will mich nicht in Ihre Arbeit einmischen, aber meines Erachtens spricht viel dafür, dass ein Selbstmord nur vorgetäuscht werden sollte. Darauf deuten auch die Hämatome hin, die der Tote aufweist.«

Pfeiffer hielt kurz inne, vermutlich um der Kollegin Kaltenbach die betreffenden Stellen zu zeigen.

»Wir haben subkutane Gefäßzerstörungen am Oberkörper und an den Oberarmen gefunden«, erklang dann wieder seine Stimme aus dem Telefon.

»Könnten diese postmortal entstanden sein?«

»Das ist von der Farbe und Struktur her ausgeschlossen. Das Opfer muss noch gelebt haben.«

»Wie alt sind die Einblutungen?«, fragte Winterhalter. »Kann man das erkennen?«

»Von der Farbe her müssen sie noch recht frisch gewesen sein. Grau-blau.«

»Gibt es da einen direkten Zusammenhang mit dem Ertrinken? Muss das dann gewaltsam erfolgt sein?«, hörte Winterhalter seine Kollegin im Hintergrund fragen.

»Einen unmittelbaren Zusammenhang halte ich tatsächlich für wahrscheinlich«

»Also Mord?«, fragten beide Kommissare wieder gleichzeitig.

Trotz des räumlichen Abstandes schienen sie sich – zumindest ermittlungstechnisch – wieder einmal gut zu verstehen.

»Das deckt sich mit unseren rechtsmedizinischen Erkenntnissen«, befand Dr. Pfeiffer.

»Todeszeitpunkt?«, fragte die Kaltenbach.

»In Anbetracht der Beschaffenheit von Leichenstarre und Leichenflecken … vorgestern Abend zwischen siebzehn und einundzwanzig Uhr.«

»Gibt's denn keine Spuren, die auf einen möglichen Täter hindeuten könnten?«, tastete sich Winterhalter telefonisch weiter vor.

Und die Kollegin ergänzte: »Unter den Fingernägeln vielleicht? Den Blutunterlaufungen zufolge muss sich das Opfer doch gewehrt haben.«

»Das schon. Aber die Fingernägel waren extrem kurz geschnitten. Scheint fast, als hätte die jemand mit einer Feile oder gar Raspel bearbeitet, bevor er die Leiche in den Schluchsee geworfen hat.«

»Da wollte wohl jemand seine eigenen Spuren beseitigen«, kommentierte Kommissarin Kaltenbach.

»Keine Fremdspuren also? Verdammi«, fluchte Winterhalter. »Geben Sie den Bericht der Frau Kaltenbach bitte mit?«

»Ja, natürlich, und schöne Grüße an Frau Bergmann.«

»Frau Kaltenbach, wir sehen uns später im Kommissariat. Wir sollten uns dann nachher auch gleich noch mal die Wohnung vom Armin Schätzle vornehmen. Leiten Sie bitte schon mal alles Entsprechende in die Wege für eine kriminaltechnische Spurensuche am möglichen Tatort.«

»Sie sind vorläufig krank geschrieben. Frau Bergmann rechnet nicht vor nächster Woche mit Ihnen. Kommen Sie jetzt erst mal wieder auf die Beine! Kiefer, die Kollegen und ich kriegen das schon hin«, kam es aus Freiburg zurück.

»Nix, krank. Treffpunkt Kommissariat, in einer Stunde«, sagte Winterhalter im Befehlston und knallte den Hörer auf.

Dann wählte er erneut die Handynummer seiner Ehefrau. Und diesmal gab es trotz der schlechten Telefonverbindung im Schwarzwald ein Freizeichen. Was Winterhalter gleich auf doppelte Weise vernahm. Denn neben dem Klingeln in seinem eigenen Telefon hörte er den Kuckuck-Klingelton, den Thomas seiner Mutter mal heruntergeladen hatte.

Hildes Handy lag direkt neben der Garderobe auf der Kommode. Er nahm es in die Hand und betrachtete aufmerksam das Display.

Dann entdeckte er unter dem Handy einen kleinen, herausgerissenen Ausschnitt eines Zeitungsblattes.

Schrot und Korn stand oben in der Titelzeile. Und direkt darunter: *Kontakte.*

Die Zeitschrift war ihm doch schon mal die Tage zu Hause in die Hände gefallen. Er hatte sich etwas darüber gewundert, aber kein weiteres Aufhebens darum gemacht.

Das Wort »Kontakte« ließ ihn nun aber hellhörig werden. Dass eine Anzeige zudem mit Bleistift eingekreist war, versetzte ihn in allergrößte Alarmbereitschaft.

Winterhalter nahm wieder Hildes Handy in die Hand. Er drückte wahllos auf einen Knopf, der Sperrcode wurde abgefragt. Für einen Moment plagte ihn ein schlechtes Gewissen. Doch nur kurz: Eigentlich hatten er und Hilde immer ein Vertrauensverhältnis gehabt. Weder hatte er ihr hinterherspioniert noch umgekehrt. Doch seit diesem Problemgespräch zwischen seiner Ehefrau und ihm, dem anschließenden, verkorksten Therapietermin und den ständigen Missverständnissen rund um seine neue Kollegin konnte von einem Vertrauensverhältnis – oder überhaupt einem Verhältnis – nicht mehr die Rede sein.

Winterhalter gab sich einen Ruck und 160389 ein – ihr gemeinsamer Hochzeitstag. Als das gleich ein Volltreffer war, fühlte er sich etwas schlecht.

Dann schaute er wieder auf die Anzeige, betrachtete den Text:

> *Guten Tag, ich bin der Robert! Jung gebliebener, offener und einfühlsamer Mann im Schwarzwald, Mitte 50, unabhängig, finanziell abgesichert und voller Respekt gegenüber Frauen, sucht weibliches Gegenstück für gemeinsame Unternehmungen in der Natur und offene, gefühlvolle, intensive Gespräche.*

Danach folgte eine Chiffre, leider keine Telefonnummer.

Dennoch machte Winterhalter den Versuch und rief im Handy das Menü »Anrufliste« auf. Die meisten Nummern nebst seiner eigenen erkannte er, zumal Hilde nicht oft mobil telefonierte. Auch die Handynummer von Thomas und Franziska, der Nachbarin, entdeckte er. Franziska war diese Person, mit der sich Hilde für Winterhalts Geschmack viel zu intensiv austauschte und die ihr den Floh mit der Ehetherapie ins Ohr gesetzt hatte. Bei der weiteren Suche entdeckte er die Nummern des Marktmeisters sowie diverser Metzgereien in Villingen-Schwenningen, die sie regelmäßig mit frischen Fleisch- und Wurstwaren belieferten. Doch eine Nummer, die er sowohl unter den gewählten wie unter den angenommenen Anrufen verzeichnete, war ihm fremd.

Zwei eingehende und zwei abgehende Telefonate fand er unter diesen Ziffern – und zwar innerhalb von achtundvierzig Stunden.

Seine Finger begannen zu zittern. Ob vor Wut oder vor Nervosität konnte Winterhalter zunächst selbst nicht einordnen. Vermutlich war es eine Mischung.

Dann tat er etwas, was nicht reiflich überlegt war, sondern einfach aus dem Bauch heraus geschah. Er konnte nicht anders, er musste es wissen, auch wenn Hilde am Ende bemerken sollte, dass er ihr hinterherspioniert hatte.

Er drückte auf »Anruf« und hatte kurz darauf ein Freizeichen. Dann zwei, drei ... nach dem vierten Freiton wurde Winterhalter endgültig klar, was für eine blödsinnige Idee das gewesen war. Er wollte schon auflegen, da hörte er ein gehauchtes »Hallo. Hier ist der Robert.«

Es folgte ein tiefer Schnaufer.

»Schön, dass du wieder anrufst. Ich habe unser Treffen vorgestern sehr genossen. Es hat meinen Horizont erweitert.«

Kurze Pause. Winterhalter überlegte, ob er einfach auflegen sollte.

Doch er beschloss, noch einen kurzen Augenblick zu warten. Der Gegenüber schien ohnehin so in Säusel-Fahrt zu sein, dass er nicht mal auf eine Antwort wartete.

Robert. Das war der Name aus der Anzeige. Also Volltreffer!

Und diese wachsweiche Stimme? Irgendwie kam sie ihm bekannt vor.

»Und nicht nur die Gespräche waren schön. Deine Augen. Deine wunderbaren hellblauen Augen. Man glaubt fast, in deine Seele blicken zu können ... Ich bin auf der Suche nach einer unkomplizierten, natürlichen Frau, die mit beiden Beinen im Leben steht. Und ich glaube, ich finde sie gerade.«

Winterhalter war kurz davor, einen neuerlichen Zusammenbruch zu erleiden.

»Ganz bezaubernd ist auch dein wunderbarer Duft, der von deiner Verbundenheit mit der Natur Zeugnis gibt …«

Dieses widerliche Gesülze war ja wohl der Gipfel. Winterhalter entfuhr ein leises Grummeln.

»Hallo, bist du noch dran?«

Der Kommissar zog ein kariertes Taschentuch aus seiner Kniebundhose, hielt es vor die Sprechmuschel und murmelte ein möglichst hohes »Hm, hm«.

Der Gegenüber schien noch keinen Verdacht zu schöpfen.

»Ach, Hildchen. Ich darf dich doch so nennen, oder?«

Eine Antwort schien der Unbekannte auch jetzt nicht zu erwarten.

»Ich heiße ja Robert, aber du darfst ab jetzt Robby zu mir sagen.«

Robert. Robby? Die säuselnde Stimme.

Diese Vorliebe dafür, sich selbst reden zu hören, ohne auch nur im Mindesten auf das Gegenüber einzugehen …

Winterhalter wäre fast ein Schrei entfahren, als der Groschen bei ihm fiel.

Dieser Robert, der seiner Frau nachstellte, war der gleiche Robert, der mit ihm und der Kaltenbach vor einigen Tagen ein Ehetherapie-Gespräch geführt hatte.

Nicht zu fassen!

»Und dass du auf meine Anzeige geantwortet hast, nachdem ich deinen Noch-Ehemann und seine neue Freundin bei mir in der Praxis hatte! Das war ein Wink des Schicksals.«

»Hm«, antworte Winterhalter wieder in der höchsten Stimmlage, zu der er fähig war. Gleichzeitig überkam ihn der Gedanke, er wäre doch besser noch länger in der Klinik geblieben. Er fühlte sich schwach – das alles ging allmählich über seine Kräfte.

»Nenn mich doch Robby«, insistierte der Anrufer wieder.

Jetzt reichte es Winterhalter. Eigentlich hätte er nur auflegen sollen. Aber er konnte auch jetzt nicht anders. Eine Urgewalt bahnte sich den Weg über seine Stimmbänder:

»Lass mei' Frau in Ruh, du widerlicher Lustmolch. Du Schwein.«

Die letzten Worte brüllte er ins Telefon, wobei sich seine Stimme nun überschlug.

»Robbi! Tobi! Fliewatüüüt! Scheißdreck!«

Winterhalter drückte den roten Telefonknopf und unterbrach die Verbindung.

Er spürte einen gewissen Schwindel in sich aufsteigen und blieb einige Sekunden regungslos vor dem Telefon stehen, wobei er sich an der Wand abstützte.

Als er sich wieder umdrehte, standen da sein Sohn und seine Frau.

»Ich mach mir Sorge um dich, Bapa …«, sagte Thomas.

»Bisch du schon wieder daheim? Dann war's nit so schlimm?«, fragte Hilde nun.

»Jo, isch ja wohl ganz offensichtlich. Hasch du etwa gehofft, ich wäre vielleicht schon dot?«, knurrte Winterhalter.

»Und um dich mach ich mir auch Sorge, Mama«, bemerkte Thomas sachlich. »Ich hab die A'zeig aus dieser Zeitschrift g'sehe. Hasch du dich wirklich mit einem fremde Mann getroffe?«

Hilde sagte nichts.

»Oder de Bapa?«

Winterhalter schnaufte. »Jo, klar. Ich antwort immer auf Anzeige von Männer in Öko-Zeitschrifte. Logisch! Jede Woch …«

Er deutete mit dem Zeigefinger auf Thomas: »Halt du dich do raus! Ich frag dich jo auch nit, ob du mit einer von deine Geocaching-Freundinne liiert bisch.«

»Des isch ja wohl was anderes«, antwortete der.

»Wieso?«, schaltete sich nun Hilde ein, die eine Chance sah, das Thema zu wechseln. »Ich denk, die Johanna isch die Favoritin, oder?«

Thomas verdrehte die Augen.

»Und de Martin isch dann wohl auf die Sandra abonniert«, setzte seine Mutter fort.

»De Martin und die Sandra?« Thomas lachte schrill.

»Jetzt sag halt«, insistierte Hilde.

»Oje, Mama«, sagte ihr Sohn nur. »Des willsch du gar nit wisse.«

Im Gegensatz zur Hilde wollte Winterhalter das alles wirklich nicht wissen.

30. Tatort Badezimmer

»Allmählich wird's unübersichtlich«, knurrte Winterhalter. Marie vermutete, dass er damit nicht nur den Fall, sondern auch sein Privatleben meinte.

Sie waren zu dritt im Dienstwagen und rollten gerade vom Parkplatz des Kommissariats.

»Armin Schätzle muss also vorgestern am späten Abend umgebracht worden sein«, rekonstruierte Marie. »Da hatte Charly aber definitiv keinen Freigang. Wäre es möglich, dass er den Mord an Pedro begangen hat, den zweiten aber nicht?«

»Klar ist das möglich«, meinte Winterhalter. »Vielleicht hat er für den Mord an Armin Schätzle aber auch jemanden engagiert? Knast-Kontakte hatte er ja genug …«

»Aber das Motiv?«, fragte die Kaltenbach.

»Vermutlich das kostbare Amulett, das Bestandteil des Wartenberg-Schatzes sein soll«, meinte Kiefer.

»Ja, aber vielleicht waren auch echte Profis hinter dem Schatz her. Kunst-Mafia – oder so was«, spekulierte Winterhalter.

Sie passierten gerade Mönchweiler.

»Einen Selbstmord im Schluchsee vorzutäuschen, dabei war's Mord in einer Badewanne – des ist schon ungewöhnlich. So einen Fall hab ich in meiner ganze Laufbahn noch nicht gehabt.«

»Wenn aber beide Ehepartner im Abstand von wenigen

Tagen umgebracht wurden – deutet das nicht auf ein privates Motiv ein?«, fragte sich derweil Kiefer.

»Sie meinen zum Beispiel die Schwulen-Kontakte in Freiburg?«, konkretisierte Winterhalter, als sie nun durch Peterzell fuhren und zur Freude des Schwarzwälder Kommissars schon wieder mit Blaulicht unterwegs waren.

»Oder, dass eben beide Ehepartner in die gleichen geschäftlichen Dinge verstrickt waren«, ergänzte die Kommissarin, die aber noch etwas anderes in die Waagschale warf: »Ziemlich eindeutig spielt doch der Selbstmord von Rüdiger auch eine Rolle in der ganzen Geschichte. Denn schließlich war ja die Abschiedsbotschaft, die Armin Schätzle angeblich mit diesen Steinchen am Ufer gelegt hat, identisch zu dem, was Rüdiger hinterlassen hat …«

»Was dafür spricht, dass der Täter von den Umständen Kenntnis gehabt haben muss. Und uns somit freiwillig oder unfreiwillig einen Hinweis darauf gegeben hat, dass das alles in Verbindung miteinander steht«, ergänzte Kiefer. Marie fand, dass der Elsässer und sie beruflich ebenfalls ein ganz gutes Team waren.

»Der Selbstmord von Ihrem Freund Rüdiger vor ein paar Monaten war aber definitiv echt – Dr. Pfeiffer hat da keinen Zweifel dran gelassen, dass das keine Inszenierung war. Er hat ihn ja damals selbst auf dem Tisch gehabt. Oder hat er dabei vielleicht doch was übersehen?«

Winterhalter legte nach: »Auf jeden Fall haben sich die Todesfälle im Rahmen Ihres ehemaligen Freundeskreises ereignet. Trauen Sie da jemandem zu, über Leichen zu gehen?«

Marie schüttelte den Kopf: »Es stimmt schon, dass die alle in meiner ehemaligen Clique waren. Andererseits hatten sie auch alle mit dem Antiquitätenhandel, Kunstgegenständen oder Ähnlichem zu tun.«

»Wäre denn möglich, dass einer dieser Trachtenfreunde,

zum Beispiel dieser Anwalt, nun auch noch Armin Schätzle umgebracht hat?«, schaltete sich Kiefer wieder ein. Sie mussten sich beeilen, denn sie nahmen gerade den steilen Anstieg in Richtung Innenstadt St. Georgen.

»Auch den werden wir noch mal überprüfen«, knurrte Winterhalter, während Marie ein weiteres Mordmotiv vorschlug: »Vielleicht war es auch schlichtweg Schwulen-Hass?«

»Dann würd's in Großstädten ja jedes Jahr tausende Tote geben«, murmelte Winterhalter.

»Entscheidend ist doch jetzt, wo diese zweite Tat begangen wurde«, sagte Marie nachdenklich. »Ich habe einen ganz bestimmten Verdacht ...«

»Ich auch«, schloss sich Kiefer an.

Winterhalter war nach den Vorfällen der letzten Tage noch immer nicht ganz wiederhergestellt. Marie merkte es an Kleinigkeiten, wie zum Beispiel der Tatsache, dass er jetzt schwieg, statt ebenfalls einen Verdacht zu äußern. Allerdings hatte er eine wissende Miene aufgesetzt. So schnell war dieser Mann nicht kleinzukriegen.

»Sie haben aber nix ang'langt?«, fragte Winterhalter zur Begrüßung im Dialekt.

»Sie wieder hier ...«, hatte die Putzfrau Svetlana sachlich gesagt, als die Kripo erneut im Haus der Schätzles stand – diesmal mit einem Dutzend Leuten im Schlepptau und großem kriminaltechnischen Aufgebot. »Ich nix habe angelangt – wie per Telefon befohlen.«

Für Svetlana war ihr Job beendet – was dieses Haus betraf vermutlich endgültig. Allerdings sollte sie sich der Kripo noch für eine weitere Befragung zur Verfügung halten.

Vor allem das Schlafzimmer, die Küche und natürlich das Badezimmer standen im Fokus der Kriminalbeamten. Ziel war es, nicht nur Spuren der Ermordung von Armin Schätzle zu finden, sondern auch mögliche DNA-Spuren des potenziellen Täters sichtbar zu machen.

Deshalb wurde viel mit Folie abgeklebt, wurden die Gläser in der Küche unter die Lupe genommen und in allen Zimmern mit Luminol gearbeitet, um mögliche Blutspuren sichtbar zu machen.

Und tatsächlich – im Badezimmer, wo sie begonnen hatten, zeigten sich am Wannenrand ein paar kleine Blutantragungen, die entweder vom Opfer oder vom Täter herrühren mussten.

»Treffer! Ich würde mal sagen, hier haben wir den Tatort«, sagte Winterhalter.

»Der Täter hat ihn aber sehr gut gereinigt – fast so gut wie Svetlana«, zeigte sich Kommissarin Kaltenbach zwar mit der Putzfrau, aber nicht mit dem kriminaltechnischen Zwischenstand zufrieden.

»Abwarten, vielleicht gehört das Blut ja zum Täter. Und wir finden noch DNA«, betätigte sich Winterhalter als Mutmacher. »Wenn es nur ein Täter war und nicht mehrere Auftragsmörder der Kunst-Mafia, müsste er dem Armin Schätzle körperlich deutlich überlegen gewesen sein – allein schon aufgrund der Tatsache, dass er ihn in den Schluchsee geschleppt hat. Außerdem gehört auch eine gewisse Kraft dazu, einen Menschen in die Wanne zu befördern und ihn zu ertränken.«

»Das stimmt«, ergänzte Marie. »Wobei ich vermute, dass Armin bereits in der Wanne lag, als er ermordet wurde.«

»Sie meinen …?«

»Genau«, vollendete Marie. »Als er gestern bei uns anrief, war im Hintergrund doch eine Stimme zu hören, die meinte, er solle in die Wanne kommen. Armin hat seinen Mörder gekannt! Und zwar gut!«

»Also keine Mafia«, sagte Kiefer.

»Und wohl auch eher keine Trachten-Fanatiker«, ergänzte Winterhalter. »Die hätten sich wohl kaum zu ihm in die Wanne gelegt.«

»Das gilt auch für Charly«, meinte Marie nachdenklich. »Der hat derzeit nur die Dusche im Gefängnis.«

»Also doch jemand aus der Schwulen-Szene?«

»Vermutlich hatte er tatsächlich einen neuen Partner«, überlegte Marie und ärgerte sich: »Wir hätten Armin Schätzle sofort vernehmen sollen. Ziemlich sicher war derjenige, der bei unserem Telefonat im Hintergrund zugegen war, der Täter. Und schon wenig später dürfte Armin in dieser Wanne gestorben sein.«

»Gut möglich, aber das konnten wir ja nicht ahnen.«

Marie betrachtete noch mal aufmerksam den Wannenrand. »Ich hatte den Eindruck, dass er uns etwas wirklich Wichtiges mitteilen wollte. Warum sonst hätte er bei uns angerufen?«

»Vermutlich hat er schon geahnt, wer den Pedro umgebracht hat. Und derjenige war bei ihm daheim. Aber wer lässt denn jemanden, den er im Verdacht hat, einen Mord zu begehen, in die eigene Badewanne?«

»Da muss so oder so ein vertrautes Verhältnis vorgelegen haben. Das bedeutet, wir sollten das nähere und weitere Umfeld der Schätzles noch mal unter die Lupe nehmen. Frau Svetlana ...?«

Während die anderen Kripobeamten weiter klebten, pinselten und leuchteten, vernahmen Marie und Winterhalter die Noch-Putzfrau, die jedoch schwor, keinen anderen Mann im Haushalt der Schätzles gesehen zu haben. Sie glaube nicht an einen neuen Lebenspartner so kurz nach dem Tod von Pedro.

»Und davor?«, fragte Winterhalter.

»Ich nix immer da«, sagte Svetlana nur.

Die Kriminaltechnik suchte in sämtlichen Zimmern fleißig weiter nach Spuren. Marie nahm auch noch Proben der Badeessenzen, die am Rand der Wanne fein säuberlich aufgestellt waren – um einen Abgleich mit dem Wasser aus den Lungen des Opfers zu veranlassen.

31. Erinnerungen an Rüdiger

Kommissarin Kaltenbach tastete sich ganz behutsam vor. Die Befragung von Rüdiger Hellmanns Schwester bei ihr zu Hause bedurfte viel Fingerspitzengefühls. Deshalb hatte sie dem Kollegen Kiefer gleich vor Beginn der Befragung empfohlen, er solle sich etwas zurückhalten und nach Möglichkeit gar nichts sagen. Der hatte Marie nur gedankenverloren angeblickt und dann ein wenig steif genickt.

Die Kommissarin war fast froh, dass Winterhalter, der aus ihrer Sicht in Zeugenbefragungen etwas grobklotzig daherkam, nicht anwesend war. Der Kollege war gerade unterwegs in Richtung Triberg, um dort noch einmal den Rechtsanwalt und Trachtenexperten Dr. Friedhelm Kaiser zu vernehmen. Den hatten sie zwar alibitechnisch bereits überprüft, doch ein Anruf seiner Sekretärin hatte hier die Kripo erneut auf den Plan gerufen.

Ein weiteres Argument dafür, dass Marie nun primär die Befragung leitete, war die Tatsache, dass sie als Einzige aus dem Ermittlungsteam den verstorbenen Rüdiger Hellmann persönlich gekannt hatte. Als sie das der Schwester sagte, war das Eis gebrochen und deren Misstrauen geschwunden.

Sie hätten sich vermutlich damals, zu Zeiten der Clique, mal gesehen, fügte Marie hinzu, auch wenn sie sich nur vage an die Geschwister von Rüdiger erinnern konnte.

Ihre einfühlsame Befragungsmethode schien sich jedenfalls bei der Schwester bezahlt zu machen. Kiefer sagte gar nichts,

Marie immer weniger und die Schwester immer mehr, weil die offenbar das Gefühl hatte, dass man ihr empathisch zuhörte.

Sie berichtete in allen Details vom Selbstmord ihres Bruders Rüdiger, tat dies tränenreich. Umso mehr, da sie ledig war und eigentlich nur ihre beiden Geschwister gehabt hatte, wie sie gerade erläuterte. Sie war die Älteste der drei und hatte sich immer etwas verantwortlich für Rüdiger gefühlt.

»Rüdi war nicht der Typ, der sich umgebracht hätte.« Renate Hellmann tupfte sich mit einem Taschentuch an der Nase herum. »Das passte überhaupt nicht zu ihm.«

»Soll das heißen, dass Sie den Selbstmord anzweifeln?« Marie warf kurz einen Blick aus dem Fenster auf den sonnenüberfluteten Schwenninger Muslenplatz.

»Die Untersuchungsergebnisse der Gerichtsmedizin waren eindeutig. Tod durch Ertrinken. Keine Fremdeinwirkung.«

»Das mag sein. Aber ich bin davon überzeugt – er ist in den Selbstmord getrieben worden.«

»Von wem?«

»Charly Schmider. Ein alter Freund von Rüdi. Kannten Sie den auch?«

»Flüchtig«, sagte Marie mal vorsichtshalber.

»Ein Schwein! Er hat meinen Bruder in schamloser Weise betrogen. Natürlich spielten auch noch andere Gründe eine Rolle: Rüdis Ehe war in die Brüche gegangen, er begann zu trinken.«

Kiefer stenografierte fleißig mit.

»Schamloser Betrug?«

»Die größte noch zusammenhängende Bildersammlung aus der Gutacher Künstlerkolonie. Rüdi hat die Gemälde im Laufe seines Lebens gesammelt, hat sie wie seinen Augapfel gehütet. Es war das Kernstück seiner Kunstsammlung, die durchaus wertvoll war. Er war so stolz darauf.«

»Und dann?« Marie fasste ganz sparsam nach.

»Dann kam Charly Schmider. Er meinte, er würde eine Ausstellung über die Gutacher Künstlerkolonie organisieren. Er hatte sogar schon einen Titel: ›Wie der Bollenhut eine Berühmtheit wurde‹. Rüdi hatte keinen Grund, das anzuzweifeln. Er hat Charly vertraut und ihm die Bilder überlassen. Doch dann kam alles ganz anders.«

Renate Hellmann schnäuzte sich und lief zum Fenster, von wo aus man auch einen Blick auf das Schwenninger Rathaus und die Stadtkirche hatte. In der Ferne am Horizont thronte stolz der Dreifaltigkeitsberg.

»Gutacher Künstlerkolonie?« Nun mischte sich Kiefer doch kurz ein.

»Berühmte Gemälde von Wilhelm Hasemann, Curt Liebich und Fritz Reiss. Die Künstler haben sich Ende des 19. Jahrhunderts in Gutach niedergelassen, haben die Tracht mit dem Bollenhut als künstlerisches Sujet entdeckt und damit auch weithin berühmt gemacht.«

Renate Hellmann holte nun Fotoalben aus dem Wohnzimmerschrank, zeigte auf einige Fotos, auf denen die Gemälde abgebildet waren. Auf mehreren posierte ein großer, hagerer Mann, der stolz auf die Werke blickte.

»Mein Bruder.« Renate Hellmann wischte sich über die Augen.

Marie erkannte Rüdi wieder. Auch er hatte sich im Laufe der Jahre verändert, aber weniger als die anderen aus ihrer ehemaligen Clique.

»Wie ich Ihnen eingangs schon sagte, sind in den letzten Tagen auch Peter und Armin Schätzle verstorben. Peter war ebenfalls ein Freund von Rüdiger. Vielleicht erinnern Sie sich noch an ihn? Beide sind jeweils Opfer eines Gewaltverbrechens geworden.«

»Ja, ich erinnere mich dunkel an Peter. Aber was hat das mit dem Selbstmord meines Bruders zu tun?«

»Im Falle von Armin Schätzle gibt es gewisse Parallelen zum Tod Ihres Bruders. Auch er wurde ertrunken im Schluchsee gefunden. Auch bei ihm gab es eine Abschiedsbotschaft. Diese hatte den exakt gleichen Wortlaut wie bei Ihrem Bruder. Doch im Gegensatz zu diesem wurde Armin Schätzle definitiv gewaltsam ertränkt. Das ist mittlerweile gesichert. Können Sie sich einen Zusammenhang erklären? Könnten vielleicht auch Peter und Armin Schätzle etwas mit dem Tod Ihres Bruder zu tun gehabt haben?«

Renate Hellmann schüttelte heftig den Kopf, sagte dann: »Nein. Charly Schmider hat meinen Bruder in den Tod getrieben. Er hat ihm gesagt, die Bilder der Gutacher Künstlerkolonie seien bei ihm gut verwahrt. Und er würde sie nach der Ausstellung zurückbekommen. Doch irgendwann wurde Rüdiger klar, dass Schmider den Gemäldeschatz unter der Hand an irgendeine Kunstmafia versetzt haben musste. Er brauchte wohl dringend Geld. Denn die geplante Ausstellung gab es nicht, und die Bilder waren plötzlich spurlos verschwunden. Schmider hat meinen Bruder immer wieder vertröstet. Er hat gesagt, er habe die Bilder nur vorübergehend als Sicherheitsleistung bei der Bank hinterlegen müssen.«

»Hat Ihr Bruder Charly Schmider denn nicht angezeigt?«

»Das hat er natürlich erwogen, aber Schmider hatte irgendetwas gegen ihn in der Hand. Irgendein Verkauf, den er nicht ordnungsgemäß versteuert hatte. Nichts Wildes – wie das eben im Kunsthandel mitunter so vorkommt. Aber es hat gereicht, um Rüdi ruhigzustellen – und ihn in die Verzweiflung zu treiben. Er war ja eigentlich Restaurator – und eben kein typischer Geschäftsmann. Vor allem auch zu wenig skrupellos. Bis zum Schluss hat er gehofft, dass er die Kunstwerke wiederbekommt. Abgesehen davon gab es natürlich keinen Beweis, dass dieser angebliche Freund Charly die Bilder auch wirklich hatte.«

»Und Ihr Bruder war so gutgläubig und hat Schmider die Bilder ohne Quittung überlassen?«

»Er war sein Freund, früher sogar sein bester Freund. Würde man von dem so etwas erwarten? Er hat ihm vertraut und ihm die Bilder so ausgehändigt. Das war natürlich ein schrecklicher Fehler.«

Erinnerungen kamen in Marie hoch. An die gemeinsame Zeit und nun auch daran, dass Rüdiger und Charly früher tatsächlich unzertrennlich erschienen waren.

»Und die verlorenen Bilder haben Ihrem Bruder so großen Kummer bereitet, dass er sich umgebracht hat?«

»Es hat dazu beigetragen. Mein Bruder wurde von seiner Frau verlassen, hatte dann auch noch Geldprobleme, die natürlich durch die unterschlagenen Gemälde nicht weniger wurden. Die Geschichte mit den Bildern hat ihm dann den Rest gegeben.«

Die Schwester des Verstorbenen blätterte gedankenverloren weiter im Album.

»Stopp!«, rief nun Kiefer, worauf die Zeugin ihn verdutzt anschaute.

Marie verstand, worauf er hinauswollte, und fragte: »Auf diesem Bild hier hat Rüdi ein Amulett um. Wissen Sie mehr über dieses Schmuckstück?«

Renate Hellmann lächelte versonnen: »Das Amulett der Wartenberger, ja. Das war eine Zeitlang ein Tick von ihm. Immer lief er mit diesem Amulett durch die Gegend. Es gehöre zu einem Schatz, hat er mal gesagt – und irgendein tolles Geschäft gewittert. Wie so oft.«

Sie klappte das Album zu: »Wissen Sie, Rüdi war nicht sehr geschäftstüchtig. Je weniger geschäftstüchtig man ist, umso mehr tut man manchmal so, als wäre man es. Er berichtete immer von irgendwelchen Dingen, denen er angeblich auf der Spur war. Schwärmte davon, wie er mit Katharina – seiner

Frau – ein Hausboot kaufen würde, wenn er das Geld erstmal hatte.«

Die Tränen liefen wieder. »Es hat nicht geklappt: weder mit einem großen Geschäft noch mit dem Hausboot. Und auch nicht mit Katharina. Vor etwa einem Jahr ist sie ausgezogen.«

»Wo lebt sie jetzt?«, fragte Marie behutsam weiter.

»Irgendwo am Bodensee. Bei einem Zahnarzt – der wahrscheinlich ein solches Hausboot hat.«

»Und was wurde aus dem Amulett?«, fragte nun Kiefer nach, woraufhin Marie ihn tadelnd anschaute.

»Keine Ahnung«, sagte Renate. »Im Nachlass war es meines Wissens nicht. Ich glaube aber auch nicht, dass es wirklich einen solchen Wert hatte. Rüdi verrannte sich manchmal in solche Dinge …«

Sie öffnete das Album wieder – diesmal von hinten. Auf den letzten Seiten war das üppig geschmückte Grab von Rüdiger Hellmann zu sehen, daneben eine Todesanzeige und ein Porträtfoto ihres Bruders.

Mit den Fingerkuppen strich sie zärtlich darüber.

»Dürfte ich vielleicht ein Foto von der Todesanzeige machen?«

Diesmal tastete sich Marie nicht behutsam vor, sondern kam direkt zur Sache.

»Ein Foto von der Todesanzeige? Warum das?«

»Als Erinnerung an Rüdi …«

Renate Hellmann willigte ein, und Marie knipste die Anzeige zweimal mit ihrem Handy …

»Wann haben Sie Rüdi zum letzten Mal gesehen?«, fragte die Schwester Marie, als sie sich verabschiedeten.

»Leider ist das schon fast fünfzehn Jahre her.« Marie kam es vor, als müsse sie sich dafür rechtfertigen, ihrem alten Kumpel in der Zeit vor seinem Tod nicht beigestanden zu haben.

»Ich bin nach Berlin gegangen und erst seit wenigen Wochen wieder hier.«

Renate Hellmann nickte. »Schade«, sagte sie dann – und Marie wusste nicht, ob sie das auf ihre Abwesenheit bezog oder generell darauf, was passiert war.

»Sie haben mich nicht gefragt, ob ich weiß, was Charly Schmider jetzt macht«, bemerkte Renate plötzlich.

»Das liegt daran, dass wir wissen, was er jetzt tut.«

Renate Hellmann kniff die Augen zusammen: »Und was tut er?«

»Er sitzt im Gefängnis«, meldete sich Kiefer zu Wort.

Die Schwester schaute ihn an: »Hoffentlich für sehr lange.«

»Es spricht viel dafür«, erwiderte Kiefer – und Renate Hellmann schien zu überlegen, ob sie nachfragen sollte. Schließlich tat sie es: »Ist Charly Schmider der Mörder dieser beiden Schätzles?«

»So wie es aussieht, zumindest des einen«, sagte Kiefer wieder etwas vorlaut.

Renate Hellmann kommentierte das nicht mehr.

Sie schloss nun einfach die Haustür, und die beiden Beamten liefen über den Muslenplatz zurück zu ihrem Auto.

32. Das falsche Alibi

Winterhalter betrachtete kopfschüttelnd die mit Schwarzwald-Souvenirs vollgepackten Auslagen der Geschäfte, die sich unterhalb der Triberger Wasserfälle aneinanderreihten.

Die Geschäftsinhaber dürften sich die Hände reiben, dachte der Kommissar. Denn speziell asiatische Touristen schienen sich sehr für Kuckucksuhren, Wetterhäuschen und Wärmekissen zu interessieren. Darauf ließen jedenfalls die langen Schlangen vor den Kassen schließen.

Winterhalter war dennoch froh über die Arbeitsteilung, die er heute mit der Kollegin Kaltenbach vereinbart hatte. Sie ermittelte mit Kiefer in Schwenningen, während er nach Triberg gefahren war, um sich Dr. Friedhelm Kaiser noch mal vorzuknöpfen. Dessen Alibi für den Mord an Pedro Schätzle war nämlich ins Wanken geraten, weil die Sekretärin des Wirtschaftsanwalts ihre anfängliche Aussage per verschämtem Anruf bei der Polizei widerrufen hatte. Sie hatte wohl kalte Füße bekommen, als sie noch mal darüber nachgedacht hatte, dass es hier immerhin um einen Mordfall ging.

Ein falsches Alibi – ausgerechnet bei einem Rechtsanwalt?

Winterhalter war gespannt, was der zu seiner Rechtfertigung zu sagen hatte.

Er nahm einen Zickzack-Kurs durch die Touristenschar, die sich in Richtung Wasserfälle bewegte, bog dann in den Amtshausweg ab.

Die Sekretärin, die das Alibi Dr. Kaisers nicht mehr bestätigen wollte, schien nicht anwesend zu sein. Hatte er sie schon entlassen?

Der Anwalt empfing Winterhalter persönlich. Der Kommissar hatte sich zwar angekündigt, allerdings nicht gesagt, um was es bei der Befragung ging.

Der Überraschungseffekt erzielte manchmal die besten Ergebnisse.

»Kommen Sie doch bitte in mein Büro.« Dr. Kaiser wirkte nicht mehr so selbstsicher wie bei ihrem ersten Aufeinandertreffen im Kommissariat.

»Grüß Gottle. Schön, dass Sie's einrichten konnten«, begann der Kommissar die Befragung mit einem leicht ironischen dialektalen Tonfall und schaute sich um.

Auf seinem Schreibtisch und diversen Kommoden sowie Beistelltischen hatte der Wirtschaftsanwalt zahlreiche Mappen und lose Papierstapel aufgetürmt. Er schien ein viel beschäftigter Mann zu sein. Das Erscheinungsbild des Büros stand im Gegensatz zu dem doch sehr ordentlichen, akkuratbodenständigen Äußeren Dr. Kaisers.

Natürlich durfte auch hier die berühmte Kuckucksuhr an der Wand nicht fehlen. Sie schien sich mit der mächtigen antiken Standuhr einen tickenden Wettstreit zu liefern. Ein großes, ausladendes Hirschgeweih vervollständigte das Bild.

Winterhalter betrachtete die Wände, an denen einige Gemälde hingen. Unter anderem eines, das junge Frauen in Trachten mit Bollenhut und Schäppel zeigte. Trachten, die es nur in Gutach und Hornberg-Reichenbach gab.

Die Chinesen, die gerade die Geschäfte unterhalb der Wasserfälle stürmten, dachten sicher, dass die Schwarzwälder überall so herumliefen – wenn nicht sogar alle Deutschen außerhalb Bayerns …

»19. Jahrhundert. Schönes Bild, nicht wahr?«, fragte Kaiser.

Winterhalter ging nicht weiter darauf ein: »Herr Dr. Kaiser: Wir haben einen Anruf Ihrer Sekretärin erhalten.«

»Ich habe meine Sekretärin aber gar nicht beauftragt, mit Ihnen in Kontakt zu treten.«

»Sie hat auch nicht in Ihrem Auftrag angerufen, sondern in eigener Sache. Das heißt: nicht so ganz. Das betrifft Sie schon auch.«

Der Rechtsanwalt beugte sich mit einem fragenden Gesichtsausdruck über den Schreibtisch. »Wie darf ich das bitte verstehen?«

»Die Dame hat sich bei uns gemeldet, weil sie nun doch nicht mehr bestätigen möchte, dass Sie am Montagmorgen um die frühe Zeit, als Peter Schätzle getötet worden ist, hier im Büro waren.«

Dr. Kaiser runzelte die Stirn.

Winterhalter setzte direkt nach: »Wo genau waren Sie also? Und kann das gegebenenfalls jemand anderes bezeugen? Sonst hätten wir nämlich ein Problem und müssten die Befragung gleich noch mal auf dem Kommissariat fortsetzen.«

Der Anwurf klang wie eine Drohung. Und er schien zu wirken.

Der Rechtsanwalt wirkte nun fahrig und nervös, schien seine beim letzten Mal demonstrativ zur Schau getragene Souveränität eingebüßt zu haben.

»Meine ... meine Sekretärin muss sich da vertan haben. Ich verstehe das Ganze nicht, müsste vielleicht mit ihr noch mal Rücksprache halten. Ich war zu der Zeit weder auf dem Wartenberg noch in Neudingen bei der Fürstengruft. Ich war definitiv hier in Triberg.«

Der Anwalt, der einen schweren Trachtenjanker mit Hirschknöpfen trug und nun Schweißperlen auf der Stirn hatte, blätterte in seinem vollgeschriebenen Terminkalender.

»Das muss ein Missverständnis sein. Im Übrigen bin ich

hier ein angesehener Rechtsanwalt und zudem noch Lokalpolitiker. Sie glauben doch nicht im Ernst, dass ich etwas mit einem Mord zu tun haben könnte?«

»Wir haben bei der Kripo schon die tollsten Sachen erlebt. Qua Amt täte ich prinzipiell niemanden als potenziellen Mörder ausschließen. Nicht mal meine eigenen Kollegen von der Polizei. Und da Sie – als angesehener Rechtsanwalt – hier offenbar keine ganz korrekten Angaben gemacht haben, müssen wir der Sache nachgehen.«

»Das wird sich alles aufklären. Ich kümmere mich darum. Könnten wir vielleicht für die nächsten Tage noch mal einen Termin vereinbaren? Ich bin jetzt sehr beschäftigt.«

»Nix da nächste Tage. Sie scheinen sich offenbar nicht ganz bewusst zu sein, wie ernst Ihre Lage ist. Wir klären das jetzt und hier. Wo ist Ihre Sekretärin, die Frau Aberle?«

»Sie hat sich für heute krank gemeldet.«

»Könnte ich bitte deren Privatnummer sowie gegebenenfalls auch Handynummer haben? Wir rufen die Dame sofort an – zusammen.«

Dr. Kaiser stand auf, lief hin und her, ging zum Fenster, öffnete es und schien die Schwarzwaldluft von draußen gierig aufzusaugen.

Winterhalter wurde so langsam ungeduldig und driftete vor Erregung kurz in den Dialekt ab: »Hab ich mich nit klar genug ausgedrückt. Schwätz ich vielleicht Chinesisch? Holen Sie jetzt bitte umgehend die Telefonnummer von Ihrer Sekretärin, damit mir die Unstimmigkeite mit dem Alibi abkläre könne.«

Der Anwalt schloss das Fenster, dreht sich zu Winterhalter um und lehnte sich an der Fensterbank an. »Hören Sie. Ich muss meine Aussage, die ich im Kommissariat getätigt habe, nun ja, präzisieren.«

Er schluckte. »Meine Sekretärin hat die Wahrheit gesagt.

Ich war an dem betreffenden Morgen wirklich nicht in der Kanzlei. Aber ich bitte Sie dringend, das vertraulich zu behandeln.«

»Das kommt ganz darauf an, ob wir das vertraulich behandeln können. Dann nämlich nicht, wenn Sie was mit der Ermordung vom Peter Schätzle oder am Ende vielleicht sogar vom Armin Schätzle zu tun haben. Da werden wir Ihr Alibi auch noch überprüfen.«

»Aber nein, es verhält sich alles ganz anders. Meine Sekretärin hat recht: Ja, ich war an dem Morgen in der Tat nicht hier in der Kanzlei. Und ich hatte sie gebeten, andere Angaben zu machen, weil ich das Treffen, bei dem ich war, keinesfalls als Alibi hätte angeben dürfen. Ich war aber wirklich in Triberg. Und zwar bei einem streng geheimen Termin.«

Winterhalter wusste, was jetzt kommen würde. Andere Frau, bla, bla, vielleicht war es sogar die Sekretärin selbst, mit der der feine Herr Anwalt eine Affäre hatte. Langweilig – und nervig. Doch davon war offenbar niemand gefeit – weder ein Trachtentraditionalist noch ein Kommissar. Theoretisch zumindest.

»Und was für ein Treffen war das bitteschön?«, fragte Winterhalter dennoch so sachlich wie möglich.

»Bitte kein Wort zu irgendjemand – und vor allem nicht zur Presse. Das ist eine wirklich sehr delikate Angelegenheit.«

»Zur Presse? Glauben Sie, wir geben der Presse Bescheid, wenn einer unserer Zeugen eine Affäre hat?«

»Affäre?« Nun war Dr. Kaiser wirklich empört. »Wo denken Sie hin? Hat das meine Sekretärin gesagt?«

»Überhaupt nicht!«, bemühte sich nun Winterhalter zu beschwichtigen. »Kein Wort! Sie hat nur mit ihrem Gewissen gerungen und dann ausgesagt, dass Sie Ihnen für den Zeitraum doch kein Alibi geben könne.«

»Gut.« Der Anwalt räusperte sich wieder. »Also: Es geht um die Weiterentwicklung des Triberger Weihnachtszaubers ...«

Der Rechtsanwalt ließ sich in seinen schweren Lederstuhl fallen.

»Weihnachtszauber?« Winterhalter war verblüfft, fast ein wenig enttäuscht.

»Sie wissen schon. Das ist hier jedes Jahr von Weihnachten bis Neujahr ein Riesenspektakel mit Lichtershow, Animation, Buden und Unterhaltung. Ein Geschäft für die gesamte Region, das künftig noch weiter ausgebaut werden soll.«

»Herr Dr. Kaiser, das ist mir alles hinlänglich bekannt. Aber was hat das bitte mit einem Geheimtreffen zu tun?«

Für Winterhalter klang die ganze Geschichte abstrus.

»Die Chinesen«, flüsterte der Anwalt nur, als würde er in seinem eigenen Büro abgehört.

»Die Chinesen?«, wiederholte Winterhalter nicht ganz so leise. »Ja, die sind mir hier vorhin auch reihenweise über den Weg gelaufen. Was ist mit den Chinesen?«

»Die wollen das Ganze hier künftig noch größer machen und in Triberg kräftig investieren. Neue Hotels, neue Anlagen rund um die Wasserfälle, ein Riesending. Da liefen streng geheime Vorgespräche mit den Investoren, die ich als Wirtschaftsanwalt geführt habe. Sollte es zu Verträgen kommen, so werde ich diese entwerfen und den Deal begleiten. Das Ganze ist bisher streng geheim, darf nicht an die Öffentlichkeit dringen. Zumal ich hier auch noch als Lokalpolitiker involviert bin.«

»So streng geheim, dass Sie das nicht mal Ihrer Sekretärin erzählen dürfen?«

»Sie haben's erfasst.«

»Und wer kann nun bitte bestätigen, dass Sie bei dem Geheimtreffen waren?«

Dr. Kaiser zückte sein Notizbuch, notierte dann eine Nummer und reichte sie Winterhalter.

»Das ist die Telefonnummer von Herrn Li, mit dem ich mich getroffen habe. Er vertritt die Investorengruppe.«

»Danke. Ich hoffe, diesmal stimmen Ihre Angaben auch wirklich. Können wir den Herrn Li jetzt gleich anrufen?«

»Sprechen Sie Mandarin?«

»Nein, danke – jetzt nicht.«

»Wie bitte?«

»Ach so«, fiel bei Winterhalter erst später der Groschen. »Ich hab erst gedacht, Sie wollten mir was anbieten. Nein, auch wenn Sie's erstaunen wird: Ich spreche natürlich kein Mandarin!«

»Dann dürfte die Unterhaltung schwierig werden. Herr Li spricht nur Mandarin.«

»Aha. Und Sie auch, oder wie?«

»Herr Li hatte einen Übersetzer dabei. Dessen Nummer habe ich aber nicht.«

Winterhalter schnaufte tief durch und betrachtete die Schwarzwald-Bilder an der Wand: »Herr Dr. Kaiser, Sie behindern die Ermittlungen. Wenn wir keine Bestätigung für Ihr Alibi haben, brauche ich dann gleich das nächste – und zwar in Sachen Todesfall Armin Schätzle …«

Nun schnaufte der Anwalt: »Versetzen Sie sich doch einmal in meine Lage: Wenn die Polizei bei den Chinesen anruft, wirft das ein denkbar schlechtes Licht auf unseren Deal.«

In einiger Entfernung hörte man das Rauschen der Triberger Wasserfälle.

33. Die Anzeige

Die Hierarchie zwischen Kiefer und Marie war eher unklar, doch der Kommissar aus dem Elsass schien trotz seines etwas steifen Auftretens keiner zu sein, der auf Hierarchien pochte. Was ihn Marie nur umso sympathischer machte.

Sie legten den Rückweg ins Kommissariat in einvernehmlichem Schweigen zurück. Und als Marie den Kollegen schließlich bat, noch einmal bei der JVA Freiburg nachzuforschen, ob bei der Durchsuchung von Charlys Zelle ein Amulett sichergestellt worden sei, tat er das. Ohne Wenn und Aber.

»Aha«, sagte Kiefer, nachdem er telefonisch einem der JVA-Mitarbeiter sein Anliegen geschildert hatte. »Tja.« Und dann noch: »Na ja.« Und sogar einmal: »Oh la la.«

Marie wurde allmählich unruhig. Außerdem beschäftigte sie der Besuch bei Rüdis Schwester. Mehr noch: die Bilder, die sie gesehen hatte. Denn die ließen diverse Erinnerungen in ihr aufsteigen.

Gleichzeitig war ihr bewusst, dass nichts mehr wie früher war. Gleich mehrere aus der Clique waren tot.

»Hatte Herr Schmider denn zu einem Gefangenen besonderen Kontakt?«, fragte derweil Kiefer weiter, während Marie die Schwenninger Steige herunter nach Villingen nahm. »Eine Vertrauensperson, gewissermaßen. Vielleicht sogar eine, die derzeit auf freiem Fuß ist – oder das in den letzten Tagen war, als Armin Schätzle ermordet wurde? Dafür fehlt uns nämlich noch ein Täter.«

Sie fuhren nun am Villinger Friedhof vorbei. Marie nahm sich vor, diesen bald einmal zu besuchen – und vor allem drei Gräber.

»Ja, das ist schade«, sprach Kiefer derweil in sein Handy. »Ich würde mich gegebenenfalls in den nächsten Tagen noch einmal bei Ihnen melden.« Marie registrierte seine Worte nur am Rande, sie war in Gedanken. Irgendwann fiel ihr auf, dass sie einen Umweg gefahren war – so ganz war sie mit der Stadt doch nicht vertraut. Auch hier hatte sich in den letzten Jahren durchaus einiges verändert.

Kiefer war entweder zu sehr mit seinem Telefonat beschäftigt gewesen oder hatte sich nicht als Besserwisser profilieren wollen. Jedenfalls hatte er sie nicht auf ihren Fehler hingewiesen. »Jetzt rechts, bitte«, sagte er nun lediglich vorsichtig.

Marie passierte den Villinger Bahnhof, während Kiefer Bericht erstattete. »Die Zelle von Schmider haben sie ja durchsucht – kein Amulett. Zur Tatzeit des Mords an Armin Schätzle war er definitiv im Gefängnis. Ich habe noch überlegt, ob er vielleicht jemanden aus dem Knast angestiftet haben könnte, der schon wieder auf freiem Fuß ist. Aber meinem Gesprächspartner in der JVA war niemand bekannt, mit dem er besonderen Umgang gepflegt hätte. Vielleicht war es dennoch ein Auftragsmord – und es ist ihm irgendwie gelungen, einen Täter außerhalb des Gefängnisses zu rekrutieren.«

»Vielleicht«, murmelte Marie.

Als sie an der roten Ampel halten mussten, wo das mächtige Bickentor emporragte, griff Marie nach ihrem eigenen Handy – aber nicht, um zu telefonieren, sondern um sich noch einmal die Todesanzeige anzuschauen, die sie fotografiert hatte.

Das tat sie, bis das hinter ihr stehende Fahrzeug hupte. Zerstreut gab sie Gas. Sie würde die Namen der Trauernden, die die Anzeige unterzeichnet hatten, noch einmal genauer durchgehen.

Wenige Sekunden später verriss Marie plötzlich das Steuer und hätte um ein Haar ein am Straßenrand stehendes Auto gerammt.

Nicht noch ein Unfall!

Sie fuhr vorsichtig an den Rand und nahm sich erneut ihr Handy vor.

Da war er, der Hinweis, den sie zunächst nur im Hinterkopf gehabt hatte!

»Vielleicht sollte ich … weiterfahren?«, schlug Kiefer zögernd vor, obwohl es nur noch wenige hundert Meter zum Kommissariat waren.

Doch Marie schüttelte nur stumm den Kopf.

34. Unter den Wasserfällen

Karl-Heinz Winterhalter lauschte dem gleichmäßigen Rauschen der Triberger Wasserfälle. Er stand auf einer der Holzbrücken, die die reißenden Wassermassen querten. Das Rauschen hatte eine beruhigende Wirkung. Und die hatte Winterhalter gerade nötig – er dachte nach. Denn sowohl privat wie beruflich ging es bei ihm drunter und drüber. Zwei Morde und ein Tauchunfall, brachte er gerade seine berufliche Situation auf einen Nenner. Eine Ehetherapie, eine Ehekrise und eine Kontaktanzeige lauteten die Schlagwörter seiner privaten Probleme.

Da tat es einfach mal gut, sich nur dem monotonen Rauschen des Gebirgswasserfalles hinzugeben. Dass er dabei nicht alleine, sondern erneut von Touristen aus dem Reich der Mitte umgeben war, registrierte Winterhalter nur am Rande.

Fast wäre ihm auch der eingehende Anruf entgangen, doch die Klingelton-Kuh seines Handys muhte so laut, dass sie es sogar schaffte, das Wasserrauschen zu übertönen.

»Winterhaaalder, Grüß Gott«, meldete er sich standardmäßig und bemerkte nun, wie einige Chinesen sich vor ihm abfotografieren ließen. Offenbar schien er mit seinem Look eine Art Touristenattraktion zu sein – und der passende Vordergrund für den Wasserfall im Hintergrund.

»Kaltenbach.« Winterhalter drückte sich das Handy fester ans Ohr. »Herr Winterhalter, ich glaub, ich hab's!«

»Das ist mir jetzt erst mal egal. Ich müsste mal dringend in China anrufen. Allerdings auf Mandarin. Oder mit Übersetzer!«

Winterhalter schaute sich um. Mittlerweile bildete sich schon eine Schlange, um mit dem Herren in der rustikalen Kluft vor den reißenden Wassermassen abgebildet zu werden. Er spielte das Spiel zerstreut mit und lächelte freundlich in die Kameras.

»Was? Ich versteh nur Chinesisch. Wieso rauscht es bei Ihnen so laut?«, brüllte seine Kollegin in den Hörer. »Wo sind Sie denn gerade? Haben Sie eine Störung in der Leitung?«

»Nein, ich bin an den Triberger Wasserfällen. Frau Kaltenbach, kennen Sie nicht einen Chinesen? Sie haben doch so viele Verehrer. Vielleicht ist da auch ein Chinese dabei?«

»Hm. Haben Sie … was getrunken, Kollege?«, wunderte sich die Kaltenbach.

Winterhalter hatte nun schon ein gutes Dutzend Mal für einen Schnappschuss hergehalten. Doch die Schlange der freundlichen Touristen aus China wollte einfach nicht abreißen.

»Rechtsanwalt Kaiser hat angegeben, er sei bei einem Geheimtreffen mit einem Chinesen gewesen. Deshalb habe er für den Tatzeitpunkt in der Gruft ein falsches Alibi angegeben. Verstehen Sie?«

»Und warum brauchen Sie deshalb jetzt einen Chinesen?«

»Weil der Chinese, mit dem sich der Kaiser getroffen hat, ein gewisser Herr Li, nur Mandarin kann. Und weil der Übersetzer weg ist. Ich kann ja kein Chinesisch. Können Sie das denn?«

»Nein, aber mir kommt das Ganze hier so langsam Spanisch vor«, kam die Kollegin so langsam in Fahrt.

»Ich ruf zurück«, sagte Winterhalter nur und beendete das Gespräch.

Fünf Minuten später meldete er sich wieder. In der Zwischenzeit war er einer Eingebung gefolgt und hatte sechs oder sieben Touristen aus dem Reich der Mitte angesprochen. Die waren alle sehr freundlich gewesen und hatten ihn noch weiter fotografiert, der deutschen Sprache war allerdings kein Einziger mächtig gewesen.

Ein Herr mittleren Alters mit kichernder weiblicher Begleitung hatte so etwas wie Englisch gesprochen – aber selbst da war sich Winterhalter nicht sicher gewesen.

Als potenzielle Übersetzer für Herrn Li kamen sie jedoch allesamt nicht in Frage.

»Also, was ist jetzt?«, blaffte er die Kollegin an, während er vom Wasserfall aus in Richtung Touristen-Info ging. Dort würde es ja wohl irgendwo einen Chinesisch-Dolmetscher oder zumindest einen Reiseleiter für die asiatischen Touristen geben.

Auf Dr. Kaisers Befindlichkeiten in Sachen Geheimhaltung konnte er nun wahrlich keine Rücksicht nehmen.

»Ich habe eine wichtige Spur zum Selbstmord von Rüdiger Hellmann.«

»Aha«, entgegnete Winterhalter skeptisch.

»Absolut«, bestätigte die Kollegin euphorisch. »Auf der Todesanzeige von Rüdiger Hellmann haben die Verwandten unterschrieben – unter anderem ein Patenkind namens Dorer!«

Winterhalter schnaufte wieder einmal – zum einen, weil ihm Atmen und Sprechen gleichzeitig schwerfiel, zum anderen, weil ihn die Information der Kollegin keineswegs elektrisierte. »Ja, und?«

»Dorer«, sagte die Kaltenbach. »Kommt Ihnen der Name bekannt vor?«

»Allerdings«, sagte Winterhalter. »Den Namen gibt's in unserer Region etwa tausend Mal. Das ist sozusagen die Schwarzwälder Version von Herrn Li, mit dem ich dringend auf Mandarin ...«

Marie bog auf den Parkplatz vor der Dienststelle ein. »Lassen Sie uns jetzt nicht über China reden«, bat sie. Wenn sie sich Winterhalters wirre Reden so anhörte, war sie mehr denn je der Meinung, dass er sich noch einige Tage Erholung nach seinem Krankenhausaufenthalt gönnen sollte. »Nicht nur Dorer, sondern Martin Dorer. Gibt's davon immer noch Tausende?«

»Na ja, vielleicht ein Dutzend«, grummelte Winterhalter.

»Verstehen Sie denn nicht – Martin Dorer, so heißt doch der Freund Ihres Sohns!«, spielte Marie nun ihren Trumpf aus. »Und der hat bekanntlich gemeinsam mit den anderen Geocachern die Leiche von Pedro Schätzle gefunden. Und jetzt stellt sich heraus, dass er vermutlich auch noch ein enger Angehöriger von Rüdiger Hellmann ist, der nach seinem Selbstmord im Schluchsee gefunden wurde. Dessen Abschiedsbotschaft war wortgleich mit der fingierten Botschaft bei Armin Schätzle am Schluchsee-Ufer. Und der war wiederum der Ehemann des ersten Opfers. Könnte sich da nicht der Kreis schließen? Und das Bindeglied könnte Martin Dorer sein?«

»Das ist mir alles zu viel und zu theoretisch«, schnaufte Winterhalter, der sich offenbar auf irgendeine Weise sportlich betätigte. »Was sollen wir Ihrer Meinung nach also jetzt machen?«

»Erneut mit Martin Dorer sprechen.«

»Von mir aus«, erklärte der Kommissar wenig begeistert. »Das ist ein helles Kerlchen – vielleicht kann der ja sogar Chinesisch.«

Marie legte auf und schaute Kiefer an, der neben ihr im Auto saß und sie scheinbar erwartungsvoll ansah.

Sie machte eine Scheibenwischer-Bewegung. Dem Kollegen Kiefer musste sie nicht erklären, dass er damit nicht gemeint war ...

35. Familien-Befragung

Es war einige Zeit her, dass Familie Winterhalter so einträchtig am Küchentisch gesessen hatte. Wobei »einträchtig« das falsche Wort war – »gemeinsam« traf es besser.

»Ich versteh ehrlich gesagt immer noch nit, was du von mir willsch, Bapa«, sagte Thomas und griff zum Speck.

Immerhin den gab es nun wieder. Wobei Winterhalter nicht wusste, ob das ein gutes Zeichen war oder ob Hilde nur mit Anstand die letzten Tage auf dem Bauernhof zu Ende bringen wollte, ehe sie sich endgültig mit dem unsäglichen Robert zusammentat.

Der Psychologe und Hilde – es gab keine zwei Menschen, die nach Winterhalters Meinung weniger zusammenpassten. Außer vielleicht er selbst und die Kaltenbach …

Hatte sich Hilde so verändert? Oder hatte es ihre Nachbarin Franziska geschafft, sie so zu verändern? Das Miststück vom unweit gelegenen Hof war zumindest mitschuld.

»Ich wollt, dass du mir was über de Martin erzählsch …«, sagte der Kommissar.

»Aber warum?«, bohrte Hilde nach – und Winterhalter ärgerte sich zum ersten Mal, dass sie mit am Tisch saß. Er beschloss, sie vorläufig zu ignorieren, solange der Status ihrer Beziehung noch nicht geklärt war.

»Aber was?«, fragte Thomas.

»Isch der des Patenkind von Rüdiger Hellmann, der sich vor einem halben Jahr im Schluchsee ertränkt hat?«

»Um Gottes wille!«, bemerkte Hilde.

Thomas überlegte eine ganze Weile, sodass das Ticken der Kuckucksuhr immer präsenter wurde. Draußen prasselte der Frühsommerregen auf das Scheunendach und die Pflastersteine des Hofes nieder. Es war halb sechs abends.

»Er hatte än Onkel, der Rüdi hieß und in de Schluchsee gegange isch«, verkündete sein Sohn irgendwann. »Wie der mit Nachname hieß? Kei' Ahnung ...«

Nun war Winterhalter, der sich zu Beginn des Gesprächs eher auf Hilde konzentriert hatte, doch interessierter. »Des muss er dann sein«, murmelte er. »Hat er je mit dir über diesen Rüdiger gesproche?«

»Ich hab den früher selbst zwei-, dreimal gesehen. Ansonsten war der laut Martin än Super-Typ, den irgendjemand um sein ganzes Geld gebracht hat«, antwortete der Sohn. »In seinem Wohnzimmer hängt auch än Bild vom Rüdiger. Der muss sein großes Vorbild gewese sei.«

»Guet«, antwortete der Kommissar. »Weiter im Text: Weisch du, ob de Martin den Armin Schätzle gekannt hat – de Gschpusi von dem Pedro Schätzle, den ihr in der Gruft gefunde habt?«

»Kei' Ahnung«, antwortete Thomas. »Aber du hasch doch mit dem Martin g'soffe, da hättesch du ihn so was ja frage könne.«

»Was hasch du?«, mischte sich Hilde wieder ein – und wurde erneut ignoriert.

»Ich hab ihn befragt und mich nit b'soffe«, korrigierte Winterhalter. »Außerdem war des vor dem Tod vom Armin Schätzle. Mir vermute jedenfalls än Zusammehang zwische dem Selbstmord vom Rüdiger Hellmann und dem Mord am Armin Schätzle.«

»Aha«, machte Thomas, während Hilde schwieg. An was sie wohl dachte?

Eine Frage, die sich gleich darauf klärte, als Hilde ihren Sohn musterte und dann sagte: »Isch de Martin denn jetzt mit de Johanna oder de Sandra zusamme?«

»Weder noch«, knurrte Thomas.

»Und du?«, forschte Hilde nach.

»Isch des jetzt ä dienstliche oder ä private Befragung?«, gab Thomas schnippisch zurück.

»Dienschtlich: Mit wem isch der Martin denn sonst liiert?«, wollte der Kommissar erfahren.

»Weiß ich nit«, murmelte der Filius.

»Des weisch du nit?«, fragte Hilde nach. »Du bisch doch än Freund von ihm. Da spricht mer doch über die Mädle, an denen man interessiert isch.«

»Da gibt's keine«, knurrte Thomas wieder.

»Ha, warum? De Martin isch doch än nette, große, kräftige Kerl ... Wieso hat der keine Freundin?«

Thomas grummelte offenbar.

»Er hat's nit so mit dene«, sagte er schließlich.

Im Gegensatz zu Hilde kapierte Winterhalter irgendwann, was sein Sohn ihm sagen wollte. »Du meinsch, er isch ...«

»SCHWUL, verdammt noch mol«, brach es aus Thomas heraus.

Eine Aussage, die seine Mutter mit einem erneuten »Um Gottes wille!« quittierte.

»Jo, wieso hasch du des denn nit gleich g'sagt?«, fragte Winterhalter nun.

»Weil des doch nit interessant isch – und außerdem niemanden was angeht«, gab der Sohn zurück. »Mir lebe im 21. Jahrhundert ...«

»Du aber nit?«, fragte Hilde.

»Was – ich?« Thomas schien allmählich genervt.

»Hilde, bitte«, sagte Winterhalter eindringlich. »Hat der Martin än aktuelle Freund?«

Thomas blieb einsilbig, während seine Mutter präzisierte: »Du bisch aber nit ... also – ich mein, weil du auch schon lang nimmer ä Freundin g'habt hasch ...«

»Was?«, fragte Winterhalter.

»Was?«, fragte auch Thomas.

»Hilde – könne mir jetzt bitte in der Befragung weitermache?«, setzte der Kommissar nach.

»Entschuldigung – aber ich möcht schon wisse, ob ich irgendwann mol Enkele kriege kann ...«, sagte Hilde beleidigt.

Ihr Mann quittierte das mit einem erneuten, diesmal noch erstaunteren »Was??«.

»Mama möcht wisse, ob ich auch schwul bin«, sagte Thomas und wurde nun lauter: »Nein, verdammi noch mol.« Er schnaubte wie ein Stier: »Könnt ihr euch mol entscheide, ob ihr mich wege dem Mordfall oder privat ausfrage wollt?«

»Es geht um die Morde«, sagte Winterhalter nun wieder sachlich. »Also: Hat de Martin aktuell än Freund?«

»Er redet nie viel über solche Sache. Aber ich glaub, er hat da was Neueres am Start – seit einige Wochen oder so.«

»Also du bisch sicher, dass du nit ...?« Hilde gab nicht auf.

»Ja, bin ich, verdammi noch mol!« Thomas war jetzt ziemlich wütend. »Soll ich erst die Johanna schwängern, damit du mir glaubsch?«

»Ha, nei«, sagte Hilde erschrocken, während ihr Mann sich unverdrossen weiter vortastete. »Und weisch du was über diesen neuen, hm, Lebensgefährte vom Martin?«

»Der isch wohl etwas älter. Aber Genaueres hat er nit rausgelasse.«

»Wieso hasch du jetzt eigentlich die Johanna als Beispiel g'nomme – und nit die Sandra?«

Hilde konnte ganz schön hartnäckig sein, dachte der Kommissar. Nun wurde sie aber von beiden Männern ignoriert.

»Ich werd noch mol mit dem Martin rede müsse«, sagte Winterhalter.

»Nimm am beschte deine Kollegin mit – dann kriegsch du mehr aus ihm raus«, meinte Thomas – und senkte dann eilig den Kopf. Offenbar war ihm klar geworden, dass diese Aussage nicht gerade geschickt war.

Hilde beschränkte sich auf ein verächtliches Schnauben.

»So ...«, sagte Winterhalter schnell. »Wenn dir dann nix mehr einfällt, Thomas, dann werd ich wohl mal de Martin ...«

»St. Georgen«, unterbrach ihn Thomas.

»Was?«

»St. Georgen«, wiederholte der Filius. »Der Typ vom Martin kommt, glaub ich, aus St. Georgen. Zumindescht hat der neue Lover von dort aus mal beim Martin a'gerufe, als ich letzte Woche bei ihm war.«

»Hat er än Name g'sagt?« Jetzt war Winterhalter wirklich elektrisiert.

Thomas schüttelte den Kopf. »Nein, ich hab nix g'hört. Und mir habe des Thema halt immer ausgeklammert.«

»O. K.! Thomas«, Winterhalter deutete mit dem Zeigefinger auf seinen Sohn: »Du wirsch dem Martin natürlich nix von unserer Unterhaltung sage – und ihn schon gar nit vorwarne.«

»Wieso vorwarne?« Thomas schienen die Zusammenhänge immer noch nicht ganz klar.

»Vielleicht hat de Martin tatsächlich irgendwie mit dene Morde zu tun«, erläuterte Winterhalter.

»Hä? Den Mord, bei dem mir die Leich g'funde habe, hat doch dieser Typ von der Gegenüberstellung begange – den mir damals im Park getroffe habe.«

»Guet, dann halt mit dem andere Mord«, schränkte Winterhalter ein.

»Und de Martin isch wirklich? ... liebt wirklich ... also kann mit Fraue nix a'fange?«, wunderte sich Hilde immer noch.

»Jo, Mama. Aber findesch du nit, dass es ein noch größeres Problem isch, wenn er mit einem Mord in Verbindung steht?«
Thomas' Geduldsfaden wurde offenbar immer dünner.
Rasch beendete Winterhalter das Dreiergespräch: »Der Sache müsset mir morge gleich nachgehe. Weisch du übrigens, wann de Martin morge daheim anzutreffe isch?«
»Wart mol: Ich denk, so ab elf. Er hat nur früh Vorlesung, danach fährt er wieder heim und kommt spätnachmittags wieder an die FH. Er hat den gleiche Stundenplan wie ich.«
»Guet, dann stattet mir dem Martin morge' än B'such ab. Aber nochmals: Kein Wort zu ihm – sonsch machsch du dich strafbar!«
»Verdächtigt ihr ihn wirklich, was mit de Morde zu tun zu habe?«, fragte Thomas Winterhalter weiterhin etwas ungläubig.
»So weit dät ich jetzt noch nit gehe. Ich sag mal so: Mir befraget ihn als Zeuge. Isch dir übrigens an dem Morge, als du die Schatzsuche da bei de Gruft organisiert hasch, auch noch irgend'was am Martin auf'g'falle? Hat er sich irgendwie … verdächtig benomme?«
»Puh, kei' Ahnung. Nein, ich hab euch doch schon alles g'sagt. Außerdem hab ich des Geocaching nit organisiert, des war primär de Martin.«
»Komisch. Er hat mir g'sagt, du wärsch de Verantwortliche g'wese.«
»Des isch doch auch egal. Dann ware es halt mir beide. Ihr habt doch den Mörder von der Gruft, hasch du mir g'sagt. Und jetzt lasst mich beide mit dem Thema Martin in Ruh.«
Kommissar Winterhalter stand auf, doch dann erhob Hilde noch einmal ihre Stimme: »Karl-Heinz, ich sollt noch mit dir über was schwätze. Thomas, du gehsch jetzt bitte raus.«

36. Schlagkräftig

Es war neun Uhr am nächsten Morgen, als Winterhalter im Kommissariat ankam. Die Freiheit, später zu kommen, nahm er sich heute, denn eigentlich war er ja noch krankgeschrieben. Sie würden sich absprechen und dann zu dritt mit Kiefer und Kommissarin Kaltenbach nach Donaueschingen zu Martin Dorer fahren.

Dass er nach seinem Tauchunfall noch nicht wieder zu hundert Prozent hergestellt war, bemerkte er, als er am Vernehmungszimmer vorbeiging und dort drinnen Charly Schmider sah, der von der Kollegin gerade über seine Rechte belehrt wurde.

Den hatte er ganz vergessen.

»Schönen Dank noch mal für die inzwischen fast täglichen Gratistouren zwischen Freiburg und Villingen«, sagte Charly gerade. »Ist euch so langweilig, dass ihr es ohne mich nicht aushalten könnt? Oder ist es wirklich deine Sehnsucht nach mir?«

Der letzte Satz galt der Kollegin Kaltenbach, die eine stoische Miene aufgesetzt hatte.

Charly schien in den Augen Winterhalters dennoch bei jeder Vernehmung irgendwie angeschlagener, seine Selbstsicherheit immer aufgesetzter.

Wahrscheinlich war nun auch in seinem Schädel angekommen, dass der Mordvorwurf im Vergleich zu den Straftaten, die er bislang begangen hatte, ungleich schwerer wog.

»Wir haben dich kommen lassen, weil wir noch einmal vernünftig mit dir reden wollen«, erwiderte die Kaltenbach sachlich.

Charly sagte nun nichts mehr, während Winterhalter auf dem anderen Stuhl Platz nahm. Im Nebenzimmer beobachtete Kiefer die Vernehmung durch den Venezianischen Spiegel.

»Herr Schmider, was haben Sie an dem Montagmorgen, an dem Peter Schätzle ermordet wurde, im Park in Neudingen gemacht?«, eröffnete Winterhalter die Befragung.

»Einen Menschen umgebracht – das wisst ihr doch«, gab Charly zurück.

»Also – dann ist das ein Geständnis?«

Charly sagte eine ganze Weile nichts – er schien zu überlegen.

»Charly«, sagte die Kommissarin dann eindringlich. »Also: Wenn du es jetzt tatsächlich zugibst: Warum hast du Pedro umgebracht? Und hast du auch etwas mit dem vorgetäuschten Selbstmord von Armin Schätzle zu tun?«

Charly sagte monoton: »O. K., Marie. Du traust mir also einen Mord zu?«

»Es könnte ja auch ein Totschlag gewesen sein«, schlug Winterhalter vor. »So wie das Opfer dann aber in der Gruft drapiert wurde, spricht wenig dafür. Und dass Sie dann auch noch das Handy des Toten mitgenommen und an Ihr Auto geklebt haben, klingt auch nicht gerade nach Totschlag. Abgesehen davon: Vielleicht haben Sie ja nicht nur den einen Mord begangen, sondern auch noch jemanden zu einem zweiten Mord angestiftet.«

Charly ignorierte ihn und schaute Marie an: »Ich hab vielleicht schon ein paar nicht ganz lupenreine Dinger gedreht. Aber glaubst du, ich bringe jemanden um – und dann auch noch einen alten Kumpel von uns?«

Die Kommissarin blieb die Antwort schuldig. »Was hast du

an diesem Morgen im Park zu suchen gehabt? Und sag nicht, du wolltest zum Ende deines Freigangs nur spazierengehen, ehe du um halb zehn wieder in der JVA in Freiburg sein musstest.«

Charly schien nachzudenken und sagte dann: »Quatsch!«

»Also?«, fragte die Kaltenbach nach, während Winterhalter es vorzog zu schweigen.

Er spürte, dass die Kollegin einen engeren Draht zu diesem Mann hatte.

»Ich bin per Chatnachricht dorthin bestellt worden – um acht Uhr morgens«, sagte Charly schließlich.

»Und warum?«

»Es ging ...« Charly beugte sich nach vorne. »Es ging um diesen verdammten Wartenberg-Schatz. Um ein Amulett, für das ich mich interessiert habe. Ein Schmuckstück, das früher einmal Rüdi Hellmann gehört hat. Dort im Park sollte die Übergabe stattfinden. Aber ich bin reingelegt worden!«

»Und wie hieß der Anbieter, mit dem du den Deal machen wolltest?«, fragte die Kaltenbach weiter.

»Konrad von Wartenberg.«

»Das klingt nicht besonders überzeugend ...«, begann Winterhalter, stockte dann aber. Er besann sich des Chatprotokolls, das Kiefer ausfindig gemacht hatte.

»Und wer steckt hinter diesem Konrad von Wartenberg?«, fragte die Kollegin weiter.

»Ich weiß es nicht, verdammte Scheiße! Auf jeden Fall war das ein Pseudonym. So heißt ja wohl niemand in Wirklichkeit«, ärgerte sich Charly. »Als ich kam, war keiner da. Irgendwann bin ich in diese Gruft und habe Pedro da liegen sehen. Auch er war ja hinter dem Amulett und dem Schatz her. Verdammt noch mal, könnt ihr kapieren, wie ich erschrocken bin?«

»Ja«, sagte die Kommissarin sachlich.

Charly schien kurz innezuhalten, blickte sie an und redete weiter: »Auf jeden Fall bin ich dann nichts wie raus. Das war 'ne Falle – irgendwer hat mich gelinkt.«

Die Ermittler schwiegen – nach einer Weile meldete sich die Kaltenbach zu Wort:

»Könnte Pedro dieser Konrad von Wartenberg vom Chat gewesen sein, der dich dorthin bestellt hat?«

Charly glotzte sie an: »Hä? Warum sollte der …?« Er überlegte: »Der hatte einen anderen Chat-Namen, ich hatte ja in der Vergangenheit zwei-, dreimal mit ihm zu tun. Aber er könnte natürlich auch parallel als Konrad von Wartenberg aufgetreten sein.« Charly dachte offenbar nach: »Aber wer hat ihn dann umgebracht?«

»Tja«, sagte Winterhalter. »Es spricht doch ziemlich viel dafür, dass Sie das waren. Es gibt nur eine Sache, die dagegen spricht …«

»Und zwar?«, fragte die Kaltenbach nun, da Charly zusammengesunken dasaß und sich in Schweigen hüllte.

»Die Kollegen habe Herrn Schmiders Auto wegen des Transports der Leiche vom Warteberg bis zur Gruft durchsucht. Sie haben aber keinerlei Spuren gefunden – und Zeit, die zu beseitigen, hätte Herr Schmider kaum gehabt, weil er ja schon um halb zehn in Freiburg sein musste – und seitdem im Gefängnis saß.«

»Ist dir sonst an dem Morgen im Park nichts aufgefallen?«, fragte Marie.

»Nein«, antwortete Charly. »Wie dein bäuerlicher Kollege sagt: Ich bin dann ins Auto gestiegen und nach Freiburg gefahren, weil ich dort um halb zehn im Knast sein musste. Mit 'nem ziemlichen Schock wegen des toten Pedros.«

»Hm«, machte Winterhalter. »Und davor haben Sie noch das Handy vom Peter Schätzle gefunden und es unten an Ihr Auto geklebt?«

»Quatsch«, sagte Charly wieder. »Ich hab keine Ahnung, wie das Ding da hingekommen ist.«

»Sehr dünne Geschichte«, monierte Winterhalter wieder, der das »bäuerlicher Kollege« als Beleidigung aufgefasst hatte, obgleich es ja stimmte.

»Ich hab doch gewusst, dass ihr mir nicht glaubt«, fuhr Charly ihn an. »Ich bin am Vorabend per Chat kontaktiert und auf acht Uhr in den Scheißpark bestellt worden. Sonst wär ich doch nie da hingekommen.«

Sein Haar hing ihm nun einigermaßen wirr herunter, wie Winterhalter fand.

»Wo waren Sie, als Sie diese Chat-Nachricht erreicht hat?«

»In meiner winzigen Kellerwohnung in Schwenningen. Wieso? Wollt ihr die auch noch durchsuchen?«

»Alles schon passiert«, sagte Winterhalter trocken.

Charly fluchte.

Dass sie dort nichts Entscheidendes entdeckt hatten, verschwieg Winterhalter dem Verdächtigen allerdings.

»Eine andere Frage, Herr Schmider: Von dem Mord an Armin Schätzle wurden Sie genauso überrascht wie wir?«, fragte der Kommissar dann.

»Absolut – und ich bin nur froh, dass ich da schon wieder im Knast war! Sonst würdet ihr mir den wohl auch noch anhängen wollen«, meinte der.

»Kanntest du Armin Schätzle?«, fragte Marie.

»Bin ihm zwei-, dreimal begegnet. Aber an der Geschichte ist doch was faul. Ich bin sicher, dass derjenige, der Armin auf dem Gewissen hat, auch Pedro gekillt hat.«

»Die Indizien sprechen aber dafür, dass Sie der Mörder von Peter Schätzle sind«, nahm ihm Winterhalter den Wind aus den Segeln.

»Dann leckt mich doch am Arsch mit euren Indizien –

und bringt mich zurück nach Freiburg!« Charly wurde nun aggressiv.

Kommissarin Kaltenbach schaute erst zu Charly, dann zu Winterhalter.

Der nickte.

»Mir brummt der Schädel«, erklärte Winterhalter seinen beiden Kollegen, als er wieder am Schreibtisch saß. »Ich bin wirklich noch nicht richtig fit.«

»Ich habe ja gesagt: Schonen Sie sich erst noch ein wenig. Jetzt ist es gleich zehn Uhr. Um elf, haben Sie gesagt, müsste Martin Dorer zu Hause sein. Ich fahre nachher mit dem Kollegen Kiefer hin und befrage ihn«, sagte Marie entschlossen.

»Ich komm mit – ich hab schließlich vorher schon Thomas über ihn ausgequetscht – ganz privat.«

Marie wollte gerade etwas entgegnen, da stürmte die Sekretärin Hirschbein herein.

»Vor der Tür prügeln sich zwei Männer!«

Winterhalter erhob sich schnaufend.

»Draußen?«

»Nein, direkt vor …«

In diesem Moment wurde die Tür aufgerissen und ein Mann mit einer Kopfplatzwunde stürmte herein, den alle drei kannten.

Am besten von allen Marie.

»Mike!«, rief sie. »Was machst du denn …«

Da stand bereits der Nächste in der Tür. Es war Sven, ihr Verehrer.

Auch er war gezeichnet – die Schwellung unter dem Auge würde sich in ein schönes Veilchen verwandeln. »Ich wollte dich besuchen und mich zum Mittagessen mit dir verabreden«, keuchte Sven. »Da war dieser aggressive Idiot, der dir nachstellt.«

»Du stellst ihr ja wohl nach, du Pfeife! Ich bin ihr Freund!«, gab Mike zurück.

»Ex-Freund«, sagte Winterhalter trocken.

»Was geht dich denn das an?« Mike war schnell beim Du und ziemlich aus der Fassung. »Halt dich da gefälligst raus.« Er machte zwei, drei Schritte auf Winterhalter zu.

»Mike!«, rief Marie scharf.

Winterhalter platzte der Kragen. »Mal abgesehen davon, dass Sie ein ziemlich schlechtes Timing habe: Soll ich Sie an Ort und Stelle festnehmen lassen?«

»Ja«, meinte Sven.

»Halt du die Fresse«, gab Mike zurück.

Die beiden stürzten sich erneut aufeinander.

»Ganz wie im Tierreich«, kommentierte Winterhalter. »Bekommt der Gewinner dann am Ende das Weibchen?«

Marie schien ihn böse anzufunkeln.

Nach einem neuerlichen Schlagabtausch der beiden Kontrahenten war nun Kiefer, der bis dato nur schweigend daneben gestanden hatte, der Schnellste: Er ging dazwischen.

Dass das nur bedingt von Erfolg gekrönt war, merkte er selbst, denn die Aggressionen richteten sich nun gemeinsam gegen ihn.

Ein blaues Kiefer-Auge später brüllte Marie die beiden Männer aus voller Kehle an, doch nun schlug die Minute von Karl-Heinz Winterhalter. Noch ehe die alarmierten Streifenpolizisten das Büro im Kommissariat mit Handschellen erreicht hatten, hatte er – schlechte Form hin oder her – mit zwei Vorwärtsfußtritten für Ruhe und Ordnung gesorgt.

In Karate war er offenbar besser in Form als beim Tauchen.

»Das hätten Sie auch mir überlassen können«, sagte Marie, woraufhin Winterhalter keuchte: »Andernorts sagt man schlicht: Danke!«

»Danke«, sagte Marie.

Die insgesamt vier uniformierten Beamten führten derweil das Duo auf Freiersfüßen ab.

»Moment!«, rief Marie ihnen hinterher und baute sich vor Sven und Mike auf: »Mike – ich habe keine Ahnung, was du von mir willst. Und du selbst weißt das vermutlich auch nicht. Aber eines kann ich dir sagen: Jetzt ist mal Schluss mit diesem ganzen Theater. Du packst deine Sachen und fährst zurück nach Berlin! Werd erst mal erwachsen. Wenn du das geschafft hast, können wir vielleicht irgendwann noch mal sprechen. Und was dich betrifft«, sie wandte sich Sven zu, »du nervst einfach. Die Antwort lautet NEIN. Ich bin in keinster Weise an dir interessiert. Also verschwinde. Schönes Leben noch!«

Kommissar Kiefer schien sie aus seinem noch intakten Auge bewundernd anzuschauen. Trotz seiner Blessur war die Körperhaltung des Elsässers nach wie vor tadellos.

37. Befragung und Bärlauch

Marie saß auf dem Fahrersitz und grinste in sich hinein, während sie die Salztürme Bad Dürrheims passierten. Sie konnte nicht anders, sie musste immer wieder in den Rückspiegel starren, in dem Kiefer zu sehen war, der sie aus seinem lädierten Auge anblinzelte. Der Anblick wurde durch ein wiederkehrendes Stöhnen ergänzt.

Das Stöhnen stammte von Kommissar Winterhalter auf dem Beifahrersitz, dessen Karatetritte nun offenbar doch ihre Wirkung zeigten. Er musste sich wohl eine Zerrung zugezogen haben.

»Vielleicht wären Sie doch lieber nach Hause gegangen, um sich auszuruhen. Sie sind einfach noch nicht wieder ganz hergestellt«, sagte Marie im Ton einer Hausärztin, als sie gerade von einer startenden zweimotorigen Piper vom benachbarten Flughafen knapp überflogen wurden. »Und dich, Kiefer, hätten wir mit deinem geschwollenen Auge vielleicht besser zum Arzt geschickt.«

»Ach was. Der Kiefer ist doch wieder fit. Und gerade ich sollte bei Martins Vernehmung unbedingt dabei sein. Schließlich kenne ich ihn und hab auch wichtige Hintergrundinformationen durch die Befragung meines Sohnes«, sagte Winterhalter und zog sein »Speckveschper« hervor.

»Das riecht aber lecker«, lobte Kollege Kiefer. »Erinnert mich an einen elsässischen Flammkuchen.«

»Muss das wirklich sein?«, maulte hingegen Marie, da der

Speckgeruch sofort vom Innenraum des Polizeifahrzeugs Besitz ergriff und die Veganerin empfindlich störte.

»Immerhin haben wir heut Morgen ja schon was geschafft. Da wird man doch wohl eine Kleinigkeit essen dürfen. Während der Befragung von Martin jetzt gleich wär's ja tatsächlich eher unpassend. Übrigens ist das schon ein arger Zufall, dass der einen älteren Liebhaber in St. Georgen hat. Das könnte doch wirklich der Peter Schätzle gewesen sein! Verdammt, wenn mir mein Sohn das mal früher gesagt hätte ...«

»Thomas wusste ja nicht, dass das für den Fall relevant sein könnte. Außerdem beweist es natürlich noch nichts. Aber es sind schon einige merkwürdige Verbindungen, die Martin Dorer zu den Toten hat: das Patenkind des Selbstmörders, der Mit-Auffinder des ersten Mordopfers und nun auch noch das mit der Liebschaft in St. Georgen. Das wirft schon Fragen auf«, fasste Marie zusammen. »Vielleicht ging Martin ja fälschlicherweise davon aus, dass Armin Schätzle seinen Mann Pedro aus Eifersucht umgebracht hat – und zog ihn deshalb zur Rechenschaft?«, spekulierte sie weiter.

»Oder er hat einfach beide erledigt – warum auch immer«, mampfte Winterhalter.

Nachdem sie Schloss und Schlosspark in Donaueschingen hinter sich gelassen hatten, standen kurz darauf drei ratlose Kriminalbeamte vor dem Mietshaus, in dem Martin Dorer wohnte. Marie klingelte immer wieder.

Keiner öffnete.

Winterhalter wählte die Handynummer von Dorer, die er von seinem Sohn bekommen hatte.

Irgendwann meldete sich die Mailbox.

Der Kommissar setzte weiter auf den Überraschungseffekt und unterließ es, eine Nachricht zu hinterlassen.

»Sehr gut – ein Chinese«, sagte er dann völlig unvermittelt.

»Was?«, fragte Marie verblüfft. Und Kiefer zuckte mit den Schultern.

»Da, ein China-Imbiss. *Thai-Chi*.« Winterhalter zeigte auf die nächstliegende Kreuzung, wo ein kleines Restaurant asiatische Spezialitäten feilbot. »Dann nutze wir die Zeit. Es ist jetzt genau elf – da hat der vielleicht schon auf.«

»Sie haben nicht etwa schon wieder Hunger? Gerade eben haben Sie ein Speckvesper gehabt. Reicht das nicht?«, fragte Marie provokant.

Winterhalter ignorierte sie und lief zur Kommando-Hochform auf: »Kiefer, du hältst Wache und rufst sofort an, wenn Martin Dorer auftaucht. Kollegin Kaltenbach, mir nach!«

Marie wollte schon protestieren, trottete dann aber doch dem Kommissar im Wandererführer-Look hinterher. Da er nach seinem Tauchunfall nun wieder so viel Dynamik an den Tag legte, wollte sie ihn nicht mehr als nötig ausbremsen.

»Ni hao«, sagte Marie, als sie das kleine Restaurant betraten, das eben geöffnet hatte.

»Ni hao«, antwortete der schmächtige Asiate, der gerade noch Besteck einsortierte.

»Was heißt das?«, flüsterte Winterhalter.

»Guten Tag«, belehrte ihn seine Kollegin.

»Welche Nummer?«, fragte der Mann hinter der Theke.

Winterhalter kramte verblüfft den Zettel mit der Telefonnummer aus seiner Tasche, ehe Marie schwante, dass es dem Ladenbesitzer doch eher ums Essen ging.

Sie nahm sich eine Speisekarte und bestellte die Nummer sieben – einen fleischlosen Salat.

»Beim Chinesen ist man doch keinen Salat«, belehrte sie nun Winterhalter. Er entschied sich für eine klassische Peking-Suppe – Nummer eins.

Sie setzten sich an einen der zweckmäßig eingerichteten

Tische gleich neben dem Buddha-Schrein, vor dem eben eine Kerze angezündet worden war.

Außer ihnen war noch kein anderer Gast anwesend.

»Kein Hauptmahlzeit?«, fragte der Asiate nach – er schien etwas enttäuscht.

»Hören Sie – Sie müssen uns helfen«, sagte Winterhalter, als er die dampfende Suppe vor sich stehen hatte und immer wieder nach draußen linste, wo Kiefer allmählich langweilig zu werden schien.

»Rufen Sie bitte mal diese Nummer in China an? Wir sind von der Polizei und müsse ein Alibi abklären. Ich hab mich informiert: Da ist's jetzt sieben Stunde später als hier – das könnte passen.«

»Ah. Warum Sie nicht rufen selbst an?«, wollte der Asiate wissen.

»Weil wir kein Mandarin sprechen. Ich erklär Ihnen mal, um was es geht ...«

»Ich auch nicht Mandarin sprechen. Ich aus Thailand – das ganz andere Sprache.«

Winterhalter unterdrückte einen Fluch und kostete von der Suppe. Die Entenstücke waren nicht püriert, sondern schwammen in kleinen Klumpen in der roten Flüssigkeit. Marie, die sich den Sprossen ihres Salats angenommen hatte, meldete sich nun zu Wort: »Ihr Restaurant heißt aber *Thai-Chi*. Das bezieht sich vermutlich nicht auf die Kampfkunst Tai Chi, sondern auf Thailand und China. Richtig?«

Der Thailänder verzog keine Miene, sagte aber: »Sie kluge Frau. Meine Frau Chinesin.«

»Ist die da?«

Der Mann nickte und rief nach hinten, ehe eine noch kleinere Frau Ende dreißig mit devoter Haltung aus der Küche kam. Ihr Mann instruierte sie in einer Sprache, von der beide Beamte nichts verstanden.

»Sprechen Sie Deutsch?«, fragte Winterhalter.

Die Frau nickte und verbeugte sich.

»Und Mandarin?«

Die Frau nickte.

Winterhalter erklärte ihr die Sachlage, worauf die Frau sich erneut verbeugte. Vor Polizisten schien man hier gehörigen Respekt zu haben.

Die frisch akquirierte Dolmetscherin machte sich pflichtschuldig daran, die chinesische Telefonnummer zu wählen. Sie begann das Gespräch in Mandarin, wobei sie sich wieder mehrfach verbeugte, sobald sich der Teilnehmer am anderen Ende meldete.

Marie lauschte fasziniert der fremden Sprache, blickte dann aber irritiert von ihrem Salat auf, als die Chinesin den Hörer plötzlich an Winterhalter weiterreichte – mit einer neuerlichen Verbeugung.

Winterhalter machte eine ungelenke Abwehrbewegung, bekam dann aber gesagt: »Der ehrenwerte Herr Li sagt, Sie können auch selbst mit ihm sprechen.«

»Das ist sehr nett, wird aber an der Sprachbarriere scheitern.«

»Herr Li spricht Deutsch ...«

Winterhalter verfluchte Dr. Kaiser, der offenbar mit allen Mitteln versucht hatte, ein Telefonat der Polizei mit dem Investor zu verhindern.

Dabei ließ sich binnen zwei Minuten klären, dass Herr Li sich mit Dr. Kaiser am fraglichen Morgen des Mordes an Peter Schätzle getroffen hatte, der Anwalt also tatsächlich über ein Alibi verfügte.

Auf die Frage, warum das Treffen so früh stattgefunden habe, sagte Herr Li: »Sieben Uhr Deutschland ist vierzehn Uhr China.«

Dass Herr Li ihm zum Schluss noch sagte, er würde die Triberger Pläne abbrechen, sollte etwas vorzeitig in die Öffentlichkeit dringen, kümmerte den Schwarzwälder Kommissar nicht. Wobei ... Vielleicht sollte er dafür sorgen, dass dieses Verscherbeln der Tradition rein zufällig ans Licht der Öffentlichkeit kam ...

38. Bier und Perlen

Derweil winkte Kollege Kiefer ein paar Häuser entfernt plötzlich heftig mit beiden Armen. Da das eine Auge mittlerweile violett angelaufen war, wirkte es fast wie die Vorstellung eines schlecht geschminkten Zirkusclowns.

Marie hatte ihn durchs Fenster als Erste bemerkt und hechtete aus dem Imbiss – nicht ohne zu bezahlen, sich eilig zu verbeugen und »Schae, schae« zu sagen.

»Heißt das ›Auf Wiedersehen‹?«, hechelte Winterhalter hinterher.

»Das heißt ›Danke‹«, klärte Marie den Kollegen auf: »Schreibt sich zweimal X-I-E.«

»XIE! XIE!«, rief Winterhalter also und verbeugte sich ebenfalls, sodass er beinahe gegen die Glasscheibe gelaufen wäre.

Martin Dorer war gerade dabei, seine Einkäufe aus dem Kofferraum zu nehmen.

»Dag, Martin«, begrüßte Winterhalter ihn so freundlich und normal, wie er nur konnte. Er wollte, dass alles möglichst unaufgeregt wirkte. »Hasch noch ä paar Einkäufe g'macht? So än Student soll jo auch nit wie än Hund lebe, gell. Oh, und gleich än ganze Kaste' Bier.«

»Guten Morgen, Herr Winterhalter. Ja, Sie haben ja neulich meine Biervorräte fast ausgetrunken«, konterte Dorer, der etwas irritiert in Richtung Marie und Kiefer blickte.

Winterhalter räusperte sich und sagte dann: »Des war jo auch ä lange Befragung. Da hattet mir beide am Ende Durst, gell?«

Martin blieb die Antwort schuldig: »Was verschafft mir die erneute Ehre Ihres Besuches?«

»Ha, mir hättet do noch mal ä paar Frage an dich.«

»Aber ich hab doch nun schon mehreren Ihrer Kollegen alles, was ich an dem Morgen beim Geocaching beobachtet habe, haarklein erzählt.«

»Ja, klar. Aber es habe sich noch mal ä paar neue Aspekte ergebe, die es erforderlich mache, dass mir noch mal ein paar Nachbefragunge durchführe müsse.« Winterhalter legte seine Hand auf Martins Schulter. »Des tut mir leid. Geht aber nit anders. Und mir mache jo auch nur unseren Job, gell?«

»Ja, schon gut, kommen Sie mit hoch«, sagte Martin, der gerade den Bierkasten aus dem Kofferraum hieven wollte.

»Ha, des kommt nit in Frage. Des mach ich für dich. Isch doch Ehre'sache«, sagte Winterhalter und legte Hand an den Kasten. »Wenn mir schon mal da sind, unterstütze mir dich beim Transport deiner Einkäufe. Freund und Helfer, du weisch schon.«

Martin Dorer machte keineswegs einen erfreuten Eindruck. Die Kollegen Kiefer und Kaltenbach schienen ebenfalls wenig begeistert von Winterhalters Vorschlag zu sein. Trotzdem erklommen gleich darauf ein Zeuge mit zwei Einkaufstüten, zwei Kriminalbeamte mit untergeklemmten Safttüten und ein dritter mit einem vollen Kasten Bier die drei Stockwerke.

Oben angekommen, machte sich Martin daran, die Einkäufe in die Küche zu bringen und zu verstauen.

»Das stört Sie hoffentlich nicht? Sie können mir ja gleich Ihre Fragen stellen«, sagte er und verschwand in der Küche.

Winterhalter, der ziemlich aus der Puste war, sowie seine Kollegen standen derweil im Flur.

Der Schwarzwälder Kommissar kramte etwas umständlich in der Seitentasche seiner Hose, zog ein vertrocknetes, leicht angerissenes Blatt hervor und zeigte es den beiden anderen Beamten mit einer Miene, als müssten diese sofort verstehen, um was es ging.

Kiefer zuckte mit den Schultern, Kollegin Kaltenbach schüttelte den Kopf.

Nun sah sich Winterhalter doch genötigt, kurz etwas im Flüsterton zu sagen:

»Das lag im Kofferraum beim Bierkasten. Ist ein vertrocknetes Bärlauchblatt. Ich kenne mich damit ja aus. Alles klar?«

Kiefer war offensichtlich gar nichts klar.

Die Kaltenbach nickt und flüsterte zurück: »Könnte theoretisch vom Tatort stammen, richtig?«

Winterhalter nickte heftig mit dem Kopf.

Okay, dachte Marie. Das Bärlauchblatt war schon mal ein klarer Hinweis. Die Frage war, ob sich hier noch etwas finden ließ. Sie musterte aufmerksam die Einrichtung im Flur, schaute auf die Kommode mit der blinkenden Telefonstation. Aus der Küche kamen raschelnde Geräusche.

Sie nahm das schnurlose Telefon in die Hand, ohne ein Wort zu sagen. Dann drückte sie auf »Kontakte« und scrollte sie herunter. Sie lauteten von »A« wie »Alfred« über Abkürzungen wie »FH« für »Fachhochschule« bis hin zu »KVW«. Was das wohl heißen sollte? Dann folgte »R« wie »Rüdi« – sein Patenonkel offenbar, dessen Nummer er auch ein halbes Jahr nach dem Selbstmord noch nicht gelöscht hatte.

Ein weiterer Eintrag – kurz vor »Thomas«, dem Winterhalter-Sohn – ließ nicht nur Marie, sondern auch die beiden Kollegen stutzig werden:

»S« wie »Schätzle«.

Marie machte hektische Armbewegungen in Richtung Kiefer, was bedeuten sollte, er möge sich vor den Kücheneingang stellen. Der brauchte einige Sekunden, bis er begriff, was die Kollegin mit ihrer skurrilen Pantomime von ihm wollte.

Sie und Winterhalter schienen sich jetzt hingegen wortlos zu verstehen. Der Schwarzwälder Kommissar drückte auf den Anrufknopf, Marie hielt den Hörer so hin, dass beide ein Ohr an die Muschel drücken konnten.

»Ich bin sofort fertig, komme gleich«, hörten sie Dorer derweil aus der Küche rufen.

»Nur die Ruhe, mir habe Zeit. Gell, Frau Kaltenbach?«

»Kein Stress, keine Hektik, Herr Dorer«, sagte Marie möglichst ruhig.

Nachdem die Verbindung zu »Schätzle« aufgebaut war, gab es kein Freizeichen, sondern der Anrufbeantworter sprang direkt an: »Dies ist der Anschluss von Armin Schätzle. Ich bin zurzeit leider nicht erreichbar. Bitte hinterlassen Sie eine ...«

Marie drückte ganz behutsam den roten Knopf zum Beenden des Telefonats, damit Martin Dorer nichts mitbekam.

Dann stellte sie das Telefon zurück in die Ladestation.

Winterhalter und die Kaltenbach starrten sich erstaunt an.

Dann legte die Kollegin wieder mit einer Pantomime los, machte ein Herzzeichen, deutete in Richtung Küche und formte mit den Lippen das Wort »A R M I N«.

Winterhalter nickte nur. Kiefer stand weiter Schmiere und wirkte, als würde er gar nichts mehr verstehen.

»Dürfte ich mal vorbei?«, sagte Martin Dorer zum an der Küche wachhabenden Kommissar. »Ich wäre fertig, Sie können mir jetzt Ihre Fragen stellen. Allerdings muss ich dann später noch mal an die FH.«

Sie gingen in das kleine Wohnzimmer.

»Bitte, setzen Sie sich. Herr Winterhalter, wieder ein Bier?«
»Nein« erwiderte er ein wenig steif und wechselte zu Hochdeutsch. »Kein Alkohol im Dienst. Immer erst nach Dienstschluss.« So langsam wurde ihm dieses Thema unangenehm. Die Kaltenbach grinste, Kiefer ebenfalls, dessen Auge nun tiefviolett schimmerte.

»Ist dir noch irgendwas von dem Morgen der Schatzsuche eingefallen, was für unsere Ermittlungen von Interesse sein könnte?«, eröffnete Winterhalter dann die Befragung und betrachtete das Porträtfoto des Patenonkels an der Wand: Tatsächlich, es war Rüdiger Hellmann. Das war ihm letztes Mal gar nicht aufgefallen.

»Nein, ich habe alles dazu gesagt. Außerdem dachte ich, dass Sie den Mörder von Pedro Schätzle doch gefunden haben?«

»Mit größter Wahrscheinlichkeit.« Winterhalter kratzte sich am Kinn. »Aber wir haben ja auch noch einen zweiten Mord.«

»Haben Sie übrigens eine Freundin, Martin?«, lenkte die Kaltenbach die Befragung spontan in eine ganz andere Richtung.

»Äh ... Was soll diese Frage?«

»Bitte antworten Sie.« Kommissarin Kaltenbach hatte sich für eine Ansprache entschieden, die eine Mischung aus Siezen und der Nennung des Vornamens war.

»Nein.«

»Sie haben einen Freund, nicht wahr?«

Martin Dorer betrachtete nun fragend Winterhalter, so als ob er sich Hilfe von diesem erhoffe, was ganz sicher eine Fehleinschätzung war.

»Sie sind homosexuell?«

Martin Dorer zögerte. »Ist das etwa ein Verbrechen?«

»Nein, natürlich nicht. Aber wir haben herausgefunden,

dass Sie einen älteren Liebhaber in St. Georgen haben – oder vielmehr hatten.« Die Kommissarin beobachtete ganz genau die Gesichtszüge Martins, Winterhalter scannte den Freund seines Sohns ebenfalls mit den Augen ab.

Der blieb äußerlich ungerührt, bis auf einen ganz leichte Rötung im Gesicht.

»Ich wüsste nicht, was Sie das angeht?«

»In einem Mordfall – und in dem Fall geht es um zwei Morde – gibt es praktisch nichts, was die Kripo nicht angeht.«

»Ja, ich hatte einen Freund in St. Georgen. Woher wissen Sie …?«

»Das tut nix zur Sache«, hatte nun auch Winterhalter die Tonart deutlich verschärft und blieb deshalb auch weiter im Hochdeutschen.

»Wer ist dieser Mann?«, fragte Marie.

Martin Dorer zögerte.

»Er ist etwas älter als Sie, nicht wahr?«

Martin sagte nichts.

Die Kommissarin sprach nun Klartext: »Armin Schätzle!«

Nun schien Martin Dorer seine Stimme wiedergefunden zu haben – allerdings erst nach einigen Sekunden der Überraschung: »Woher wissen …?«

»Wir haben das Telefon von Armin Schätzle und die Verbindungen untersucht. Und eine davon führte zu Ihrem Anschluss«, bluffte die Kommissarin.

Winterhalter zwinkerte ihr unauffällig zu.

Martin sprach nun wie von selbst: »Als ich von Armins Tod hörte, war ich zutiefst erschüttert. Ich weiß nicht, auf welche Geschichte er und Pedro sich da eingelassen haben. Jedenfalls wollte ich keinesfalls in irgendetwas hineingezogen werden.«

»Aber Martin«, sagte Winterhalter nun wieder in einem vertraulichen Tonfall, als würde er mit seinem eigenen Sohn sprechen: »Du hättest dich doch wenigstens mir anvertrauen können. Immerhin bin ich der Vater von deinem Kumpel. So hätten wir vielleicht auch diese unangenehme Befragung jetzt verhindern können.«

»Ja, Sie haben recht. Ich hätte Ihnen das erzählen sollen. Es tut mir leid.«

»Nicht schlimm, jetzt wissen wir's ja«, spielte Winterhalter wieder den Sanften.

»Wenn Sie mit Armin Schätzle eine Beziehung hatten, ist Ihnen irgendetwas Seltsames aufgefallen?«

»Nein, nur dass er nach dem Tod von Pedro sehr nervös war.«

»Hat Pedro von eurer G'schicht etwas mitbekomme?«

»Sie müssten beim Auffinden der Leiche in der Gruft Pedro doch erkannt haben. Immerhin war er der Ehemann Ihres Geliebten ...?«, schickte die Kommissarin gleich eine zweite Frage hinterher.

»Nein, ich glaube, er hat nicht mitbekommen, dass wir ... Und ich kannte ihn auch nicht, hab mich nicht um das Eheleben der beiden gekümmert. Ich weiß nur von Armin, dass Pedro selbst kein Kind von Traurigkeit war. Sie führten eine offene Beziehung. Ich vermute, dass er sich irgendwann mit den falschen Leuten eingelassen hat.«

»Nach dem Auffinden der Leiche von Pedro hätten Sie uns wirklich sagen müssen, dass Sie eine Beziehung mit Armin Schätzle führten«, tadelte die Kommissarin.

Martin holte tief Luft. »Ich wollte nicht in einen Mordfall verwickelt werden. Es war schon schlimm genug, dass wir die Leiche gefunden haben. Und dann stirbt auch noch Armin. Schrecklich!«

Die Augen des jungen Manns glänzten leicht. Kämpfte er mit den Tränen?

»So, nachdem des jetzt geklärt isch, dätet mir drei, lieber

Martin, doch ä Bier nehme«, sagte Winterhalter jovial und wieder in gemütlichem Schwarzwälder Dialekt.

»Um diese Zeit?«, fragte Kollegin Kaltenbach völlig verdutzt.

»Warum nit?«

»Na gut«, sagte Martin etwas zögerlich. Er wäre die drei Kriminalbeamten wohl lieber auf der Stelle losgeworden.

Als der unfreiwillige Gastgeber in die Küche gegangen war, machte Marie ein fragendes Gesicht. Winterhalter gab ihr ein Zeichen, und sie nickte.

Sobald Martin mit den drei Bieren zurück war, sagte sie: »Dürfte ich wohl mal Ihre Toilette aufsuchen?«

»Ja, die Tür direkt neben dem Eingang.«

Während Winterhalter und Kiefer die Befragung fortsetzten, ging Marie in den Flur, nahm erneut das Telefon in die Hand und durchsuchte noch einmal das gesamte digitale Adressbuch nach weiteren Auffälligkeiten.

Wieder blieb sie an »KVW« hängen. Wofür stand diese Abkürzung? *Kreditanstalt für Wiederaufbau* – inklusive Schreibfehler? Nein, das war doch absurd.

Dann hatte sie eine Eingebung.

»KVW« – natürlich: Konrad von Wartenberg!

Kurz entschlossen drückte sie auf den Anrufknopf.

Dann passierte etwas, was Marie fast aus der Fassung gebracht hätte.

Es klingelte! Und zwar direkt neben dem Telefon.

Was machte das Handy des angeblichen Konrad von Wartenberg hier?

Sie überlegte kurz, was sie tun sollte. Schnell drückte sie den roten Knopf und bugsierte das Festnetz-Telefon erneut in die Ladestation, sodass das Handy aufhörte zu klingeln.

»Ich geh später ran«, hörte sie Martin sagen.

Dann hatte Martin Dorer bei seinem Festnetzanschluss das eigene Mobiltelefon als »Konrad von Wartenberg« eingespeichert?

Marie atmete tief durch und ging in Richtung Wohnungstür. Dabei nahm sie den Autoschlüssel von der Kommode. Sie ignorierte die Toilette und schlich ganz vorsichtig ins Treppenhaus. Die Wohnungstür ließ sie einen Spalt weit offen.

»Kanntest du denn auch Charly Schmider?«

Winterhalter nippte diesmal nur an seinem Bier. Einen neuerlichen Rausch während einer Befragung wollte er sich nicht leisten.

»Wen?«

»Du weißt schon: Charly Schmider. Der Mann aus dem Park – und von der Gegenüberstellung«, half nun Kiefer nach.

»Nein, sonst hätte ich das wirklich gesagt«, antwortete Martin.

»Aber sowohl Peter Schätzle als auch Charly Schmider waren alte Freunde Ihres Patenonkels«, hakte Kiefer nach.

»Ich bin den beiden aber nicht begegnet. Ich kannte nur Armin.«

»Wie lange waren denn Armin und du ... also ...« Winterhalter tat sich immer noch schwer mit dem Thema.

»Knapp drei Monate. Er hat mir aber gesagt, dass er verheiratet ist. Und dass er nicht vorhatte, sich zu trennen ...«

»Gut, er wurde ja dann aber gewissermaßen getrennt – durch Mord ...«

»Und das war dieser Schmider. Warum hat er denn Pedro Schätzle umgebracht?«, fragte Martin dazwischen.

»Bislang ist Karl-Heinz Schmider nur tatverdächtig. Ein Motiv könnte der Streit um ein Amulett sein. Sagt dir der Name ›Konrad von Wartenberg‹ etwas?«

Martin zögerte. »Den Wartenberg kenne ich, aber Konrad ...«

Kiefer, der bislang nur trüb in die Gegend geschaut hatte, was vermutlich auf den Alkohol zu dieser Uhrzeit zurückzuführen war, meldete sich nun zu Wort: »Gab es nach der Ermordung von Peter Schätzle gemeinsame Zukunftspläne von Ihnen und Armin?«

Martin räusperte sich: »Armin wollte ... brauchte etwas Zeit, um über Peters Tod hinwegzukommen. Diese Zeit wollte ich ihm natürlich auch geben.«

»Jemand anderer wollte ihm die Zeit aber offensichtlich nicht geben. Hast du einen Verdacht?«, setzte Winterhalter nach.

»Was ist denn mit diesem Schmider? Möglicherweise hat der ja auch ...«

»Der hat ein wasserdichtes Alibi – er saß im Gefängnis.«

Martin dachte nach, doch Winterhalter unterbrach ihn dabei: »Am Ufer des Schluchsees war mit kleinen Steinen als fingierte Abschiedsnachricht ›Ich kann nicht mehr‹ geschrieben. Das war, wie wir herausbekommen haben, die gleiche Nachricht wie bei deinem Onkel Rüdiger, den wir hier hinter dir auf dem Bild sehen. Hast du eine Erklärung, wer diesen Selbstmord fingiert ...«

»Ihre Kollegin ist ziemlich lange auf der Toilette«, unterbrach Martin.

»Des sind so fraue'spezifische Dinge, Martin – davon verstehst du nix«, antwortete Winterhalter onkelhaft im Dialekt. »Zurück zum Thema: Armin Schätzle hat uns einige Stunden vor seiner Ermordung angerufen und wollte am Tag danach eine Aussage machen. Im Hintergrund saß jemand in der Badewanne. Und wir haben ermittelt, dass Armin in genau dieser Wanne umgebracht worden ist. Und jetzt fragen wir uns: Wer saß in der Wanne?«

Martin Dorer reagierte anders als erwartet. Er sprang auf und rief: »Das ist doch nicht normal, dass jemand so lange braucht.«

Er lief zur Toilette. Winterhalter und Kiefer schauten sich an und gingen dem aufgebrachten Martin hinterher. Der war schon bei der Kommode im Flur und sah, dass sowohl der Autoschlüssel weg als auch die Wohnungstür auf war.

»Vielleicht isch ihr nit guet und sie braucht frische Luft«, schlug Winterhalter erneut in Schwarzwälder Dialekt vor. »Des isch manchmal bei Fraue so, die ...«

Bevor er seinen Satz vollenden konnte, war Martin Dorer schon zur Tür gelaufen, nachdem er bemerkt hatte, dass die Toilette unbesetzt war. Er kam aber nicht weit: Ein halbes Stockwerk tiefer kam ihm die Kommissarin entgegen – mit einem triumphierenden Gesichtsausdruck und dem Satz: »Lassen Sie uns mal wieder ins Wohnzimmer gehen ...«

Martin setzte sich, nachdem er sich weiteren Biervorrat besorgt hatte. Er leerte das nächste Bier so schnell, dass Marie befürchtete, er wolle sich vernehmungsunfähig trinken.

»Machen wir doch mal mit dem Abend weiter, über den ich vorhin gerade gesprochen habe«, sagte Winterhalter. »Wir haben den Verdacht, dass du derjenige warst, der da in der Wanne beim Armin Schätzle gesessen hat. Ich glaub nämlich nicht, dass der noch einen anderen Liebhaber gehabt hat. Meine Vermutung: Armin hat dir erklärt, dass es mit euch vorbei ist. Du hast das nicht verkraftet, ihn umgebracht und dann den Selbstmord inszeniert, weil du das Schicksal deines Patenonkels noch im Hinterkopf hattest – inklusive der Abschiedsmeldung. Und dein Hang zur Melodramatik ist dir gewissermaßen zum Verhängnis geworden. Deswegen hast du

Pedro in seiner Totentracht aufgebahrt, statt ihn einfach irgendwo abzulegen. Richtig?«

Martin Dorer schwieg.

»Ich habe noch eine andere Idee«, meldete sich Marie zu Wort: »Ich glaube, dass der Mord an Armin Schätzle deshalb geschah, weil der dem Mörder von Pedro auf die Spur gekommen war.«

Kiefer hatte allmählich Verständnisprobleme: »Aber dann müsste ja Armin von Charly Schmider umgebracht worden sein – der saß doch aber bei der zweiten Tat im Gefängnis? Also kann das nicht hinkommen.«

»Vorausgesetzt, Charly Schmider war wirklich der Mörder von Pedro Schätzle«, antwortete Marie nun zur Verblüffung ihrer Kommissarskollegen. »Was aber, wenn nicht?«

Martin Dorer goss sich ein neues Bier ein und kippte auch dieses gierig herunter.

»Jetzt reicht's dann aber«, mahnte ihn Winterhalter, der weiter seiner Rolle als väterlicher Freund verhaftet blieb.

»Wie meinst du das, Marie?«, fragte Kiefer.

Die spürte eine tiefe innere Befriedigung. »Ich meine, dass Charly Schmider unschuldig ist ...«

»Pah!«, sagte Martin nur.

»Und das heißt?« Winterhalter wirkte etwas konsterniert darüber, dass sie einen Ermittlungsvorsprung zu haben schien.

Marie wandte sich nun direkt an Martin: »Der Kollege Winterhalter hat in Ihrem Auto vorhin den Rest eines Bärlauchblatts gefunden. Möglicherweise haben Sie in diesem Wagen die Leiche von Pedro Schätzle vom Wartenberg in den Neudinger Park transportiert.«

Jetzt meldete sich Martin doch wieder zu Wort: »So ein Unsinn: Derzeit ist Bärlauchsaison – wahrscheinlich findet man in jedem zweiten Auto Reste von Bärlauch. Das beweist ja wohl gar nichts.«

Marie räusperte sich und griff in ihre Tasche: »Das mag stimmen. Frauen sind allerdings gründlicher – und so habe ich gerade noch mal Ihr Auto durchsucht und das hier in den Ritzen des Kofferraums gefunden.«

Sie öffnete ihre rechte Hand, in der zwei kleine Perlen zu sehen waren.

»Ha!«, machte Winterhalter, nahm eine der Perlen in die Hand, hielt sie gegen das Fenster und spielte dann seine Stärke als Trachtenexperte aus. »Ich verstehe, was Sie meinen, Kollegin! Das sind mit ziemlicher Sicherheit die Perlen eines Schäppels. Eines Schäppels, wie ihn Pedro Schätzle auf dem Kopf hatte!«

»Sind es ganz sicher die Perlen eines Schäppels?«, fragte Marie nach.

»Zu 99,9 Prozent«, antwortete Winterhalter nach einer nochmaligen Prüfung. Martin Dorer schien durch sein Bier hindurchzustarren.

»Das heißt, Herr Dorer ist verdächtig, auch Pedro Schätzle umgebracht zu haben?«, fragte Kiefer noch etwas unsicher. »Aber warum?«

»Eine Möglichkeit: Eifersucht«, antwortete Marie. »Die andere: Es ging wirklich um diesen Wartenberg-Schatz. Herr Dorer, vielleicht sind Sie Konrad von Wartenberg?«

Einen letzten Schluck gönnte sich Martin. Dann rülpste er: »Quatsch. Ich sage doch, dass ich den Namen nicht kenne.«

Marie ging kurz in den Flur und kam mit Dorers Telefon wieder. »Dann rufen wir jetzt mal Konrad von Wartenberg an. Oder KVW, wie er hier vermerkt ist.«

Sie drückte auf den Namen, und zum Erstaunen ihrer Kollegen klingelte das Handy neben dem Telefon. »Ihr Handy, Herr Dorer. Sie haben sich selbst unter dem Kürzel für Konrad von Wartenberg abgespeichert.«

Sie schaute ihre beiden Kollegen triumphierend an: »Jetzt wird es eng, Herr Dorer. Noch Fragen?«

»Allerdings«, meinte Winterhalter. »Wie kam das Handy von Pedro ans Auto vom Charly Schmider?«

»Ich vermute, dass Martin es kurz vor Eintreffen der anderen Geocacher unten an Charlys Auto geklebt hat, während dieser in der Gruft war und den toten Pedro fand. Der Verdacht sollte in seine Richtung gelenkt werden – deshalb wurde er auch um diese Zeit von Konrad von Wartenberg in den Park beordert.«

»Und das Motiv?«, fragte Kiefer.

»Martin und seine Familie machten Charly indirekt für den Selbstmord von Rüdiger Hellmann verantwortlich, weil der ihn übers Ohr gehauen hatte. Das weiß ich von Rüdis Schwester.«

»Sie waren bei meiner Tante?«, meldete sich Martin noch einmal zu Wort. Er wirkte entsetzt.

»Wir haben sehr akribisch gearbeitet, Herr Dorer. Die Schlinge zieht sich so langsam zu.« Kommissarin Kaltenbach zeigte mit dem Zeigefinger auf den jungen Mann. »Sie sind das Patenkind von Rüdiger Hellmann und wollten Rache nehmen. Außerdem sind Sie Konrad von Wartenberg, der per Chat nicht nur Peter Schätzle auf den Wartenberg gelockt hat, um ihn zu töten, sondern auch Charly Schmider in den Fürstenpark, um ihm dann die Tat in die Schuhe zu schieben. Sie waren der Liebhaber von Armin Schätzle und haben ihn wahrscheinlich auch noch auf dem Gewissen.«

»Dafür haben Sie keinerlei Beweise!«, rief Martin Dorer mit bierschwerer Zunge.

»Für den vorgetäuschten Selbstmord bei Armin Schätzle vielleicht noch nicht – da sind es nur Hinweise. Aber was den Mord an Peter Schätzle betrifft, da sieht es schon ganz anders aus.«

»Ein Blatt und ein paar Perlen sind doch noch kein Beweis!«, rief Martin Dorer nun verzweifelt und begann ob des intensiven Bierkonsums schon fast etwas zu lallen.

Winterhalter nippte nur ein weiteres Mal an seinem Bier und sagte dann ganz ernst:
»Martin, wir haben sehr starke Indizien dafür, dass du die Leiche vom Peter Schätzle in deinem Auto transportiert hast. Außerdem bin ich mir sicher, dass wir noch weitere Spuren finden werden, wenn wir dein Auto und vor allem den Kofferraum kriminaltechnisch untersuchen. Sicher finden wir auch noch Faserspuren von der Tracht, die Peter Schätzle getragen hat. Wir haben ja sogar Spuren von der Totentracht im Bärlauchfeld gefunden ...«

Winterhalter stand auf, ging auf Martin Dorer zu, der wieder in seine nun geleerte Bierflasche starrte.

Er setzte sich direkt neben ihn. »Komm schon, Bub, erleichter dein Gewisse. Du bisch überführt. Es isch besser, wenn du uns jetzt die Wahrheit sagsch. Warum hasch du auch noch de Armin umgebracht? Komm, lass es raus.«

Nun schien sich die Zunge Martin Dorers, die eigentlich vom Alkohol am späten Morgen schwer geworden war, doch zu lösen. Winterhalter sah den jungen Mann an und bemühte sich um eine möglichst verständnisvolle Miene.

Der begann leise zu weinen. »Armin wollte ich nicht töten. Nein, ganz bestimmt nicht. Armin nicht.«

»Aber er hat rausgekriegt, dass du seinen ... Mann getötet hasch, gell?«, nutzte Winterhalter die Gunst des Augenblicks.

Jetzt war der Widerstand endgültig gebrochen.

»Armin wollte es nicht wahrhaben, hat es aber geahnt. Ich habe ihm gegenüber angedeutet, dass ich alles für ihn tun würde – wirklich alles. Er fragte mich daraufhin, ob das heißt, dass ich auch über Leichen gehen würde. Dazu habe ich nichts gesagt. Aber er wollte Ihnen und Ihren Kollegen seinen Verdacht mitteilen. Ich hab noch versucht, mit ihm zu reden. Ich hab ihn doch geliebt!«

»Es ist in der Wanne des Hauses von Armin passiert, nicht wahr?«, schob nun die Kommissarin ganz behutsam nach – und trank nun selbst erstmals einen Schluck Bier. Die Anspannung schien so langsam von ihr abzufallen.

»Ich wollte es nicht! Aber ich hatte plötzlich so eine Wut, dass ausgerechnet er mich denunzieren ...« Wieder begann Martin Dorer zu weinen. »Am Anfang hat er sich noch gewehrt, hat versucht, seinen Kopf über Wasser zu halten. Ich dachte schon, dass ich es nicht schaffe, doch dann war plötzlich sein Widerstand gebrochen.«

»Und warum musste Peter Schätzle sterben?«, schaltete sich nun Kiefer in die Befragung ein.

»Weil er unserer Liebe im Weg stand. Dabei hat Pedro den Armin so abgrundtief schlecht behandelt. Er hatte ihn gar nicht verdient. Und trotzdem wollte Armin ihn nicht aufgeben. Da habe ich eben nachgeholfen.«

»Und gleichzeitig die Tat Charly Schmider in die Schuhe geschoben. Ein ausgetüftelter Plan«, kostete Kommissarin Kaltenbach nun ihren Hercule-Poirot-Moment aus.

»Pedro und Charly, ich hab sie beide an dem Morgen an die jeweiligen Orte gelockt«, sagte Martin nun fast wie in Trance. Er nahm einen großen Schluck Bier – diesmal aus dem Glas Winterhalters.

»Und zwar mit dem Amulett, das Sie hatten«, setzte die Kommissarin nach.

»Mein Onkel hat es mir vor seinem Tod überlassen. Ich wusste, dass beide ganz versessen darauf waren. Es war ein sehr wertvolles Stück, das zum verschollenen Wartenberg-Schatz gehört. Ich wusste, dass ich sie damit kriege.«

»Doch warum hasch du Pedro Schätzle nit gleich im Park

von de Gruft umgebracht?«, blieb Winterhalter weiter im Dialektmodus. Bisher hatte sich das bewährt.

»Weil Pedro dachte, der Schatz befindet sich auf dem Wartenberg. Außerdem konnte ich ihn dort ohne Zeugen eliminieren. Deshalb habe ich diesen Ort als ersten Treffpunkt gewählt. Und ich wollte vermeiden, dass Pedro und Charly sich über den Weg laufen – zumindest zu Lebzeiten Pedros.«

Winterhalter musterte aufmerksam die Gesichtszüge Martins. Er konnte nicht glauben, dass ausgerechnet ein so enger Freund seines Sohns dazu imstande war, einen Mord zu begehen. Mehr noch: gleich zwei Morde.

»Und warum haben Sie die Leiche nicht einfach dort am Wartenberg liegen gelassen?«, hakte Kiefer nach.

»Das war Teil meines Plans. Weil ich die Tat dem Mann anhängen wollte, der meinen Patenonkel Rüdi auf dem Gewissen hatte: Charly Schmider. Ihn habe ich in den Park der Fürstengruft bestellt und gleichzeitig die Geocaching-Gruppe dorthin gebracht. Schließlich brauchte ich Zeugen. Fast hätte es funktioniert.«

»Doch Armin Schätzle hat bei der ganze Sache nit mitgespielt, richtig?«, fragte Winterhalter.

»Er wäre fast durchgedreht, als ihm der Verdacht kam, dass ich Pedro umgebracht habe. Sicher war er sich nicht, aber wir haben uns schrecklich gestritten, als mir klar wurde, dass er mich ans Messer liefern würde. Da habe ich ihn unter Wasser gedrückt.«

»Und warum haben Sie ihn nicht einfach in der Wanne liegen lassen?«, fragte die Kommissarin.

»Weil man vermutlich Spuren von mir gefunden hätte. Deshalb habe ich ihn in der Nacht aus dem Haus geschafft, das Bad sorgfältig gesäubert, Armin die Fingernägel geschnitten und ihn im Schluchsee versenkt. Es sollte wie ein Selbstmord aussehen. Ein Motiv dafür hätte Armin nach dem Tod von Peter ja gehabt. Und letztlich hat sich Armin selbst umgebracht, indem er mich beschuldigte.«

»Und genau da haben Sie einen entscheidenden Fehler gemacht. Ob bewusst oder unbewusst: Sie haben beim vorgetäuschten Selbstmord die gleiche Botschaft wie beim echten Selbstmord Ihres Patenonkels verwendet. Zu viel Melodramatik.«

Martin Dorer nahm noch einen letzten Schluck aus der Bierflasche Winterhalters. Dann begann er wieder leise zu weinen und nickte stumm: »Das geschah unterbewusst. Den Satz, den Rüdiger vor seinem Tod geschrieben hat, habe ich nie vergessen.«

»Und wo isch jetzt des Amulett?«

Martin sagte zunächst nichts mehr, bekam einen Heulkrampf.

Dann erklärte er: »Ich habe es versteckt. Und ich bin jung genug, es irgendwann zu verkaufen und das Geld genießen zu können – selbst wenn ich fünfzehn Jahre im Gefängnis verbringe.«

»Oder noch mehr!« Winterhalter wusste nichts Tröstendes zu sagen.

Stattdessen wurde er nun ganz dienstlich: »Kiefer! Bitte nehmen Sie den jungen Mann fest. Und Kollegin Kaltenbach: Würden Sie bitte einen Durchsuchungsbeschluss veranlassen?«

Kiefer ließ die Handschellen klicken.

39. Schinken und Geständnisse

Es war eine friedliche Runde, die an diesem Abend in der guten Stube des Winterhalter-Bauernhofes zusammensaß und sich Schwarzwälder Schinken mit Kartoffelbrei und badischem Spargel schmecken ließ: die Geocacher Thomas, Sandra und Johanna, Kommissar Kiefer, der Hausherr selbst natürlich, aber auch seine Frau.

Die saß jedoch weniger, sondern wechselte stets zwischen Küche und Stube, kochte dort, schenkte hier ein und verkörperte eine Emsigkeit und Gastfreundschaft, wie sie sich ihr Mann zuletzt vergeblich ersehnt hatte.

»Nehmet Sie noch vom Schinke, Herr Kiefer«, ermutigte ihn die Hausherrin. »Ich freu mich so für Sie.«

Der junge Kommissar wirkte etwas nervös, denn er hatte außer dem Vertilgen der Schwarzwälder Köstlichkeiten noch einen anderen Auftrag: Winterhalter hatte sich nämlich gegenüber seiner Frau nur aus der (vermeintlichen) Affäre ziehen können, indem er behauptet hatte, er könne alleine schon deshalb nichts mit Marie haben, weil die mit seinem Kollegen Kiefer liiert sei.

Den hatte er freilich einweihen müssen. Kiefer hatte die Anfrage mit unbewegter Miene zur Kenntnis genommen. Einen Moment lang hatte Winterhalter geglaubt, etwas in den Augen des jungen Kollegen aufblitzen zu sehen. Aber gleich darauf war es verschwunden gewesen, und der Elsässer Kollege hatte mit einem knappen Nicken eingewilligt. Marie Kaltenbach hatte Winterhalter natürlich nicht eingeladen, denn sonst wäre die Schmierenkomödie sofort aufgeflogen. Die Gefahr, dass die Kommissarin in Zukunft noch mal von sich aus auf dem Winterhalter-Hof auftauchte, war ohnehin gering. Und dass sie ihn privat nicht mehr anrufen sollte, hatte er ihr ja schon mehr als deutlich gemacht.

Seit Hilde mitbekommen hatte, dass Marie die Freundin von Kiefer war, war sie wie ausgewechselt.

»Wie lange sind Sie und Ihre Kollegin denn schon zusamme, Herr Kiefer?«, wollte sie nun von ihm wissen.

»Wir kannten uns schon einige Zeit. Bei Fortbildungen trifft man ja immer viele Kollegen«, antwortete der ausweichend.

»Wisset Sie«, sagte Hilde. »Sie habe's jo möglicherweise mitbekomme: Ich hab da in den letzschte Dag ä bissle überreagiert, weil es einfach zu viele Missverständnisse gab. Ich bin aber ganz sicher, dass die Frau Kaltebach ein sehr nettes Mädle isch.«

»Das ist sie«, erklärte Kiefer nun voller Überzeugung. Hilde nickte: »Sie werdet bestimmt glücklich werde miteinand – ich hab da än gutes Gefühl. Sie müsse nur immer mit Ihrer Partnerin viel schwätze. Schweige isch de Anfang vom Ende einer Beziehung. Es muss alles raus – immer ganz offen. Sonscht wird's schwierig.«

Kiefer nickte und nahm noch mehr vom Kartoffelbrei – schon alleine, um nicht mehr reden zu müssen, wie Winterhalter vermutete.

Die Stimmung bei Thomas und den beiden Freundinnen war eher gedämpft. Sie fühlten sich sichtlich unwohl und bildeten ein eigenes Grüppchen innerhalb der Tischgesellschaft.

»Ich kann es immer noch nicht glauben«, sagte Johanna leise. »Der Martin ein Doppelmörder?«

»Und er hat uns wirklich als Mitspieler in seinem Plan benutzt? Uns mit diesen perfiden Absichten zum Geocaching an dem Morgen in diesem Park überredet?« Sandra kämpfte ebenfalls noch mit dieser Erkenntnis. »Und uns bei dieser Zeugenaussage in Richtung des Tattoo-Menschen gelenkt?«

Winterhalter hörte, wie sie leise zu Thomas sagte: »Könnte es denn sein, dass die Polizei falsch ermittelt hat und er unschuldig ist?«

Der winkte ab. Wie Winterhalter wusste, waren die Gefühle seines Sohns gemischt: Entsetzen über die Verhaftung des langjährigen Freunds paarte sich mit Wut auf Martin. »Blödsinn«, entgegnete Thomas eine Spur zu laut. »Er hat die Morde doch sogar gestanden.«

Sein Vater beugte sich zu ihnen herüber und antwortete entspannt in tiefstem Schwarzwälder Dialekt: »Und mir habe dann am Ende auch noch des berüchtigte Amulett gut versteckt in seinem Küchenschrank g'funde – zwische Nudeln und Reis. Mir haben uns ja eh schon g'wundert, warum er mit dem Verstaue seiner Einkäufe so lange in de Küche beschäftigt war.«

»Mir tut er ein bisschen leid«, sagte Sandra. »Die Geschichte mit seinem Lieblingsonkel, dann diese schwierige Beziehung zu dem älteren Freund in St. Georgen, dessen Namen er ja streng geheim hielt und den er immer nur ein paar Stunden am Nachmittag sehen konnte – er muss dann irgendwann durchgedreht sein.«

Winterhalter widersprach: »Vielleicht bei der Tötung vom Armin Schätzle. Beim erschte Mord hat er des Ganze aber ziemlich professionell geplant und durchg'führt. Er hat den Pedro erledigt und ihn mit seinem Auto noch zur Gruft gefahre und dort aufgebahrt, die ja nur an dem Dag offen war. Und damit hat er gleichzeitig diesen Charly Schmider ang'schwärzt – des zeugt schon von hoher krimineller Energie.«

Er widmete sich wieder Kiefer: »Deine Lebensgefährtin« – er zwinkerte dem Kollegen unauffällig zu – »hat heute Nachmittag noch mit unserem bisherigen Hauptverdächtigen telefoniert, richtig? Charly Schmieder. Wie geht's denn dem?«

»Er ist inzwischen aus dem Gefängnis entlassen worden und will beruflich wieder Fuß fassen, hat Marie erzählt. Er meinte wohl, im Kunsthandel wäre ja jetzt wohl ein Platz frei, nachdem Pedro und Armin ...«

»Charmantes Kerlchen, der Schmieder. Mit dem werden wir es vermutlich bald wieder zu tun bekommen«, orakelte Winterhalter.

Kiefer trank einen Schluck Schwarzwälder Bier. »Das ist leider nicht auszuschließen. Er hat sich laut Marie erkundigt, ob er jetzt das Amulett haben könne, wo die Schätzles es nicht mehr brauchen.«

»Humor hat er ja wenigstens«, brummte Winterhalter.

»Isch jetzt wenigstens mit dir und der Mama wieder alles in Ordnung, Bapa?«, fragte Thomas vorsichtig, als seine Mutter wieder einmal in der Küche verschwunden war.

Winterhalter war das Thema vor Kiefer und den beiden jungen Frauen reichlich unangenehm: »Jo, mir habe uns ausg'sproche. Sie wollt mich mit dem Therapeute nur eifersüchtig mache. Deshalb hat sie den Zeitungsausschnitt so offen hing'legt. Aber treffe hätt sie sich mit dem schräge Vogel jo nit unbedingt müsse ... Des war auch so ein Rat von de Franziska, dieser saubere Nachbarin. Der werd ich bei Gelegenheit mol was erzähle, der blöde ...«

Er brach ab, weil Hilde wieder in die Stube kam und dampfende Äpfel im Schlafrock auf den Tisch stellte. Dazu gab es ein kräftiges Kirschwasser und Filterkaffee.

Kiefer bediente sich vor allem beim Kirschwasser reichlich. Seine Unsicherheit war noch nicht verflogen, seine aufrechte Haltung einer gewissen Schieflage gewichen.

Plötzlich klingelte es an der Haustür.

»Lass nur, Hilde – ich geh schon«, sagte Winterhalter, stapfte zur Tür und öffnete sie.

Das Erste, was er sah, war ein Strauß roter Rosen, und während er noch überlegte, was das zu bedeuten hatte, schob sich der Strauß zur Seite und er sah ein Gesicht, das er nie mehr hatte sehen wollen.

»Ich weiß, dass das jetzt etwas unorthodox, vielleicht sogar unangenehm ist«, sagte der Mund zu diesem Gesicht. »Ich hatte schon die Möglichkeit mit einbezogen, dass du da bist. Also lass uns doch die Chance nutzen und ganz offen zu dritt darüber reden.«

Die Hände zu dem Gesicht schoben Winterhalter die Rosen zu, der sprachlos war. So standen sie einander fast eine halbe Minute gegenüber – der Kommissar nun mit den Blumen in der Hand.

Dann tauchte Hilde auf, die sich offenbar gefragt hatte, warum die Person von draußen nicht hereinkam.

»Robert?«, rief sie fassungslos.

»Hilde – ich möchte eine Beziehung mit dir eingehen und kann dein Telefonat von gestern so nicht akzeptieren. Ich möchte dich nicht aufgeben. Und ich finde es gut, dass Karl-Heinz da ist, er soll das ruhig mitbekommen.«

Winterhalter spürte, wie sein Unterkiefer herunterklappte. Robert fuhr in seinem sonoren, viel geübten Therapeuten-Tonfall fort: »Ich finde, wir sollten darüber sprechen wie erwachsene Menschen. Offenheit ist wichtig.«

Winterhalter überlegte gerade, wie er diese Offenheit möglichst lautlos, und ohne dass es die Gäste mitbekamen, Robert gegenüber praktizieren sollte.

Er könnte beispielsweise die gesammelten Rosen auf den bebrillten Schädel des Therapeuten wuchten. Spontan entschied er sich dagegen und reichte den Strauß Hilde weiter.

In deren Kopf rumorte es offenbar ebenfalls, doch nicht zu lange. Sie schaute ihren Mann an, dann die Rosen, die sie daraufhin Robert ins Gesicht warf. Einer der dornigen Stängel blieb in seinem Fusselbart hängen: »Ä Unverschämtheit isch des. Einer verheiratete Frau nachzustelle«, brüllte sie und knallte dem Therapeuten die Tür vor der Nase zu.

Winterhalter zuckte kurz zusammen. Dann bückte er sich und hob eine der Rosen auf, die auf der inneren Seite der Türschwelle liegengeblieben waren. »Hilde«, sagte er dann, während er ihr die Blume überreichte. »Du bisch und bleibsch die Beschte.«

»Was war denn des?«, fragte Thomas, als das Ehepaar wieder in der guten Stube neben dem Herrgottswinkel Platz genommen hatte.

»De Blumenbote«, brummte Winterhalter nur und legte drei andere Rosen – eine davon bereits angeknickt – auf den Tisch.

»In einem hat er aber recht«, sagte Hilde. »Offe'heit isch wichtig – und deshalb möchte ich, dass mir wirklich ä Ehetherapie mache.«

»Des müsse mir aber nit jetzt besprechen, Hilde«, entgegnete Winterhalter, während die anderen verständnislos schauten.

»Des gehört aber zur Offe'heit«, insistierte seine Frau.

Winterhalter schnaufte. »Guet, aber sicher nit bei diesem Robert«, meinte er dann.

Hilde nickte glücklich.

In diesem Moment klingelte es schon wieder an der Haustür.

»Jetzt werd ich ihm aber so richtig die Meinung geige, dem saubere Therapeute«, knurrte Winterhalter. »Lass, ich mach des.« Hilde erhob sich.

Doch der Kommissar war schneller.

Er stürmte zur Tür, riss sie auf und ... erstarrte.

»Guten Abend«, sagte die Person in der Tür. »Und vielen Dank für die Einladung.«

Winterhalter fehlten die Worte, doch da tauchte bereits Hilde auf: »Ah, des isch aber nett. Komme Sie doch bitte rein, Frau Kalte'bach.«

»Was?«, stammelte Winterhalter, doch seine Frau hatte das Heft des Handelns in die Hand genommen. »Ich hab denkt, des wär doch unhöflich, wenn mir d' Frau Kalte'bach nit auch noch dazu bitte würde«, erläuterte sie. »Also hab ich heut Nachmittag im Kommissariat ang'rufe und sie eing'lade. Und ich glaub, de Herr Kiefer freut sich auch«, sagte sie dann augenzwinkernd.

Das mochte durchaus möglich sein. Andererseits erstarrte der junge Kollege, als Marie in die gute Stube trat. Kiefer gönnte sich erst einmal ein weiteres Kirschwasser.

»Karl-Heinz, setz du dich zu mir, dann kann die Frau Kalte'bach sich nebe de Herr Kiefer setze«, sagte die Hausherrin.

Winterhalter schwante endgültig, dass er nun ein Problem hatte.

»Kommet Sie, Frau Kalte'bach – esset Sie mit.«

Hilde war eine vorzügliche Gastgeberin – wenn sie wollte.

»Schwarzwälder Schinke?«

Marie setzte sich neben Kiefer, dem das tatsächlich etwas unangenehm zu sein schien. Dann sagte sie: »Vielen Dank – aber ich bin Veganerin.«

Hilde schaute ganz kurz grimmig drein, um dann aber zu schmunzeln: »Ä Veganerin? Späteschtens da hätt mir eigentlich klar sein müsse, dass des mit Ihne und dem Karl-Heinz nix werde kann.«

Winterhalter hielt die Luft an. Aber die Kollegin lächelte nur und ließ sich den Spargel schmecken.

Hilde nahm nun ebenfalls ein Kirschwasser und sagte: »Wisset Sie, mir habe uns unter etwas ungünstige Umstände kennengelernt. Ich hab aber gar nix gege Sie – im Gegenteil, ich freu mich.«

Kommissarin Kaltenbach nickte höflich, erwiderte aber nichts, sodass für ein paar Sekunden Schweigen am Tisch herrschte.

Das Ticken der Kuckucksuhr war nun deutlicher als sonst zu hören.

Kiefer goss sich noch einmal Kirschwasser ein, Winterhalter legte nach und gab seinem Mitwisser zu verstehen, er solle näher an die Kollegin heranrücken.

Der folgte der Aufforderung, was vielleicht auch daran lag, dass er nun bereits beim vierten Schnaps angekommen war und sein Gesicht eine ähnliche Rotfärbung hatte wie das von Martin Dorer heute Vormittag.

Johanna nahm auch noch einen Schnaps, Sandra verzichtete.

Dann sagte der Elsässer Kommissar: »Trinken wir auf die Lösung dieses Falls. Und ich trink auf dein Wohl, Marie. À votre santé.«

Nun lag er bereits halb auf dem Tisch.

»So isch's recht«, bekräftigte Hilde.

Die Gläser klirrten aneinander, während Kommissarin Kaltenbach Kiefer leicht irritiert anschaute.

Winterhalter suchte verzweifelt einen Ausweg. Ihm war klar, dass das nicht mehr lange gut gehen konnte. Sobald Hilde die Kollegin nach Details ihrer Beziehung zu Kiefer befragen würde, musste die ganze Sache auffliegen – und die bisherige Ehekrise wäre nur ein Vorspiel zum Super-GAU gewesen.

Also gähnte er künstlich und sagte: »So, des war än langer Tag. Schön war's. Aber mir müsse morge früh raus. Toll, dass mir alle noch mol zusammengesesse sind.«

Hilde runzelte die Stirn: »Aber was erzählsch du denn da, Karl-Heinz? Die Frau Kalte'bach isch doch grad erscht gekomme. Trinket Sie noch än Schnäpsle – und Sie auch, Herr Kiefer.«

Der räusperte sich und flüsterte nach links gewandt, nachdem er seinen ganzen, sicher auch alkoholbedingten Mut zusammengenommen hatte: »Apropos Offenheit: Marie, ich wollte fragen, ob wir nicht einmal abends miteinander weggehen sollten. Wohin auch immer. Ich würde mich freuen. Ich bin ja noch ein paar Monate hier.«

Ein tapferer Versuch. Aber Kiefer war vermutlich ebenso klar wie Winterhalter, dass er die Beziehung zu Marie nicht schnell genug intensivieren konnte, sodass sie für Hilde einigermaßen glaubhaft war.

Die begann auch prompt zu lachen, denn Kiefer hatte seine Lautstärke ganz offensichtlich falsch eingeschätzt – und Hilde gute Ohren: »Des würd ich doch auch vorschlage, dass ihr miteinander weggeht. Und wohl auch miteinander heimgeht.«

Kiefer wurde rot, während der Blick der Kollegin Kaltenbach zunehmend misstrauischer wurde.

Winterhalter tat so, als suche er etwas unter dem Tisch.

Dann drückte Hilde dem überforderten Jungkommissar eine von Roberts Rosen, die auf dem Tisch lagen, in die Hand. »Gebet Sie die Ihrer Angebetete.«

Kiefer überreichte Marie also schamhaft die dargebotene Rose, was die offenbar weiter irritierte.

»Was wird das?«, fragte sie.

»Und jetzt«, forderte Hilde, die leider immer munterer zu werden schien: »Ein Küssle!«

»So, und dann reicht's für heut«, versuchte Winterhalter ein letztes Mal, die Katastrophe zu verhindern, während Hilde sich über die Hemmungen des angeblichen Paares amüsierte.

»Machet Sie sich nix draus, Frau Kalte'bach – de Karl-Heinz isch genauso. Nur keine Gefühle in de Öffentlichkeit zeige ...« Sie wandte sich an Kiefer: »Aber ihr seid doch noch jung, jetzt gebt euch halt ä Küssle ...«

Seit ihrer Rückkehr in den Schwarzwald hatte Marie schon einige seltsame Situationen erlebt. Aber das hier schlug dem Fass den Boden aus! Aus dem Augenwinkel nahm sie wahr, wie die drei Geocacher das Geschehen am Tisch verblüfft beobachteten. Sie sah Winterhalters angespannte Miene, das verzückte Lächeln seiner Ehefrau. Und dann sah sie, wie Kiefers Kopf näher kam. Näher und immer näher. Sein Blick war ernst, fast ein wenig herausfordernd. Und vor allem war dieser Blick genau auf ihre Lippen geheftet. Kiefer wollte sie küssen!
Sie ließ es geschehen, drehte ihm aber die Wange zu.
»Reicht des nit mol? Solle die beide gleich noch vor unsere Auge Sex habe?«, schaltete sich Thomas ein, dem die überdrehte Art seiner Mutter offenbar widerstrebte.
Winterhalter hüstelte.
»Du, sei still!«, wies ihn die Hilde zurecht und nahm noch ein Kirschwasser. »Sorg du lieber mol dafür, dass du selber eine findsch – denn irgendwann wollet mir auch mol Enkelkinder – oder nit, Karl-Heinz?«
»Hilde ...«, sagte der zögerlich, während Johanna und Thomas kurze Blicke austauschten.
»Frau Kalte'bach, machet Sie sich nix draus. So sind die Männer nun mol. Wichtig isch nur, dass Sie offe miteinander umgehe. Und Gefühle zeige. Sie müsse dem Herrn Kiefer jo nit gleich in de Hintern schieße, wenn's mal eine kleine Krise gibt ...«, gluckste sie dann.
Maries Laune verschlechterte sich weiter: Na toll, ihr Kollege hatte den Berliner Fauxpas ausgeplaudert, um bei seiner Frau gut Wetter zu machen.

Und allmählich begann sie, zu begreifen, was sich hier abspielte. Und warum Winterhalter und Kiefer so entsetzt geschaut hatten, als sie dazugestoßen war.

Endgültige Gewissheit hatte sie, als sich Hilde Winterhalter noch einmal direkt an sie wandte: »De Herr Kiefer war do ja eher zurückhaltend: Wie lang sind Sie beide denn jetzt schon zusamme?«

Während ihre beiden Kollegen stocksteif dasaßen, suchte Marie nach einer passenden Antwort. Es dauerte einen Moment, dann kam ihr eine Idee, und sie sagte genüsslich: »Eigentlich gar nicht mehr, Frau Winterhalter. Ich habe jetzt einen Neuen.«

Winterhalter starrte vor sich auf den Tisch, Kiefer ebenso.

»Herzlichen Dank für den schönen Abend«, sagte Marie freundlich, stand auf, ging um den Tisch herum und blieb bei Thomas stehen.

Sie beugte sich zu ihm herunter und küsste ihn auf den Mund: »Bis morgen dann, Schatz.«

Dann verließ sie den Bauernhof und hörte an der Tür noch das Klatschen der Ohrfeige, die Johanna dem Winterhalter-Sohn gegeben hatte.

Eine tote Nonne im Vatikan – und Tante Poldis Jagdinstinkt kommt voll auf Touren

Mario Giordano
TANTE POLDI UND DIE
SCHWARZE MADONNA
Kriminalroman
384 Seiten
ISBN 978-3-431-04115-6

Lecktsmiamarsch, Poldis Geburtstag steht vor der Tür! Blöderweise sieht es nicht so aus, als ob sie den überleben würde. Denn als in Rom eine junge Ordensschwester vom Dach des Apostolischen Palastes stürzt, gerät die Poldi höchstpersönlich unter Verdacht. Einziger Hinweis auf den Täter: eine Schwarze Madonna. Und diesmal hat es die Poldi mit sehr gefährlichen Leuten zu tun. Als sich dann noch in Torre Archirafi auf einmal alle von ihr abwenden, reicht es ihr. Krachledern, mit Perücke und tüchtig *Dings* stürzt die Poldi sich in einen neuen Fall und gerät mit dem Commissario ihres Herzens voll ins Visier der Mörder ...

Bastei Lübbe

Der zweite Fall des ungewöhnlichen Ermittlerduos

Michael Wagner
IM GRAB IST NOCH
EIN ECKCHEN FREI
Ein Sauerland-Krimi
240 Seiten
ISBN 978-3-404-17792-9

In Lüdenscheid findet ein feuchtfröhliches Klassentreffen statt. Unter den Teilnehmern ist auch Theo Kettling. Als der Frührentner am nächsten Tag verkatert aufwacht, erreicht ihn eine Hiobsbotschaft: Drei Schulkameraden sind nach der Feier mit ihren Autos tödlich verunglückt, und zwar völlig unabhängig voneinander. Kann das Zufall sein? Nein!, meint Lieselotte Larisch, eine Bekannte von Theo. Die pensionierte Schulrektorin merkt schließlich sofort, wenn eine Sache zum Himmel stinkt. Theo und sie nehmen die Ermittlungen auf – und befinden sich bald auf einer abenteuerlichen Mörderjagd quer durchs Sauerland.

Bastei Lübbe

Eine Leiche auf einem Hausboot und die zwielichtige Welt der Reichen und Schönen

Bernd Stelter
DER KILLER KOMMT
AUF LEISEN KLOMPEN
Camping-Krimi
416 Seiten
ISBN 978-3-404-17791-2

Hollands größter Agatha-Christie-Fan, Inspecteur Piet van Houvenkamp, ist einem Verbrechen auf der Spur: In Middelburg wird in einem Hausboot eine Frau aufgefunden. Sie lächelt, sie ist wunderschön, sie ist nackt. Und sie ist tot. Bei seinen Ermittlungen gerät der Inspecteur in Kreise, von deren Existenz er bislang nichts ahnte. Und schon bald liegen seine Nerven blank – denn natürlich lassen es sich auch die Camper von »De Grevelinge« wieder nicht nehmen, bei der Spurensuche mitzumischen ...

Bastei Lübbe